小說
四書五經
소설 사서오경

소설
예 禮記 기

중

첫 닭 울면 세수하고

김영수 저

명문당

소설(小說) 사서오경(四書五經)에 붙여

내가 〈논어〉를 이야기로 쓰려 했던 것은 세 가지 이유에서였다.

첫째는 쉬운 내용의 참된 가르침이 어려운 한문으로 되어 있기 때문에, 쉬운 우리 말로 바꿔 보려는 생각에서였다.

둘째는 가장 위대한 인류의 영원한 스승인 공자를 잘못 알고 있는 사람이 너무도 많기 때문에, 그런 사람들의 잘못된 인식을 바로 잡아 주려는 생각에서였다.

셋째는 개인적 이기심과 가치관의 혼란으로 인해 갈피를 잡지 못하는 오늘날의 현대인에게, 옳고 그름을 판단하고 참된 가치를 일깨우는 올바른 양식의 기둥이 되고자 하는 이유에서였다.

수천년을 통해 내려오면서 우리 동양인의 사고와 행동을 지배해 온 〈사서오경〉은 우주원리를 밝히고, 그 원리에 따라 인간이 나아가야 할 바른길과 도리를 제시하여 주기 때문이다.

〈사서오경〉을 써나가면서 〈논어〉의 경우는 쉬운 내용이므로 한문을 우리말로 옮겨 쓰면 된다는 생각이 들었었으나, 〈논어〉에 담긴 가르침의 주인공인 공자가 과연 어떤 분이었으며, 그분의 생애와 그분이 살았던 시대적 배경과 사회적 분위기가 과연 어떠했던가를 정확히 하는 것이, 흥미와 함께 이해를 높일 수 있다는 것을 깨닫게 되어 〈논어〉와 공자의 가르침이 담긴 이야기를 포함시키는 방향으로 써나가게 되었다.

　〈사서오경〉이란 이름은 사실 정확한 이름이 아니다. 〈사서삼경〉인 경우는 〈사서〉와 〈삼경〉이 전혀 다른 내용을 담고 있지만 〈사서오경〉의 경우는 그렇지가 않다. 〈사서〉 중의 〈중용〉과 〈대학〉이, 〈오경〉중의 하나인 〈예기〉 속에 들어 있기 때문이다. 그러므로 〈사서오경〉이라고 하기보다는 〈이서오경〉이라 불러야 옳다. 결국 〈사서삼경〉이란 고정된 관념에서 〈사서오경〉이란 부정확한 이름이 붙게 되었다고도 말할 수 있다.

　그러나 또 어떤 면에서는 우리와 친숙해져 있고 이미 독립되어 있는 〈대학〉과 〈중용〉을 다시 〈예기〉 속에 되돌려 넣기 보다는, 〈대학〉과 〈중용〉을 독립분리 시키고 남은 그 〈예기〉를 포함한 〈오경〉이란 뜻으로 풀이해도 무방하다고 할 수 있다. 결국 〈예기〉 속에서 가장 중요한 〈대학〉과 〈중용〉을 뺀 〈예기〉가 〈오경〉으로 남게 된 셈이다.

　〈사서오경〉 가운데 가장 쉬운 말로 되어 있고 가장 알기 쉬운 내용으로 되어 있는 〈논어〉가 모든 유교 경전의 바탕이 되어 있다는 것에 우리는 새삼 감탄을 금할 수 없다. 그와 동시에 참이니 진리니 하는 것은 바로 쉽고 가까운 곳에 있다는 것을 깨닫게 된다. 그것은 기독교의 성경에 있어서 가장 바탕이 되는 〈마태복음〉을 비롯한 〈4대 복음서〉가 가장 쉬운 말과 내용으로 되어 있다는 것과 너무도 흡사하다. 그 모양만이 아니라 그 속에 담겨 있는 깊은 뜻도 같다는 것에 새삼 진리는 하나라는 것을 우리는 느끼게 된다.

맹자는 이런 말을 했다.

"순(舜)은 그의 난 곳과 죽은 곳을 놓고 볼 때 동쪽 오랑캐의 사람임이 분명하다. 문왕(文王)은 난 곳과 죽은 곳으로 볼 때 서쪽 오랑캐 사람이 틀림없다. 땅의 거리가 천 리가 넘고 시대의 차이가 천 년이 넘건만 그들이 뜻을 얻어 나라를 다스린 것을 보면 하나도 다를 것이 없다."

공자와 예수의 경우도 맹자의 이 말이 그대로 적용될 것으로 여겨진다. 다만 두 분을 둘러싼 시대적 사회적 여건으로 인해 표현 방법에 차이가 있을 뿐이다.

〈논어〉 다음으로 쉬운 내용은 〈맹자〉다. 공자의 짤막한 말씀을 확대해서 설명하기도 하고, 공자가 드러내 놓고 하지 못한 말을 맹자는 드러내놓고 하기도 했다. 맹자가 산 시대는 언론자유가 보장되어 있던 백가쟁명의 시대였기 때문이다.

공자는 〈논어〉에서 임금이 묻는 말에 대해

"임금은 신하를 예로써 대하고, 신하는 임금을 참으로써 섬겨야 합니다."

라고 대답했는데, 맹자는 권위주의와 독재사상에 물들어 있는 제나라 왕을 일부러 찾아가서 이렇게 경고한 일까지 있다.

"임금이 신하를 손발처럼 아끼면 신하는 임금을 가슴과 배처럼 소중히 여기지만, 임금이 신하를 지푸라기처럼 여기면 신하는 임금을 원수처럼 생각합니다."

〈논어〉에는 없고 〈예기〉의 〈예운편〉에 나와 있는 공자의 대동사상(大同思想)을 바탕으로 맹자는 이런 말을 하고 있다.

"백성이 가장 소중하고 그 다음이 나라고, 가장 가벼운 것이 통치자인 임금이다."

중국 혁명의 아버지로 불리우는 손문(孫文)은 〈예기〉에 나오는 공자의 대동사상을 바탕으로 〈삼민주의〉라는 것을 창안했다고 한다.

그런데 혁명기나 개화기의 얼치기 지식인들은 공자의 케케묵은 봉건사상 때문에 중국이 병들었다며 공자를 배척하는 것이 보통이었다. 우리나라도 마찬가지였다.

그것은 공자를 간판으로 내세우고 있는 집권층들에 의해 공자가 잘못 인식된 때문이기도 했고, 흐려진 물을 보고 샘물자체가 원래 흐린 것으로 아는 것과 같은 지식인들의 속단과 과신에서 빚어진 현상이었다.

그것은 어느 목사 한 사람이 어떤 잘못을 저지르거나 또는 어떤 교회가 마음에 들지 않는 일을 하거나 했을 때, 성경의 말씀이나 예수의 가르침이 그런 결과로 나타났다고 판단하는 것과 같은 것이라 볼 수 있다.

누구나 손쉽게 구해볼 수 있는 우리말로 된 기독교 성경의 경우도 그러하거든, 하물며 한문지식이 없이는 알 수 없는 유교 경전이야 더 말해 무엇하겠는가?

그래서 나는 쉬운 〈논어〉나 〈맹자〉뿐 아니라 어려운 내용의 유교 경전, 다시 말해 삼경이니 오경이니 하는 것 속에 있는 내용들을 누구나 알 수 있게끔 하기위해 범위를 확대하게 되었던 것이다.

특히 〈예기〉의 경우는 따분한 설명만으로는 흥미를 느낄 수도 없고, 숨은 뜻을 밝힐 수도 없는 일이므로 대화체를 빌어 토론형식으로 현대적인 감각의 접근을 시도해 보았다. 그리고 지난날 집권층의 어용학자들이 공자의 말씀이 아니라고 부인하려 했던 〈예운편〉을 깊이있게 다뤄보려 했으며, 그와 곁들여 우리의 귀중한 종교적 철학적 유산인 〈삼일신고〉의 특강을 넣어두기도 했다.

유명한 종교개혁가 루터는 종교개혁의 가장 급하고 근본적인 문제로, 어려운 라틴어나 히브리어로 되어 있는 성직자만의 독점물이었던 성경을 쉬운 독일어로 옮겨 누구나 읽음으로써 성직자들의 예수를 빙자한 독재와 특권의식을 뿌리뽑고, 그들이 말하는 하나님이 얼마나 위장된 것인가를 신도들에게 알려 주려 했던 것이다.

외람된 비유일지 모르나 내가 이 책을 내는 나름대로의 보람이라면, 공자니 유교니 선비니 하는 것에 대한 그릇된 인식을 바로잡을수만 있다면 그보다 더한 보람은 없을 것 같다.

예수도 석가도 진리를 말한 점에 있어서는 공자와 다를 바가 없다. 그러나 그 삶과 행동에 있어서는 서로의 차이가 뚜렷하다. 우리로서는 따를 수 없는 점이 너무도 많다. 그러나 공자는 그렇지 않다. 우리가 그대로 본받으면 되는 것이다. 독신생활도 필요없고 처자를 버리고 굳이 절간으로 들어갈 것도 없는 것이다.

〈맹자〉에 보면 이런 내용이 있다.

제나라 재상이 맹자를 보고 물었다.

"임금께서 몰래 사람을 시켜 선생님을 엿보곤 합니다. 과연 남다른 무엇이 있습니까?"

그러자 맹자는 이렇게 말했다.

"어떻게 남다른 것이 있을 수 있겠는가? 아무리 위대한 성인이라도 생긴 모양과 하는 일은 보통사람과 똑같다."

대승불교의 최고 경전이라면 〈유마경(維摩經)〉을 들 수 있을 것이다. 〈유마경〉의 주인공인 유마거사는 거사(居士)라는 그 이름이 말해 주듯이 아내와 자식을 거느리고 집안에 있으면서 도를 닦은 사람이다 작게 말하면 선비요 학자였고, 달리 크게 말한다면 공자와 석가같은 성인이었다.

불교에서도 공자를 이상적인 인물로 여기고 있었음을 알 수 있다. 공자를 알고 공자를 모방해서 〈유마경〉을 지은 것이 아니라, 이상형의 인물로 등장시킨 유마거사가 우리들이 흔히 말하는 한 선비에 지나지 않았다는 점에서 더욱 그러하다.

이 책을 통해 공자와 유교의 경전에 대해 잘못되었던 지난날의 인식에서 벗어나, 정치 사회 철학 종교와 같은 문제들에 대해 보다 깊이 있는 무엇을 얻게 된다면 그보다 더 다행한 일은 없을 것 같다.

시간에 쫓기어 보다 완전한 책을 내지 못한 것을 못내 아쉬워 하며 다음 기회에 그런 것들을 보완할 수 있었으면 하고 바라마지 않는다.

김영수

禮記 제 2 권 차례

小說 四書五經
禮記 II

제6편(第六篇) 월령(月令)

落落風不起 山空花自紅.
"잎은 떨어지나 바람은 일지 않고, 아무도 없는 산속에서도
꽃은 스스로 붉게 피었다."

월령(月令)이란 무엇인가?

"오늘은 제6편 월령(月令)에서부터 시작하겠습니다. 월령이란 말
과 함께 머리에 먼저 떠오르는 것이 있다면 아마 농가월령가(農
家月令歌)가 되겠지요? 조선 초기나 중기쯤에 지어진 것으로 짐
작되는 이 노래는 1년 열두 달, 철따라 바뀌는 농촌 풍경과 하는
일들을 소박하고 구수한 솜씨로 재미있게 읊은 노래인데, 농가월
령가의 월령이란 두 글자가 바로 지금부터 이야기할 이 월령에서
따온 것임은 말할 것도 없습니다.
　　이 월령편은 그 바탕을 〈여씨춘추(呂氏春秋)〉에 둔 것으로 전
해지고 있습니다.
진시황(秦始皇)의 생부(生父)라고 일컬어지기도 하는 여불위(呂

不韋)가 진나라 재상으로 있으면서 학자들을 시켜 〈여씨춘추〉 26
권을 편찬하게 했는데, 맨 첫머리에 실려 있는 것이 십이기(十二
紀)란 것입니다.

십이기는 곧 12월기(月紀)를 말한 것으로 월령의 영(令)은 정령
(政令)의 뜻입니다."

"진시황은 책을 불사른 것으로 유명한데 그 진시황의 재상인 여불
위는 책을 편찬하는 일에 열심이었다는 것은 이상하군요."

"이상할 거야 없지요,

책을 불사른 것은 여불위가 아닌 이사(李斯)였고, 여불위가 책
을 편찬하게 한 것은 진나라 건국 말기로 통일 이전의 일이었으니
까요.

뿐만 아니라 여불위는 진시황에 의해 자살을 해야만 했던 사람
인 만큼 책을 불사른 것과는 아무 상관도 없는 일입니다.

진시황이 선비를 죽이고 책을 불살랐다 하여, 그를 여불위의 사
생아로 꾸민 것뿐으로, 여불위는 나름대로 문화사업에 힘쓴 공로
가 있다고 보아야 할 것입니다.

〈여씨춘추〉는 도가(道家)와 유가(儒家)의 내용이 중요한 부분을
차지하고 있고, 〈예기〉의 월령편을 십이기편을 간추린 것으로 보
는 것과 마찬가지로, 〈예기〉 제19편인 악기(樂記)도 한나라 하
간(河間) 헌왕(獻王)이 〈여씨춘추〉 속의 대악적음편(大樂適音
篇)을 간추린 것으로 되어 있으며, 사마천도 〈사기〉의 율서(律
書)와 역서(歷書)에서 〈여씨춘추〉의 내용을 참고로 했다고 하니
까요."

"진시황을 여불위의 사생아라고 하는 까닭은 어디에 있습니까?"

"그 이야기는 뒤로 미루고 먼저 월령편부터 이야기 하기로 합시
다.

맹 춘 지 월
孟春之月

　맨 첫머리에 맹춘지월(孟春之月)이라고 나와 있습니다. 1년을 4
계절로 나누어 봄(春)·여름(夏)·가을(秋)·겨울(冬)로 하고, 그
사계절을 다 똑같이 첫(孟)·중간(仲)·끝(季)으로 나누어 부른 것
입니다. 1월·2월이라 부르지 않고, 첫봄(孟春)이니 첫여름(孟夏)이
니 하고 이름을 붙인 것은 숫자적인 순서보다 봄과 여름이란 계절
의 변화에 따라 시행하는 정령이 다를 수밖에 없으므로 당연히 그
랬어야 했던 겁니다.

　우선 여기서 말한 첫봄은, 그 당시의 달력으로는 3월에 해당했으
므로 1월과 첫봄과는 뜻이 같을 수 없었던 것입니다.

　공자가 봄이 시작되는 달로 첫 해의 시작을 삼는 것이 옳다고 한
것도 그런 이유에서였습니다.

　다음에 있는 일재영실(日在營室)의 영실은 별자리 이름입니다.
달을 바탕으로 한 음력은 해를 바탕으로 한 양력처럼 절기와 날짜
가 늘 일치할 수 없습니다. 음력의 그런 불합리한 점을 보충하기 위
해 생긴 것이 이른바 24절기(二十四節氣)란 것입니다. 이 24절기는
양력과 일치합니다. 즉 해의 위치에 따라 변하는 상황을 간단한 두
글자로 나타낸 거지요.

　양력을 쓰며 음력이 잊혀져 가고 있는 지금도 이 24절기만은 늘
귀에 익숙하게 듣고 있는 것은, 그 두 글자가 지니고 있는 뜻이 긴
설명을 대신해 주고 있기 때문입니다.

　맹춘은 첫봄이란 뜻인데, 그 첫봄이란 말을 입춘(立春)이란 말로
대신한 것이 절기의 이름입니다. 입춘은 봄의 문턱으로 들어섰다는
뜻입니다. 입춘 다음이 우수(雨水)지요. 눈 대신 비가 내리고 얼음
이 물로 변한다는 뜻으로 볼 수 있겠지요.

　해가 영실이란 별자리에 있다는 것은 정확하게 무엇을 말한 것

인지 나로서는 모르겠군요.

주석에는 '해와 달이 영실이란 별자리에 모이는 때'란 뜻으로 풀이하고 있습니다.

다음에 나오는 혼삼중(昏參中)은, 해가 지고 어두워질 무렵 삼성(參星)이 남쪽 한가운데에 있다는 것이고, 단미중(旦尾中)은 아침 해뜰 무렵에는 미성(尾星)이 남쪽 한가운데 있다는 것입니다.

즉, 절기는 달과는 상관이 없고, 해와 별의 위치에 의해 결정된다는 것을 보여준 것입니다.

다음 기일갑을(其日甲乙)은 '그 날은 갑(甲)과 을(乙)이다'라는 뜻입니다. 앞에서도 잠시 말했었지만 옛날 중국에서는 시간과 날짜와 달과 해를 60진법인 육십갑자(六十甲子)로 쓰고 있었는데, 그 육십갑자는 열 개의 천간(天干)과 열두 개의 지지(地支)의 배합에 의해 이루어지게 됩니다. 이 천간과 지지를 간단히 간지(干支)라고도 하며, 간(干)은 곧 양(陽)으로 해와 하늘을 뜻하고, 지(支)는 음(陰)으로 달과 땅을 뜻합니다.

이 열 개의 천간은 둘씩 오행(五行)에 붙게 되는데, 처음에 있는 갑을(甲乙)은 오행 가운데 나무(木)에 붙게 됩니다. 그 날을 갑을이라고 한 것은, 봄은 나무의 기운이 주인이 된다는 뜻입니다."

"5행과 사계절은 수가 맞지 않는데, 남는 하나는 어떻게 합니까?"

"음양이니, 오행이니 하는 것에 관심이 깊은 것 같군요. 다음에 나오게 됩니다. 봄은 나무로 갑을이 주인이 되고, 여름은 불로 병정(丙丁)이 주인이 되고, 가을은 쇠로 경신(庚辛)이 주인이 되고, 겨울은 물로 임계(壬癸)가 주인이 됩니다.

그리고 남는 무기(戊己)는 흙으로 여름 끝달에 붙는 걸로 되어 있습니다.

천간의 경우는 그렇게 되지만 지지의 경우는 다릅니다. 천간은 둘이 남으므로 여름 끝달에 붙이면 그만이지만, 지지는 넷이 남거든요. 그래서 지지의 경우는 봄의 끝달인 진(辰)과, 여름의 끝달인 미(未)와, 가을의 끝달인 술(戌)과, 겨울의 끝달인 축(丑)을 모두 흙으로 하고 있습니다.

그런데 여기에 또 문제가 생깁니다. 사계절의 끝달을 모두 흙으로 하면, 흙은 4개월이 되고 나머지 넷은 2개월이 되고 맙니다. 그래서 1년을 360일로 잡고, 이것을 5로 나누면 72가 됩니다. 그래서 각각 72일씩으로 정하고, 계절 맨 끝의 18일씩을 떼어 흙의 날로 하고 있습니다. 즉 계절 맨 끝의 18일 동안은 흙이 주인인 것으로 되어 있습니다.

그런데 천간의 무기(戊己)가 여름 끝에 붙게 된 까닭은, 오행의 상생원리(相生原理)에서 불의 계절인 여름이 흙을 낳기 때문입니다. 그러므로 흙은 사계절 각각의 끝달 18일 동안의 주인이기는 하지만, 그 사계절 가운데 여름의 18일 동안에 그 위력을 최고로 발휘하게 되는 것입니다. 그래서 이 18일 동안을 토왕(土王)이 용사(用事)하는 기간이라 하여 흙을 움직이는 일은 하지 않는 걸로 되어 있었습니다.

지금은 그런 말을 쓰지 않습니다만, 시골에 가면 '동토(動土)'라는 말을 노인들로부터 혹 듣게 됩니다. 뜻하지 않은 우환이나 재난이 든 것을 말하는데, 쉽게 말해 귀신의 비위를 건드려 벌을 받게 되었다는 뜻입니다. 여름에 흔히 집을 수리하거나 방구들을 고치거나 하는데, 토왕이 집권하고 있는 18일 안에 흙을 움직인 것이 곧 동토(動土)가 되는 것이지요. 이 동토라는 말은 수천 년 묵은 전통이 아직 그 뿌리가 다 뽑히지 않고 남아 있는 한 자취라고 할 수 있습니다.

다음에 기제태호(其帝太皞)라는 말이 있는데, '봄을 맡은 제왕은 태호복희씨(太昊伏羲氏)'란 뜻입니다. 복희씨는 나무의 덕(木德)으로 천하를 다스린 임금이라고 전해지고 있기 때문에, 봄에는 복희씨를 최고의 신으로 받들어 모신다는 뜻입니다.

다음의 기신구망(其神句芒)은, '최고신을 보좌하는 신은 구망'이란 뜻으로, 구망은 소호씨(少昊氏)의 아들 중(重)을 가리키고 그가 목관(木官) 벼슬에 있었으므로 그렇게 부른 것이라 합니다.

다음의 기충린(其蟲鱗)은, '그 짐승은 비늘이 달린 것이다'라는 뜻입니다. 즉, 봄을 맡은 짐승은 용(龍)이란 뜻입니다. 봄의 빛은 나무와 같이 푸르므로 보통 창룡(蒼龍)이니, 청룡(靑龍)이니 하고 말합니다. 고구려 왕릉 벽화에 있는 그림도 다 이런 전통사상에서 그려진 것입니다.

기음각(其音角)은 궁상각치우(宮尙角徵羽) 다섯 음 가운데, 역시 나무(木)의 소리인 각을 주로 한다는 뜻입니다.

다음의 율중태주(律中太簇)는 십이 율(律)가운데 태주가 봄에 해당된다는 뜻입니다. 십이 율은 다시 율(律)과 여(呂)로 각각 여섯씩 나뉘게 되는데, 율은 양(陽)에 속하고 여(呂)는 음(陰)에 속한다고 합니다. 태주는 육률(六律) 가운데 두 번째 것으로 그 대롱의 길이가 7촌 7푼 2라고 합니다. 맨 처음인 황종(黃鍾)은 8촌 7푼 1이고 세번째의 고선(姑洗)은 6치 7푼 4, 네번째인 생빈(蕤賓)은 5치 6푼 $\frac{1}{3}$, 다섯째인 이칙(夷則)은 5치 4푼 $\frac{2}{3}$, 끝의 무역(無射)은 4치 4푼 $\frac{2}{3}$라고 되어 있습니다.

다음의 기수팔(其數八)은, 홀수인 1, 3, 5, 7, 9를 천수(天數) 혹은 양수(陽數)라 하고, 짝수인 2, 4, 6, 8, 10을 지수(地數) 혹은 음수(陰數)라고 하는데, 이 양수와 음수가 합쳐져서 나무니 불이니 하는 오행을 낳게 된다는 것입니다.

그래서 1과 6이 합쳐져 물이 된다 하여 일육수(一六水)라 하고, 2와 7이 합쳐져 불이 된다 하여 이칠화(二七火)라 하고, 3과 8이 합쳐져 나무가 된다 하여 삼팔목(三八木)이라 하고, 4와 9가 합쳐져 쇠가 된다 하여 사구금(四九金)이라 하고, 5와 10이 합쳐 흙이 된다 하여 오십토(五十土)라고 합니다.

여기서 '그 수가 8'이라고 한 것은 양수인 3이 음수인 8을 만나 나무를 낳게 된다는 뜻입니다.

다음에는 맛과 냄새까지도 오행과 결부시켜, 신 것은 나무의 맛으로 봄의 맛이고 양비린내는 봄의 냄새에 속한다고 적고 있습니다.

기사호(其祀戶)는, 봄에는 방문을 맡은 귀신에게 제사를 지낸다는 뜻입니다. 여름에는 부엌귀신에게, 여름 끝달에는 방안귀신에게, 가을에는 대문귀신에게, 겨울에는 큰길귀신에게 제사를 지내는 것으로 되어 있습니다. 당시의 민간신앙을 말해 준 것이라 볼 수 있습니다.

그런데 끝에 있는 제선비(祭先脾)는 희생을 제물로 바칠 때 비장을 먼저 올린다는 것인데, 이치로는 봄에 해당하는 간(肝)을 먼저 바칠 것 같은 데, 상극(相克)의 원리에서 흙에 속하는 비장을 먼저 올린다는 것에 특별한 뜻이 있는 것 같습니다.

이런 사소한 것까지도 하나하나 자연의 이치와 결부시킨 것을 보면 옛사람들의 자연에 대한 관심을 알 수 있을 것도 같고, 그와 동시에 갖가지 미신을 낳게 만들어 나들이할 때에도 날을 가려서 하고, 사주다 궁합이다 택일이다 해서 비과학적인 신비력에 의지하려는 무기력한 풍조를 낳게 된 것으로도 볼 수 있습니다.

첫째장에서는 첫봄의 현상을 말하고 있습니다. 동쪽에서 불어오는 바람이 얼어붙은 만물을 녹여 풀리게 함으로써, 땅 속에 있던 벌레들이 겨울잠을 깨어 일어나고 물고기가 물 위로 올라오며, 수달은 물고기를 잡아 제사 지내는 흉내를 내게 되고 남쪽으로 날아갔던 기러기가 돌아오게 된다는 것입니다.

다음은 둘째장이 되겠는데, 첫째장에서는 자연현상을 말했고, 여기에서는 그 자연의 변화에 따른 사람의 움직임, 즉 정령을 구체적으로 말한 것으로 볼 수 있습니다.

천자는 청양(靑陽) 좌가(左个)에서 거처하는 것으로 되어 있는데, 천자가 달마다 거처하는 곳을 왼쪽에서부터 오른쪽으로 옮겨 1년 사이에 되돌아오게끔 한 것을 알 수 있습니다. 자연의 변화에 순응하며 생활의 단조로움에서 벗어나기 위한 방편이었던 것으로 여겨집니다.

천자가 거처하는 곳을 명당(明堂)이라 하는데 중앙에 태묘태실(太廟太室)이 있고 동쪽을 청양(靑陽), 남쪽을 명당(明堂), 서쪽을 총장(總章), 북쪽을 현당(玄堂)이라 불렀습니다. 그리고 그 중앙을 태묘(太廟)라 부르고 그 왼쪽에 있는 것을 좌가(左个), 오른쪽에 있는 것을 우가(右个)라 불렀습니다. 가(个)는 옆방이란 뜻으로 보면 됩니다.

난로(鸞路)의 로(路)는, 로(輅)로 수레의 뜻입니다. 순임금이 타던 수레로 난새방울(鸞鈴)이 달려 있다고 했습니다. 아마 봄의 빛을 따서 푸른 색깔의 수레를 탄 데서 붙은 이름일 겁니다.

푸른 용을 멍에했다는 가창룡(駕倉龍)의 창(倉)은 역시 푸르다는 뜻의 창(蒼)과 같이 쓰인 것입니다. 푸른 색깔의 말을 푸른 용이라고 한 것입니다.

말의 키가 여덟자가 넘으면 용마(龍馬)라 부른다고 합니다.

수레에는 푸른 기(旂)를 꽂고 푸른 옷을 입으며 푸른 구슬을 찬다고 했으니 역시 봄의 색깔을 따른 것입니다. 동물이 주변의 색깔에 따라 털빛이 변하는 것을 보호색이라고 하는데, 사람도 그 이치를 따른 것이라 볼 수 있습니다.

그런데 먹는 곡식과 고기까지 철을 따라 그 종류가 바뀐다는 것에 관심을 둘 필요가 있을 것 같습니다. 소비형태도 생산구조와 함께 위생을 염두에 둔 것이 아닌가 싶습니다. 편식이 늘 문제가 되고 있는 점들을 생각할 때, 천자부터 솔선수범하고 있는 것이라 볼 수 있습니다.

여름에는 콩과 닭고기를 먹고, 가을에는 깨와 개고기를 먹고, 겨울에는 기장과 돼지고기를 먹는다고 했습니다. 이 말은 짐작컨대 보리밥이나 콩밥을 먹는 것을 말한 것이라 볼 수 있습니다. 그릇은 성기고 바람이 잘 통하는 것을 쓴다고 했는데, 정확히 어떤 것을 말한 것인지는 알 수 없지만, 대나무나 풀덩굴로 만든 그릇을 쓰기 시작한다는 뜻으로 볼 수 있을 것 같습니다.

이 달에 입춘이 있다고 했습니다. 다시 말해 입춘이 들어 있는 달이 첫봄이 된다는 뜻입니다. 음력으로는 정월이 되고 양력으로는 2월이 되지만, 음력의 경우는 12월에 입춘이 들기도 합니다. 그러니까 절기로는 입춘이 드는 달부터 첫봄이 시작된다는 뜻으로 보아야 할 것입니다.

입춘이 되기 사흘 전에 태사(太史)가 천자를 뵙고, '아무 날이 입춘입니다. 거룩한 덕이 나무에 있습니다.'하고 아뢰면, 천자는 그 날부터 사흘 뒤의 제사를 위해 재계에 들어간다는 것입니다. 사흘 동안은 매운 것과 비린 것 등 자극성 음식은 물론이요, 요즘으로 말하면 술·담배·커피같은 것도 절대 들지 않고, 텔리비전이니 라디오니 신문이니 잡지니 하는 것도 절대 보지 않으며 몸과 마음을 깨끗이 하는 것을 재계라고 합니다. 손님접대도 하지 않습니다.

그리고 입춘 날이 되면, 천자는 몸소 3공과 9경과 제후들과 대부들을 거느리고 동쪽 들로 나가 봄을 맞이하는 의식을 갖습니다. 그리고 돌아와 3공과 9경과 대부에게 상을 내리는 한편, 재상에게 명령하여 어진 정치를 펴고 법령을 부드럽게 하여, 새봄을 맞은 기쁨을 함께 나누고 그 은혜가 모든 백성에까지 두루 미치게 하

되, 지나치거나 미치지 못하거나 하는 부당한 일이 없도록 해야
한다는 것입니다.

말하자면 신년하례를 받고 특사를 내리는 한편, 지난 한해를 돌
이켜보며, 거기에 따른 논공행상을 한다는 뜻입니다. 1월 1일을
새해로 보지 않고 입춘날을 새해로 본 것이라 할 수 있습니다.

그리고 태사에게 명령하여 내려오는 전통(典)을 지키고 법을 받
들며, 하늘의 해와 달과 별의 운행을 살펴(司=伺), 그것의 멈추고
(宿) 떠나고 하는 것이 틀리지 않아(不貳) 경도(經)와 위도(紀)를
잃는 일이 없도록 하며, 옛날 천문가와 역가(曆家)가 오랜 세월을
통해 결정한 처음 법칙을 원칙으로 삼게 한다는 것입니다.

말하자면 옛날 역법(曆法)에 맞추어 입춘 날의 해의 위치와 별의
위치가 일정한 그 자리에 와 있는지를 관측하여, 틀림이 없는 지
를 확인하게 한 것이라 볼 수 있습니다."

"태사란 벼슬은 어떤 벼슬입니까?"

"시대에 따라 그 기능과 권위가 달라집니다. 옛날에는 오늘의 비
서실장같은 역할까지도 겸한 적이 있었으며, 그의 발언권은 다른
재상들보다도 강했습니다. 나라의 역사와 기밀문서를 관장하는 한
편 여기 말한 것과 같은 천문과 역법을 맡아 다스리기도 했습니다.

그러다가 뒤에는 예언가로서 임금의 신임을 받게도 되었으나,
나중에는 한낱 점장이같은 위치로 떨어지고 말았습니다. 말하자면
제정일치(祭政一致) 시대에서 제(祭)와 정(政)이 분리되면서, 사람
을 위주로 한 정치는 재상과 대신들이 맡고, 그밖의 기밀에 관한
모든 것을 이 태사가 관장했던 겁니다.

공자가 주나라에 갔을 때, 노자에게 예(禮)를 물었다고 하는데,
그 때 노자의 벼슬이 이 태사였습니다. 이 노자가 다른 기록에는
백양보(伯陽父)란 이름으로 나오는데, 별을 보고 미래를 예언하기

도 하고 점을 치기도 하며 주나라가 언제쯤 기울게 된다는 것을
정확히 안 것으로 나와 있으며, 진헌공이 여희란 오랑캐의 딸을
부인으로 삼으려 했을 때는 태사를 불러 주역 점괘를 얻었는데 점
괘가 좋지 않다고 설명했는데도 헌공은 자기 욕심을 내어 좋다고
풀이하여 자기 뜻대로 강행한 나머지 결국 나라를 어지럽게 만들
었다는 이야기를 앞서 한 것 같습니다.”

“그런데 이 월령편은 너무 내용이 어렵고, 오늘과는 너무 동떨어
진 이야기들로 차 있는 것 같습니다.”

“그것이 〈예기〉의 특색이요, 고전의 일반적인 공통점이라 볼 수
있겠지요? 너무 지루하고 재미가 없으니 월령편은 그만 했으면
좋겠다는 뜻인가요?”

“뭐 그런 뜻은 아닙니다.”

“그래서 참고로 봄에 관한 내용만 하고 끝낼 생각입니다. 때로는
마른 오징어를 씹는 듯한 맛이 고전의 별미일 수도 있으니까요.

이 달에 천자가 원일(元日)을 택해 상제에게 곡식을 빌었다고
되어 있는데, 원일은 입춘이 된 뒤 처음 맞이하는 신일(辛日)을
가리킨 것이라 합니다. 하루 이틀 하는 날짜와는 관계 없이 육십
갑자의 일진(日辰)은 지금도 달력에 적혀 있습니다. 그 일진의 윗
글자를 천간(天干)이라 하는데, 그 윗글자에 신이란 글자가 있는
첫날을 상신일(上辛日)이라 합니다. 여기 말한 원일은 입춘 뒤의
상신일을 말한 것입니다.

그리고 곧이어 원신(元辰)을 택한다고 했는데, 좋은 날이란 뜻
으로 보아 좋을 것 같습니다. 이 날 천자는 몸소 쟁기와 보습을
수레에 실어 참승(參乘)한 무사와 말을 모는 어자와의 사이에 둔
다고 했습니다. 참(參)은 임금과 함께 수레를 타는 무사를 말한
것이고, 보개(保介)는 갑옷의 뜻으로 갑옷 입은 무장을 말한 것입
니다.

참숭한 무장은 오른쪽에 타고, 어자는 가운데 타며, 임금은 왼쪽에 타게 되어 있으니까, 쟁기와 보습을 무장과 어자 사이에 있게끔 실은 것을 말한 것입니다.

그리고 3공과 9경과 제후와 대부들을 거느리고, 천자가 직접 밭갈이 하는 적전(籍田)인 제적(帝籍)에서 천자가 몸소 밭을 가는 의식을 행한다는 것입니다.

물론 의식이니까 곧 상징적인 형식만을 갖추는 거지요. 먼저 천자가 쟁기를 세 번 미는 시늉을 하고, 그 다음 3공은 다섯 번을 밀고, 9경과 제후는 아홉 번을 미는 것으로 의식은 끝납니다.

그리고 돌아와 태침(太寢)에서 잔을 잡고 3공과 9경과 제후와 대부들이 다 함께 마시며, 이를 이름하여 노주(勞酒)라고 한다는 것입니다. 밭갈이 하느라 수고한 것을 위로하는 잔치란 뜻이겠지요.

태침은 임금이 거처하는 정전(正殿)을 말한 것으로 여겨집니다.

그런데 나중에는 첫봄이 아니라, 해동이 되는 다음 달에 선농제(先農祭)를 지냈습니다. 선농은 농사를 처음 가르친 분에 대한 제사로, 신농씨(神農氏)가 제신(祭神)이었다고 합니다.

우리 나라에서도 이 선농제가 동대문 밖에서 행해졌고, 그때 그 제사 고기로 국밥을 끓여 언 몸을 풀며 맛있게 먹곤 했는데, 오늘날 식당에서 만들어 파는 설렁탕이란 것이 바로 이때의 선농탕을 모방한 데서 나온 이름이라 합니다.

이 달에는 하늘의 기운은 아래로 내려오고, 땅 기운은 위로 올라가서 하늘과 땅이 서로 화합하여 하나가 된다고 했습니다. 햇빛은 날로 따스함을 더해 가고 땅에서는 겨우내 꽁꽁 얼어붙었던 만물이 녹기 시작하며, 들과 산에는 겨울에 볼 수 없었던 아지랑이가 일게 됩니다.

이런 현상이 곧 음양이 화합하고 남녀가 배합하여, 새 생명이 탄생하고 번식하는 이치와 같은 것입니다. 새싹이 움트고 잎과 꽃이 피어 열매를 맺는가 하면, 모든 벌레와 짐승들도 암컷 수컷이 한데 어울려 새끼를 치게 되는 것입니다.

그래서 천자는 농사일을 시작하도록 영을 내리고, 농사일을 관장하는 벼슬아치에게 명령하여, 들에 나가 거처하며 직접 농사준비를 서두르도록 백성들을 격려하고 감독하게 했습니다.

명전(命田)의 전(田)은 농사일을 관장하는 전준(田畯)이란 소임을 가리킨 것입니다.

전준의 소임은 구체적으로 밭과 밭 사이의 경계를 다시 분명히 하여 논둑과 밭둑을 수리하고, 논밭 사이의 둑길과 도랑을 자세히 살펴 무너져 내리고 막히고 한 곳이 없게끔 한다는 것입니다.

봉강(封疆)은 논밭의 경계를 말하고, 심단(審端)은 자세히 살펴 바로잡는다는 뜻이며, 경(徑)은 둑길이란 뜻이고, 술(術)은 수(遂)와 같이 쓴 글자로 논밭 사이의 도랑을 말합니다. 옛날에는 정전법(井田法)에 의해 논밭이 바둑판처럼 정리되어 있고, 그 경계마다 좁은 길과 도랑이 나 있었으므로, 겨울 동안 얼었다가 해동과 함께 길도 무너지고 도랑도 막혔을 것이므로 그것부터 먼저 바로잡는 것이 농사일의 첫 준비작업임은 당연한 일입니다. 농경사회에서 정치의 주된 내용이 농사였음을 잘 말해 주고 있는 것입니다.

다음은 단순히 일만 독려하는 것이 아니라, 연구와 지도가 아울러 행해지고 있음을 말해 준 것이라 볼 수 있습니다. 즉 높은 구릉지대와 가파르고 험한 곳과 고원(高原)지대와 저습(低濕)한 지대를 잘 분간하고 살펴, 그 땅에 어떤 곡식이 가장 적합한지를 연구하고 시험하여 그 결과를 바탕으로 백성들을 가르치고 인도하되, 말로만 시키지 말고 반드시 직접 몸으로 실행해 보이도록 한다는 것입니다.

그런데 이런 일을 하는데 있어서 가장 중요한 것은 먼저 지시사항이 분명해야 한다는 것입니다. 그것이 전사기칙(田事旣飭)입니다. 기칙(旣飭)은 지시가 먼저 내려져 있어야 한다는 것입니다.

그러나 그 지시가 막연해서는 안됩니다. 구체적이고 정확한 수치로 나타나 있어야 한다는 것입니다. 그것이 선정준직(先定準直)입니다. 주석에선 준직을 앞에 말한 '경계와 길과 도랑을 말한 것이다(準直謂封疆徑遂也)' 라고 했는데 즉 밭의 넓이가 몇 자이며, 길과 도랑의 너비가 몇 자라는 일정한 값어치 즉 준치(準値)의 뜻으로 보아 좋을 것 같습니다. 다음에 '농민들이 의심을 하지 않는다(農乃不惑)' 는 말이 있는 것으로 보아, 농민들이 먼저 그 경계와 길과 도랑이 어떻게 바로잡히게 될 것인지 알고 있고, 관의 지시에 따라 그들이 짐작한 대로 그대로 나타나기 때문에 의혹을 품지 않게 된다는 것입니다. 요즘으로 말하면 예비지식을 먼저 넣어주는 행정제도와 같은 것이라 볼 수 있습니다.

다음에 악정(樂正)은 악관의 우두머리를 말합니다. 그 악정에게 명령하여 학교에 들어가 춤을 익히게 한다고 했는데, 대개 봄과 가을엔 음악을 가르치고, 여름에는 시(詩)를, 겨울에는 글(書)을 배우는 걸로 되어 있습니다. 봄과 가을은 기후도 알맞아 이때 제사를 받들게 되어 있는데, 제사에는 음악이 반드시 따르게 되어 있었기 때문이기도 할 것입니다.

이리하여 제사의식을 바로 지켜, 산과 숲과 내와 못에 각각 제사를 지내는데, 그 제사에 쓰는 짐승에는 암컷을 쓰지 못하게 했다는 겁니다. 봄에는 새끼를 낳기 때문에 그런 거지요. 봄에 사냥을 못하게 하는 것과 같은 이유입니다.

그리고 나무가 자라날 때이므로 산에 들어가 나무를 베지 못하게 하며, 새집을 엎어버리지 못하게 하고, 어린 벌레와 태(胎), 요(夭)와 나는 새를 죽이지 못하게 한다고 했습니다.

여기서 말한 벌레(蟲)는 동물을 다 가리켜 부른 것입니다. 태는 뱃속에 든 것을 말한 것이니 새끼 밴 짐승을 잡지 않는다는 뜻입니다. 요(夭)는 어린 것을 말합니다. 나는 새란 날기를 처음 배우는 어린 새를 말합니다.

무미(毋麛)의 미(麛)는 갓태어난 짐승으로, 갓태어난 새끼를 죽이거나 잡아 오지 말라는 뜻입니다. 알의 경우도 마찬가지입니다. 사람들을 모으지 말라는 것은 농삿일에 방해가 되기 때문입니다. 성곽을 쌓지 말라는 것도 같은 이유에서입니다.

끝에 엄격매자(掩骼埋胔)란 말이 나오는데, 격(骼)은 살이 다 썩은 해골을 말하고, 자(胔)는 살이 붙어 있는 해골을 말한다 합니다. 즉 겨울에 얼었던 흙이 무너져 내리며 땅 속에 묻혀 있던 해골이 밖에 드러나는 일이 있으므로, 그것을 덮어 주고 묻어 준다는 뜻입니다. 무너진 무덤을 고쳐 만드는 것을 사초(莎草)라고 하는데, 사초를 대개 봄에 하는 것도 같은 이유에서라고 말할 수 있습니다.

셋째장에서는 이 달에는 군대 일을 말해서는 안된다고 했습니다. 농사철을 앞두고 전쟁을 일으켜서는 안된다는 것입니다. 춘추전국시대에는 전쟁이 때도 철도 없이 계속되고 있었으므로, 맹자는 만나는 임금마다,

'농사 때를 앗지 않으면, 곡식은 먹고도 남게 된다.'
하고 타일렀던 것입니다.

바쁜 농사철에는 예비군이나 방위군 소집도 중지하고, 군인들이 모심기와 벼베기를 돕는 것도 다 같은 이유에서가 아닙니까?

봄에 백성을 동원해 싸움터로 내보내게 되면 반드시 하늘이 재앙을 내리게 되므로 전쟁을 일으키지 말아야 한다는 것입니다. 하늘이 재앙을 내리기보다 그 자체가 곧 재앙이니 사람이 스스로 일으킨 재앙이라 볼 수 있지요.

그러므로 맹자는 자주 옛글을 인용하여,

'하늘이 내린 자연의 재앙에는 그래도 살아남을 수가 있지만, 스스로 지은 재앙은 면할 도리가 없다.'

라고 했습니다.

전쟁을 일으켜 귀한 목숨을 죽이고 농사를 망치게 하는, 사람이 만든 재앙보다 더 무서운 재앙이 또 어디 있겠습니까?

그러나 침략을 당하게 되면 도리가 없습니다. 상대가 싸움을 걸면 방어하지 않을 수 없습니다. 그러므로 내가 먼저 전쟁을 일으켜서는 안된다고 한 것입니다. 전쟁은 먼저 일으킨 쪽이 지기 마련입니다. 침략전쟁에 내몰린 군사들은 날이 갈수록 스스로 회의를 일으키기 때문입니다. 그것이 하늘의 재앙일 수도 있지요.

그것은 곧 봄에 만물을 소생시키고 성장하게 하는 하늘의 이치와 땅의 이치를 거스르는 것이므로 그래서는 안되며, 또한 하늘과 땅의 이치에 맞게 행동해야 할 사람의 기강을 문란하게 하는 일이니 안된다는 것입니다.

끝에는 이렇게 말하고 있습니다.

'첫봄에 여름 정령을 시행하게 되면, 비가 제때에 내리지 않게 되어 풀과 나무가 말라 일찍 잎이 떨어지고, 나라에 때때로 헛소문이 돌아 백성들이 공포에 떠는 일이 생긴다.'

결국 시행착오로 인한 행정적인 재난이 자연의 재난을 불러오게 되고, 그것이 연쇄반응으로 작용하여 유언비어가 사람들을 공포속으로 몰고 가게 된다는 것입니다.

또 봄에 가을의 정령을 시행하게 되면 백성들이 뜻하지 않은 전염병에 시달리게 되고, 폭풍과 폭우가 한꺼번에 밀어닥쳐 곡식은 제대로 자라지 못하고, 명아주(藜)와 가라지(莠)와 쑥(蓬蒿)과 같은 잡초만이 무성하게 된다고 했습니다.

또 봄에 겨울의 정령을 시행하게 되면 홍수와 장마가 큰 피해를 주게 되고, 철아닌 눈과 서리가 크게 내려 일찍 심은 곡식들을 추수할 수 없게 된다고 했습니다."

"막연하게 여름 정령이니, 가을 정령이니, 겨울 정령이니 하고 말했는데, 구체적으로 어떤 것입니까?"

"그건 다음에 나옵니다. 그 내용이 어떤 것이냐 하는 것보다도 행정지시나 명령이나 시행이 때에 맞게끔 실시되지 않으면, 그것은 곧 인재(人災)인 동시에 천재까지 불러오게 되니 깊이 삼가해야 한다는 뜻으로 보아야 할 것입니다. 위정자의 무관심과 무분별한 정령과 시행착오가 얼마나 무서운 것인가를 말한 것입니다.

이상이 첫봄에 대한 것인데 모두 지루하게 여기는 모양이니, 월령편은 이 정도로 끝내기로 합시다."

"아까 진시황과 여불위의 이야기를 하시면서, 진시황이 여불위의 사생아란 말씀을 하셨는데, 대개 어떤 내용이며, 뒤의 사람이 진시황이 미운 나머지 그렇게 꾸민 것일지도 모른다고 하셨는데, 아무리 꾸민다 해도 그럴 만한 근거가 있을 것 아닙니까?

"공자의 제자 자공은 〈논어〉에서 이런 말을 했습니다.

'은나라 주(紂)임금은 사실 그렇게 악한 임금은 아니었다. 그러므로 군자는 하류(下流)에 있기를 싫어한다. 천하의 모든 악한 것들이 다 그리로 모여들기 때문이다.'

주임금은 아기 밴 부인의 배를 갈라 뱃속에 든 아기를 구경하기도 하고, 겨울에 냇물을 건너는 사람을 보고,

'저놈의 종아리는 어떻게 생겼기에 추운 줄도 모른단 말이냐?'

하고 종아리뼈를 잘라 골을 꺼내보기도 했으며, 포락지형(炮烙之刑)이라 하여, 죄인들을 숯불이 이글거리는 위에 걸쳐 놓은 기름친 구리대들보를 건너게 하여, 가다가 불 속에 떨어져 참혹하게 죽어가는 모습을 바라보며, 사랑하는 달기(妲己)란 여자와 함께 축배를 들곤 했다는 이야기들이 다 과장된 만들어낸 이야기라고

자공은 생각했던 것 같습니다.

진시황에 대한 이야기들도 과장과 거짓이 많으리라는 전제 아래, 한낱 재미있는 이야기 정도로 들어 두는 것이 좋을 것 같습니다.

怪傑, 呂不韋
괴걸   여불위

"〈예기〉 월령편의 기초자료가 여불위가 학자들을 시켜 편찬하게 한 십이월기(十二月紀)란 것은 처음에 말했습니다. 그 십이월기가 들어있는 〈여씨춘추〉가 26권으로 되어 있다는 것도 말했습니다.

책 이름을 '춘추'라고 붙인 것은 공자의 〈춘추〉를 염두해 두었기 때문이었을 겁니다. 여불위 자신은 공자와 같이 위대한 사업을 마무리 짓는다는 어떤 역사적 사명감 같은 것을 가지고 있었던 것으로 여겨지기도 합니다.

나폴레옹이 포로의 신세로 감옥살이 하는 동안 남긴 회고록에 보면, 전쟁터에서 크게 이긴 것에 대해서는 이렇다할 자랑 같은 것을 느끼지 못하고 있으면서, 유독 프랑스의 민법(民法)을 정리하여 하나의 완전한 법전(法典)을 만든 것에 대해서는, 그 나름대로 무한한 자부심을 느끼고 있었다 합니다.

결국 붓은 칼보다 강하며 정신은 힘보다 보람된다는 말이 되겠습니다.

지금 이야기하려는 여불위는, 한낱 장사꾼의 아들로 그 자신도 장사꾼에 지나지 않았습니다. 그런 그가 그 장사하는 뛰어난 머리로 천하를 호령하는 위치로까지 뛰어올랐으니, 역사가들이 평한 그대로 역사에서 첫손 꼽힐만한 기인(奇人)임에 틀림없습니다. 그런 그가 결국은 자살로써 일생을 마치고 마는데, 그가 만일 지난날의 회고록을 쓰게 되었다면 나폴레옹과 마찬가지로 부귀영화를 누린 것보다는 〈여씨춘추〉를 남긴 것에 보다 큰 보람을 느낀다고 했을 것입니다.

공자는 〈논어〉에서 이런 말을 했습니다.

'제나라 경공(景公)은 수레를 끄는 말을 4천 마리나 가지고 있었다. 그러나 그가 죽는 날 백성들은 그를 칭찬할 만한 아무것도 찾아낼 수 없었다.

백이와 숙제는 수양산 밑에서 굶어 죽었지만 백성들은 오늘날도 그들의 일을 자랑스럽게 말하고 있다.

옛글에 부귀가 중한 것이 아니고, 역시 남다른 일을 하는 것이 중하다고 했는데, 그 말이 바로 이 제경공과 백이숙제를 두고 한 말일 것이다.'

이 남다른 일이란 무엇이겠습니까? 보통사람들이 하지 못하는 옳고 보람된 일을 말한 것입니다.

여불위는 그 자신이 한 모든 일이 다 보람된 것으로 알고 했을 것입니다. 그러나 후세 사람이 말하는 보람된 일이란 〈여씨춘추〉를 남긴 일입니다.

그러므로 그의 이야기를 살펴보면서, 우리가 어떤 일에 보람을 느껴야 할 것인가를 생각하는 것이 중요할 것 같습니다.

여불위는 조나라 양적(陽翟) 사람으로, 부자가 함께 행상을 했습니다. 각국을 돌아다니며 싼 물건을 사서 비싸게 파는 떠돌이 행상을 했으나, 차츰 규모가 커지며 국제무역을 하게 되었습니다.

2백 년쯤 전인 공자 당시도 상업이 발달해 있었던 모양으로, 공자의 제자 자공은, 공자를 모시고 각국을 돌아다니며 국제무역을 해서 큰 돈을 번 것으로 알려져 있기도 합니다. 그러므로 공자가 〈논어〉에서 제자들을 평하는 가운데 이 자공을 일러,

'그는 부자가 될 운명이 아닌데도 돈을 벌고, 앞날을 예측하면 곧잘 맞곤 한다.'

라고 평한 것도, 자공의 장사솜씨와 시세변동에 대한 예민한 감각

을 칭찬한 것이라 볼 수 있습니다.

　그러나 자공은 공자의 가르침을 받았기 때문에, 여러 나라에서 재상이 되기도 하고 돈을 물쓰듯 하기도 했지만, 떳떳하지 못한 일을 꾀한 일은 없었습니다.

　그러나 여불위는 철두철미한 장사꾼이었습니다. 정상배(政商輩)니, 정경유착(政經癒着)이니 하는 말이 있는데, 이 여불위가 바로 그런 전형적인 인물이었다고 볼 수 있습니다.

　여불위가 마침 조나라 서울 한단(邯鄲)에 와 있을 때, 길을 가던 도중 진(秦)나라 왕손으로 조나라에 인질로 와 있는 이인(異人)이란 사람을 먼 발치에서 바라보게 되었습니다.

　그 당시는 나라와 나라 사이에 인질을 주고받는 일이 널리 행해지고 있었는데, 맹세나 약속을 어기지 않는다는 담보로 가 있는 것입니다.

　이때 이인은 진나라가 조나라를 침략하지 않는다는 담보로 와 있던 셈이었습니다. 그러나 그 뒤 진나라는 자주 조나라를 침범하였고, 이때는 조나라를 완전히 정복할 목적으로 장기전 태세에 들어가 있었으므로, 이인은 목숨이 위태로운 상태에 있었습니다.

　두 나라가 평화를 유지하고 있을 때는 인질이 국빈대우를 받게 되지만, 인질을 보낸 나라가 약속을 어기고 침략을 해 왔을 때는 포로나 다름없는 신세로 떨어지게 됩니다.

　노여움을 참지 못한 조왕은 이인을 죽이려고까지 했습니다. 그러나 신하들이 말려 겨우 목숨을 부지하는 형편이었으므로 생활이 말이 아니었습니다.

　조왕은 곧 이인을 총대(叢臺)라는 별궁에 안치시켜 두고, 공손건(公孫乾)이란 대부와 함께 있게 하여 이인의 출입을 감시하며 따라다니게 했습니다.

　자연 그에게 공급되던 음식이며 비용이며 모든 것이 전만 못하게 되었고, 이인이 나갈 때면 초라한 수레를 타야만 했습니다.

먹고 입고 쓰기가 궁색함은 물론이고 행동의 자유를 잃은 데다가 언제 어떤 불행이 닥쳐올지 모르는 판국이었으므로, 이인은 몸이 점점 초라해지고 얼굴에는 수심기가 떠나지 않았습니다.

그 이인이 별궁 난간에서 밖을 내다보고 있는데, 여불위가 담 밖에서 그를 바라보게 된 것입니다.

여불위는 옆에 있는 사람을 보고,

'저기 서 있는 사람이 누구입니까?'

하고 물었습니다. 너무도 인물이 뛰어나 보였기 때문입니다.

'저 사람이 바로 진왕의 태자 안국군(安國君)의 아들입니다. 조나라에 인질로 와 있었으나, 진나라가 자꾸만 조나라를 침범하기 때문에, 우리 임금께서 죽이려고까지 했습니다. 그러다가 지금 저 총대에 갇혀 있으면서 물품의 공급이 제대로 되지 않아거지나 다름없는 신세지요.'

옆 사람의 설명을 들은 여불위는, 순간 머리에 떠오르는 생각이 있었습니다. 그 인질이 천하에 보기 드문 보물로 보인 것입니다. 그의 생김새로 보아 크게 될 인물이 틀림없으니, 그가 궁해 있을 때 그를 사귀어 두면 뒷날 크게 도움을 얻게 되리라는 생각이 떠오른 것입니다.

여불위는 집으로 돌아와 그의 아버지에게 물었습니다.

'농사하는 이득은 몇 배쯤 됩니까?'

'잘하면 열 배는 되지.'

'보석을 팔면 이득이 몇 배나 됩니까?'

'백 배는 되겠지.'

'만일 어느 한 사람을 도와 임금이 되게 하고 나라의 실권을 잡는다면 그 이득이 몇 배나 되겠습니까?'

아버지는 웃으며 대답했습니다.

'그 이득은 천만 배가 넘어, 수치로 나타낼 수가 없겠지.'

아버지와 아들은 더 이상 말이 없었지만 뭔가 통하는 것이 있었을 겁니다.

여불위는 백 금(百金)이란 엄청난 돈을 예물로 주고 감시관인 공손건과 친교를 맺고, 이인이 있는 총대로 자주 찾아가 장사와 국제정세에 대한 이야기를 주고 받으며 차츰 공손건과 친해지게 되었습니다.

돈 많은 장사꾼들이 관을 끼고 모든 편의를 얻는 것은 예나 지금이나 다를 바가 없었을 터이므로, 공손건은 여불위에게 어떤 숨은 계획이 있는 것으로는 생각하지 못한 것입니다.

그러는 사이에 자연스럽게 이인과도 만날 수 있었습니다.

여불위가 짐짓 모르는 척하며 이인의 내력을 묻자, 공손건은 사실대로 모든 것을 이야기해 주었습니다.

어느 날 공손건은 여불위를 초청해 술을 대접하게 되었습니다. 자주 받기만 한 것에 대한 답례를 하려는 것이었겠지요.

여불위는 천연덕스럽게,

'술은 친구가 있어야 맛이 난다지 않습니까? 여기 다른 손님도 없고 이왕 이곳에 진나라 왕손이 와 있다니, 그를 청해 자리를 함께 하는 것이 어떻겠습니까?'

공손건도 그게 좋을 것 같아, 곧 이인을 오게 하여 여불위와 인사를 나누게 하고 함께 술을 마시게 되었습니다.

술이 반쯤 취했을 무렵, 공손건이 잠시 자리를 뜨고 여불위가 이인과 단 둘이 남게 되었습니다. 기회가 쉽게 찾아온 거지요.

여불위는 나직한 목소리로 이인에게 속삭이듯 말했습니다. 여러 나라를 오가며 장사를 하고 있는 여불위였고 또 이인에게 목표가 정해져 있던만큼, 인질로 와 있는 이인보다 진나라 내막을 소상하게 알고 있는 여불위였습니다.

'지금 진왕께선 이미 연세가 많으십니다. 언제 세상을 버리실지 모르는 일입니다.

　지금 태자께서 사랑하고 계신 것은 화양부인(華陽夫人)인데, 부인에게 아들이 없습니다. 전하의 형제가 20여 명이 되지만 아직 그 누구도 화양부인의 총애를 독차지한 사람은 없습니다. 전하께서 이런 때에 진나라로 돌아가 화양부인을 섬겨 부인의 아들이 되신다면 뒷날 태자가 될 수도 있지 않겠습니까?'

여불위가 천만 배의 이득을 올리겠다고 꿈꾸고 있는 것이 바로 지금 말한 그것이었습니다.

고국으로 돌아간다는 말에 이인은 눈물을 흘리며 이렇게 대답했습니다.

'볼모로 와 있는 몸이 어찌 그런 것을 바랄 수 있겠습니까? 고국 이야기만 들어도 칼로 염통을 저미는 것만 같습니다만 안타깝게도 벗어날 계책이 없습니다.'

'제가 비록 가난하지만 천금을 아끼지 않고 진나라로 들어가, 태자와 부인을 달래어 전하를 본국으로 돌아가게끔 하고 싶은데 전하의 생각은 어떻습니까?'

'만일 그렇게만 된다면 부귀를 함께 하겠습니다.'

내가 임금이 되면 너는 재상이 된다는 뜻입니다.

이야기가 막 끝나자 공손건이 돌아왔습니다. 그는 여불위에게,

'여군(呂君)은 무슨 이야기를 했소?'

하고 물었습니다.

'왕손에게 진나라의 보석 시세를 물어 보았으나 왕손은 모른다고만 했습니다.'

장사꾼이니 그런 이야기밖에 더할 것이 무엇 있겠는가 하는 생각에서, 공손건은 아무 의심도 하지 않고 다시 술잔을 들어 서로 권하며 마냥 즐겁게 놀다가 헤어졌습니다.

그 뒤로 여불위는 이인과 자주 만나서 흉허물 없이 지내게 되었고, 주변에 있는 사람들도 둘 사이를 의심하거나 하지는 않았습니다.

여불위는 수시로 이인에게 많은 돈을 건네주며, 주변에 있는 사람들을 그의 사람으로 만들고, 외국 손님들과 친교를 맺도록 시켰습니다. 먼 뒷날의 이득을 위해 아낌없는 투자를 하기 시작한 것입니다.

그리고 여불위는 갖가지 진기한 보석들을 사모은 다음, 공손건을 찾아와 하직인사를 하고 진나라 서울 함양(咸陽)으로 들어갔습니다.

화양부인의 언니도 초나라에서 진나라로 함께 시집와 같이 산다는 것을 알고 있는 여불위는, 먼저 그 언니 집 사람들을 돈으로 사귀어 그 언니를 만날 수 있었습니다.

'왕손 이인이 조나라에 있으면서 밤낮으로 태자와 부인을 잊지 못하고, 아침저녁으로 서쪽을 향해 두 분의 만수무강을 빌며 절을 올리고 있습니다. 그리고 저에게 작은 물건을 예물로 보냈사온데, 이것은 왕손이 이모님께 드리는 것이옵니다.'

하고 금은보석이 들어 있는 함을 하나 올렸습니다.

화양부인의 언니는 이 말에 기뻐 어쩔 줄을 모르며, 직접 대청으로 나와 발 안에서 여불위를 만나보고 위로의 인사를 건넸습니다.

'이것이 비록 왕손의 아름다운 뜻이기는 하나, 귀하신 손님께서 먼 길에 수고가 많으십니다. 그래, 왕손이 조나라에 있으면서도 고국을 생각하는지요?'

'저는 왕손이 계신 공관에서 자주 만나 흉허물 없이 이야기를 나누는 사이이므로 그의 마음을 잘 알고 있습니다.

왕손은 밤낮으로 태자와 부인을 생각하며 늘 나는 어려서 어

머니를 잃었고, 부인이 곧 나의 적모이므로 본국으로 돌아가 받들어 모시며 효도를 다하고 싶다라고 합니다.'

이렇게 돈과 보석과 거짓말로 언니의 마음을 마냥 기뻐 들뜨게 만든 다음, 다시 5백 금에 해당되는 금은보석을 올리며 이렇게 말했습니다.

'왕손께서 돌아와 태자와 부인을 모시지 못하는 형편인지라 작은 예물로써 효성을 표하고자 이모님을 통해 전해 올렸으면 하고 보내온 물건이옵니다.'

누런 금덩이는 사람의 마음을 검게 만든다는 옛글이 있습니다. 그래서 뇌물이 오가는 것 아니겠습니까? 특히 보석 앞에 약한 것이 여자입니다.

언니는 곧 사람을 시켜 여불위를 사랑으로 모시고 술과 음식을 대접하게 하는 한편, 직접 보석상자를 들고 궁중으로 화양부인을 찾아가, 물건과 함께 여불위가 하던 말을 그대로 전했습니다.

화양부인은 그 값진 보석을 보고는 왕손이 그만큼 자기를 생각하는 것으로 믿게 되었습니다.

후궁에서 난 수많은 아들 가운데 누구를 자기 아들로 삼아야 좋을지를 몰라 늘 미뤄만 오던 처지였으므로, 이인이 자기 친아들처럼 여겨지는 것도 당연한 결과였습니다.

언니가 돌아와 부인이 기뻐하던 모습을 여불위에게 전하자, 여불위는 넌즈시 이렇게 물었습니다.

'지금 부인께선 아드님이 몇 분이나 계신지요?'

'없습니다.'

알면서도 모르는 듯이 물어야만 다음 말이 진실성이 있게 들리지 않겠습니까? 여불위는 금방 생각이 떠오른 듯이 이렇게 말했습니다.

'아름다움으로 사람을 섬기는 사람은 그 아름다움이 시들게 되면 사랑 또한 식게 된다고 들었습니다. 지금 부인께서 태자를 섬기며 크게 사랑을 받고 계시나, 아들이 없으시다니 뒷날이 염려되옵니다. 이때를 넘기지 마시고 여러 아들 가운데 어질고 효성이 있는 사람을 골라 아들을 삼으신다면, 백 년 뒤 그 아들이 임금이 될 것이니 부인께선 국모로서 위엄과 세도를 끝까지 누리시게 될 것입니다. 그렇지 않으면 뒷날 아름다움이 시들고 사랑이 식었을 경우 아무리 뉘우쳐도 소용이 없습니다.

지금 왕손 이인은 사람됨이 원래 어질고 효성스러우며, 또 스스로 부인을 의지하려 하고 있고, 그 자신이 후궁의 소생인지라 태자가 될 수 없다는 것도 잘 알고 있습니다.

부인께서 그런 그를 발탁하여 적자로 삼으신다면, 부인께선 대를 이어 진나라의 영화를 누릴 수 있지 않겠습니까?'

'말씀을 듣고 보니 과연 그럴 것 같군요. 내 그대로 전하리다.'

그리고 곧 궁중으로 들어가 여불위가 한 말을 그대로 화양부인에게 전했습니다.

부인도 어렴풋이 그런 걸 느끼지 못한 것은 아니었지만, 직접 남의 말을 듣자 금방 초조한 생각이 들었습니다.

그래서 태자를 모시고 술을 권하던 어느 날 밤, 태자가 술기운이 반쯤 돌기 시작했을 때 화양부인은 갑자기 흐느끼기 시작했습니다. 예나 지금이나 아름다운 여자치고 연극솜씨가 뛰어나지 않은 사람은 별로 없었던 것 같습니다.

그러니 태자는 깜짝 놀랄 수밖에요.

'아니? 왜 그러오?'

부인은 눈물을 닦고 나서 조용히 입을 열었습니다.

'첩이 후궁으로 들어와 전하의 사랑을 받은 지 이미 오래나, 아직 자식을 낳지 못했고 앞으로도 자식을 바라기 어려운지라, 갑

자기 슬퍼진 때문이옵니다.'

태자는 곧 그녀의 속마음을 알아챌 수 있었습니다.

'내가 낳은 자식만이 자식은 아니지않소? 여러 아들 중에 부인의 마음에 드는 아이를 아들로 삼으면 되지 않겠소?'

'저도 그러고 싶습니다. 전하께서 승낙해 주시는 거지요?'

'승낙이고 말고가 어디 있소? 그래 누구 마땅한 아이라도 있단 말이오?'

'저도 그동안 여러 모로 알아도 보고 생각도 해 보았습니다만 별로 마음에 드는 사람이 없었습니다.

그런데 요즘 들려오는 소문에 의하면, 초나라에 인질로 가 있는 이인의 사람됨이 참되고 어질며 학문을 좋아하는지라, 각 나라 사절들이 그를 무척 좋아한다 하옵니다. 그 이인을 낳은 어미마저 일찍 죽고 없다 하니 그 이인을 아들로 삼게 되면, 내가 낳은 어질지 못한 자식보다 백 배 낫지 않을까 하는 생각이 드옵니다.'

'그래요? 그것 참 반가운 소식이오. 부인의 생각이 그렇다면 나는 부인의 뜻을 따르겠소.'

태자 안국군(安國君)은 쾌히 승낙을 했습니다. 그러나 많은 후궁들 틈에 있는 남자의 마음은 풀잎과 같은 것이어서 바람만 불면 뒤집히기 마련입니다. 더구나 술자리에서의 승낙이란 믿기 어려운 것입니다. 영리한 화양부인이 그런 이치를 몰랐을 리 없지요.

'전하께서 오늘은 첩에게 그런 승낙을 하셨지만, 내일 또 다른 후궁의 말을 들으시면 오늘의 승낙은 곧 잊게 되실 겁니다.'

쇠뿔은 단번에 빼야 한다는 이치를 잘 알고 있는 그녀였고, 태자는 그런 그녀가 더욱 마음에 들기도 했을 겁니다.

'부인이 그래도 믿지 못한다면 내 약부(約符)로써 맹세를 하겠소.'

태자는 곧 구슬에 적사이인(適嗣異人)이란 네 글자를 새겨 복판을 갈라 각각 한쪽씩을 갖기로 했습니다. '적사이인'이란 '이인을 뒤를 이을 아들로 삼겠다'는 말입니다.

여불위의 뇌물과 구변으로 완전히 마음이 이인에 빠진 화양부인은, 태자에게 곧 이인을 데려올 방법을 물었습니다.

'조나라에 인질로 가 있는 이인을 어떻게 돌아오게 하지요?'

'기회를 보아 부왕께 청해 보아야 하겠지요'

그러나 진나라 소양왕(昭襄王)은 태자의 청을 들어주지 않았습니다. 이인을 돌아오게 하려면 조나라에 대한 침략을 중지하고, 다른 왕자나 왕손을 인질로 대신 보내야만 하기 때문입니다. 조나라가 쉽게 굴복할 줄로 믿고 시작한 침략이었는데, 좀체로 항복할 기미를 보이지 않자, 늙은이의 자존심이 더욱 상해 있었던 것입니다.

이때 여불위는 타고난 외교수단과 돈의 힘으로 태자 주변의 인물들과도 사귀고 있었고, 태자 또한 화양부인을 통해 그를 알고 있었으므로 이미 태자의 사람이 되어 있었습니다.

여불위는 이제 화양부인과 태자를 위해 진나라에서 실력을 드러내 보이기 시작한 것입니다.

여불위는 왕후의 친정동생 양천군(楊泉君)이 한창 세도를 부리며 임금의 사랑을 받고 있는 것을 알고 그를 찾아갔습니다. 물론 양천군의 심복부하들을 먼저 매수해 두고, 그들의 입을 통해 양천군에게 자신의 존재를 알려 둔 다음의 일입니다.

처음 만나는 인사를 끝내기가 무섭게 여불위는 느닷없이,

'지금 대감의 죄가 죽음에 이르고 있는데, 대감께서 아시고 계신지요?'

하고 쇠망치로 뒤통수를 치듯 말했습니다.

양천군이 크게 놀라 이유를 물었을 것은 뻔한 일입니다. 여불위는 명확하게 설명해 주었습니다.

'대감의 문하는 모두가 높은 벼슬에 있고, 많은 녹을 받고 있습니다. 날랜 말은 바깥 마굿간에 차 있고, 아름다운 여인들은 뒷뜰을 메우고 있습니다.

그런데 태자의 문하는 한 사람도 부귀를 누리거나 권세를 얻지 못하고 있습니다. 지금 임금님은 이미 연로하십니다. 하루아침에 산이 무너지듯 국상이 나 태자가 뒤를 잇게 되면, 태자의 문하들 가운데 대감을 원망하는 사람이 한둘이 아닐 것이니, 대감의 지위가 위태로울 것은 너무도 뻔한 일이 아닙니까?'

대개 권력을 잡고 있는 사람들은, 마치 그 권력을 자기가 만들어 낸 것인 양 착각을 하기가 쉽고, 그 권력을 영원히 누릴 것 같은 환상에 젖기가 쉬운 법입니다.

여불위의 지적으로 금방 환상에서 깨어난 양천군은, 장차 닥쳐올 위기를 어떻게 미리 막을 수 있는지 그 방법을 물었습니다.

여불위는 상술대로 값을 올릴 생각으로,

'이 못난 사람의 꾀가, 대감으로 하여금 백수를 누리게 하고 태산보다 편안하게 사실 수 있게 할 것입니다. 대감께서 과연 듣고 싶으신지요?'

하고 다짐을 주었습니다.

양천군은 의자에서 내려와 무릎을 꿇고 가르침을 청했습니다. 여불위는 뜸을 들이듯 여유 있는 목소리로 천천히 타이르듯 말했습니다.

'지금 임금님은 연로하시고 태자에게는 적자가 없습니다. 지금 왕손 이인은 효성스런 사람으로 제후들에게 널리 알려져 있는데, 조나라에 인질로 가 있으면서 밤낮으로 고국으로 돌아오기를 애타게 바라고 있습니다.

　대감께서 왕후께 말씀드려 임금으로 하여금 이인을 돌아오게 하고, 태자로 하여금 이인을 적자로 삼게 만드신다면, 이인은 잃었던 나라를 얻은 것이 되고 부인은 없던 아들을 얻은 것이 됩니다. 그렇게 되면 태자와 왕손이 영원토록 왕후의 은혜를 고마워할 것이니 대감의 벼슬과 녹은 길이 보존할 수가 있을 것입니다.'

양천군은 다시 절을 하며,

'삼가 가르침에 따르겠습니다.'

하고 그날로 여불위가 한 말을 그대로 왕후에게 전했습니다.

　왕후는 곧 임금에게 이인을 돌아오도록 해달라고 청했습니다 그래서,

'조나라가 곧 화친을 청해올 거요. 그때 그 아이를 돌아오게 하리다.'

하는 승낙을 얻기는 했습니다. 그러나 그날이 과연 언제일지는 기약할 수 없는 일입니다.

　초조한 것은 화양부인이었고, 그런 그녀를 보는 태자의 마음 또한 괴롭기는 마찬가지였습니다.

　태자는 여불위를 불러 물었습니다.

'이인을 돌아오게 하여 내 뒤를 잇게 하고 싶으나, 부왕께서 허락을 하지 않으십니다. 선생님께 무슨 묘책이 있으신지요?'

　여불위가 바란 것은 이미 다 이루어진 셈입니다. 그가 바란 것은 임금과 태자의 이인에 대한 확실한 언질이었을 뿐, 그들 스스로의 힘으로 이인을 돌아오게 하는 일은 바라지 않고 있었던 것입니다.

　여불위는 머리를 조아리고 대답했습니다.

'태자께서 왕손을 세워 뒤를 잇게 해 주신다면, 소인이 천금을

아끼지 않고 조나라의 권력자들을 매수하여, 기어코 왕손을 돌아오게끔 하겠습니다.'

태자와 화양부인은 완전히 여불위의 최면술에 걸려 있는 상태였으므로, 여불위의 이같은 대답은 두 사람을 기쁘게 하고도 남음이 있었습니다.

태자는 황금 3백 냥을 여불위에게 주며, 이인을 풀어내는 데 교제비로 쓰도록 하라고 부탁하고, 왕후도 황금 2백 냥을 여불위에게 보냈습니다.

화양부인은 이인을 위해 많은 옷을 만들어 보내고, 여불위에 대한 답례로 따로 황금 백 냥을 주는 한편, 여불위를 미리 이인의 태부(太傅)로 임명해 두기까지 했습니다.

이제 남은 문제는 이인을 어떻게 진나라로 돌아오게 하느냐 하는 것뿐이었습니다.

여불위는 장사꾼 행세를 하며 곧 조나라 도성인 한단으로 돌아왔습니다."

"여불위의 1단계 계획은 그가 뜻한 대로 순조롭게 이루어진 셈입니다.

여불위가 돌아와 아버지에게 그동안의 일을 자세히 들려주자 아버지는 크게 기뻐하며 돈을 아끼지 않고 밀어 주겠다는 약속을 해 주었습니다.

여불위는 다음날 곧 예물을 들고 공손건을 찾아가, 덕택에 장사가 잘 되었다는 인사부터 한 다음, 이인을 조용히 만났습니다.

그리고 그에게 왕후와 태자와 부인에 대한 이야기를 자세히 들려준 다음, 그가 가지고 온 황금 5백 냥에 자기의 돈까지 옷과 함께 이인에게 주었습니다.

이인은 옷만 받고, 황금은 모두 여불위를 주며,

‘나는 돈이 필요하지 않습니다. 긴요하게 쓰시도록 하십시오. 나를 고국으로 돌아가게만 해 주신다면 그 이상 더 무엇을 바라겠습니까?’

라고 했습니다.

그런데 진시황을 여불위의 아들이라고 말할 수 있는 음모가 다시 여불위에 의해 꾸며지게 됩니다.

여불위가 한단에서 돈을 주고 산 조희(趙姬)란 첩이 있었습니다. 성이 조가였기 때문에 조희라고 한 것입니다.

이 조희는 얼굴만이 예쁜 것이 아니라 노래와 춤솜씨가 뛰어났습니다. 여불위가 첫눈에 그녀의 미모와 노래와 춤에 반해 엄청난 돈을 주고 산 여자입니다.

그 조희가 여불위와 살면서 임신한 지 두 달이 되는 것을 안 여불위는, 진나라를 통째로 삼키려는 음모를 생각하게 됩니다.

조희를 이인에게 주어 다행히 아들을 낳게 되면 자기가 뿌린 씨가 나라를 차지하게 될지도 모른다는 야심과 허욕이 그를 들뜨게 만든 겁니다.

그렇게만 된다면 수만 금을 들여도 하나도 아까울 것이 없으며, 수단과 방법을 가릴 것도 없다는 생각이 들었던 것입니다.

여불위는 한 집 식구처럼 흉허물 없이 지내는 공손건과 이인을 함께 자기 집으로 초청했습니다.

전국시대 말기에는 황금만능의 풍조가 만연해 있어서, 큰 장사꾼의 사치스런 생활은 고관과 귀족들을 능가하고 있었습니다.

두 귀인을 초대한 여불위의 별당 대청에는 진수성찬이 차려져 있었던 것은 말할 것도 없고, 노래와 춤이 술맛을 돋우기 위해 번갈아 이어지고 있었습니다.

여불위는 술이 반쯤 취하게 되었을 때를 기다리고 있다가,

‘이 사람이 새로 한 계집을 들여왔는데 춤과 노래를 제법 잘 합

니다. 그 계집아이를 불러 두 분께 술을 한 잔 올릴까 합니다.
당돌함을 허물하지 마시기 바랍니다.'

그리고는 조희를 불러오게 했습니다.

조희가 나오자 여불위는,

'너 두 분 귀인께 인사를 올려라.'

하고 명령했습니다.

조희가 절을 하고 금잔에 술을 가득 부어 올리며 만수무강을 빌
자, 두 사람은 절을 받고 잔을 받기에 바쁜 가운데서도 조희의 아
름다운 자태에만 눈길이 쏠려 있었습니다. 더욱이 한창 나이에 고
독한 나날을 보내고 있는 이인은 넋을 잃고 있었습니다.

뒤이어 여불위의 명령으로 조희의 춤이 시작되었습니다. 공손건
과 이인은 꿈을 꾸는 듯한 황홀경으로 빠져들고 말았습니다.

조희의 춤이 끝나자 여불위는 조희에게 명령하여 두 사람에게
사발만한 큰 잔으로 술을 부어 올리게 했습니다. 그러자 두 사람
은 단숨에 쭈욱 들이키고 말았습니다.

조희가 안으로 사라진 뒤 세 사람은 다시 술잔을 주거니 받거니
했는데, 여불위는 계획적으로 공손건을 먼저 취해 떨어지게 만들
었습니다.

공손건이 취해 쓰러지는 것을 보자, 이인은 짐짓 취한 척하며
여불위에게 속마음을 드러내 말했습니다.

'이 사람이 외로운 몸으로 이곳에 인질이 되어 온 뒤로, 객관이
너무도 쓸쓸해 견딜 수가 없습니다. 내가 선생이 준 값을 치르
고 이 여자를 아내로 삼아 평생 소원을 이루고 싶습니다. 몸값
이 얼마인지 모르겠사오나 허락해 주십시오.'

배고픈 물고기가 향긋한 낚싯밥에 스스로 걸려드는 것은 자연의
이치가 아니겠습니까.

여불위는 짐짓 노여운 기색을 띠며 말했습니다.

‘내가 좋은 뜻으로 그대를 청하여 아내를 나와 맞이하게 하고 첩을 시켜 잔을 올리게 했는데, 저의 호의를 저버리고 내 사랑하는 첩을 앗고자 하니 어찌 그럴 수가 있단 말입니까?’

이인은 애당초 염치 없는 청인 것을 알고 있으면서도 짐짓 취한 척하며 말을 걸어 본 것뿐이었으므로, 여불위의 성난 모습을 보자 몸둘 바를 몰랐습니다.

그는 곧 의자에서 내려와 무릎을 꿇고 용서를 빌었습니다.

‘객지에 외로운 몸이라 선생의 호의에 기대고 싶은 마음에서 그런 엉뚱한 청을 하기에 이른 것입니다. 실은 술기운으로 미친 소리를 한 것뿐이오니 너그러이 용서해 주시기 바랍니다.’

병 주고 약 주고, 약 주고 병 주고 하는 솜씨에 익숙해 있는 여불위는 황급히 이인을 붙들어 일으키고 말했습니다.

‘내가 전하를 위해 천금의 가산을 다 팔아 없애도 아까울 것이 전혀 없는데, 어찌 한 여자를 아까워하겠습니까? 다만 그 아이가 아직 나이 어리고 부끄러움을 많이 타는지라 혹시 말을 듣지 않을까 그것이 염려될 뿐입니다. 조희가 만일 원하기만 한다면 곧 전하의 시중을 들게끔 보내드리겠습니다.’

이인은 두 번 절하고 은혜에 감사한다는 말을 했지만, 그는 벌써 마음속으로 조희를 품에 안았을 때의 기쁨에 들떠 있었습니다.

공손건이 술이 깨자 이인은 곧 함께 돌아가고 말았는데, 그날 밤 여불위는 싫다는 조희를 장차 왕후가 되고 뱃속에 든 아기가 아들일 경우 통일천하의 천자가 될 수 있다며 달래고 부추기고 하여 승낙을 얻어냈습니다.

그녀가 싫다고 하는 것도 한낱 인사치레였을 뿐, 돈에 팔려 다니는 천한 여자로 장사꾼의 첩이 되는 것보다야 왕손의 떳떳한 아내가 되고 싶은 욕심이 왜 없었겠습니까?

다음날 여불위는 공손건을 찾아가 대접이 소홀했다는 인사를 하고, 곧 이인과 자리를 함께 하고 다시 술상을 마주하게 되었습니다.

여불위는 궁금해하고 있을 이인에게 어제 한 약속의 결과를 말했습니다.

'전하께서 못난 어린 첩을 마다하지 않으시고 시중을 들게 하고 싶다 하시므로, 어젯밤 거듭 말하고 달래어 겨우 승낙을 얻었으니, 오늘은 마침 좋은 날이라 곧 계신 곳으로 보내어 모시도록 하겠습니다.'

이 말을 들은 공손건은 자청하여 중매인이 되고, 곧 부하들을 시켜 혼례식 준비를 갖추게 했습니다.

집에 돌아온 여불위는 저녁이 되자, 가마에 조희를 태워 사치스런 혼구와 함께 이인의 처소로 보내 혼례식을 마치게 해 주었습니다.

이인의 기쁨과 조희에 대한 사랑이야 더 말할 필요도 없는 일이지요.

여기서 한 가지 짚고 넘어가야 할 문제가 있습니다. 남의 첩으로 있던 여자를 데려다가 아내를 삼는다는 것이, 더욱이 귀한 몸으로 장차 국모가 될 여자를 그렇게 무분별하게 맞이할 수 있었을까 하는 것입니다.

그러나 춘추전국시대의 역사를 더듬어볼 때, 여성의 순결같은 것은 전혀 문제가 되지 않았습니다. 처녀니 과부니 유부녀니 하는 차별은 전혀 신분에 영향을 미치지 않았습니다.

조희는 한 달쯤 지나자 이인에게 벌써 아기가 생겼다고 말했습니다. 이인은 그것이 여불위의 아이일지도 모른다는 의심같은 것은 전혀 하지 않았습니다. 사랑하는 조희의 말을 그대로 믿고, 그녀를 더욱 귀여워할 뿐이었습니다.

그러나 조희의 마음은 불안했습니다. 여덟 달이면 아이가 태어날 판이니, 그 때도 과연 이인이 자기 아이라고 생각할 수 있을 것인가 하는 두려움을 떨쳐버릴 수가 없었던 것입니다.

그런데 이것이 어찌 된 일일까? 열 달이 찼는데도 뱃속의 아이가 꿈적도 하지 않는 것입니다.

결국 이인에게로 시집온 지 열 달이 찬 다음에야 아이를 낳게 된 것입니다. 그러니까 임신한 지 열두 달이 지나서 낳은 거지요.

이것이 후세 사람이 꾸민 이야기일 가능성이 많은 대목입니다. 여불위도 조희도 미리 임신했다는 사실을 말했을 리가 없는 일이고 보면, 그것은 한낱 추측이나 억지에 지나지 않는 것일 수도 있는 것입니다.

아무튼 이 아이가 뒷날 통일천하를 하게 되는 진시황이란 것만을 알아두면 그것으로 충분합니다.

이 아이가 태어났을 때 온 방안에 붉은 빛이 가득하고 온갖 새들이 날아들었다고 하며, 눈동자가 둘이었고 입 안에는 벌써 이빨이 몇 개 나 있었고, 등과 목에는 용의 비늘이 붙어 있었다는 기록도 전해지고 있습니다. 아이의 울음소리가 어찌나 큰 지 멀리 시장바닥까지 들렸다고도 합니다.

과장과 거짓도 없지는 않았을 것 같으나, 어딘가 남다른 데가 있었을 것은 틀림없는 일입니다.

아이의 이름은 조정(趙政)이라 붙여졌습니다. 어머니의 성을 머릿글자에 둔 것은 조희에 대한 사랑의 표시였을 겁니다. 뒷날 머릿글자인 조(趙)는 떼어내고 정(政)으로 행세하게 되는데, 여불위의 아들이라 하여 여정(呂政)이라 부르는 것이 통례로 되어 있습니다.

진시황을 여불위의 아들이라고 하는 이유와 그 배경은 지금까지 이야기한 데서 비롯된 것입니다.”

“그 뒤 이인이 어떻게 탈출을 하고, 여불위는 어떤 방법으로 출세를 하게 되는지, 뒷이야기를 계속해 듣고 싶습니다.”

“거기까지 아는 것이 좋겠지요. 사람은 누구나 꿈이 있기 마련입니다. 착한 사람은 착한 꿈이 있고, 악한 사람은 악한 꿈이 있고, 보통사람은 보통 꿈이 있는 거지요. 그 꿈을 야심이라고도 하고 포부라고도 합니다.

그러나 야심이든 포부든 그를 뒷받침할 만한 실력이 없으면, 그것은 헛꿈이니 망상이니 하는 것으로 끝나게 되고, 그런 실력이 있어도 역사적 배경과 운이 따르지 않으면 성공을 거둘 수는 없는 일입니다.

옛말에 왕자불사(王者不死)란 말이 있습니다. 연극에서 흔히 말하는 주인공은 죽지 않는다는 것과 같은 뜻입니다. 운명이 그를 지켜주고 있기 때문이란 것이 되겠지요.

역사를 볼 때 가끔 그런 것을 느끼곤 합니다. 보이지 않는 운명의 손이 그린 각본에 따라 주연과 조연이 연출을 하고 있고, 그 밖의 사람들은 있어도 없어도 그만인 존재에 지나지 않는다는 것을 말입니다.

진시황의 나이 세 살 때였습니다. 진나라는 마침내 조나라 도성을 완전히 포위한 상태에서 공격을 한결 더 서두르기 시작했습니다.

여불위는 이인을 보고 말했습니다.

‘조왕이 만일 전하에게 진나라의 침공에 대한 보복을 하게 되면 그때는 피할 길이 없습니다. 이제 이곳을 도망쳐 나가지 않으면 안되게 되었습니다.’

‘모든 것을 선생에게 맡기고 선생께서 계획하는 대로 따르겠습니다.’

여불위가 가지고 있는 금덩이를 모두 꺼내어 보니 6백 근이었습니다.

여불위는 남문을 지키는 수문장들에게 3백 근을 골고루 뇌물로
바치고,

'저의 집은 양적이온데 장사를 위해 이곳 도성에 와 있었습니
다. 그런데 불행히도 진나라 도적이 성을 포위한 지 이미 오래
인지라 고향에 돌아갈 기약은 더욱 어렵게 되었습니다.

지금 제가 가지고 있는 것을 모조리 여러분께 나눠 드렸습니
다. 우리집 식구에게 인정을 베푸시어 무사히 성을 빠져나가 고
향으로 돌아갈 수 있게 해 주신다면 그 은혜 잊지 않겠습니다.'

성문을 잠시 열어주는 것쯤은 큰 문제될 것도 없는 일인데, 평
생을 쓰고도 남을 금덩이를 받아 가졌으니 마다할 턱이 없었습니
다.

여불위는 다시 백 근을 공손건에게 바치고,

'이제 그만 고향으로 돌아가야겠습니다. 대감께서 남문을 지키
는 사람들에게 잘 부탁하시어 편의를 보아 주도록 해 주십시
오.'

하고 공손건의 주선으로 성문을 빠져나가려는 것처럼 보였습니다.

벌써 뇌물을 다 받은 수문장들이므로 공손건의 부탁을 거절할
리는 없는 일입니다.

여불위는 미리 이인에게 일러, 조희 모자를 몰래 여불위의 어머
니에게 맡겨두도록 하였습니다.

그리고는 이날 술과 음식을 준비하여 공손건을 찾아가 하직인사
를 겸한 자리를 마련했습니다.

'저는 사흘 안으로 이곳을 빠져나갈 생각입니다. 그동안 너무도
많은 신세를 진지라 특별히 대감을 찾아와 작별의 인사를 드릴
까 합니다.'

하고는 이인과 둘이서 번갈아 공손건에게 술을 권하여 완전히 취
해 잠에 빠져들게 만들고, 좌우에 있는 장교와 군졸들까지 많은

술과 안주를 마음껏 마시고 먹게 만들었으므로 그들 또한 모조리 취해 깊은 잠에 빠져들게 되었습니다.

한밤이 되자 이인은 옷을 갈아입고 하인들 틈에 섞여 여불위를 따라나섰습니다.

여불위의 일행이 남문에 이르자, 수문장이 직접 나와 자물쇠를 열고 빗장을 뽑아 여불위 일행을 빠져나가게 해 주었습니다.

이때 진나라 대장 왕흘(王齕)의 본영은 서문에 있었습니다. 그러나 여불위의 고향인 양적으로 가는 큰길은 남문과 통해 있었으므로, 일행은 남문으로 나올 수밖에 없었던 것입니다.

그들 일행은 남문에서 서문을 향해 한바퀴 돌아야만 했습니다. 그런데 가는 동안 날이 이미 밝은지라 진나라 순라병에 의해 붙잡히고 말았습니다.

여불위는 그들을 보고,

'여기 이 분은 진나라 왕손으로 일찍이 조나라에 인질로 계시다가, 지금 한단을 도망쳐 진나라로 달아나려고 나오신 것이니 너희들은 빨리 길을 안내하라!'

하고 호령하듯 말했습니다.

순라병들은 그들이 타고 있는 말을 세 사람에게 주어 타게 한 다음, 그들을 안내하여 왕흘의 본영으로 데리고 갔습니다.

왕흘은 그들이 오게 된 연유를 물은 후에 곧 안으로 들어오게 하여 인사를 나눈 다음, 옷과 갓을 가져다가 이인에게 갈아입게 하고 다시 환영잔치를 베풀어 그를 환대했습니다.

'대왕께서 몸소 독전을 하시며 지금 10리 밖 행궁에 계십니다.'

하고 이인을 수레에 태워 행궁으로 보내주었습니다. 이인을 본 소양왕도 무척 기뻐했습니다.

'태자가 밤낮으로 너를 생각하고 있는데, 하늘이 도와 너를 호랑이굴에서 벗어나게 해 주었구나. 먼저 함양으로 돌아가 부모

의 마음을 위로해 드려라.'

이리하여 이인은 곧 여불위의 가솔들과 함께 함양으로 들어오게 됩니다.

함양에 들어온 이인이 태자와 화양부인을 궁중에서 만나기로 한 날, 여불위는 이인에게 말했습니다.

'화양부인은 초나라 딸입니다. 남자는 여자와 사랑에 빠지면 여자의 기뻐하는 모습에서 만족을 얻고, 여자는 누구나 자기만을 떠받들어 주기를 바랍니다. 전하께서는 이미 부인의 아들이 되셨으니 초나라 옷을 입고 들어가 뵈십시오. 그것으로 어머님에 대한 그리움을 나타낼 수 있으며, 부인은 그런 전하를 다시금 기특하게 여기실 겁니다.'

귀부인을 상대로 보석장사를 해 온 여불위는 여자의 마음을 환히 꿰뚫어 보고 있던 것입니다.

이인이 동궁으로 들어가 태자에게 먼저 절을 하고 이어 부인에게 절을 한 다음, 인질된 몸이라 오랫동안 부모를 모시지 못한 불효를 용서해 달라며 눈물을 흘리자 부인은 이인의 옷차림을 보고 놀라 물었습니다.

'너는 조나라 도성에 있었으면서 어떻게 초나라 옷차림을 하고 있느냐?'

'소자는 밤낮으로 어머님을 생각한지라 특별히 초나라 옷을 맞추어 입고 그리운 정을 달랬습니다.'

여불위의 각본도 각본이려니와 이인의 연기도 뛰어났으므로, 부인은 그들의 술책에 완전히 넘어가고 말았습니다.

부인은 기뻐 어쩔 줄을 모르며,

'이 어미가 초나라 사람이니 그런 너를 아들로 삼지 않고 누구를 아들로 삼겠느냐?'

하고 태자를 바라보며 만족해하는 의미있는 웃음을 보냈습니다.

애처가이며 공처가이기도 한 태자도 덩달아 기뻐하며,

'초나라 사람을 아들로 삼았으니 너의 이름을 자초(子楚)로 바
꾸는 것이 좋겠다. 어떻소 부인?'

하고 바라보자, 부인은 그녀 특유의 매혹적인 웃음으로 대답을 대
신했습니다. 태자는 이어,

'그래, 자초 네가 어떻게 돌아올 수 있었는지 궁금하구나.'

하고 그동안 지내온 일을 대충 말하라 일렀습니다.

자초는 자신을 구출하기 위해 여불위가 있는 가산을 모조리 뇌
물로 바친 일들을 자세히 설명했습니다. 태자는 곧 여불위를 불러
그에게 고마운 인사와 위로의 말을 전하고, 임시로 있을 저택과
황금 오십 냥을 내린 다음,

'이미 이인의 태부가 될 것을 약속한 바 있으니, 부왕께서 돌아
오시면 곧 벼슬과 녹을 내리도록 하리다.'

하는 약속을 했습니다.

이리하여 이인은 이날부터 화양부인의 궁안에서 아내와 자식과
함께 지내게 되었습니다.

한편 진나라는 조나라의 항복을 끝내받지 못하고, 위나라와 초나
라의 구원병에 밀려 패전의 부끄러움을 안고 물러나게 되는데, 자
초의 할아버지인 소양왕은 그길로 돌아와 몇 해 안 있다가 죽고,
그의 뒤를 이어 태자 안국군이 임금의 자리에 오르니 바로 효문왕
(孝文王)입니다.

이때 여불위는 객경(客卿)이란 이름의 무임소 대신으로 있었지
만, 그의 뛰어난 권모술수와 황금의 힘은 승상의 권위를 능가할
정도였습니다.

중요한 직책에는 모두 그의 심복이 자리잡고 있었고, 가는 곳마
다 그의 뇌물을 먹은 눈과 귀들이 깔려 있었으므로 그가 모르는

비밀이란 있을 수가 없었고, 그의 비밀을 아는 사람은 거의 없었습니다. 설사 안다 해도 감히 입 밖에 낼 수 없는 그런 상황에 이르러 있었습니다.

태자가 임금이 되었으니 자초가 태자가 된 것은 물론입니다.

그런데 효문왕이 상을 다 마치고 사흘 되던 날, 군신들을 모아 크게 잔치를 열어 실컷 즐기고 흩어졌는데, 그날밤 효문왕은 궁안에 들어와 소리 없이 죽고 맙니다.

모두 객경인 여불위를 의심했습니다. 시종들에게 뇌물을 주어 술에 독약을 넣어 마시게 한 것으로 짐작했습니다. 그러나 여불위가 두려워 그런 말을 입 밖에 내는 사람은 없었습니다.

여불위는 곧 자초를 임금의 자리에 오르게 했습니다. 이가 장양왕(莊襄王)입니다. 화양부인은 태후가 되고 조희는 왕후가 되고, 그녀가 낳은 여불위의 사생아 조정이 태자가 된 거지요.

태자가 된 조정은 어머니의 성인 '조'를 떼어버리고, 정(政)을 새 이름으로 삼았습니다. 그래서 진시황을 여정(呂政)이라고 부르게 된 거지요.

효문왕이 과연 여불위의 독약을 먹고 죽었는지는 확실하지 않습니다. 그러나 그런 의심은 받고도 남는 일이었습니다.

자초가 임금이 되어야 여불위 자신이 실권을 완전히 잡을 수 있었을 테니까요.

이때까지 승상으로 있던 채택(蔡澤)이 그런 낌새를 차리고 곧 재상의 자리를 내놓고 말았습니다. 그 뒤를 이어 여불위가 재상이 된 것은 말할 것도 없는 일입니다.

재상이 된 여불위는 제나라 재상 맹상군(孟嘗君)이 식객 3천을 거느리고 있었던 것으로 유명한 것을 부러워한 나머지, 그도 사방의 유명한 학자와 술객과 재사들을 3천 명 가량 모아, 앞에서 말한 〈여씨춘추〉 저술과 같은 문화사업을 하기 시작한 것입니다.

　장양왕은 자기가 임금이 된 것이 모두 여불위의 공임을 잘 알고 있었으므로, 재상이 된 여불위를 문신후(文信侯)로 봉하고 낙양(洛陽)의 10만 호를 식읍으로 주었습니다.

　그런데 장양왕은 임금이 된 지 3년 만에 원인 모를 병으로 앓아 눕게 됩니다. 사람들은 여불위가 어떤 농간을 부린 것으로들 알고 있었습니다.

　여불위는 임금의 병문안을 핑계로 궁중을 자주 드나들며, 조희와의 옛정을 잊지 못해 왕후가 된 그녀와 내전에서 간통을 즐기곤 했습니다.

　그것이 뒤탈이 날까 두렵기도 하고 이제 열두 살밖에 안된 태자를 임금으로 앉힌 다음 더좀 떳떳하게 마음 놓고 즐기겠다는 욕심에서, 장양왕에게 약을 써서 죽게 만들었다고 기록에는 나와 있습니다.

　이리하여 태자 정이 임금이 되니 이가 진시황입니다. 그때 겨우 열세 살이었습니다.

　여불위의 방자하고 무엄한 행동이 밖에까지 알려지게 되어, 요즘말로 유언비어가 날로 심해져 가고 있었습니다. 그래서 이때부터 새 임금은 진나라 영씨(嬴氏)의 핏줄이 아니고 여불위의 사생아란 말이 떠돌기 시작한 것입니다.

　여불위는 사실상 임금의 권위를 누렸고, 태후 조희와의 관계는 더욱 밀착되어 있었습니다. 사람은 권력을 누리게 되면 두려운 것을 모르게 되어 내일을 염려하거나 몸을 조심하는 슬기마저 잃고 맙니다.

　마침내 그에게 불행의 그림자가 다가오고 있었습니다. 나이 어린 진시황이 차츰 자라며 여불위와 태후와의 관계를 눈치채기 시작한 것입니다.

　진시황의 호랑이 같은 두 눈이 그를 의심하듯 훔쳐볼 때면 여불위는 등골이 오싹해지곤 했습니다.

두려운 생각이 든 여불위는 태후와의 숨은 관계를 끊으려 했으나 태후는 그를 놓아 주지 않았습니다. 이제 태후라는 지위에서 그를 들어오게 하여, 목을 끌어안고 매달리는 데는 피할 도리가 없었던 것입니다.

그래서 여불위는 한 가지 꾀를 냈습니다. 자기를 대신할 노애 (嫪毐)란 유명한 건달을 생식기를 잘라버린 내시로 꾸며 태후궁에 들여보낸 겁니다.

그러나 그것이 결국은 들통이 나 노애는 참혹한 형벌을 받고 죽게 되며, 태후는 아들인 진시황에 의해 감옥이나 다름없는 냉궁 (冷宮)에 갇히게 됩니다.

그 배후에 여불위가 있다는 것을 안 진시황은 여불위마저 죽이려 했습니다.

그러나 신하들이 그의 공을 내세워 용서를 비는지라 죽이지는 않고 벼슬만을 빼앗았습니다. 신하들이란 사람들도 전부가 여불위와 한 통속이었으니까요.

진시황은 다시 여불위에게 도성을 떠나 자기 식읍으로 돌아가도록 명령합니다. 모초(茅焦)란 변사의 설득으로 냉궁에 갇혀 있던 어머니를 태후궁으로 다시 모셔오게 된 진왕은, 여불위와 또 어떤 좋지 못한 일을 저지를까 걱정이 된 때문이었습니다.

그런데 여불위가 진나라에서 쫓겨난다는 소문이 퍼지자, 그의 비상한 재주를 탐낸 각국 임금들이 다투어 그를 모셔가려고 했습니다. 이것이 그를 죽게 만든 겁니다.

그가 다른 나라로 가 크게 쓰일 경우 진나라에 해가 될 것은 너무도 뻔한 일이었기에, 진시황은 여불위에게 멀리 촉군(蜀郡)으로 가 살 것을 명령합니다. 귀양살이를 시키려는 거지요. 결국 자살을 하도록 만든 겁니다.

　여불위는 그런 내용의 편지를 받아 읽고는, 진시황의 배신행위를 꾸짖고, 그가 사실은 자신의 아들이란 것을 폭로했다는 것입니다. 결국 제가 만든 음모에 의해 스스로 목숨을 끊게 된 것입니다.

　사람은 죽을 때면 착한 말을 한다고 했습니다. 여불위도 처음엔 분을 못이겨 왕을 원망하곤 했으나 막상 죽기를 결심하고는 이렇게 말했다 합니다.

　'내가 장사꾼의 아들로서 남의 나라를 앗을 음모를 꾸미고, 남의 아내를 간통하고, 남의 제사를 끊이게 만들었으니 하느님이 어찌 용서하겠는가? 내가 오늘날 죽는 것도 사실은 너무 늦은 것이라 볼 수 있을 것이다.'

　그리고 남을 죽인 그 독약을 술에 타서 마시고 그도 죽었다는 것입니다.

　어디까지가 참이고 어디까지가 꾸민 것이고 과장된 것인지는 알 수 없으나, 진시황을 여불위의 사생아라고 보는 데는 그만한 근거가 있었다고 보아 옳을 겁니다.

　진시황의 아우 성교(成蟜)가 열일곱 살의 나이로 번어기(樊於期)란 장군의 부추김을 받아 진시황에 반기를 들고 일어났을 때,

　'지금 왕은 영씨의 핏줄이 아니고 승상 여불위의 숨은 자식이다.'

하는 격문을 돌린 것만 보아도 알 수 있는 일입니다."

제7편(第七篇) 증자문(曾子問)

호마의북풍 월조소남지
胡馬依北風 越鳥巢南枝.
"북쪽 오랑캐의 말은 북풍에 귀를 기울이고, 남쪽 월나라의
새는 남쪽가지에 둥지를 짓는다."

삼야불식촉 삼일불거악
三夜不息燭, 三日不擧樂

"다음은 제7편 증자문(曾子問)부터 시작합시다.
　〈증자문〉이란 편명은 처음에 나와 있는 세 글자를 딴 것입니
다. 이편은 23장으로 된 전체 가운데 자유와 자하의 물음이 각각
하나씩 나와 있을 뿐, 모두 증자의 물음에 대한 공자의 대답으로
되어 있습니다.
　그러나 오늘날에는 거의 필요가 없는 내용들이므로 그냥 넘어
가기로 하겠습니다. 다만 한두 곳 참고로 알아두는 것이 좋을 것
같아 그것만은 짚고 넘어갈까 합니다.
　제9장에서 공자는 이렇게 말했습니다. 원문을 보시지요.
　'딸을 시집보내는 집은 사흘 밤 촛불을 끄지 않는다. 서로 헤어

질 것을 생각하기 때문이다.'

잠시 사귄 친구도 서로 헤어지는 날 밤에는 할 이야기도 많고 헤어지는 것이 아쉬워 잠이 잘 오지 않는 법입니다.

촛불을 끄지 않는 것은 잠이 잘 오지 않기 때문이며, 서로 아쉬운 정을 나누는 이야기가 이어지기 때문입니다.

사람이 죽으면 밤샘을 하게 됩니다. 슬픈 사람을 위로하고 쓸쓸함을 달래 주기 위해서가 아니겠습니까? 내가 낳아 기른 딸을 남의 집으로 영영 떠나보내는 부모의 마음은 어떻겠습니까? 떠나는 딸의 마음은 어떻겠습니까? 함께 자라며 고운정 미운정이 들대로 든 형제자매의 마음은 또 어떻겠습니까? 사흘 밤낮을 계속해도 하고픈 이야기를 다할 수는 없을 겁니다. 그런 까닭에서 촛불을 끄지 않는 것입니다. 곤히 자는 사람이 있더라도 불을 밝힌 채 마주 바라보며 이야기를 나눌 사람이 있지 않겠습니까? 이것이 바로 예출어정이란 것입니다.

이어 공자는 이렇게 말했습니다.

'며느리를 맞이한 집에서는 사흘 동안 음악을 연주하지 않는다. 부모의 뒤를 이을 일을 생각하기 때문이다.'

즐거운 마음보다 무거운 책임감과 사명감이 앞서기 때문입니다. 경건하고 엄숙한 마음으로 새로운 출발을 다짐하는 뜻에서 즐거운 음악소리를 멀리 한 것입니다.

내가 어렸을 때 새 며느리를 맞이한 옆집에서, 그 당시 보통사람들 집에서는 잘 구경할 수도 없고, 시골에서는 들을 기회조차 별로 없는 레코드를 틀어놓고 밤늦도록 시끄럽게 군 일이 있었습니다.

해방되기 몇 해 전, 서울서 시골로 소개(疎開)해 온 집에서 그런 현상이 벌어진 것입니다. 레코드에서 흘러나오는 음악이니 노래니 하는 것도 모두가 저속한 유행가같은 것이었습니다.

이때 나는 내 선친께서,

'취부지가(取婦之家)는 삼일불거악(三日不擧樂)이라 했는데, 며
느리를 맞이한 첫날에 저런 저속한 유행가를 들려 주다니.'
하며 웃으시는 것을 보았습니다.

그것이 〈예기〉에 나오는 말인 줄은 몰랐지만, 어린 마음에도 그
런 시끄러운 분위기가 별로 잘 하는 일이 못 된다는 것을 느꼈습
니다.

다음에 또 이렇게 계속됩니다.

'결혼한 지 석 달이 되어 사당에 가 뵈올 때 아무개의 딸이 며
느리로 들어온 것을 고하고, 다시 날을 가려 아버지를 모신 사
당인 예묘(禰廟)에서 제사를 올린다. 이로써 조상과 부모의 뒤
를 잇는 며느리의 도리를 다하게 되는 것이다.'

물론 먼 옛날의 전통적인 귀족사회에서 행해지던 예절이기는 하
지만, 그 마음가짐만은 오늘날에도 누구나 본받아 좋을 것으로 여
겨집니다."

"예(禰)란 글자의 뜻은 무엇입니까?"

"아버지란 뜻입니다. 자전에 보면 이렇게 설명이 나와 있습니다.

'살아서는 부(父)라 일컫고, 죽으면 고(考)라 일컫고, 사당에
들어가게 되면 그때는 예(禰)라 일컫는다.'

즉 예란 사당에 모신 아버지란 뜻입니다."

"증자는 형식적인 절차에 철저했던 것 같습니다. 앞에서도 종종
언급하셨습니다만, 공자의 제자 가운데 증자의 특색이라면 어떤
것이 되겠습니까? 구체적인 실례를 들려 주셨으면 합니다."

"공자는 《논어》에서 제자들을 평하는 가운데 증자에게는 우둔(愚
鈍)하다는 뜻의 노(魯)란 글자를 썼습니다.

쉽게 말해 너무 고지식하기만 하고 융통성이 없는 사람이란 뜻
입니다.

앞에서 이미 말한 바 있지만, 남의 것을 받는 사람은 마음이 비굴해지기 쉽다며 임금이 식읍으로 주는 고을도 굳이 마다하며 받지 않았고, 임종을 맞이한 자리에서 깔고 있는 자리가 귀족이 보내준 사치스런 자리라는 것을 알자, 그것을 보통자리로 바꾸게 하여 편안히 누울 틈도 없이 숨을 거두었다는 것들이 다 그런 성격 때문이라고 보아도 좋겠지요.

또 이런 일도 있었습니다.

어느 날 증자가 아버지를 도와 참외밭에 풀을 매던 중, 매는 솜씨가 서툴러 호미로 참외뿌리를 모두 잘라놓고 말았습니다.

호미질을 깊이 하는 것이 좋다는 말만 듣고 그대로 한 것이지요. 이른바 책밖에 모르는 사람들이 흔히 저지르기 쉬운 잘못을 저지른 겁니다.

뒤늦게 이를 안 아버지 증석은, 그런 아들이 얼마나 못나 보였던지 급한 성질에 홧김에 들고 있던 굵은 지팡이로 증자의 등을 연거푸 내리쳤습니다.

급소를 맞았던지 증자는 그만 까무러치고 말았습니다. 얼마 뒤에 깨어난 증자는 급히 일어나 증석에게로 갔습니다. 아마 아들이 까무러친 것을 보고도 깨어나게 할 생각은 않고,

'너같은 인간은 죽어도 아까울 것이 하나도 없다.'

하며 먼저 집에 가 누워 있었던 모양입니다.

그래도 증석은 자기가 때려 까무러치게 만들고, 자기 손으로 주무른다든가 업고 온다든가 하는 것이 체면이 아닐 것 같아 그냥 돌아오기는 했지만 은근히 걱정이 되었을 것입니다.

증자는 아버지가 누워 있는 방으로 들어가 부드러운 얼굴로,

'아까는 제가 아버님께 큰 죄를 지었습니다. 저로 인해 노여워 하신 나머지 병환이나 나시지 않았는지요?'

하며 맞은 사람이 때린 사람을 위로했던 것입니다.

그리고는 물러나와 자기 방으로 들어가서 거문고를 타며 노래를 불렀습니다. 속으로 걱정하며 후회하고 있을 아버지에게,

'저 이렇게 아무 탈 없이 거문고도 타고 노래도 부릅니다.'

하는 것을 알려주기 위한 것이었겠지요.

이 소식을 전해 들은 공자는 크게 노여워했습니다. 곧 제자들에게,

'증삼이 오거든 들여보내지 마라.'

하고 일러 두었습니다.

그러자 증자는,

'저는 죄를 지은 기억은 없습니다. 제가 무슨 죄를 지었는지 말씀해 주시기 바랍니다.'

하고 다른 제자를 통해 청했습니다.

사실 증자는 남이 하지 못할 효도를 한 것으로 믿고 있던 겁니다. 아버지가 자기를 때려 화가 풀릴 일이라면 얼마든지 맞겠다는 생각에서 까무러치도록 맞고 있었던 것입니다.

그리고는 비아냥거림으로 오해를 할 수도 있는 말까지 한 것입니다.

'나를 때리시느라 얼마나 힘이 드셨겠습니까? 너무 노여운 나머지 병환이나 나지 않으셨는지요?'

라고 말입니다.

그리고 억지로 거문고를 타고 노래까지 불렀으니, 고지식한 것을 넘어 바보에 가까운 짓을 한 것입니다.

공자는 이렇게 전하라 일렀습니다.

'너는 듣지 못했느냐? 옛날 고수(瞽瞍)의 아들 순(舜)이 아버지를 섬기는데, 항상 아버지 옆을 떠나지 않았지만, 고수가 그를 찾아 죽이려 했을 때는 언제나 잘 피했기 때문에 죽이지를 못했다. 작은 매는 그대로 맞고, 큰 지팡이일 경우는 도망쳐 달

아난 때문이다. 그러므로 고수는 아비로서 죄를 짓지 않게 되고, 순은 아버지에 대한 효를 잃지 않았던 것이다. 너는 지금 아비를 섬기면서 몸을 내맡겨 아비의 미친 노여움을 그대로 받고 있었다. 만일 목숨이 끊어져 아비에게 옳지 못한 죄를 짓게 한다면 그 불효보다 더 큰 불효가 또 어디 있겠느냐? 너는 임금의 백성이 아니냐? 임금의 백성을 죽인 사람은 아무리 아버지라 해도 살인범이 되고 마는 것이니 그 죄가 얼마나 큰 것이냐?'

증자는 공자의 이 말을 듣고 나서야 자기가 생각한 효도가 사실은 큰 불효였다는 것을 깨닫고, 공자 앞에 엎드려 용서를 빌었다는 것입니다. 증자를 우둔하다고 평한 공자의 한 마디가 그런 모든 것을 말해 준 것이라 볼 수 있습니다."

祭必有尸童
제 필 유 시 동

"이번에는 19장 첫머리에 있는 시동(尸童)이란 것에 대해 알아 볼까 합니다.

증자는 공자에게 이렇게 물었습니다.

'제사에는 반드시 시동이란 것이 있어야 합니까? 시동이 없는 염제(厭祭)를 지내도 괜찮습니까?'

보통 시동시(尸)라고 읽는 이 글자는 여러 가지 뜻으로 쓰이고 있습니다. 죽은 시체의 뜻으로 시(屍)와 같이 쓰이기도 하고, 제사 지낼 때 신주 대신 앉혀 두는 어린아이를 가리키는 시동(尸童)의 뜻으로 쓰이기도 하고, 그 밖의 여러 가지 뜻으로 쓰입니다.

시위소찬(尸位素餐)이란 말이 옛날에는 널리 쓰이고 있었습니다. 아무도 모르는 어린아이가 시동으로 높은 자리에 앉아 제상에 있는 맛있는 음식을 공으로 먹고 있듯이, 높은 벼슬자리에 앉아 자기 책임은 다하지 않고 나라의 녹만을 축내고 있다는 뜻으로 쓰인 것입니다.

이 시동의 뜻과 그 이치를 옛날 주석에는 이렇게 설명하고 있습니다.

'옛날 조상의 제사를 지낼 때, 신령을 대신해서 제사를 받게 하는 어린아이를 시동이라 했다.

효자가 어버이의 제사를 지낼 때 어버이의 모습을 볼 수 없어 마음이 몹시 허전했던지라, 대신 어린아이를 그 자리에 세워 두고 어버이의 모습을 생각한 것이다.

그러므로 남자의 경우는 사내아이를 시동으로 하고, 여자의 경우는 여자아이를 시동으로 삼았다.

원래는 죽은이의 손자를 시동으로 삼는데, 손자가 없을 경우는 같은 손자 항렬의 아이를 시동으로 한다.

하(夏)나라 때는 시동을 서 있게 하였고, 은나라 이후로는 시동을 앉아 있게 했다.'

지금 설명한 그런 내용을 공자는 이렇게 말하고 있습니다.

'어른이 된 뒤에 죽은 사람을 제사지낼 때는 반드시 시동을 두게 되어 있다. 반드시 손자를 시동으로 둔다. 손자가 너무 어리면 사람을 시켜 안고 있게 한다. 친손자가 없으면 같은 성의 손자라도 무방 하다.

젊어서 죽은 사람의 제사에는 시동을 쓰지 않는다. 어른이 되지 못했기 때문이다. 그러므로 어른의 제사를 지내며 시동을 쓰지 않으면 이는 어른을 아이로 대접하는 것이 된다.'

다음에 많은 이야기가 이어지고 있지만, 여기까지만을 놓고 한번 생각해 보기로 합시다.

이 시동을 우상숭배의 일종이라고 풀이하는 견해도 없지 않습니다. 앞의 주석에서 말한 것처럼, 죽은이의 모습 대신 닮은 사람의 모습이라도 바라보아야만 그곳에 영혼이 깃들어 있는 것 같은 느

낌이 들 수 있으므로 산 사람을 영혼이 와 있는 곳에 서거나 앉게
해 둔 것으로 풀이한 거지요.

불교를 우상숭배의 종교라고 평하는 사람도 있지만, 불교의 근
본교리는 그것이 아니었습니다. 모든 것을 공(空)으로 달관하고
있는 석가의 교리에 우상이란 있을 수 없는 일이지요.

그러나 석가에게 귀의(歸依)하려는 사람들은, 사람이 만든 석가
의 얼굴이라도 보아야만 그것을 한 매개로 해서 석가와 마음이 통
하는 것 같은 안정감을 얻게 되는 것입니다.

화가는 자기가 생각하고 있는 석가의 얼굴을 그림으로 형상화하
는 데서 기쁨과 보람을 느끼게 되고, 조각가는 조각가대로 불상을
만드는 데에서 신앙을 불태웠던 것입니다.

우상을 배격하는 기독교에서도 맨 처음에는 십자가마저 우상이
라 하여 이를 기피하다가, 지금 천주교에서는 성모마리아상을 그
림으로나 조각으로 구체화시키고 있고, 개신교에서도 교회에 예수
의 초상을 비롯해 갖가지 성화(聖畫)들을 걸어 두고 있지 않습니
까?

하느님도 신령도 귀신도 볼 수 없는 육신의 인간은, 눈으로 직
접 무엇을 보는 것에서 연상작용을 일으키는 것이 보통입니다.

훌륭한 목사가 설교를 할 때 그 설교를 듣는 사람들은 그 목사
의 얼굴에서 예수를 연상하게 될 것이고, 스님의 설교를 듣는 불
자들 또한 그 스님의 모습에서 석가를 연상하게도 될 것입니다.

아마 이 시동이란 것도 주석에서 말한 대로, 죽은 사람의 모습
을 연상하며 죽은 사람과 산 사람의 정신적 유대감을 갖게 하려는
생각에서 생겨난 것으로 볼 수 있을 것 같습니다.

그런데 나는 여기서 또 다른 깊은 뜻이 있었던 것은 아닐까 하
는 생각을 해 봅니다."

"깊은 뜻이라면……?"

"시동의 모습을 통해 산 사람이 죽은 사람의 모습을 생각할 수도 있는 일이지만, 그 시동을 통해 죽은 사람이 제사음식을 직접 먹는 모습을 형상화시켜 어떤 만족감같은 것을 얻게 되리라는 기대에서 그런 것은 아니었을까 하고 말입니다."

"무슨 그럴 만한 이유라도 있습니까?"

"나는 한때 심령학(心靈學) 서적들을 즐겨 본 일이 있었습니다. 내가 읽은 내용 가운데 가장 기억에 남은 것은 런던 심령학대학 학장이었던 매캔지 박사의 보고 내용이었어요.

가끔 단테의 〈신곡〉을 읽는 듯한 착각을 갖게도 한 그 내용은, 그가 심령술로 한 주일 동안 자신의 영혼이 육신을 떠나게 하여 죽은 친구의 안내로 영계(靈界)를 순례하고 돌아왔다는 것입니다.

그 가운데 이 시동을 연상케 하는 내용이 있습니다. 사람은 죽은 뒤에도 살았을 때의 육체적 욕망을 쉬 버릴 수 없다는 것입니다.

죽으면 곧 없어지는 것이 성욕(性慾)이고 가장 오래 가는 것이 식욕(食慾)이란 겁니다. 살았을 때 깊은 수양을 쌓은 사람은 쉬 식욕을 잊게 되지만 그렇지 못한 사람은 오래도록 잊지 못한다는 것입니다.

살아서 먹는 것에만 관심이 있던 사람은 죽어서도 그 욕심을 떨쳐버리지 못하고, 영혼이 술집이나 음식점을 서성거리며 살았을 때의 만족감을 맛보려고 한다는 것입니다.

매캔지 박사는 친구의 안내로 어느 식당엘 가 보았습니다. 물론 천국에도 지옥에도 가지 못한 영혼들의 사후세계를 알아 보기 위해서였습니다.

그러다 박사도 안면이 있는 어느 식당의 여주인의 영혼을 그 식당에서 발견했습니다. 산 사람이 귀신을 볼 수 없듯이 급이 낮은 영혼은 급이 월등히 높은 영혼을 보지 못한다고 했습니다.

그 여주인은 술을 좋아하는 여자였습니다. 죽은 뒤에도 술을 마시고 싶은 욕심을 버리지 못하고 식당을 찾아 돌아다니곤 한 것입니다. 그러나 그녀는 술을 보고도 마실 수는 없습니다. 냄새를 맡는 정도로는 양이 차지 않는데도 말입니다. 마시고 싶은 욕심만을 더욱 부채질할 뿐이란 겁니다. 안내한 친구의 설명이 그렇다는 거지요.

그 여주인은 자기와 마찬가지로 술을 좋아하는 한 여자가 술을 마시고 있는 것을 발견했습니다. 그 여자는 이미 반쯤 취해 있었다고 합니다. 그 여주인은 그 여자의 입을 통해 자기 욕심을 채울 생각으로 그 여자를 덮치고 들어갔습니다. 그 여자는 그 순간부터 자기 정신을 잃고 다른 영혼의 지배를 받게 된 거지요.

흔히 말하는 귀신이 들린 상태에서 여자는 계속 술을 청하고 또 청해서 완전히 정신을 잃을 정도로 마셨습니다.

그리고 나자 그 여주인의 영혼은 떠나고 말았습니다.

그 친구의 설명인즉,

'저렇게 산 사람의 입을 통해 식욕을 채우려 하지만, 역시 만족할 수는 없다. 그렇게 되풀이하는 가운데 그것이 헛된 욕심인 것을 깨닫게 되고, 차츰 식욕도 없어지게 된다. 이것이 영계의 자율적인 수양과정이 되는 것이다. 한번 저렇게 욕심을 채우고 나면 1년 동안은 욕망을 잊을 수 있다. 그러다가 나중에는 완전히 식욕을 버리게 된다. 완전히 식욕을 버리게 되는 기간은 살았을 때의 수양에 따라 틀릴 수밖에 없다.'

이렇게 볼 때 제사를 받는 죽은 영혼이, 천진난만한 어린 시동의 입을 통해 술도 마시고 고기도 먹으며 어떤 만족감같은 것을 얻게도 되는 것이 아닐까 하는 생각이 듭니다.

옛날 성인들이 이같은 영혼의 세계를 알고 있었기 때문에 시동이란 제도를 만든 것이 아니었을까 하고 생각해 보는 것도 전혀

무의미하지는 않을 것 같습니다.

죽은 직후에는 상식(上食)이라 하여 아침저녁으로 살았을 때처럼 음식을 제상에 올리고, 그 다음에는 삭망(朔望)이라 하여 초하루와 보름에만 제사를 지내고, 그 다음에는 봄·가을 또는 한 해 한 번씩 제사를 올리고, 그 뒤 증조할아버지 이전의 조상에게는 제사를 지내지 않게 한 것도, 죽은 영혼의 식욕에 대한 소멸 과정을 익히 알고 있었던 데서 나온 제도가 아니었나 하는 생각이 듭니다.

결국 옛날 제도라는 것이 아무 뜻도 근거도 없이 멋대로 만들어진 것은 아니었다는 생각을 해봄직하다는 이야기입니다."

제8편(第八篇) 문왕세자(文王世子)

太山不讓土壤, 故能成其大. 河海不擇細流, 故能就其深.
_{태 산 불 양 토 괴 고 능 성 기 대 하 해 불 택 세 류 고 능 취 기 심}

"태산(太山)은 한줌의 흙도 소홀히 하지 않고 쌓아올렸기에
그토록 높고 크며, 하해(河海)는 세류(細流)도 마다않고 받아
들였기에 그렇게 깊은 바다를 이루었다.

朝於王季日三
_{조 어 왕 계 일 삼}

"편 이름을 문왕세자(文王世子)라고 한 것은, 역시 본문의 첫 구
절을 딴 것입니다.

내용은 문왕과 무왕이 세자로 있을 때의 일과 무왕의 아들인
성왕이 어린 나이로 천자의 일을 볼 수 없자, 성왕의 작은 아버지
인 주공(周公)이 어린 천자인 성왕에게 세자의 도리가 어떠한 것
인지를 먼저 일깨워 주고, 그에게 임금의 도리를 깨닫게 할 생각
으로 자기 아들인 백금(白禽)에게 세자의 도리를 가르치며, 성왕
으로 하여금 옆에서 보고 배워 본받게 했다는 것이 되겠습니다.

그리고 구체적으로 세자에 대한 가르침을 열거하고 공자의 말씀
을 곁들여, 세자의 교육이 곧 장차 나라를 다스릴 임금을 기르는

일이므로 그보다 더 중한 일이 있을 수 없음을 강조하고 있는 겁니다.

대개 이런 내용이란 것을 알아 두고, 부분부분을 더듬고 넘어갈까 합니다.

그럼 첫장을 보시지요.

문왕은 세자가 되었을 때, 아버지 왕계(王季)에게 하루 세 차례 문안을 드렸습니다.

세자가 되기 전은 단순한 부자의 관계이므로 그런 절차나 형식이 필요하지 않았을 것이므로, 세 번 아니라 열 번을 해도 상관이 없는 일이며, 하루 한 번으로도 될 일입니다.

그러나 세자라는 신분을 갖게 되면 형식이 따를 수밖에 없습니다. 그런 형식과 절차를 문왕이 스스로 결정하여 도리에 맞고 인정에 맞게끔 행했다는 것을 말한 것이라 볼 수 있습니다.

우리가 공직생활을 하는 경우, 출근이 있고 퇴근이 있으며 그 사이에 점심 겸 쉬는 시간을 갖는 것이 보통이 아닙니까? 날마다 되풀이되는 일 가운데 이 세 가지가 가장 두드러지고 공통된 점이라 볼 수 있습니다. 그러므로 더도 덜도 말고 세 번이면 적당하겠지요.

신하와 임금 사이라면 아침에 한 번만으로 될 일이며, 아들과 아버지의 사이라면 늘 옆에 가까이 있어도 좋을 일입니다.

세자는 부자의 정리와 군신의 의리를 함께 지켜야 할 신분이므로, 세 번 정도가 알맞다고 할 수 있을 것 같습니다.

그러나 그런 형식이나 하루 몇 차례 문안을 드리느냐 하는 것이 중요한 것이 아니라 그 마음가짐과 태도가 중요한 것입니다.

우선 첫 아침문안의 경우, 문왕은 첫닭이 울면 벌써 일어나 문안드릴 차비를 마치고, 새벽 일찍 부왕이 거처하는 침실 문 밖으

로 가서 부왕을 가까이 모시며, 조석으로 시중을 드는 내수(內竪)
에게 부왕의 안부를 묻는다는 것입니다.

내수는 안에서 심부름하는 어린아이란 뜻이었는데, 뒤에는 근시
(近侍)니 내시(內侍)니 하는 뜻으로 변했습니다. 안팎을 흉허물
없이 드나들 수 있는 사람이라면, 아주 어린 아이거나 남자의 구
실을 못 하는 내시일 수밖에 없으므로 그런 뜻이 되고 만 것이겠
지요.

그리하여 가까이 늘 모시고 있는 내수의 대답이 편안하시다고
하면 곧 기쁜 마음으로 돌아오는데, 점심 때 또 그렇게 하고 저녁
때 또 그렇게 한다는 것입니다. 급막(及莫)의 막(莫)은 모(暮)로
읽습니다. 글자가 비슷하므로 통용될 수 있는 거지요.

그리고 제2장 첫머리에는 무왕의 이야기가 나옵니다.

솔이행지(帥而行之)는 따라서 그대로 행한다는 뜻입니다. 아버
지 문왕이 할아버지 왕계를 섬기던 그대로 본을 받아, 자신도 아
버지 문왕을 섬긴 것입니다. 하루 문안을 세 번 드렸다는 것입니
다.

다음에 감히 더함이 없었다는 것은 세 번을 넘는 일이 없었다는
이야기가 되겠는데, 감히란 말을 쓴 것은 덕이 높은 아버지보다
더 잘해 보려는 생각을 하지 않았다는 뜻도 될 수 있고, 아버지와
달리 할 경우 전통이 흔들리게 되어 무질서한 전통을 만들어내게
된다는 생각에서일 수도 있습니다.

〈논어〉에 보면 증자는 공자의 말을 이렇게 전하고 있습니다.

'나는 공자에게 들었다. 노나라 재상 맹장자(孟莊子)는 효자로
이름이 나 있는 사람이다. 그가 한 효도 가운데 다른 것은 그리
어려울 것이 없다. 그러나 그가 어진 재상이었던 아버지 맹헌자
(孟獻子)의 정책과 신하들을 일절 바꾸지 않았던 것은 어려운

일이다.'

무왕도 효자였으므로 아버지 문왕의 하던 일을 그대로 행한 것이라 볼 수 있습니다.

여기서 우리가 짚고 넘어가야 할 것은, 아버지가 하던 일을 그대로 본받는 것이 다 효도일 수는 없다는 것입니다. 아버지가 하던 일이 옳다고 생각되었을 때와, 아버지가 나보다는 아는 것도 많고 행동도 훌륭했다고 느껴졌을 때만 그대로 본받아야 한다는 점입니다.

10년이면 강산도 변한다는 옛말이, 지금은 1년에도 몇 번씩 강산이 변한다는 말로 바뀌어야 할 판입니다. 앞말을 그대로 따르고 싶어도 따를 수 없는 시대에 살고 있으므로 더 더욱 그렇습니다.

그러나 요즘 흔히 말하는 세대차를 앞세워, 아버지가 생각하는 일은 다 시대에 뒤떨어진 것이므로 바꿔야 한다는 생각 또한 위험하기 이를 데 없는 경박한 생각이 아닐 수 없습니다.

한(漢)나라의 개국공신에 소하(蕭何)와 조참(曹參)이란 두 사람이 있었습니다. 이들 둘은 정책면에서 늘 대립하고 있었습니다. 그래서 결국 조참은 벼슬을 그만 두고 시골집으로 돌아와 은둔 생활을 하고 있었습니다.

요즘으로 말하면 서로가 정적(政敵)의 관계에 있었고, 남이 보기에는 원수 사이인 것처럼 보이기도 했습니다.

그러다가 소하가 먼저 병으로 죽었습니다. 이 소식을 들은 조참은 식구들에게 도성 떠날 차비를 하라고 시켰습니다.

여당의 총재가 병이 들어 죽었다고 해서 야당 총재에게로 정권이 넘어올 리는 없지 않겠습니까? 죽은 소하가 추천하는 사람이 후계자가 되어 정권을 맡게 될 것은 너무도 당연한 일입니다.

그러나 원수나 다름없는 소하가 죽는 마당에 조참을 임금에게 천거할 리는 없는 일입니다. 그런데 도성 갈 차비를 차리라고 하니 도무지 납득이 가지 않는 일이었습니다.

그래서 조참의 심복들이 물었습니다.

'상국 소하가 대감을 후계자로 천거하였을 리는 만무한 일이 아닙니까? 그런데 상경하실 차비를 서두르라 하시니……?'

'소하는 그대들이 생각하는 그런 인물이 아니다. 나와 싸운 것은 나라를 위한 싸움이었지 사사로운 감정에서가 아니었다. 나라와 백성들을 진심으로 아끼고 사랑하는 사람이 우리 둘뿐이란 것을 그는 잘 알고 있었다. 그가 없는 마당에 이 나라를 위해 일할 사람이 나밖에 더 있느냐? 내가 그의 마음에 차지 않는다 해도, 지금으로서는 나밖에 사람이 없다는 것을 그는 잘 알고 있었을 것이다. 그러니 그가 죽는 마당에 사사로운 감정보다는 나라를 먼저 생각했을 것 아니냐?'

조참의 말을 듣고도 그럴 리가 없다는 생각에 어물어물 하고 있는 동안, 마침내 나라에서 급히 부르는 파발마가 달려온 것입니다.

그 조참이 소하의 뒤를 이어 재상이 되었는데, 죽을 때까지 소하의 정령을 하나도 고친 일이 없었습니다. 요즘 말로 무사안일주의지만, 앞서 말한 시위소찬(尸位素餐)만 하고 있었던 거지요.

그래서 그의 그같은 태도를 무능했다고 헐뜯는 사람도 많았고, 직접 그에게 그 까닭을 물은 사람도 있었습니다.

그러면 조참은 이렇게 대답했습니다.

'지난날에는 자주 그와 생각이 달라 싸우곤 했지만, 결국 그의 정책이 성공을 거두지 않았던가? 역시 그는 나보다 앞을 보는 눈이 높았다. 그런 그가 이미 성공을 거두고 백성들도 그의 정책에 익숙해져 있는 지금, 내가 섣불리 바꾸거나 고치거나 한다는 것은 어리석은 짓에 지나지 않는다. 나는 소하가 만든 법

과 정령을 지키는 것을 나의 최선의 임무로 알고 있을 뿐이다.'

정말 서로가 서로를 잘 아는 위대한 정치인이었습니다. 개인의 의견이나 사사로운 감정이 나랏일에 영향을 끼쳐서는 안된다는 투철한 생각을 가진 사람만이 진정한 애국자요, 정치가일 수 있는 것입니다.

나랏일이나 집안 일이나 또는 어떤 집단의 일이나간에, 이 정신만 살아 있다면 그 밖의 모든 문제는 저절로 따라 풀릴 수 있을 것입니다.

효자니 충신이니 하는 것도, 전체를 위하고 먼 앞날을 생각하는 마음을 바탕으로 부모의 뜻을 존중하고 윗사람의 뜻을 따르고 바로잡고 해야 할 것입니다.

원문에는 문왕이 병이 들었을 때, 무왕이 어떻게 섬겼는가 하는 일을 소개하고 있습니다.

'문왕이 병이 들자, 무왕은 갓과 옷을 벗지 않은 채 시중을 들었다. 문왕이 밥을 들어야만 따라서 밥을 들었다. 이렇게 12일을 계속하자 마침내 문왕의 병세가 가시게 되었다.'

병이란 생명과 관계되는 일이므로, 보통 때와는 달리 직접 가까이서 보살펴야만 마음이 놓이는 것이 사랑하는 사람입니다. 그와 같은 진정한 마음이 없으면 그런 행동이 있을 수 없습니다.

아버지가 병으로 음식을 들지 않자 걱정이 되어 음식맛을 잃게 된 것으로 보아야 할 것입니다. 배는 고프고 먹고도 싶은데 일부러 먹지 않는다면 그것은 위선입니다. 그런 효자는 효자일 수 없습니다. 부모의 병환을 보살피기 위해서라도 먹기 싫은 밥을 억지로 먹고 기운을 차리는 것이 효도일 수도 있습니다. 하는 척하는 겉치레를 버리고 참된 마음으로 정성을 다하는 것만이 효도입니다."

抗世子法於伯禽
<small>항 세 자 법 어 백 금</small>

"다음은 3장이 되겠습니다. 무왕이 병으로 죽었을 때 그의 아들 성왕은 겨우 나이 12살이었습니다. 그래서 무왕의 아우 주공이 성왕을 대신하여 조회를 받으며 모든 정령을 살폈습니다.

원문의 유불능이조(幼不能涖朝)는 어려서 조회를 받을 수 없었다는 뜻입니다. 상천조이치(相踐阻而治)는 재상으로 천자의 자리에 올라 천하를 다스렸다는 뜻입니다.

이조(涖朝)니 천조(踐阻)니 하는 조(阻)는 천자의 자리란 뜻으로 보면 됩니다. 원래 동쪽 계단이란 뜻인데, 천자가 제사를 지낼 때면 동쪽 계단으로 올라가기 때문에 생긴 말이라 합니다. 동쪽 계단을 밟았다는 말은 천자의 행세를 했다는 뜻입니다.

그런데 나이어린 성왕을 가르친다는 것은 어려운 일이었습니다. 가르치기는 가르쳐야 하겠는데, 천자인 그를 꾸짖거나 매를 때릴 수도 없는 일이며, 그렇다고 멋대로 하게 버려둘 수도 없는 일입니다.

그래서 몇 살 위인 자기 아들 백금을 세자 대신 꾸짖고 매를 때리곤 했다는 것입니다. 원문의 항세자법어백금(抗世子法於伯禽)이란 것이 그것을 말한 것입니다. 항(抗)은 거(擧)와 같은 뜻으로 쓰였다고 합니다. 세자가 해야 할 도리를 백금에게 들어서 보였다는 뜻입니다.

즉 어린 성왕이 지켜보는 앞에서,

'자식이 부모에게는 이렇게 하는 법이요, 신하가 임금에게는 이렇게 해야 하며, 나이 어린 사람은 어른을 이렇게 모셔야 하는 것인데, 지금 그렇지가 못하니 장차 어떻게 신하와 백성들을 거느리고 다스릴 수 있겠느냐?'

하고 꾸짖기도 하고 매를 때리기도 한 것입니다.

분명 자기를 두고 한 말이며, 분명 자기가 맞을 매를 사촌형인 백금이 맞고 있는 것을 보았을 때, 아무리 어리지만 뒷날 어진 천자로서 주나라 왕조의 기틀을 튼튼히 바로 세울 수 있었던 성왕이니 만큼, 충격과 함께 후회와 반성이 뒤따랐을 것은 물론입니다.

원문의 성왕유과즉달백금(成王有過則撻伯禽)이란 것이 그것입니다. 천자인 철부지 사촌을 둔 까닭으로 억울한 매를 대신 맞은 겁니다.

〈흥부전〉에 보면, 흥부가 너무도 가난하고 끼니를 때울 길이 없어 남이 맞을 매를 대신 맞기로 하고, 돈을 몇 푼 벌려고한 대목이 나오지 않습니까? 그러나 그것마저 여의치 못했지 않습니까? 결국 백금은 사촌 대신 맞은 맷값으로 뒤에 노나라 임금이 된 셈이니, 비록 자원한 매는 아니지만 맷값은 톡톡히 받은 셈이지요.

뒤에 이어진 소이시성왕세자지도야(所以示成王世子之道也)는, 백금을 때리는 것으로써 성왕에게 세자의 도리를 보여 주었다는 뜻인데, 바로 뒤에 붙어 있는 문왕지위세자야(文王之爲世子也)는 들어가지 않을 것이 잘못 들어갔다고 보기도 합니다. 그러나 그보다는 매를 때리고 꾸짖고 할 때,

'옛날 할아버지 문왕께서 세자로 계실 때는 이러이러 했는데, 지금 그렇지 못하니 장차 이 나라를 어떻게 바로 다스릴 수 있겠는가?'

하는 말을 계속 했다는 뜻으로 보는 것이 좋을 것 같습니다."

"공자는 자신이 주공같은 사람이 될 것을 꿈꾸고 있었다지 않습니까?"

"〈논어〉에 그렇게 나와 있습니다."

"주공의 어떤 점을 두고 그렇게 말한 것일까요?"

"사실은 공자가 꿈꾼 것은 주공보다도 문왕이었습니다. 그러나 그것을 드러내 놓고 말하면, 문왕같은 임금이 되겠다는 말로 오해를

받을 수도 있는 일이므로 주공이 되기를 바란다고 말한 것입니다. 결국 문왕의 뜻을 천하에 편 것은 주공이었으니까요.

공자가 광(匡)이란 고을을 지나다가 엉뚱한 양호(楊虎)로 오해를 받아, 폭도들에게 둘러싸여 며칠 동안 신변의 위험을 느낀 일이 있었습니다.

이때 제자들이 몹시 불안해하자, 공자는 이런 말을 했습니다.

'문왕이 이미 죽은 지 오래지만, 그 문왕의 문(文)이 여기에 있지 않느냐? 하늘이 이 문을 영영 없앨 생각이라면 후세 사람이 그 문을 알 리가 없지 않느냐? 하늘이 문을 없앨 생각이 없는 것이 분명한 이상, 고을 사람들이 나를 어찌 하겠느냐?'

물론 동요하는 제자들의 마음을 가라앉히기 위해 하늘이 지켜주고 있다는 말을 한 것으로도 볼 수 있지만, 공자는 그런 자부심과 확신을 가지고 있었던 것이 분명합니다.

즉 공자는 문왕의 덕을 갖추고 주공의 일을 해낼 생각을 품고 있었던 겁니다. 그러나 공자는 주공처럼 살아서 뜻을 펴지는 못했습니다. 그렇지만 그 말과 행동은 문왕과 주공 이상의 영향을 길이 전 인류에게 끼쳤던 것입니다."

"그런 업적을 떠나 한 인간으로서 주공과 공자의 공통점이라면 어떤 것이 있을까요? 어느 책엔가는 공자와 주공은 너무도 닮은 데가 많다고 쓰여 있었습니다."

"주공과 공자를 비교해서 말한 학자는 많습니다. 첫째 성인(聖人)이란 점을 들 수 있겠지요? 그리고 다재다능한 점입니다.

공자는 〈논어〉에서 이렇게 말했습니다.

'주공같은 재주를 가졌다 하더라도, 그가 만일 교만하거나 인색하다면 그 밖에는 아무것도 볼 것이 없다.'

다재다능한 점에서는 주공과 겨룰 사람이 없다는 이야기가 될 수도 있지 않겠습니까?

공자가 다재다능했던 것은 〈논어〉에도 자주 나옵니다.

달항(達巷)이란 고을의 어떤 사람은 공자를 보고 이렇게 평했습니다.

'위대하도다, 공자여 ! 모르는 것과 못 하는 것이라고는 하나도 없으므로, 어느 특이한 점을 들어 이름을 붙일 수가 없다.'

또 어느 나라 태재(太宰)가 공자를 두고, 공자의 제자 자공에게 이런 말을 했습니다.

'선생님은 성인이십니까 ? 어찌 그리도 능한 것이 많으십니까 ?'

그러자 자공은 이렇게 대답했습니다.

'우리 선생님은 하늘이 낳은 성인이시고, 또 능한 것도 많습니다.'

자공으로부터 이 말을 전해 들은 공자는 이렇게 말했습니다.

'태재가 나를 잘 아는구나. 나는 젊었을 때 천한 사람이었으므로 보통사람들이 하는 일을 골고루 배웠느니라. 군자는 많은 재주를 가진 줄 아느냐 ? 아니다. 군자는 많은 것을 배우지 않는다.'

그러자 금노(琴牢)란 제자가 공자의 이 말을 전해 듣고,

'나도 일찍이 선생님께 들은 일이 있다. 세상이 나를 써 주지 않기 때문에 갖가지 재주를 배우게 되었노라고 말이다.'

하는 말을 했습니다.

〈가어〉에는 별의별 이야기가 많지만 〈논어〉에 있는 것만으로도 공자가 얼마나 다재다능했던가를 알 수 있습니다."

"그 밖의 같은 점이라면요 ?"

"남의 말을 듣기 좋아하고 남에게서 얻어 배우려고 힘쓴 것을 들 수 있을 겁니다. 그리고 그것을 실행한 점입니다.

〈논어〉에서 공자는 이런 말들을 했습니다.

'너희들은 내가 나면서부터 알고 있는 사람인 줄 아느냐? 아니다. 나는 옛것을 열심히 배워서 안 사람이다.'

'세 사람이 가면 그 가운데 반드시 내 스승되는 사람이 있다. 착한 일 하는 것을 보았을 때는 그를 따라 나도 같은 일을 하게 되고, 착하지 못한 일을 하는 사람을 보았을 때는, 내게도 저런 허물이 있을 수 있다고 돌이켜 보아 그런 점을 고치게 된다.'

'내가 어찌 성인이 되기를 바라겠느냐? 하지만 배우기를 싫어하지 않고, 가르치기를 게을리 하지 않는 일은 그런대로 한다고 말할 수 있을 것이다.'

'세상에는 확실히 알지도 못하면서 그것을 행동으로 옮기는 사람들이 있다. 그러나 나는 그런 일은 없다. 많은 사람의 의견을 들어, 그 가운데서 좋은 것을 가려서 그의 의견에 따르고, 또 많은 것을 두루 봄으로 해서 어느 것이 옳은가를 알게 된다. 이렇게 해서 아는 것이 이치를 꿰뚫어보고 아는 것의 다음이 되는 것이다.'

이 모든 공자의 말대로 주공도 역시 그랬던 것입니다.

주공은 그의 아들 백금이 노나라 임금이 되어 떠날 때,

'나는 문왕의 아들이요, 무왕의 아우요, 성왕의 숙부요, 천하의 일을 내 마음대로 할 수 있는 재상의 몸이다. 그런데도 나는 일찍이 남을 내리쳐 보는 일이 없었고, 남의 의견을 듣는 데 인색한 일이 없었다. 나는 나랏일을 바로 잡을 때 남의 좋은 의견을 듣기를 좋아했고, 그런 나에게 좋은 의견을 말해 주려고 찾아오는 사람이 많았다. 나는 그런 그들을 감히 오래 기다리게 할 수 없어, 밥을 먹다가 입에 든 것을 뱉어내고 그들을 나가 맞는 일이 여러 번이었고, 머리를 감다가 감던 머리를 그대로 잡고 나가 맞는 일도 여러 번이었다.

나라를 다스리는 사람은, 첫째 남의 의견을 많이 듣고 좋은

의견을 받아들이는 데 인색하지 말아야 한다. 편안히 잠자고 밥
먹고 하며 나라를 바로 다스린 사람은 없다.'
하고 훈계를 했습니다.

주공의 이 말을 '일반(一飯)에 삼토포(三吐哺)하고, 일목(一沐)
에 삼악발(三握髮)이라'고 합니다. 한 끼 밥을 먹을 때 세 번 입
안에 든 것을 뱉어내고, 한 번 머리 감을 때 세 번 머리를 손에 잡
고 그대로 나간다는 뜻입니다. 셋이란 많다는 뜻입니다. 그런 일
이 없을 때도 있고 한두 번인 경우도 있지 않겠습니까?

주공의 이같은 교훈은 뒷날 벼슬아치들에게 산 교훈으로 자주
인용되기도 했습니다. 조선시대 말엽에는 세도재상들의 무사안일
과 권위주의가 고질화되어 있어 그 폐단이 날로 더해 가고 있었는
데, 여러 가지 재미있는 이야기들도 많습니다."
"어떤 이야기인지 듣고 싶습니다."
"기록에는 누구라는 이름까지 나와 있습니다. 그러나 이름까지 알
필요는 없는 일이며 기억에도 남아 있지 않습니다.

어느 못난 선비가 어린 아들 덕으로 벼락감투를 쓰게 되었는데,
그런 계기를 만든 것이 방금 이야기한 주공의 교훈이었던 것입니
다.

양반도 3대를 이어 벼슬을 못하게 되면 양반 행세를 못한다는
말이 있습니다. 그래서 무슨 수를 써서라도 작은 감투나마 하나
쓰려고 남이 알지 못하는 가운데 별별 구차한 짓들을 하곤 했던
겁니다.

과거를 보아서 벼슬을 하는 것은 그야말로 하늘의 별따기였습니
다. 빼어난 재주와 운이 따라야 했습니다. 내노라 하는 수많은 선
비들이 몇 해만에 한 번씩 있는 과거를 보기 위해 평생을 바치다
시피 했지만, 겨우 몇 사람만을 뽑기 때문에 그 경쟁률은 천대
일, 만대 일도 더 되었던 것입니다.

그러니 어지간한 선비들은 아예 과거를 포기해야 했고, 뭔가 다른 방법을 쓸 수밖에 없었습니다.

그 다른 방법 가운데 가장 군침을 삼키게 하는 것이 이른바 음관(蔭官)이란 제도입니다. 양반의 자손에게만 주어지는 특혜라 말할 수 있습니다. 결국 집권층이 자기 편의에서 만들어낸 자기위주의 출세방법인 셈이지요.

음관이란 조상의 덕으로 얻어 하는 벼슬이란 뜻입니다. 실력이 없는 사람에게 벼슬을 내리는 한 구실로 조상의 공로를 들먹인 것이라 볼 수 있습니다. 처음에는 꼭 그런 것만도 아니었는데, 세월이 지나는 동안 그 제도를 악용하는 사례가 점점 늘어난 것입니다.

때로는 뇌물을 받고 감투를 씌워 주며 음관이란 이름을 붙이기도 했습니다. 조상 가운데 나라에 공로를 세우지 않은 사람이 어디 있겠습니까?

그 음관의 혜택을 받으려고 세도대감의 집을 드나드는 사람은 수도 없이 많았을 것 아닙니까? 돈이 있는 사람은 뇌물을 바치고 그런 이름으로 작은 벼슬이나마 하나 얻어 할 수 있는 일이지만 가난한 선비는 그럴 수도 없는 일입니다.

그래서 누구의 소개를 받는다든가, 아니면 부지런히 찾아다니는 성의로써 한몫을 하려는 사람도 적지는 않았습니다.

그런 가난한 선비 가운데 한 사람이 어느 날 글공부하는 아들에게 이런 하소연을 했습니다.

'부디 열심히 공부하여 장원급제 해라. 이 아비의 맺힌 한을 네가 대신 풀어다오.'

이때 그의 아들의 나이는 열두 살이었습니다. 오죽 부아가 났으면 어린 아들에게 그런 하소연을 했겠습니까?

뒷날 높은 벼슬에까지 오른 그 아들은 아버지가 기대를 걸 만한 재질을 가지고 있었던 모양입니다. 그러기에 그런 말을 한 것이었고, 하소연과 함께 자극을 주어 더욱 열심히 공부를 하도록 하려는 생각도 있었을 것입니다.

'아버님, 무슨 일이 있었기에 그같은 말씀을 하시는지요?'

아버지가 아들에게 들려 준 이야기는 대충 이런 것이었습니다.

그때 한창 세도를 부리던 대감은 세의(世誼)가 있는 집안이기도 했습니다. 세의란 할아버지, 증조할아버지 때부터 두 집안끼리 가까운 사이였다는 것을 말합니다. 같이 벼슬을 했다든가, 같은 스승 밑에서 함께 글을 배운 친한 친구였다든가 하는 것을 말합니다.

그 대감이 한 번 만나 주기만 하면 그런 세의를 이야기할 수 있을 것 같고, 이야기를 들으면 뭔가 생각이 달라지겠지 하는 기대 때문이었습니다.

그래서 남이 찾아오기 전에 조용히 뵙고 세의를 이야기하며 '작은 감투라도 하나 씌워 주십시오' 하고 사정을 할 계획이었는데, 만나 주지를 않는 겁니다.

'아직 주무십니다.'

하고 청지기란 사람이 명함을 받아 두고 기다리게 한 다음에는,

'조회시간이라 만나볼 겨를이 없다 하십니다.'

하고는 명함을 되돌려 주곤 하는 것이었습니다.

아버지는 대충 이런 경과를 설명하고는, 가지고 다니던 명함을 화풀이라도 하듯 아들에게 던져 두고 일어나 나가버린 겁니다.

이제 다시는 그 놈의 집 근처에도 가기 싫다는 생각이 들며, 누구에게 울분을 터뜨릴 수도 없어 어린 아들에게 그런 푸념같은 하소연을 한 것이겠지요.

그러나 약한 사람의 반발에서 나온 결심이란 그리 오래 가지 못하는 법입니다. 원래 감투욕이 강한 사람은 자존심이 그만큼 약하

기 마련으로, 울분에서 한때 불끈 치밀었던 자존심은 시간이 흐르
면서 점점 수그러들고, 대신 본래의 비굴함이 되살아날 수밖에 없
습니다.

며칠이 지난 어느 날 저녁 늦게, 그는 아들이 공부하는 방으로
찾아가,

'애, 엊그제 내가 여기 놓고 간 명함 어떻게 했니?'
하고 묻는 것이었습니다.

아들이 책상 서랍에서 꺼내 주는 명함을 그는 부끄러운 듯이 얼
른 받아 넣었습니다. 내일 새벽 일찍 한 번만 더 그 대감의 집을
찾아가려는 생각이 불현듯 치밀었던 것입니다.

지성이면 감천이랄까요? 잘났든 못났든, 감투를 쓰겠다는 그의
집념은 운명의 여신을 감동시킨 것이었는지도 모를 일입니다.

이번 한 번만 더…… 하는 생각으로 대감 댁 대문을 두드리고,
늘 가지고 다니던 그 명함을 전처럼 청지기에게 건네 주고,

'오늘은 무슨 일이 있어도 꼭 만나 뵈야 되겠소. 꼭 뵙고 드릴
  말씀이 있다 전해 주오.'
라고 하였습니다. 그의 얼굴에서 전과 다른 어떤 결연한 모습이
떠올랐던 것인지, 아니면 운이 찾아온 때문인지, 청지기도 전과는
달리 그가 한 말을 그대로 대감에게 전했던 모양입니다.

날은 이미 환히 밝은 뒤였습니다. 보통 때면 청지기는 날이 밝
아 오기가 무섭게 묵창(墨窓)이란 창문을 닫아 방안을 어둡게 만
들곤 했습니다. '늦도록 편안히 더 주무십시오'하는 뜻입니다.

그러면 대감은 날이 새는 줄도 모르고 새벽잠을 실컷 즐기게 됩
니다. 그리고 등청 시간에 맞추어 묵창을 열고 시간이 되었음을
알리는 것이 영리한 청지기들이 하는 일과였습니다. 청지기는 대
청을 지키는 하인을 말하는 것으로, 요즘으로 치면 집사나 개인비
서의 성격을 띤 사람입니다.

대감은 청지기가 전과는 달리 정중하게 올리는 명함을 받아들고, 창문에 비친 햇볕에 흘끗 바라보았습니다.

그리고 자주 귀찮게 굴던 사람임을 알자,

'무슨 할 말이 있다는 걸까?'

하고 무심코 명함을 뒤집어 보았습니다.

'아니 이게 뭐야?'

깨알 같은 작은 글씨로 칠언절구(七言絕句) 한 수가 적혀 있었던 겁니다.

상국의 대청 위에는 해가 점점 높아져 가는데,
대문 앞 명함 종이에는 벌써 털이 나 있다.
꿈속에 만일 주공(周公) 성인을 만나 보시거든,
바라건대 재상으로 있던 그때, 입안의 것을 뱉어내고 손을 맞던 괴로움이 어떠했는지를 물어보시라.

상 국 당 상 일 점 고
相國堂上日漸高
문 전 자 지 이 생 모
門前刺紙已生毛
몽 중 약 견 주 공 성
夢中若見周公聖
원 문 당 년 토 포 고
願問當年吐哺苦

대감은 놀랄 수밖에 없었습니다. 주공의 옛일을 들어 자신을 꾸짖은 것이 너무나 당연한 것이기도 했고, 그 문장이 또한 보통이 아니었기 때문입니다.

더욱이 그런 내용의 글이, 어려운 청을 하기 위해 찾아온 사람의 명함 뒤에 쓰여 있다는 것이 놀라웠던 겁니다.

'이상하다. 이런 글이 어떻게 여기에 적혀 있는 것일까? 당자가 이런 글을 적어 만나기를 청할 일은 만무하고, 필시 글공부하는 아이들의 장난이 틀림없는데 아이들 장난 치고는 너무도

놀라운 생각이고 글솜씨야.'

그리고는 벌떡 이불 속에서 일어나,

'여봐라! 게 누구 없느냐?'

하고 청지기를 불러,

'이 명함을 들여보낸 손님을 객실로 모셔라!'

하고 일렀습니다.

몇 달, 몇 해만에 소원이 이루어진 대면이었는지 모를 일입니다. 그러나 막상 대하게 된다는 생각을 하자, 만나면 하려고 생각해 두었던 이야기들이 앞뒤 없이 마구 뒤섞여 빙글빙글 돌고만 있어서, 어느 말부터 먼저 꺼내야 할 지 갈피를 잡을 수가 없었습니다.

그러나 그런 걱정은 안 해도 되었습니다. 한참 뒤 객실로 들어온 대감은 황송해 하는 그를 자리에 앉으라고 권한 다음 간단한 초면의 인사를 끝내자, 찾아온 까닭을 묻지는 않고,

'혹시 댁에 글공부하는 아들이 있는지요?'

하고 묻는 것이었습니다.

'네, 하나 있기는 합니다만……?'

무슨 뚱딴지같은 수작인가 하고 의아해 하면서도 사실대로 대답할 수밖에요.

'올해 몇 살이나 되었는지요?'

'이제 열두 살이옵니다.'

'그래요?'

대감의 목소리가 갑자기 밝아지며 반겨 되묻는 바람에, 선비는 다시 의아한 생각으로 대감의 기색을 살폈습니다.

몹시 다행스러워 하는 태도가 역력히 얼굴에 나타나 있었습니다.

대감은 명함을 뒤집어 선비 앞에 놓고 물었습니다.

‘이 글씨가 아드님 글씨입니까?’

명함을 집어 내용을 훑어본 선비는 등골에 식은 땀이 흐르는 것
만 같은 느낌으로,

‘죽을 죄를 지었습니다. 철없는 것이 언제 그런 글을 적어 두었
는지도 모르고 그 명함을 대감께 올렸으니, 백 번 죽어 마땅한
줄로 아옵니다.’

하고 엎드려 머리를 조아렸습니다.

‘아니오, 아니오. 공자같은 성인도 일곱 살 먹은 어린아이에게
배웠다 하지 않습니까? 백 번 옳은 말인 걸요. 그보다도 우리
둘 사이는 아마도 하늘이 정한 깊은 인연이 있는 것 같아요.’

‘네에? 무슨 말씀이시온지?’

‘혹시 정혼(定婚)한 곳이라도 있는지요?’

‘없습니다. 아직 어린아이인 걸요.’

당시는 조혼이 성행하던 때라, 열두 살이면 장가를 들곤 한 일
도 있었으므로 정혼 여부를 묻는 것은 당연한 일이기도 했습니다.

‘그럼, 더욱 잘 되었군요. 우리 사돈 맺읍시다. 내게 올해 열네
살 먹은 딸이 있어요. 과히 빠지지는 않는 편이니, 성혼은 몇
해 뒤로 미루더라도 약속이라도 해 두었으면 해서요.’

더 이상 뒷 이야기는 할 필요가 없습니다. 대감과 사돈을 맺게
되었으니 그야말로 감투는 따놓은 거나 다름없는 일입니다. 이튿
날로 선비는 작은 고을의 원님이 되어 첫 벼슬길로 들어서게 되었
던 것입니다.

공자가 앞에서 말했듯이,

‘주공같은 재주를 가졌어도, 마음이 교만하고 인색하면 더는 볼
것이 없다.’

라고 했는데 재주도 덕도 없이 권력에 대한 탐욕과 교만과 게으름
으로 나랏일을 보고 있다면, 그 나라가 망하지 않고 견더낼 수 있

겠습니까?

주공의 이야기와 방금 한 그 대감과 선비의 이야기는 우리에게 많은 깨우침을 주고 있는 것입니다.

성왕같은 훌륭한 재질을 가진 사람도 주공의 그같은 가르침을 받음으로 해서 어진 천자가 될 수 있었던 것입니다. 보통사람이야 더 말해 무엇 하겠습니까?

다음은 예운편(禮運篇)입니다.”

제9편(第九篇) 예운(禮運)

^{거 고 청 비}
居高聽卑.

"높이 있으면서도 비천한 자의 말을 듣는다."

예(禮)의 참뜻은

"예운(禮運)이란 말 뜻은 넓다고 보아야 할 것 같습니다. 그래서 운(運)은 곧 도(道)의 뜻이라고도 합니다. 도(道)는 길이란 뜻에서 도리니, 방법이니, 목적이니, 목표니 하는 뜻으로도 쓰이기 때문입니다.

공자가 말하는 예는 자연의 법칙을 제도화한 것이라 볼 수 있습니다. 그러므로 예가 예의 본질에서 벗어나 본래의 목적과는 다른 방향으로 흐르게 되면 그것은 예가 될 수 없는 것이다.

공자가 정치의 바탕을 예에 두고 있는 것도 그 때문이었습니다. 자연의 이치에 따라 자율적으로 조화와 발전을 가져올 수 있게 하는 것이 정치의 최고 목표라고 공자는 말했습니다. 간섭 없이 하는 정치, 하는 일 없이 하는 정치, 그것을 공자는 무위지치(無爲之治)라 했습니다.

보통 '무위'라 하면 노자(老子)의 사상으로 알고 있지만, 공자 역시 그랬던 것입니다. 공자는 그 '무위지치'를 실제로 행해 보인 사람은 순(舜) 한 사람 뿐이었던 것으로 보았습니다.

〈논어〉에서 공자는,

'하는 것 없이 나라를 다스린 사람은 순뿐이었다. 그는 무엇을 했단 말인가? 공손한 모습으로 임금의 자리를 지키며 신하들의 조회를 받았을 뿐이었다.'

이보다 더한 칭찬은 없습니다. 그 순은 예운편에서 말한 것처럼 예로써 천하를 다스린 것입니다.

예가 아닌 예(非禮之禮)란 말이 있습니다. 예의 형식을 갖추고 있는 거짓된 예를 말합니다. 거짓으로 착한 것을 위선(僞善)이라 고 하듯 예의 형식을 빌린 거짓된 예를 허례(虛禮)니, 악례(惡禮) 니 하고 말할 수 있습니다.

우리는 그 예 아닌 허례와 악례 속에서 나날이 살아가고 있는 것입니다.

공자는 〈논어〉에서, 이렇게 말했습니다.

'예라고 하니, 폐백이나 주고 받고 하는 것인 줄 아느냐? 음악 이다 음악이다 하니, 종을 치고 북을 두드리는 것인 줄 아느 냐?'

예니 음악이니 하는 이름을 가진 것들이 어느 특권계층의 허세 나 타락한 사람들의 향락에 이용되고 있는 것을 개탄한 것입니다. 허례허식이나 저속한 음악들이 판을 치는 세상이 아닙니까? 돈벌 이만 되면 무슨 짓이고 마다하지 않는 황금만능의 사조에 미쳐버 린 세상에 우리는 살고 있는 겁니다.

그것은 정치하는 사람이 명령이나 법으로 바로잡을 수는 없습니다. 사람들의 마음을 예의 참된 모습에로 되돌아가게 해야만 되는 겁니다.

그렇게 만드는 것이 곧 '예운'입니다. 예를 운용(運用)하는 것입니다. 그것은 예가 작용하는 참모습입니다.

〈논어〉에서 공자는,

'법으로 이끌고 형벌로써 바로잡으면 백성들이 죄를 범하는 일은 없게 되지만, 그들이 죄를 범하는 것을 부끄러운 일로 생각하지는 않는다.

덕으로 이끌고 예로써 바로잡으면 부끄러운 줄을 알고 그 자신이 착한 것에 감동하게 된다.'

라고 했습니다.

양심이 되살아나 옳지 못한 일을 하는 것을 마음으로 부끄러워하게 만드는 것이 예의 참된 작용입니다. 즉 예를 바탕으로 정치를 해야 한다는 것입니다.

〈논어〉에서 공자가,

'윗사람이 예를 좋아하면 백성들을 다스리기가 수월하다.'

라고 말한 것도 까다로운 법령이나 무거운 형벌로써 백성을 다스리는 것이 우선 생각하기에는 당장 효과가 나타날 것같이 보이지만, 사실은 정반대라는 것을 일깨운 말이라 볼 수 있습니다. 정치를 하는 사람 자신이 먼저 예의를 지키고 신하와 백성들을 예의바르게 대하게 되면, 백성들은 위에서 시키는 일을 순순히 따르게 된다는 뜻입니다.

지나가는 사람의 외투 벗기기를 겨룬 해와 바람의 이야기처럼, 덕이니 예니 하는 것은 따스하고 더운 기운을 풍기는 해와 같은 것이고, 법이니 형벌이니 하는 것은 강압과 폭력으로 뜻을 이루려 하는 바람과도 같은 것입니다.

　노나라 정공(定公)이 공자에게,

　'임금은 신하를 어떻게 대해야 하며, 신하는 임금을 어떻게 섬겨야 합니까?'

하고 물었을 때, 공자는,

　'임금은 신하를 예로써 대하고, 신하는 임금을 충성으로 섬겨야 합니다.'

라고 대답했습니다.

　여기 말한 예는 바른 도리라는 뜻이며, 상대의 인격을 존중하라는 뜻입니다. 여기 말한 충성이란 거짓이 없고 자기 맡은 바 직무에 충실한 것을 말합니다. 절대로 복종의 뜻은 아닙니다. 복종은 아부와 아첨으로, 충성과는 정반대되는 것임을 알아야 합니다.

　〈논어〉에서 공자는 그 당시 사람들이 뜻을 잘못 알고 있는 사랑이니 충성이니 하는 것에 대해 이렇게 말한 일이 있습니다.

　'사랑한다고 해서 고통을 주지 않을 수 있겠는가? 충성한다고 해서 잘못을 일깨우고 바로잡지 않을 수 있겠는가?'

라고 말입니다.

　사랑하는 사람이기에 때로는 괴롭고 힘든 훈련을 시키게도 되는 것이며, 충성을 다해야 할 사람이기에 그가 잘못하는 일을 끝까지 못하게 말리고 잘 가르쳐 주어야 한다는 것입니다.

　앞에서 주공이 천자인 어린 성왕에게 충성을 다하기 위해, 그가 보는 앞에서 그의 잘못을 지적하고 대신 아들 백금에게 매를 때린 것이 아닙니까?

　무조건 복종하는 것을 충성이라고 생각하고, 그것을 바라는 임금과 그 뜻에 따르는 신하들이 득세를 하게 되면 나라는 망하는 법입니다.

　〈논어〉에서 정공은 공자에게 물었습니다.

　'한 마디 말로 나라를 일으킬 수 있습니까?'

'말로는 그런 것을 기대하기 어렵습니다. 그러나 세상 사람들이 말하기를 임금 노릇 하기도 어렵고 신하 노릇 하기도 쉽지 않다고 합니다. 임금노릇 하기가 어렵다는 것을 안다면, 그 한 마디로 나라를 일으킬 수 있지 않겠습니까?'

그러자 정공은 다시,

'한 마디로 나라를 망하게 하는 말은 어떤 것이 되겠습니까?'

하고 물었습니다. 그러자 공자는,

'사람들이 말하기를, 내가 임금 된 것이 별로 즐겁지는 않으나, 단 하나 내가 하는 말이면 아무도 어길 사람이 없는 것이 즐겁다고 합니다. 임금의 말이 옳아서 아무도 어기는 사람이 없다면 그 또한 좋은 일이 아니겠습니까? 그러나 옳지 않은데도 안된다고 말하는 사람이 없다면 그 한 마디로 나라를 잃지 않겠습니까?'

라고 대답했습니다.

복종을 충성이라고 믿고 있는 사람들이 나라를 움직이게 되면, 우두머리가 성인이 아닌 한은 나라를 무능한 선장과 선원에게 내맡긴 배 꼴이 되어, 항로를 이탈하거나 파선을 하게 될 것이 뻔한 일입니다.

예란 자연의 이치와도 같은 것입니다. 이치에 맞게끔 정치를 하는 것이 예로써 나라를 다스리는 것입니다. 바람과 물의 흐름을 따라 돛을 올리고 줄을 당기고 노를 젓고 하는 것과 같습니다.

그러니 한 마디로 예라고 말하지만, 그 예가 바른 작용을 할 수 있게끔 하기는 어려운 일입니다. 다음에 구체적인 내용으로 설명되는 대동(大同)이니 소강(小康)이니 하는 것이 다 예의 작용을 말한 것이지만, 그것이 대동이 되기도 하고 소강으로 만족할 수밖에 없게 되는 것은, 예의 작용이니 운용이니 하는 것이 그만큼 어렵다는 이야기가 되지 않겠습니까?

이 예운편의 내용은 〈가어〉에도 예운이란 편 이름으로 똑같이 나옵니다. 글자 몇 마디가 다른 정도입니다.

이 예운편의 내용은 절대군주체제에 맹종하는 일부 학자들에 의해 도가(道家)계통의 사람들이 만들어 넣은 것이라 말해지기도 했습니다.

공자의 말은 절대적인 것으로 여겨지고 있었고, 이상보다는 현실에 더 중점을 두고 있었던 것이 공자였으므로, 〈논어〉를 중심으로 한 공자의 사상과 말들은 어느 체제에나 적응할 수 있는 그런 특성을 지니고 있습니다.

그런데 예운편의 내용은 세습왕조를 중심으로 하는 모든 정치체제를 격하시키고 부인하는 것이 되기 때문에, 이것을 공자의 말씀으로 내세우는 데는 많은 어려움이 있었던 것입니다. 그래서 이를 공자의 말씀이 아니라고 하는 것으로 집권세력에게 아부하려 했던 것입니다.

그러나 민주주의 체제로 변한 오늘날에 있어서는 공자의 말씀인 이 예운편이 있음으로 해서, 공자의 위대함을 한결 더 우러러보게 되었다고 말할 수 있습니다.

노나라 세도재상인 숙손무숙(叔孫武叔)이 공자를 헐뜯은 일이 있었습니다. 그는 자공이 공자보다 더 위대하다고 말하기도 한 사람입니다. 그가 자공을 치켜올리는 한편 공자를 내리깎은 겁니다.

이 말을 전해 들은 자공은, 그 말을 전한 사람에게 이렇게 설명했습니다.

'집과 담을 놓고 비유하면 내 담은 어깨 높이밖에 되지 않으므로, 오가는 사람들이 누구나 내 집의 좋은 점을 들여다볼 수 있다. 그러나 공자의 담은 몇 길이나 되므로, 그 대문으로 들어가지 않는 한 그 담 안에 있는 종묘며 궁전의 아름다움이라든가, 그 안에서 일을 하는 온갖 사람들이 모여 있는 것을 볼 수가 없

다. 이 세상에는 공자의 집 대문 안으로 들어가 구경한 사람이
흔치 않을 것이니 숙손 대감의 그같은 말이 당연하지 않겠는
가?'

하고, 멋없이 높기만 한 공자의 담을 보고 그 안을 전혀 모르는
숙손무숙의 수박 겉핥기식의 인물평을 비웃었던 것입니다.

그 숙손무숙이 자공이 있는 앞에서 또 공자를 헐뜯은 일이 있었
습니다. 이때 자공은 그를 이렇게 타일렀습니다.

'부디 그러지 말라. 공자는 헐뜯을 수가 없다. 다른 사람의 거
룩함은 산과 같은 것이어서 넘을 수가 있다. 그러나 공자의 거
룩함은 해와 달과 같으므로 넘을 도리가 없다. 사람이 그 해와
달을 욕한다고 해서 해와 달이 무슨 영향을 받겠는가? 욕하는
사람 자신이 해와 달을 모르고 있다는 것밖에 더 되겠는가?'

공자에 대한 비판은 중국 혁명기에 들어와 자주 있었고, 모택동
만년의 문화혁명 때는 그 절정에 달해 있었습니다. 자공의 말처럼
그들은 공자를 알지도 못하면서 덮어놓고 공격의 목표로 삼았던
것입니다. 그것이 그들이 말하는 철부지란 뜻의 소아병적인 행동
이었습니다.

중국 혁명의 아버지로 불리우는 손문의 삼민주의는, 바로 이 예
운편에 나오는 공자의 대동사상에 바탕을 둔 것이라고 합니다.

주불해(周佛海)가 쓴 〈삼민주의해설〉이란 책을 60여 년 전에 읽
은 기억이 있는데, 민족·민권·민생의 삼민주의 가운데 최후의
목표인 민생(民生)은 그 이상을 공산주의에 두고 있다고 했습니
다.

그러나 그것은 유물론의 공산주의가 아니고, 유심론의 공산주의
라는 것입니다. 마르크스와 레닌의 공산당식 공산주의가 아니고,
공자가 예운편에서 말한 대동사상을 바탕으로 한 공산주의라는 것
입니다.

법령이나 형벌로써 마구잡이식 공산을 하는 것이 아니고, 백년대
계의 교육을 통해 국민 모두가 참다운 철학인이 되어야만 비로소 명
실상부한 공산사회를 이룩하게 된다는 것입니다.

말하자면 손문은 공자가 말한 대동사회를 목표로 삼민주의 이론을
체계화했다는 이야기입니다.

그럼 예운편의 핵심이 되는 대동이란 어떤 것이며, 소강이란 어떤
것인지 원문을 더듬어 보며 이야기하기로 합시다.”

대동(大同)이란

“원문을 보시지요. 옛날 중니(仲尼)가 사빈(蜡賓)에 참여했었다고
첫머리에 실어, 이 예운편이 생겨난 동기와 배경을 밝히고 있습니
다. 사(蜡)는 제사 이름입니다. 사제(蜡祭)는 섣달에 모든 신(萬神)에
에게 지내는 제사로 종묘에서 지냈다고 합니다.

빈(賓)은 손님이란 뜻인데, 제사에는 외부 사람을 초청하여 제삿
일을 돕게 했으므로 일을 돕는 사람을 빈이라고 한 것입니다. 공자
가 그 제삿일을 돕는 빈으로서 참여하게 된 것입니다.

그 제삿일을 마치고 나서 성문 옆의 관(觀)이란 곳으로 나가 쉬
게 된 것입니다. 관은 성문 양쪽에 있는 문궐(門闕)로써 나라의
중요한 문헌들이 전시되어 있어 일반인들에게 볼 수 있게 한 곳이
라 합니다. 일반에게 널리 보인다 해서 관이란 이름을 붙인 것이
겠지요.

관 위에 나가 놀았다 했으니, 아마 전시실 위에 다락처럼 된 곳
이 있어 그곳에서 멀리 바라보고 쉬고 있었던 것 같습니다.

이때 공자는 무심코 길게 한숨을 내쉬었습니다. 공자의 그같은
한숨은 노나라의 앞일을 걱정한 데서 나온 한숨이었습니다.

〈가어〉에는 중니라는 말 대신 공자라고 쓰고, 공자가 노나라 사

구(司寇)벼슬로 있을 때였다고 밝히고 있으며, 노나라를 탄식했다는 말을 덧붙이지 않고 있습니다.

그러자 옆에 모시고 있던 언언(言偃)이 물었습니다. 언언은 자유의 성과 이름입니다.

'선생님께선 무슨 일로 한숨을 쉬십니까?'

'큰 도가 행해진 것, 삼대(三代)의 훌륭한 임금들을 내가 직접 보지는 못했지만 큰 도가 행해진 것이 기록에는 남아 있다. 큰 도가 행해지면 온 천하가 공(公)이 된다.'

공이 된다는 말은, 천하가 어느 개인이나 계층이나 집단의 사유물이나 독점물이 되지 않고, 공동번영을 위한 공동체로서의 공유물이 된다는 뜻입니다.

'그러므로 가장 어질고 능력 있는 사람을 뽑아 나랏일을 맡기고, 참된 일을 강론하여 이를 시행하고 서로의 친목을 도모하는 일에 힘썼다.

그러므로 모든 사람들은 자기 부모만을 부모로 생각하지 않고 남의 부모도 내 부모와 똑같이 생각했으며, 내 자식만을 자식으로 생각하지 않고 남의 자식도 내 자식과 똑같이 생각했다.

그러므로 늙은이들은 누구나 할 것 없이 다 편안히 평생을 마칠 수가 있고, 다 자란 사람들은 누구나가 다 그 재주와 능력에 따라 필요한 곳에서 필요한 일을 하게 되고, 어린 아이들은 다 자랄 수 있도록 보호를 받으며 교육을 받았다. 그리고 홀아비와 홀어미와 오갈 데 없는 사람이나 병신이 되었거나 병을 앓거나 하는 사람들은 다 필요한 보호를 받았다.'

오늘날 전세계적으로 문제가 되고 있는 이른바 복지사회의 최고 목표가 바로 이런 것이 아니겠습니까?

있는 사람이 없는 사람에게 베푸는 그런 복지사회가 아니라, 하나의 공동사회가 한 가족과 같은 분위기 속에서 절로 이루어지게 되는 그런 복된 사회라 말할 수 있을 것입니다.

그 바탕은 천하위공(天下爲公)의 정신 위에 서 있고, 그 방법은 선현여능(選賢與能)에 있으며, 그 목표는 강신수목(講信修睦)에 있는 것입니다. 이 세 가지가 큰 도가 행해질 수 있는 삼대요건 (三大要件)입니다.

그리고 그 결과로 나타나는 것이, '자기 부모만을 부모로 생각 하지 않고, 자기 자식만을 자식으로 생각하지 않는다.' 는 공동체의 기본정신입니다.

이 기본정신이 자리잡고 있지 않는 한 참다운 복지사회는 알맹이 없는 구호에 그칠 수밖에 없습니다.

오늘날 가장 큰 문제가 공해문제입니다. 법이 이를 규제하고 오염방지시설을 갖추고 있으면서도, 교묘히 그 법을 어기고 밤에 몰래 독극물을 흘려보내고 하는 것이 무엇 때문이겠습니까? 모두가 내 부모 내 자식만 무사하면 그만이라는 생각에서가 아닙니까? 남이야 해를 입건 말건 나만 돈을 남기면 그만이란 생각 때문이 아닙니까?

말로는 그런 그들을 얌체라고 욕하지만 욕하는 우리 자신도 크게 다를 것이 없다는 것을 부인하기는 어렵습니다. 흔히 말하는 정신상태니 의식구조니 하는 것이 그 바탕에 깔려 있는 겁니다.

강대국들이 선진기술을 자랑하며 경쟁적으로 살인무기를 개발하고 있는 것은 또 무엇 때문입니까? 내 나라 내 겨레만이 잘 살면 그만이란 원시적인 야만성에서 비롯된 것 아닙니까? 핵의 위력이 나만이 잘 살게 놓아두지 않는다는 것을 알고 있는 지금에서야, 남의 불행 위에서 내 행복을 찾겠다는 생각이 근본적으로 잘못된 것임을 자각하기에 이른 것입니다.

전세계가 하나의 마을처럼 상부상조하고 공존공영하는 지구촌이 되기 위해서는 방금 말한 완전한 3대 요건의 상태로 인류가 다 함께 돌아가지 않으면 안되는 것입니다.

그 다음의 원문을 보시지요. '남유분 여유귀(男有分, 女有歸)'란 말이 나옵니다.

남녀평등이란 말을 즐겨들 쓰고 있습니다. 여성들의 표를 의식한 정치인들은 전략적으로 더욱 그러는 것 같습니다.

나는 이 평등이란 말 자체가 잘못된 것으로 보고 있습니다. 말뜻으로는 남녀유별(男女有別)이란 말이 가장 정확한 말이라 볼 수 있습니다. 남녀유별은 남존여비(男尊女卑)를 말하는 것은 아닙니다. 남자와 여자는 선천적으로, 후천적으로 이미 구별이 되어 있습니다. 그것을 말한 것뿐입니다.

역사가 말해 주듯, 여존남비의 사회가 남존여비의 사회로 바뀐 것입니다. 생활여건이 그렇게 만든 것입니다. 일처다부제도에서 일부다처제도로 바뀐 것도 자연적인 여건의 변화에 의한 것입니다.

그 여건이 바뀜으로 해서 남녀평등이란 말이 생겨난 것입니다. 그러나 그것은 어디까지나 인격적인 문제일 뿐, 남녀의 기본적인 구별이 없어졌다는 이야기는 아닙니다. 그럴 수가 없습니다. 육체적 조건과 정신적 조건들이 평등이라고 외친다고 해서 바뀌어질 수는 없는 것입니다. 건장한 육체와 활동적인 성격을 가진 남자는 바깥 일을 하게끔 운명지워져 있고, 강인한 체질과 섬세한 성격의 여자는 집안 일을 보살피게끔 운명지워져 있는 것입니다.

여성이 여성으로서의 보람이나 행복을 가정에서 얻는 것이 정상입니다. 그렇지 못한 여성도 얼마든지 있기는 합니다. 그러나 그것은 부득이한 경우거나 특이한 경우일 뿐입니다. 그래야만 평등이 되는 것은 아닙니다.

남녀유별은 서로가 맡은 바 일이 각각 다르다는 뜻입니다. 남자는 밖에 있으면서 안의 일을 간섭하지 말고, 여자는 안에 있으면서 밖의 일을 간섭하지 말라고 가르쳤습니다. 남편이 아내 하는 일을 간섭하고, 아내가 남편 하는 일을 간섭하는 것이 평등일 수는 없습니다.

가정을 지켜야 할 아내가 직장생활을 한다든가, 아기를 가진 부인이 무거운 몸을 이끌고 직장에 나가지 않을 수 없고, 아기를 탁아소에 맡기고 일터로 나가 힘든 일을 하는 것이 평등이라고 한다면, 그런 평등은 저주스런 것이 아닐 수 없습니다.

그런 가정이 많은 사회는 복지사회일 수 없습니다. 병적인 요소들을 많이 담고 있는 불평등사회의 비정상적인 현상으로 보아 마땅한 일입니다.

여기 말한 '남유분'의 분(分)은 분업(分業)의 뜻입니다. 옛날로 말하면 사농공상(士農工商)이 되겠지요. 각자의 자질과 여건에 따라, 남자면 누구나 맡은 일을 갖게 된다는 것이 '남유분'의 뜻입니다.

'여유귀'의 귀(歸)는 시집 간다는 뜻입니다. 결혼해서 행복하게 살 가정을 갖게 된다는 것이 '여유귀'의 뜻입니다.

그 다음을 보시지요. '화오기기어지야(貨惡其棄於地也), 불필장어기(不必藏於己)'라고 했습니다.

재물이 땅에 쓸모없이 버려지는 것을 못마땅해 하지만, 그것을 자기 집에 간직해 두려고 하지는 않는다는 것입니다.

이 대목은 아주 기본적인 핵심이 되는 부분입니다. 정치를 하고 경제를 다루는 사람들은 물론이요, 우리 모두가 깊이 명심해야 할 문제입니다.

산업사회의 기업가들은 자기가 만든 물건을 하나라도 더 팔아야만 이윤을 남길 수 있으므로, 광고다 선전이다해서 소비를 장려하고 낭비를 부채질하는 경우가 많습니다.

과다소비니 허비니 낭비니 하는 것보다 비경제적인 것은 없습니다. 그것은 하나의 죄악이기도 합니다. 그것을 조장하는 기업인은 비양심적인 기업인일 수밖에 없고, 그런 정책을 펴는 정치인은 장사꾼의 꼭둑각시나 다를 것이 없습니다.

땀흘려 만든 물건이 헛되게 버려진다면 그것은 노동을 천하게 여기는 것이 됩니다. 사람에게 유용하게 쓰여질 물건이 땅에 버려진 채 그대로 있다면, 그것은 정책의 빈곤으로밖에 볼 수 없습니다. 채소값이 폭락해서 운반비도 건지기 어렵다 하여 밭에서 썩고 마는 것은 한 좋은 보기라 말할 수 있을 것입니다. 이 얼마나 아깝고 안타까운 일입니까?

그러나 아까워하고 죄악시하는 것은 사회 전체를 위하는 공동체 의식에서 이지, 나 개인이 갖고 싶거나 이용하려는 생각에서가 아니라는 것입니다.

곡식 한 알도 푸성귀 한 잎도 버리는 일이 없지만, 그것을 아껴 내 살림에 보태고 싶어서 그러는 일은 없다는 것입니다.

효종(孝宗)의 사위가 쓴 〈견문록(見聞錄)〉이란 책에 보면 이런 이야기가 나옵니다.

대궐에 들어가 임금을 모시고 점심을 같이 든 일이 있었는데, 가난을 모르고 자란 사위는 물에 만 밥을 반쯤 먹다 그대로 남기고 말았습니다.

효종은 그것을 보고 이렇게 꾸짖었습니다.

'자기가 먹을 양도 가늠할 수 없어 많은 밥을 물에 말아 남긴단 말이냐? 그것을 포진천물(暴盡天物)이라 한다. 하늘이 주신 귀중한 물건을 함부로 없애 버리는 것이다. 그 남긴 것을 짐승에게라도 준다면 다행이지만, 철없는 아이들이 시궁창에 버리기라도 한다면 큰 죄악이 되는 것이다.'

효종의 이같은 꾸중을 듣고 나서야 비로소 깨달은 바가 있었기에 기록에 남긴 것이 아니겠습니까?

식당이나 호텔에서 먹고 남은 밥과 반찬들이 헛되게 버려지는 것이 엄청난 양에 달한다는 것을 통계적으로 소개하는 일이 종종 있는데, 조금이라도 아까운 생각과 죄스런 생각이 있다면 그같은 허비나 낭비를 어느 정도는 막을 수도 있는 일입니다.

그렇게 해서 아낀 물건이 유용하게 필요한 다른 사람에게로 돌아간다면, 그야말로 오른손이 하는 일을 왼손이 모르게 하는 복받을 일이 아니겠습니까?

사회 전체를 위해 물건을 귀중하게 여겨, 아끼고 남은 것을 모자라는 사람과 필요한 사람에게 돌아가게끔 하는 절약과 검소의 정신이 바로 경제적인 것이며, 하늘에 감사하는 것이 되고 복받을 일이기도 한 것입니다. 그것은 절대로 한 개인의 사사로운 욕심을 채우기 위해, 내 집 창고에 깊이 간직해 두지 않는다는 것에 절약과 검소의 참뜻이 있는 겁니다. 이것이 대동사회의 기본정신이 되는 것입니다.

그 다음을 보시지요. '역오기불출어신야(力惡其不出於身也), 불필위기(不必爲己)'라고 했습니다. 앞의 말과 함께 대동사회의 기본정신이 되는 것입니다.

즉, 힘이 자기 몸에서 나오지 않는 것을 싫어하지만, 그 힘이란 것이 꼭 나를 위해서만은 아니란 것입니다.

다시 말해, 편안히 놀고 지내는 것이 싫어서 열심히 일을 하고는 있지만, 그것이 꼭 자기의 사사로운 이익을 위해서 그런 것은 아니란 것입니다.

사회 전체를 위해서 이바지하려는 봉사정신에서 몸과 마음을 다하고 있을 뿐 나만을 위해 그러지는 않는다는 것입니다.

위에 말한 이 두 가지가 사회주의자들이 이상으로 하고 있는, '능력에 의해 생산하고, 필요에 의해 소비한다.' 는 것과 너무도 일치한다는 것에 새삼 놀라지 않을 수 없습니다.

손문이 삼민주의의 민생문제를 논하는 자리에서,

'그런 사회는 교육의 힘으로 구성된 모두가 도덕가가 되고 철학
자가 되게끔 만든 뒤에나 가능하다. 그러나 우리는 원대한 계획
아래 언젠가는 그런 사회에 도달하지 않으면 안된다.'

라고 한 말은 우리에게 많은 암시를 주고 있는 것입니다.

계급투쟁이나 무자비한 숙청을 강조하는 따위의 유물론적 방법으
로는 천 년을 가도 되지 않는 일입니다. 인간의 마음만이 행동을 좌
우하게 된다는 것을 깨닫지 못하고 물질이 정신을 지배한다는 동물
학적인 근시안으로는 인류를 행복하게 만들 수 없는 것입니다.

이런 상태에 도달한 사회가 바로 대동사회입니다. 원문을 보시지
요.

'이런 까닭에(是故), 꾀가 닫히어 일어나지 않고(謀閉而不興),
남의 것을 앗거나 훔치거나 세상을 어지럽히고 사람을 해치는
일이 생겨나지 않는다(盜竊亂賊而不作). 그러므로 방문을 열어
두고 닫지 않는다. 이를 일러 대동이라 한다(故, 外戶而不閉, 是
謂大同).'

꾀가 닫힌다는 말이 아주 묘한 말입니다. 필요는 발명의 어버이란
말이 있듯이, 꾀란 자기보호의 본능에서 생겨나는 것입니다. 환경이
좋은 가정에서 자라난 아이들이 남의 속임수에 잘 넘어가는 것은,
자기보호의 필요를 느끼지 못하고 자라났기 때문입니다.

남을 속일 것도 없고 남에게 속을 일도 없는 그런 사회에선 오직
참이 있을 뿐입니다. 손자의 병법도 필요하지 않고 소진·장의 같은
외교술도 필요하지 않습니다. 그것이 바로 꾀가 닫혀 있는 사회입니
다.

대(大)는 완전한 상태를 말합니다. 전체란 뜻도 됩니다. 온 천하,
전 세계를 가리켜 한 말입니다. 동(同)은 같다는 뜻입니다.

법(法)의 날 표어로 흔히 쓰이는,

'사람 위에 사람 없고, 사람 밑에 사람 없다.'

하는 그런 상태를 말합니다.

빈부의 차별도 없고 계급의 고하도 없는 사회, 상부상조하고 공존공영하는 평화로운 지구촌의 시대가 온다면 그것이 바로 대동입니다.

권모술수가 자취를 감추고 진리의 대도(大道)가 세상을 지배하게 되는 시대가 대동시대입니다. 그것이 바로 꿈같은 것일지라도 우리는 그 꿈의 실현을 위해 용기와 믿음을 가지고 있는 힘과 슬기를 다하지 않으면 안 될 것입니다."

小康이란

"앞에 말한 대동은 흔히 말하는 요순시대(堯舜時代)를 가리킨 것으로들 알고 있습니다. 그러나 엄밀히 말해서 요순시대가 대동시대일 수는 없습니다. 요임금·순임금이 대동시대를 열려고 애쓴 사람이기는 하나, 그것을 제도화하고 전통화하지 못한 상태에서 무너지고 만 것입니다. 공자가 말한 대동은 그 이상의 완전한 균등사회와 복지사회를 염두에 둔 것이라 볼 수 있습니다.

그 대동이 요순시대에서 꽃이 피기는 했으나 열매를 맺지 못한 채 시들고 만 것입니다.

이 문제를 놓고 맹자와 제자들 사이에 토론이 전개된 일도 있습니다.

순임금의 발탁을 받아 천자가 된 우(禹)임금이 다른 사람에게 천하를 맡기지 않고, 자기 아들에게 그 자리를 물려준 때문이라고 그 책임을 우임금에게 돌리는 것이 전통적인 의견이었습니다.

제자들이 그런 말을 하자 맹자는 다른 풀이를 했습니다.

'우임금은 익(益)이란 신하에게 천하를 맡아 다스리게 했다. 그러나 우임금이 죽은 뒤, 익도 순임금과 우임금이 그러했듯이 그 자리를 사양하고 피해 있었다.

순임금과 우임금의 경우는 자리를 사양하고 피해 있어도, 모든 신하들이 피해 있는 곳으로 찾아가 나랏일을 상의하고 지시를 청하곤 했는데 익의 경우는 그렇지가 않았다. 익의 덕과 나라에 대한 공이 순임금이나 우임금에 미치지 못한 때문이었다.

또 하나의 이유로는 요임금과 순임금의 아들들은 훌륭한 점이 별로 없었는데, 우임금의 아들 계(啓)만은 익에 못지 않은 훌륭한 데가 있었으므로, 신하들은 익을 찾아가지 않고 계를 찾아가 나랏일을 상의하고 지시를 청하고 한 때문이었다.

이 모두가 하늘의 뜻이었지, 우임금이 덕이 모자라 어진 사람에게 천하를 전하지 않고 자기 아들에게 전한 것은 아니었다.' 하고 맹자는 그 경위를 설명하고 있는 것입니다.

앞에서 말한 대동사회의 3대 요건의 첫째인 천하위공(天下爲公)의 이념이 뿌리를 내리지 못한 상태에서, 둘째인 선현여능(選賢與能)이 제도화되거나 전통화되지 못한 때문이었다고 말할 수도 있습니다.

해방 후 민주주의 헌법을 만들어 두었는데도, 일인 독재를 위한 권력이 그 헌법을 무시하고 바꾸고 했던 것만 보아도 알 수 있는 일입니다.

요임금·순임금이 자기 아들에게 천하를 맡기지 않고 어진 사람에게 전했다고 해서, 그것을 그대로 전통화하거나 제도화할 수는 없는 것입니다. 공자가 말한 큰 도가 행해지려면, 적어도 지도층에 있는 모든 사람에게 3대 요건이 의식화되어 있지 않고는 안되는 것입니다. 천하를 움직일 자리에 있는 사람들이 요임금·순임금과 같은 생각을 가지고 있지 않으면 안되는 것입니다. 그러므로 요순시대에는 큰 제도가 잠시 빛을 보였을 뿐 행해지지는 않은 것입니다.

그럼 그 다음의 원문을 보시지요.

'지금은 큰 도가 이미 사라지고(今大道旣隱), 천하를 내 집으로 생각하여(天下爲家), 각각 그 부모만을 부모로 하고(各親其親), 각각 그 자식만을 자식으로 하며(各子其子), 재물이나 힘은 모두 자기를 위한 것으로 한다(貨力爲己).'

대동시대와는 정반대의 생각을 가지고 모든 것이 자기 위주로 행해지고 있음을 말한 것입니다.

개인주의가 판을 치는 사회에선 힘을 가진 사람이 자기에게 유리하도록 세상을 이끌어갈 수밖에 없습니다. 그래서 다음과 같은 내용으로 이어집니다. 처음에 있는 큰사람(大人)은 천자니 제후니 하는 지위가 높고 권력을 가진 사람을 말한 것입니다.

'그 큰사람들은 대를 이어가는 것으로 예를 삼았다(大人世及以爲禮).'

여기 말한 예는 제도를 말합니다. 공자가 생각하고 있는 예의 본래 뜻과는 다른 형식화된 것을 말한 것입니다. 힘을 가진 사람이 자기에게 필요한 형식과 제도에 예라는 좋은 이름을 붙인 것일 뿐입니다.

그 큰사람들은 자기 편의를 위한 제도를 예로 정하고, 그 제도를 유지하고 보호하기 위해 다음과 같은 일을 하는 것입니다. 즉,

'안성과 바깥성을 쌓고 둘레를 도랑과 못으로 둘러서 튼튼하게 만들고(城郭溝池以爲固), 예니 의니 하는 것으로 기강을 삼아(禮義以爲紀), 그로써 임금과 신하의 관계를 바로잡기도 하고(以正君臣), 아비와 자식의 사이를 돈독하게도 하며(以篤父子), 형제 사이를 화목하게 하기도 하고(以睦兄弟), 남편과 아내를 화합하게 했다(以和夫婦).'

강제성을 띤 법은 아니지만 예니 의니 하는 이름으로 약한 사람들을 꽁꽁 묶어두고, 그 테두리 안에서 질서와 안녕과 평화를 유지하게끔 했다는 이야기입니다. 대동이 아닌 불평등 속에서의 차선(次善)의 방법으로 굳어버린 하나의 체제가 유대되어 온 것을 설명한 것입니다.

이어 이렇게 말하고 있습니다.

'그런 것들을 바탕으로 제도를 만들고(以設制度), 논밭을 꾸미고 마을의 위치를 정하여 백성들을 그곳에서 살게 하고(以立田里), 그리고 나라를 위해 용감하게 싸우고 임금을 위해 지혜를 다하는 것으로 어질다고 하여(以賢勇知), 그들의 공로는 모두 임금 자신을 위하는데 이용했다(以功爲己). 그런 까닭에 간사한 꾀가 따라서 생겨나게 되고(故謀用是作), 전쟁이 이로 말미암아 일어나게 되었으며(而兵由此起), 우와 탕과 문왕과 무왕과 성왕과 주공이 이로 인해 훌륭한 지도자로서 등장하게 된 것이다(禹湯文武成王周公, 由此其選也).'

나는 선(選)을 뽑혔다는 뜻으로 보고 싶은데, 옛날 주석에는 선(選)을 선(善)의 뜻으로 잘 다스렸다는 것으로 풀이하고 있습니다.

예를 논하면서 사람이 만든 예니 의니 하는 제도가, 차선(次善)의 편의를 위한 것에 지나지 않다고 본 것이 유교의 기본적인 사상과 배치된다 하여, 이는 공자의 말씀일 수 없다고 하는 것입니다. 그리고 공자는 문왕과 주공으로 자처하기도 하고 그들이 한 일을 다시 이 세상에 실현시킬 꿈을 품고 있었는데, 그들까지 싸잡아 천하를 내 사사로운 집으로 생각하고 지혜니 용맹이니 하는 것도 모두 집권자 개인을 위한 목적으로 이용한 것으로 말한 것은, 생각조차 할 수 없는 일로 보고 있는 겁니다.

그러나 그런 평은 편견에서가 아니면 의도적인 것으로 밖에 볼 수 없습니다.

　공자는 제자들의 재질과 특성에 따라 같은 문제를 반대로 말하기도 하고, 그가 현재 와 닿은 정도에 맞게 가르침을 주곤 했던 것입니다.

　이 대동이니 소강이니 하는, 흔히 말하는 전통적인 유교사상에서 벗어난 듯한 한 차원 높은 진리를 전해 들은 제자가 다른 사람도 아닌 자유였다는 것에 우리는 독특한 의미를 부여할 수 있을 것 같습니다.

　공자는 역대의 특이한 인물들의 좋은 점을 들어 평한 다음,

　'나는 이들과는 다르다. 꼭 이래야만 한다는 것도, 이래서는 안
　된다는 것도 없다.'

라고 했습니다.

　자유가 무성(武城)이란 고을의 장관으로 있을 때, 공자는 제자들과 함께 찾아간 일이 있었습니다.

　공자는 거문고와 노랫소리를 듣고 몹시 흐뭇했던 모양입니다. 그 가곡이 보통 것과는 다르게 사람의 마음을 바르게 감화시키는 것이었기 때문입니다.

　공자는 회심의 미소를 지으며,

　'닭을 잡는데 어찌 소잡는 칼을 쓴단 말이냐?'

하고 농담을 던졌습니다.

　천하를 다스리는 데 필요한 음악으로써의 교화정책을, 어찌 작은 고을 다스리는 데 쓴단 말이냐 하는 뜻입니다.

　그러자 자유는 그 말에 대한 대답으로 이런 말을 했습니다.

　'저는 일찍이 선생님께 들었습니다. 교양이 있는 군자가 도(道)를 배우면 남을 사랑하게 되고, 보통사람이 도를 배우게 되면 바른 일을 시키기가 쉽다고 하셨습니다.'

　자유는 말로써 이래라 저래라 하는 명령을 내리는 대신에, 음악으로써 사람의 마음을 순화시키려고 했던 것입니다.

이것이 바로 순임금을 칭찬하여 공자가 '하는 것 없이 다스린 사람은 순임금밖에 없다'고 한 것과 같은 칭찬이라 볼 수 있습니다.

자유의 그런 대답에 공자는 제자들을 돌아보며,

'그대들은 들으라. 지금 자유가 한 말이 옳다. 내가 조금 전에 한 말은 농담이었다.'

라고 했습니다.

얼마나 마음이 흐뭇했으면 그런 농담을 했겠습니까? 자유야말로 가장 차원이 높은 정치를 하고 있었던 것입니다. 그런 자유였기에 대동이니 소강이니 하는 고차원의 세계관과 역사관과 윤리관을 들려 준 것입니다.

공자와 맹자가 항상 요순을 들먹이고 있었던 것은, 간접적으로 우탕문무를 격하시킨 것이며, 그 격하의 이유는 여기 말한 그런 뜻이 담겨 있는 겁니다.

냉정히 따지고 보면, 요순시대도 완전한 대동사회에는 미치지 못했으며, 우탕문무의 시대도 진정한 의미에서 소강상태에도 미치지 못했던 것입니다.

공자는 〈논어〉에서,

'옛날 사람은 예악(禮樂)에 있어서 야만이었고, 후세 사람은 예악에 있어서 문명한 사람이었다. 그러나 내가 지금 쓰기로 한다면, 나는 문명을 버리고 야만을 따르겠다.'

고 했습니다.

공자가 말한 야만이란 소박한 자연의 꾸밈없는 상태를 말한 것이고, 문명이란 뜻의 군자(君子)는 화려한 겉치레의 거짓된 상태를 가리킨 것입니다.

공자는 완전무결한 사람을 얻지 못할 바엔 차라리 현실을 부정하는 미치광스런 사람에게 도를 전하겠다고 말하기도 했습니다.

그 미치광스런 사람들이란 대개 부귀니 영화니 하는 것을 우습게 알고, 자연과 동화되려고 한 도교적인 색채가 강한 사람들을 가리킨 것이었습니다.

앞에서도 이야기한 바 있지만 공자가 제자들에게 품고 있는 뜻을 말하라고 했을 때, 다른 제자들은 모두 정치와 출세에 관한 포부들을 말했는데, 유독 증석(曾晳)만은,

'늦은 봄, 새로 지은 봄옷을 입고 갓쓴 젊은이 대여섯 명과 아이들 예닐곱과 어울려 앞 내에 가서 목욕을 하고 뒷산에 올라 바람을 쏘인 다음, 시를 읊고 노래를 부르며 돌아오고 싶습니다.'

라고 말했습니다.

대동이니 소강이니 하는 말이 공자의 말이 될 수 없다고 생각하는 사람들이 증석의 대답을 과연 어떻게 평할 것 같습니까? 세상을 색안경을 쓰고 보는 겉멋만을 부리는 사람이거나, 엉뚱한 자기만족만을 위하는 반미치광이로 평할 것입니다.

그러나 공자는 길게 한숨을 내쉬며, 모처럼 시원한 소리를 들은 느낌에서,

'나는 증석이 네가 마음에 들었다. 나도 너와 같은 생각이다.'

하고 그런 즐거움을 누릴 수 없는 혼탁한 세상에 살고 있음을 간접적으로 한탄한 것입니다.

공자가 성인이라면, 성인의 마음이 하늘과 일치하는 것이라면, 천하를 어느 특정인이나 계층의 사유물처럼 생각하며 예가 아닌 것을 예라 하고 의가 아닌 것을 의라 하여, 제도와 조직으로 질서와 평화가 유지되는 사회를 소강이라 말한 것은 너무도 당연한 것이 아닐 수 없습니다.

예운이 있음으로 해서 공자가 진정한 의미에서 성인일 수 있는 것입니다. 모든 인류를 행복하게 살릴 수 있는 복지사회가 언젠가

이루어지게 된다면, 그것은 예운편이 말하는 대동일 수밖에 없는 겁니다.

다음에 결론으로 이렇게 계속됩니다.

'이 여섯 명의 훌륭한 사람은(此六君子者), 예를 소중히 여기지 않은 사람이 없다(未有不謹於禮者也). 그를 바탕으로 어느 것이 옳은 것인가를 분명히 하고(以著其義), 그로써 어느 것이 참된가를 살펴(以考其信), 허물이 있는 것을 밝혀 드러나게 하고(著有過), 어진 일을 본받게 하며(刑仁), 서로 사양하는 도리를 강론하게 하여(講論), 백성들에게 지켜야 할 떳떳한 것이 있음을 보여준다(示民有常). 만일 이 떳떳한 도리와 법을 따르지 않는 사람이 있으면(如有不由此者), 권력을 잡은 자리에 있는 사람이 이들을 제거하게 된다(在執者去). 그러므로 모든 무리들을 법과 도리를 지키지 않는 것이 자기에게 재난을 가져오게 된다고 생각한다(衆以爲殃). 이렇게 해서 질서와 평온이 유지되는 것을 소강이라 한다(是爲小康).'

즉, 제도와 법령과 교육을 통해 백성들을 이끌고, 그것에 따르지 않는 사람을 엄격히 단속하고 처벌하여 격리시키고 제거해 버림으로, 싫더라도 법이 정한 대로 윗사람이 시키는 대로 따라하지 않으면 자기에게 불행이 닥친다는 것을 알게 함으로써 질서와 평온이 유지되는 것이므로, 그런 세상은 완전한 평화와 행복을 누리는 세상이 아니라, 겨우겨우 평온이 유지되는 세상일 수밖에 없다는 것입니다.

그런데 재집자(在執者)의 집(執)을 세(勢)로 보고 거(去)를 내쫓는 뜻으로 풀이하여, 권세의 자리에 있는 사람이라도 이를 내쫓는다는 뜻으로 옛날 주석은 풀이하고 있습니다.

그러면 위에 있는 불유차(不由此)는 백성이 아니라 임금이 되어야 하며, 임금이 떳떳하지 못하면 곧 백성들에게 재앙을 끼치게 되므로 내쫓게 된다는 말이 됩니다.

하나라 걸(桀)과 은나라 주(紂)와 주나라의 여왕(厲王)과 유왕(幽王)이 그렇게 해서 쫓겨나거나 죽고 했으므로 그것을 가리킨 것으로 본 것입니다. 소강의 특징을 반란과 혁명으로 생각한다면 혹 그런 풀이도 가능은 할 것입니다. 그러나 소강의 시대를 연 우탕문무의 시절에도 법과 제도와 교육과 형벌로 겨우 평온을 유지해 온 것이 사실이고 보면, 그런 풀이는 앞뒤가 잘 맞지 않습니다. 집(執)은 집권자의 뜻으로 보는 것이 무방합니다.

재앙은 임금을 두고 한 말이 아니고, 떳떳한 것으로 정해 둔 법령과 제도가 마음에 들지 않더라도 이를 따라 지키지 않는 것이 결국은 나를 불행하게 만든다는 생각을 갖게 하는 것이, 소강시대의 정치의 기본이 된다는 것을 말한 것입니다.”

예 지 초 시 자 음 식
禮之初始者飮食

“예운편의 핵심은 대동과 소강에 대한 설명이라고 보아야 합니다. 그 가운데 참고로 알아둘 만한 부분을 대충 훑어보기로 합시다. 2장의 중간 부분입니다.

자유가 다시 물었습니다.

‘선생님께서 예를 그토록 중요하게 말씀하시니, 그 예에 대해 들려 주시겠습니까?’

공자는 이렇게 대답했습니다.

‘나는 하나라 도를 살펴보기 위해 기(杞)나라로 갔으나, 아무것도 고증할 수가 없었다. 겨우 얻어볼 수 있었던 것은 하나라 때 시행한 책력에 관한 것뿐이었다.

나는 또 은나라의 도를 살펴보기 위해 송나라로 갔었다. 역시 고증할 만한 문헌이 별로 없었다. 내가 얻어볼 수 있었던 것은

땅과 하늘에 관한 문헌뿐이다. 하늘과 땅의 이치와 하나라의 책
력에 관한 것들을 나는 이들 두 나라에서 얻어볼 수 있었다.'

자유는 소강시대의 질서와 평온을 유지해 온 것이 예라고 한 공
자의 말에, 비록 차선의 방법일 망정 예란 것이 그토록 중요한 역
할을 한다는 것에 놀라 물었던 것입니다.

도(道)로써 천하를 이끄는 것이 지선(至善)이라면, 예로써 다스
리는 것이 차선(次善)이며, 법이 그 다음이요, 힘으로 다스리는
것은 최하의 방법일 수밖에 없습니다.

그런데 자유는 예를 물었는데, 공자는 하나라와 은나라의 도를
보러 갔었다고 말했습니다. 이 도란 천하를 다스린 방법이란 뜻으
로 보아 좋을 것입니다. 큰 도로 다스리기도 하고 작은 도로 다스
리기도 하는 것입니다. 예니 법이니 제도니 하는 것은 작은 도에
속한다고 보아야겠지요. 결국 어떤 제도와 어떤 법령과 어떤 교리
로 다스렸는가를 보기 위해 갔던 것입니다.

기(杞)는 하나라 자손이 지키는 작은 나라로, 하나라 고유의 제
도와 예로써 조상의 제사를 받들게 되어 있었으므로, 다른 곳에서
얻어볼 수 없는 귀중한 문헌이나 참고될 만한 무엇이 있을 줄 알
았는데 그렇지가 못했던 것입니다. 고작 하나라 5백 년을 통해 널
리 쓰이고 있는 책력에 관한 기록만을 얻어 볼 수 있었던 것입니
다.

송나라는 은나라 후손이 지키는 제법 큰 나라로 많은 문헌이 보
관되어 있을 법도 한데, 겨우 남아 있는 것은 하늘과 땅의 이치를
설명한 역(易)에 관한 기록뿐이었다는 것입니다.

말하자면 주나라에서처럼 제도니 예니 하는 것이 하나라는 물론
이요, 은나라도 이렇다 할 무엇이 없었던 것으로 보아 좋을 것입
니다. 공자가 말한,

'옛날 사람은 예악에 있어 무지했었다.'

고 한 말이 이런 것을 두고 한 말일지도 모릅니다.

그런 결과에서 얻은 결론인지, 다른 문헌을 통한 결론인지, 공자는 이렇게 덧붙이고 있습니다.

'대체로 예의 시초는 음식에서 비롯되었다.'

하고 이야기가 시작되는데, 예란 것이 음식에서 비롯되었다는 말은 잘 지적한 말인 것 같습니다.

짐승은 먹을 것을 보았을 때는 그것을 독차지하거나, 먼저 먹으려고 그야말로 동물적인 포학성을 드러내고 맙니다.

보통 때는 잘 어울려 놀다가도 먹을 것만 보면 싸움질을 합니다. 사람이라고 크게 다를 리가 없습니다. 사람도 동물이니까요. 사람이 동물과 다른 것은 동물의 본능 가운데 가장 원초적인 식욕을 자제하는 일입니다. 혼자서 다 먹으려고 하지 않고 남들과 함께 나눠 먹으려 한다거나, 남에게 먼저 먹기를 천한다거나 하는 이른바 사양하는 마음을 가지고 있는 것입니다.

그러므로 맹자는 사람의 본심이 착하다는 것을 이른바 인의예지(仁義禮智)의 사단(四端)으로 설명하고 있는데, 사단의 하나인 예(禮)에 대해서,

'사양하는 마음은 예의 실마리다(辭讓之心, 禮之端也).'

라고 말했던 것입니다.

공자가 예의 시초가 음식에서 비롯되었다고 한 말은, 음식을 앞에 두고 서로 먼저 먹으려 한다거나, 많이 먹으려 하지 않고 다같이 골고루 나눠 먹는다든가, 어른이나 노인을 먼저 들게 한다든가 하는 데서 비롯되었음을 가리킨 것이라 말할 수 있습니다.

사람의 욕심 가운데 가장 강렬한 것이 먹는 것 아닙니까? 그 욕심을 자제하고 남과 나눠 먹으려 한다든가, 남에게 먼저 권한다든가 하는 것은 공존공생의 사회의식에서 출발한 것임에 틀림이 없습니다.

눈앞에 있는 음식을 놓고 서로가 양보하는 것은 가장 기본적인 예임에 틀림없습니다. 사람들은 그렇지 못한 사람을 염치가 없느니 체면을 모르느니 하고 욕하거나 비웃거나 합니다. 그것이 비록 진심에서가 아닐지라도 우리는 최소한 음식을 앞에 두고 있는 자리에서만은 예의를 지키려 합니다.

그것이 바로 공자가 말한,

'예는 음식에서 비롯되었다.'

하는 것을 증명하는 것이 아니고 무엇입니까? 음식 이외의 경우에는 예의니 체면이니 하는 것이 사실상 큰 문제가 될 수 없는 것이 인간 사회의 공통된 현상입니다. 그러나 동물은 그 반대입니다.

수탉이 모이를 보면 암탉을 부르는 것을 흔히 볼 수 있습니다. 그러나 그것은 먹이가 흔하고 배가 부를 때의 이야기입니다. 꽁꽁 얼어붙은 겨울철에 주인이 닭을 불러 모이를 던져 주면, 그 수탉이란 놈이 입으로 암탉을 쿡쿡 쪼아 얼씬도 못하게 하고 혼자 정신없이 쪼아 먹습니다. 그리고 어느 정도 양이 차야만 암탉이 옆에 와도 내버려 둡니다.

사람은 어떻습니까? 보통 때는 식구들끼리 말다툼도 하고 싸우기도 하지만, 먹을 것을 앞에 두었을 때만은 없는 사람을 부르거나 기다리거나 하고 아니면 그의 몫을 남겨 두지 않습니까? 이것이 다 수천·수만 년을 두고 인류가 자연의 악조건 속에서도, 서로가 힘과 지혜를 모아 생존발전해 온 가장 기본적인 이유이며 전통이 아니겠습니까?

예는 음식에서 비롯되었다는 말은, 생각하면 할수록 깊은 뜻을 담고 있는 것 같습니다.

그리고 그 음식에 대한 원시시대의 상태를 다음과 같이 말하고 있습니다.

'그들은 기장쌀을 돌 위에 익혀서 먹고 돼지고기를 손으로 찢어 돌 위에서 익혀 먹었으며(其燔黍捭豚), 땅을 파서 웅덩이를 만들어 물그릇으로 삼고 두 손으로 그 웅덩이 물을 움켜 떠서 마셨다(于尊而抔飮). 그리고 흙을 뭉쳐 만든 북채로 흙으로 만든 북을 두들겼다(蕢桴而土鼓). 그러면서도 그들은 오히려 천지신명과 조상의 영혼에게 공경하는 마음을 바칠 수 있었다(猶若可以致其敬於鬼神).'

여기 나오는 글귀와 낱말들은 뒷날 문인들이 자주 인용하곤 했으므로 간단히 알고 넘어가는 것이 좋겠습니다.

번서벽돈(燔黍捭豚)의 번서는 기장쌀을 불에 익혀서 먹었다는 말입니다. 솥이 없는 원시시대, 날로만 먹다가 불을 발견하여 익혀 먹는 것을 알게 된 초기에는, 돌을 불에 달구어 그 돌 위에 생쌀을 익히거나 볶거나 해서 먹었던 것입니다.

우리가 어렸을 때 삼(麻)을 익히는 것을 자주 구경하곤 했는데, 알맞은 둥근 돌을 바닥에 모아놓고 그 밑에서 불을 땝니다. 그리고 그 돌 위에 밭에서 베어 낸 삼단을 쌓아둡니다. 그리고 그 돌이 잘 달귀졌을 때, 그 돌 위에 물을 들이붓습니다. 그러면 벌겋게 달아오른 돌에 물이 닿아 김이 되어 삼을 익히는 것입니다. 아주 원시적인 방법입니다. 기술적으로 잘 되었을 때는 삼이 잘 익지만 그렇지 못하면 설익고 맙니다. 그것이 무쇠솥으로 바뀐 것은 그리 오래되지 않습니다.

그러니 옛날 솥이 아직 없을 때, 음식을 익혀 먹는 방법으로 불에 뜨겁게 달아오른 돌을 이용했을 것은 뻔한 일입니다. 그래서 석기(石器)시대란 말이 붙은 것 아니겠습니까?

벽돈(捭豚)의 벽(捭)은 연다는 뜻에서 찢어발긴다는 말로 쓰인 겁니다. 돼지고기를 잘게 찢어 뜨거운 돌에 익히거나 구워서 먹은 것을 말한 것입니다.

와준이부음(汙尊而抔飮)의 와(汙)는 웅덩이란 뜻입니다. 사전에는 술구덩이의 뜻으로도 나옵니다. 준(尊)은 술통이니, 물통이니 하는 뜻의 준(樽)의 약자로 본 것입니다. 부음(抔飮)은 손으로 움켜떠서 마시는 것을 말하는 것으로 원시시대의 생활상을 가장 잘 나타낸 말이라고 볼 수 있습니다.

궤부(蕢桴)는 흙을 뭉쳐 만든 북채라고 보통 풀이되고 있습니다. 궤(蕢)는 삼태기란 뜻인데, 흙덩이의 괴(塊)와 같이 쓰인 것이라고 합니다. 그러나 다른 기록에는 궤(蕢)를 모경(茅莖)이라 풀이하기도 했습니다. 풀줄기로 만든 북채가 궤부(蕢桴)인 셈이지요.

토고(土鼓)가 흙으로 만든 북임에는 틀림없을 것 같습니다. 흙을 빚어 그릇을 만드는 기술이 아직 발달되지 않은 시대의 흙북이란 대체 어떤 형태의 것이었을까요? 모두 짐작으로 풀이할 수밖에 없는 일입니다.

풀줄기로 된 북채를 가지고 흙으로 된 북을 두드렸다는 것은 과연 무엇을 가리켜 하는 말이었을까요? 거기서 무슨 독특한 소리라도 나온 것일까요? 나무막대로 나무토막을 두들기는 것이 훨씬 더 손쉬운 일이었을 텐데, 굳이 흙덩이나 풀줄기로 쳐서 장단을 맞춘 것은 무엇 때문일까요?

북이니 북채니 하는 것이 있을리도 만무한 그 시대에, 북 모양의 흙과 북채 모양의 흙이니 풀줄기는 무엇을 말하는 것일까요?

수 백리 수천 리로 펼쳐져 있는 들판에는 사실 나무토막도 흔치 않았을 것입니다. 그러니 북채로 쓰일 나뭇가지나 북 대신 두드릴 나무토막도 없다고 보는 것이 옳을 것입니다.

그들은 원시인들이 다 그렇듯이 노래와 춤이 일상생활의 반 이상을 차지하고 있었을 것입니다. 춤이 있는 곳에 노래가 있고, 노래가 있는 곳에는 장단이 있기 마련입니다. 손에 들 악기가 있을

리 없으니 땅을 칠 수밖에 없지 않겠습니까? 태평시절을 노래한 것으로 전해지는 이른바 격양가(擊壤歌)란, 흙덩이를 치며 부른 노래란 뜻입니다. 농부가 제 흥에 겨워 노래를 부르며 땅을 친 것을 말한 것입니다.

그래서 이런 상상을 해 볼 수 있습니다. 들판에 살던 원시사회에서의 농민들은 먹고 마시고 자고 일하는 나머지 시간은, 무리들이 한 곳에 모여 노래와 춤을 즐겼을 것입니다.

한복판의 편편한 마당이 무대가 되고 그 둘레에 장단을 잘 맞추는, 요즘 말하는 북잡이(鼓手)가 장단을 맞추게 되었을 것 아닙니까?

그래서 그들 북잡이가 앉은 앞에 두들기기 좋도록 북 모양의 흙덩어리가 있었던 것입니다. 그리고 흙덩이기보다는 풀줄기로 만든 길쭉한 북채 모양의 것으로 장단을 맞추며 흥겨운 몸짓을 한 것입니다. 소리는 나지 않아도 됩니다.

흙덩이는 무거워서 북채 대신 쓰일 수가 없습니다. 흙으로 흙을 두들기면 부숴지고 맙니다. 역시 풀줄기를 모아 흙북을 두드렸다고 보는 것이 이치에 맞을 것 같습니다."

以事鬼神上帝, 皆從其朔.

"다음은 예운편 제3장 앞부분부터 시작 되겠군요. 역시 공자의 말입니다. 원문을 보시지요.

'옛날 선사시대의 임금들(先王)은 오늘날과 같은 집이니 방이니 하는 것이 없어 겨울이면 흙으로 굴처럼 만들어 그 속에서 살았다. 자연으로 된 굴이 아니고 사람이 만든 굴이라 하여 이를 영굴(營窟)이라 한다.

그런가 하면 여름에는 나무로 엉성하게 새둥지처럼 만들어 그

위에서 살았다. 나뭇가지로 만든 둥지라 하여 증소(橧巢)라 한
다."

아직 불로 익혀서 먹는 방법을 몰랐으므로, 풀과 나무 열매를
날로 먹고 새와 짐승의 고기도 날로 먹었으며, 그 피를 마시기
도 하고 그 털을 먹기도 했다. 또 삼(麻)이니 실이니 하는 것이
없었으므로 새의 깃털과 짐승의 가죽을 옷으로 입고 있었다, 보
통 선왕(先王)이라고 하면 성인임금(聖王)의 뜻으로 쓰이고 있
는데, 여기 말한 선왕은 글자 뜻 그대로 옛날 임금이란 뜻으로
쓰인 것을 알 수 있습니다.

집이니 방이니 하는 것도 없고, 추운 겨울에는 짐승들처럼 굴
속에서 살고 있었는데, 동물과는 달리 자연적으로 만들어진 굴
속에서만 살았던 것이 아니고 사람의 손으로 땅을 파서 굴을 만
들거나, 흙을 높이 쌓아 굴처럼 만들어 살았던 것이므로 사람의
지혜가 다른 동물보다 앞섰다는 것을 말한 것이며, 사람의 신체
구조가 그 지혜를 발휘하기에 알맞게 생겼음을 말해 주는 것입
니다.

하늘을 나는 새만이 둥지를 틀어 살고 있었는데, 사람들이 굵
은 나무와 나무 사이에 나뭇가지로 너스레를 놓아 새둥지처럼
만들고 그 위에서 산 것은, 맹수나 독사들의 침범을 막기 위한
슬기에서 나온 것임이 틀림없습니다.

뒷날의 궁전이나 별장이란 것도 이 영굴(營窟)과 증소(橧巢)
에서 발달한 것에 지나지 않는 것입니다.

이 영굴과 증소를 주거수단으로 하고 살던 시대가 선사(先史)
시대에 속하는 것은 물론입니다. 선사시대에서도 가장 초기라고
보아야 할 것입니다. 왜냐 하면 불로 음식을 익혀 먹을 줄을 모
르고, 풀과 나무 열매와 짐승의 피를 마시고 날고기를 먹고 그
털까지 사용했다고 한 것으로 알 수 있습니다.

인간의 가장 큰 발명을 불이라고 한다면, 아직 불을 발명하지 못했거나 이용할 줄 모른 시대를 말한 것이니, 선사시대 가운데서도 가장 초기였던 것입니다.

삼이니 목화니 누에고치니 하는 것이 있을리도 만무하며, 있다 해도 그것으로 실을 만들어 베를 짜거나 하지는 못했을 것이니, 짐승의 가죽과 새의 깃털로 앞을 가리고 추위를 막았던 것입니다.

이때도 작은 우두머리와 큰 우두머리가 있어 마을을 이끌고 큰 집단을 다스렸을 것은 뻔합니다. 씨족이니 부족이니 종족이니 민족이니 하는 말이 생겨남과 동시에 그들을 통솔하는 지도자나 지배자가 있었을 것이며, 단순한 힘의 지배에서 대중의 생활을 향상시킬 수 있는 지혜를 가진 사람이 대중의 존경을 받았을 것입니다.

그들이 바로 선왕으로 불리우는 옛날 임금이었던 겁니다. 그러니 그들도 지혜가 뛰어나고 집단 전체의 생활향상을 위해 노력을 아끼지 않았을 것이며, 용기와 통솔능력도 아울러 가지고 있었을 것이니 위대한 임금임에는 틀림이 없습니다. 그래서 선왕이란 말은 곧 훌륭한 임금이란 말과 같은 말로 쓰이게 된 것이라 볼 수 있습니다.

불의 발명이 사람을 짐승과 다른 문명한 존재로 만든 것은 공통된 역사관입니다. 그것을 다음에 말하고 있습니다. 원문을 보시지요.

'뒤에 성인이 일어나 백성을 다스리게 된 다음에야 불을 이용하는 방법을 연구하여(後聖有作, 然後, 修火之利), 쇠를 녹여 그릇 만드는 틀을 만들고 진흙을 뭉쳐 질그릇을 구워내고(范金合土), 쇠와 흙을 이용하여 대사와 궁실과 유호를 만들고(以爲臺榭宮室牖戶), 꾸러미에 싸서 구워서 먹기도 하고(以炮), 불 위

에 얹어 구워서 먹기도 하고(以燔), 솥이나 가마에 넣어 끓여서
먹기도 하고(以烹), 꼬챙이에 꿰어 불에 구워서 먹기도 했으며
(以炙), 단술과 타락을 빚기도 하고(以爲醴酪), 삼이니 고치로 실
을 만들어 베와 비단을 짜서 입기도 했다(治其麻絲, 以爲布帛).
이로써 산 사람을 기르고 죽은 사람을 장사지내며(以養生送死),
이로써 사람의 영혼과 신명과 하느님을 섬기니(以事鬼神上帝),
모든 것이 다 옛날 법도를 그대로 따른 것이다(皆從其初).'

앞에서는 선왕이라 하고, 여기서는 후성이라고 했습니다. 뒷날
에는 선왕이라고 하면 우탕문무를 가리킨 것이었는데, 예운편에
서는 불을 이용하고 쇠를 녹이고 질그릇을 만들고 하던 그 이전
의 지배자를 선왕이라 했습니다. 그리고 불을 발견하고 이용하고
시작한 지도자를 가리켜 성인이라고 했습니다.

중국 역사를 보면 먼 옛날의 원시시대를 반고씨(盤古氏)란 말
로 나타내고 있습니다. 사람이 이 세상에 자리를 잡기 시작한 멀
고 먼 옛날이란 뜻입니다. 그 다음이 유소씨(有巢氏)입니다. 동굴
생활에서 벗어나 나무 위에 나무를 걸치고 원두막처럼 짓고 살던
시대를 말합니다.

이 유소씨 다음 시대를 수인씨(燧人氏)라 합니다. 수(燧)는 사람
의 손으로 일으킨 불을 말합니다. 불씨가 없이도 부싯돌을 이용
한다든가, 나무를 문질러 불을 일으키든가 하는 것을 말합니다.

자연의 불을 인간이 활용하기 시작한 뒤로, 사람들은 갑작스런
생활의 향상을 맞게 되었던 겁니다. 그것이 오늘날의 문화사가
말하는 내용이 아닙니까? 그와 똑같은 생각으로 시대구분을 했다
는 것에 큰 뜻을 찾을 수 있습니다.

석기시대니 청동기시대니 철기시대니 하는 것이 다 이 불의 이
용에서 이루어진 것이고 보면, 이 불의 시대가 곧 문명의 시대가

되고, 그 문명시대를 여는 데 선도적 역할을 한 것이 바로 성인으로 존경받는 임금이었던 것입니다.

범금(范金)의 범(范)은 범(笵)과 같이 쓰인 것으로, 그릇 만드는 틀을 말합니다. 즉 쇠를 녹여 그릇 만드는 틀을 만든 것을 범금이라 한 것입니다.

합토(合土)는 흙을 합쳤다는 뜻인데, 흙을 물과 타서 한 덩어리로 뭉쳐 단단한 하나의 모양으로 만들었다는 뜻이니, 그것이 질그릇이 아니고 무엇입니까?

삭(朔)은 보통 초하루라고 읽는데, 초하루는 처음(初)의 뜻입니다. 매달의 첫날이 초하루가 아닙니까? 시대가 바뀌고 생활하는 모습이 달라지기는 했지만 조상의 영혼과 천지 신명과 하느님을 위하고 섬기는 것은 다 먼 옛날의 풍습을 그대로 따르고 있었다는 뜻입니다. 다시 말해 물질적인 생활은 달라져도 정신적인 전통만은 그대로 이어지고 있었다는 것입니다.

그 전통의 뿌리가 제사라는 형태로 굳어지고, 그 제사라는 형태가 예의 중심이 되어 있었던 겁니다. 종족이나 부족이 이 제사를 통해 같은 핏줄이요, 같은 문화권임을 인식하게 되고 그로써 화해와 단합을 다시금 일깨우곤 했던 것입니다.

대립보다는 화해와 단결이 서로를 행복하게 만들고, 투쟁과 마찰과 갈등으로 소모되는 모든 지혜와 힘을 공존공영의 목적을 위해 쓰게 되는 것이 인류의 미래를 밝게 하는 것이 아니겠습니까?

예의 형식이 제사에서 비롯되어, 그것을 바탕으로 그에 따른 갖가지 절차와 의식이 생겨난 것입니다. 그러므로 예는 곧 공경과 질서를 위한 것이며, 공경과 질서는 곧 신뢰와 화평을 뜻하는 것이 됩니다.

우리는 세계적인 상호신뢰와 화평을 바탕으로, 힘과 재주를 정해진 규칙에 따라 겨루는 가운데 투쟁이 아닌 경쟁, 반목이 아닌 화합, 승자의 명예는 있어도 패자의 굴욕이 없는 즐거움을 다같이 맛보게 되는 것입니다. 그것이 올림픽 정신이 아니고 무엇입니까?

공자는 〈논어〉에서 이런 말을 했습니다.

'교양 있는 군자는 싸우는 일이 없다. 그러나 단 하나 있다면 그 것은 활을 쏘는 것이 될 것이다. 서로가 차례대로 올라가 절차에 따라 승부를 겨루고 끝난 다음에 함께 내려와 술을 마시니, 그 겨룸은 그 자체가 교양이 되는 것이다.'

활을 쏘는 것은 그 당시 선비들이 모여 즐기던 운동경기와도 같은 것이었습니다. 그것을 확대시키고 다양화한 것이 올림픽 경기가 아니겠습니까? 우리는 이 올림픽을 통해 교양 있는 사람들의 경쟁정신을 배우고, 그것이 질서와 정해진 규칙에 따라 행해지는 가운데 내 스스로 질서와 경쟁이 어떤 것인지를 몸으로 느끼고 배우게 되는 것입니다.

올림픽이 상업주의로 흐르고 있다는 평도 없지는 않으나, 그것은 가난한 나라도 세계적인 축제를 치를 수 있다는 결론을 말하는 것이기도 하므로, 반드시 부정적으로만 말할 수는 없는 일입니다. 올림픽을 계기로 이념의 장벽을 넘어 서로를 이해하게 되었다고 벌써부터 야단들이고 보면, 제사니 축제니 잔치니 하는 것이 한낱 허례허식이나 낭비와 같은 부정적인 요소만을 가진 것이 아님을 알 수 있습니다.

다만 예운편의 핵심인 '대동(大同)'의 정신을 잊지 말아야 할 일입니다. 축제와 잔치 분위기에 들떠 있는 사람이 있는가 하면, 그로 인해 더욱 소외감을 느끼고 해를 입는 사람이 있다면, 그런 축제는 삼가해야 할 일입니다.

천자 제 천 지 제 후 제 사 직
天子祭天地 諸侯祭社稷

"이번은 4장의 앞 부분이 되겠습니다. 앞의 내용과는 다른 이야기가 공자의 말로 다시 시작됩니다.

'아아 슬프다. 내가 주나라 도(道)를 보니 유왕(幽王)과 여왕(厲王)이 이를 무너뜨렸다. 그러니 내가 노나라를 버리고 어디로 가겠는가?'

주나라의 정치제도와 예법들은 유왕과 여왕 두 임금이 다 무너뜨리고 말았으므로 주나라에 찾아가 옛날 제도나 예법을 알아 보려 해도 알 길이 없다는 말입니다.

공자가 아직 나이 젊어 세상에 그리 알려져 있지 않았을 때, 세도재상의 아들이었던 제자의 도움으로 주나라를 다녀온 일이 있었습니다.

이때 돌에 새겨져 있는 주공 때의 기록을 보고 감탄하기도 하고, 그 유물들을 둘러보며 많은 것을 깨닫기도 했으며, 주나라 태사(太史)로 있는 노자를 만나 예에 대한 많은 이야기를 듣고, 예의 참뜻이 어떤 것인지를 깨우치기도 한 것으로 전해지고 있습니다.

그리고 주나라를 구경하고 노자를 만나 보고 돌아온 뒤로, 갑자기 제자들이 사방에서 모여들기 시작했다는 것입니다.

이 예운편의 내용이 노자의 사상을 그대로 담은 것이라 하여 공자의 말이 아니라고 하지만, 공자는 이때부터 도교의 참된 교리가 어떤 것임을 이미 알고 있었고, 그것이 현실과는 일치하지 않는다 하더라도 그것이 진리요 이상(理想)인 이상, 그 진리를 추구하고 그 이상을 현실화하는 노력이 절대 필요하다고 느꼈던 것입니다.

그리고 마침내 도를 깨우치고 난 다음에는 이상도 중요하지만 현실이 더욱 중요하며, 이상세계를 이룩하기 전에 도탄에 빠져 있는 백성들을 건지는 일이 더욱 급한 것을 느끼고, 그들을 전쟁과

억압과 착취로부터 구해내기 위해 각국을 돌아다녔던 것입니다.

　공자가 주공이 되기를 꿈꾸고 있었던 것은 현실을 바탕으로 한 1차적인 목표에서 였습니다. 공자가 늘 모순을 말한 것은 2차적인 목표가 소강이 아닌 대동에 있었던 때문이었습니다.

　그래서 그 뒤로 다시는 주나라를 찾아가지 않았습니다. 유왕·여왕 때 두 차례 난리를 겪으며 귀중한 문헌들이 거의 없어지고 말았던 때문입니다. 원래의 도읍인 호경(鎬京)에서 오랑캐에 쫓겨 낙양(洛陽)으로 도읍을 옮긴 만큼 짐작이 가고도 남는 일입니다.

　그러므로 그런대로 주공의 제도와 예법이 가장 많이 보존되어 있는 노나라를 버리고 다른 곳으로 가 주나라의 옛것을 찾는 것은 부질없는 일이란 것을 말한 것입니다.

　그런데 그 노나라에 남은 제도로 교사(郊祀)와 체사(禘祀) 둘을 들 수 있는데, 주나라에 가서나 볼 수 있는 이 두 제사를 노나라에서 볼 수 있다는 것은 다행한 일일 수도 있으나, 사실은 예에서 벗어난 일이란 것입니다.

　즉 천자만이 지낼 수 있는 제사를 제후인 노나라 임금이 지내는 것은 도리에 벗어나는 일이므로 지내지 말아야 옳다는 말입니다.

　교사(郊祀)는 하늘과 땅에 올리는 제사이고, 체사(禘祀)는 하늘과 땅에 올리는 제사에 조상을 함께 모시는 제사를 말합니다.

　이 두 제사는 천자만이 지낼 수 있는 것인데, 성왕이 주공의 공로를 높이 평가하여 주공의 자손인 노나라 임금에게도 천자만이 지낼 수 있는 이 제사를 지내도록 했던 것입니다.

　공자가 예가 아니라는 것은, 그 제사를 지내도록 허락한 성왕도 예의 참 뜻을 모른 어리석은 짓을 했으며 그것을 허락한다고 무슨 영광이나 되는 듯이 지내지 말아야 할 제사를 지내는 노나라 임금도 어리석다고 생각한 것입니다.

　〈논어〉에 보면, 어느 사람이 체(禘)에 대해 물었을 때,

　‘나는 모른다. 그것을 아는 사람은 천하를 손바닥 들여다보듯
할 것이다.’

하고 손바닥을 펴 보였다고 했습니다.

　천하를 손바닥 들여다보듯 한다는 말은 천하를 내 손바닥 뒤집
듯 쉽게 다스릴 수 있다는 뜻입니다.

　제사 지내는 참뜻이 어떤 것인지를 아는 그 한 가지만으로 세상
이치를 환히 들여다보듯 알 수 있다고 한 말은 과장된 것으로 들
릴 수도 있습니다. 그러나 공자의 이 말 속에는 그만한 깊은 뜻이
들어있었던 것입니다.

　예는 도(道)를 바탕으로 생겨난 것입니다. 도는 자연의 이치를
뜻합니다. 법은 예를 바탕으로 생겨난 것입니다. 소강시대가 예를
바탕으로 이루어졌다는 것은 그 시대의 법령이란 것이 형벌을 위
주로 하는 힘의 정치가 아니라, 사람의 마음을 다스리는 교화(敎
化)를 위주로 한 정치였음을 말한 것입니다.

　그런데 성왕이 주공에 대한 사사로운 정에 이끌려, 명분에 벗어
난 대우를 하는 것으로 그에 대한 은혜를 갚으려 한 것이 혼란의
씨앗을 뿌린 결과가 되고만 것입니다.

　주공만은 제후로서 천자의 예우를 받아 마땅하다는 생각에서,
천자만이 지낼 수 있는 제사를 주공의 후계자인 노나라 임금에게
지내게 한 전례(前例)는 노나라 대부들이 그를 본받아 임금만이
할 수 있는 일을 대부인 그들이 서슴지 않고 했던 것입니다.

　제후로서 천자의 예를 행할 수 있다면 대부라고 못할 것도 없지
않느냐 하는 생각과 주공이 주나라를 위해 세운 공로나, 우리가
노나라를 위해 세운 공로나 크게 다를 것이 없지 않은가 하는 생
각에서, 노나라 세도재상들은 다투어 자기 조상의 제사를 천자의
예로써 지내기까지 했던 것입니다.

　〈논어〉 팔일편(八佾篇)은 거의가 예에 대한 이야기로 차 있는

데, 여기서 공자는 그들 세도재상들의 참람하고 어리석기까지 한 그같은 일을 신랄하게 꾸짖고 비웃고 했던 것입니다. 앞에 말한 체(禘)에 대한 문답도 이 팔일편에 있는 것입니다.

팔일편 첫 장에서 공자는 세도재상인 계씨(季氏)가 그의 조상의 제사를 지낼 때, 대부가 쓸 수 있는 4일(佾)을 지키지 않고, 천자가 쓰는 8일을 썼던 것입니다.

일(佾)이란 춤을 추는 사람의 수를 나타내는 것으로, 2, 4, 6, 8의 순으로 그 수의 제곱의 인원으로 음악에 맞추어 제사지내는 앞뜰에서 춤을 추는 것을 말한 것입니다.

즉 천자는 8일로 8×8의 64명이 춤을 추었고, 제후는 6일로 6×6의 36명이 춤을 추었고, 대부는 4일로 4×4의 16명이 춤을 추었으며, 선비는 2×2의 4명이 춤을 추었던 것입니다.

4일인 16명의 무자(舞者)가 아닌, 8일의 64명의 무자를 쓴 것을 보고,

'이런 눈에 환히 보이는 참월한 짓도 거리낌없이 하고 있으니 무슨 짓인들 못 하겠는가?'

하고 공자가 한탄하며 꾸짖은 일이 있었는데, 결국 그 계평자(季平子)는 임금 소공(昭公)을 내쫓기까지 했던 것입니다.

공자는 노나라 대신들이 예를 지키지 않으며 임금을 꼭두각시처럼 앉혀 놓고 있는 것이 모두 제후인 노나라 임금이 천자만이 지낼 수 있는 제사를 지내고 있는 데서 비롯된 것으로 보았던 것입니다.

그러므로 그런 내용을 밝힐 수 없어 모른다고 대답하고, 그것을 참으로 알고 있는 사람은 천하도 능히 다스릴 수 있다고 말했던 것입니다.

그런데 그 노나라를 버리고 어디로 가느냐고 한 것은 또 무슨 뜻이었을까요? 그것은 그 예를 바로 쓰지 못하는 것이 안타까울

뿐, 예의 모습만은 간직하고 있다는 뜻입니다. 그것이 당시 노나라만이 가지고 있는 것이었기 때문에 한 말입니다. 기나라와 송나라에 가서도 하나라와 은나라에 대한 문헌을 찾아볼 수 없었고, 주나라에 가서도 주나라의 문헌을 두루 볼 수 없었는데, 노나라에는 주공이 만든 주나라 제도와 문물들이 그대로 많이 남아 있었던 때문으로 풀이될 수 있을 것 같습니다.

다음 원문을 보시지요.

'노나라의 교와 체는 예가 아니다(魯之郊禘, 非禮也). 주공의 가르침이 그 자손으로 인해 시들고 말았다(周公其衰矣).'

라고 안타까워 한 것입니다. 주공이 쇠했다는 것은 주공의 가르침이 참뜻을 잃게 되었다는 뜻입니다. 주공이 살아 있었다면 그러지 못하게 말렸을 잘못을 성왕이 저질렀다는 뜻입니다. 그것을 받아들인 주공의 아들 백금이 노나라 첫 임금으로서 아버지의 뜻에 벗어난 짓을 했다는 뜻도 됩니다.

소강시대의 질서는 예를 지키는 데에 있었던 것입니다. 예는 곧 각자가 지킬 분수를 말합니다. 그것이 좋든 나쁘든 일단 정해진 것이면 지키고 따라야 하는 것이 평화를 유지하는 길입니다. 그러므로 공자는 속으로는 못마땅한 제도요, 예법이라 하더라도 지키고 따르라고 가르쳤던 것입니다. 생각은 대동에 있었지만, 소강의 질서를 지키는 것이 도리였기 때문입니다.

다른 곳에서는 소강시대를 사는 지혜와 의무를 가르쳤을 뿐인데, 대동의 이상을 이야기할 수 있는 자유에게만 마음속을 드러내 보인 것입니다. 그것이 2천 수백 년 뒤에 손문에 의해 삼민주의로 구체화하게 되었다는 것은 뿌린 씨는 반드시 언젠가 열매를 맺게 되는 이치를 보여 준 것이기도 합니다.

다음 원문에는 이렇게 덧붙이고 있습니다.

'기나라가 교사(郊祀)를 지내는 것은 우임금이 천자였기 때문이

며(杞之郊也禹也), 송나라가 교사를 지내는 것은 설(契)이 은나
라의 시조였기 때문이다(宋之郊也, 契也). 이것은 천자가 하던
일을 그 자손이 그대로 지키는 것일 뿐이다(是天子之事守也).
그러므로 천자는 하늘과 땅에 제사를 지내고(故天子祭天地),
제후는 사직에 제사를 지내는 것이다(諸侯祭祀稷).'

　결국 예란 분수를 정한 것이므로 그것을 지키는 것만이 예의
본래의 목적이란 것입니다. 법으로 다스리는 정치는 그 법이 지
켜지지 않으면 혼란이 오게 되고, 예로써 유지되는 사회의 질서
는 예가 지켜지지 않음으로 해서 무너지기 시작한다는 것을 말
한 것입니다."

百姓以睦相守 天下之肥也
백성이목상수 천하지비야

"이번은 제8장 마지막 장이 되겠습니다. 6장 뒷부분과 7장은 음
양이치와 귀신과 제사 등 어려운 이야기들이므로 빼버렸습니다.
이 마지막 장도 앞부분만을 적어 두었습니다.

　여기서는 예와 함께 옳고 그른 것과, 그것을 갈고 닦는 배움과
그것을 남에게 베푸는 어짐과 그로서 다 함께 즐기는 것을 말하
고 있는데, 그것을 농사짓는 것에 비유해 설명한 것에 문제가 있
다고 보아야겠습니다.

　'그러므로 사람에 있어서 예란 것은 술에 있어서의 누룩과 같은
것이다. 어진 사람은 그것을 많이 가지고 있고 보통사람은 적게
가지고 있다(故, 禮之於人也, 猶酒之有蘗也, 君子以厚, 小人以
薄).

　예를 누룩에 비유한 것도 색다른 것이라 볼 수 있습니다. 그 당
시는 누구나가 술을 빚어서 마시고 있었고, 술은 누룩이 없이는
되지 않는다는 것을 알고 있었기에 비유로 든 것입니다.

누룩이 없으면 술이 될 수 없듯이 예란 것이 없으면 사람이 될 수 없다고 한 것은 맹자가 '부끄러운 마음이 없으면 사람이 될 수 없다.'고 한 말과 같다고 볼 수 있습니다. 예는 부끄러운 것에서 비롯되었다고 보기 때문입니다.

그러나 그 부끄러운 것은 옳고 그른 판단이 있음으로 해서 생겨나는 것입니다. 음식과 남녀에 대한 본능의 욕심이 스스로 제약을 받는 것은, 그것을 얻고 그 욕심을 채우는 때와 장소와 방법에 옳고 그른 것이 있음을 알기 때문입니다. 때와 장소를 가리고 그것을 얻고 누리고 하는 방법이 곧 예가 되는 것입니다. 그러므로 다음에 이렇게 이어지고 있습니다.

'그러므로 거룩한 임금이 옳음의 큰 줄기와 예의 차례를 닦아 (故聖王, 修義之柄, 禮之序,), 그것으로 사람의 마음을 다스린다 (以治人情).'

옳고 그른 큰 줄기를 정하고, 그것을 얻는 때와 장소와 방법과 절차들을 실정에 맞게 결정하고 바로잡고 하는 것이 닦는 것입니다. 그것이 사람의 공감과 이해를 바탕으로 이루어지도록 하는 것이 다스리는 것입니다.

이렇게 전제한 다음, 그 다스리는 방법을 농사에 비유하여 설명하고 있습니다.

'그러므로 사람의 마음은 거룩한 임금의 밭과 같다(故人情者, 聖王之田也). 예를 닦아 그것으로 그 밭을 갈고(修禮以耕之), 옳은 것을 베풀어 그 밭에 씨를 뿌리고(陳義以種之), 배움을 밝혀 그 뿌린 씨를 잘 자라도록 잡초를 뽑아 가꾸고(講學以耨之), 어진 것을 바탕으로 좋은 열매만을 거두고 모은 다음(本仁以聚之), 좋은 음악으로써 어진 사람과 백성들을 편안한 마음으로 돌아가게 한다(燔樂以安之).'

백성을 다스린다는 것은 곧 백성의 마음을 다스리는 것과 같습니다. 그 마음이란 앞에서 말한 음식과 남녀에 대한 욕망과 죽음과 가난과 고통을 벗어나려는 욕망을 말하는 것입니다.

그것을 그대로 내버려 두면 잡초만이 무성하게 자라는 동물사회로 변하게 되므로 예로써 그 잡초의 숨은 씨앗을 갈아엎고, 그 위에 옳고 그른 것을 바탕으로 좋은 씨앗을 골라 뿌린 후 그것을 어떻게 잘 가꾸느냐 하는 연구와 시험을 거쳐 매고 가꾸고 한 다음, 그것을 다시 좋고 나쁜 것을 가려 좋은 것을 고르고 모아 삶을 즐기게끔 해야 한다는 것입니다. 좋지 못한 것은 버리고, 달리 쓸 만한 것은 그것에 충당하고, 좋은 것만이 다음 해의 씨앗으로 쓰이기도 하고, 나라와 백성을 이끌고 다스리는 중심세력으로 보존해야 한다는 뜻으로도 볼 수 있습니다. 굳이 엄밀하게 따지고 캐고 할 것도 없는 말이지만.

다음에는 또 이렇게 말하고 있습니다.

'그러므로 예란 것은 옳은 것의 열매와 같은 것이다. 옳은 것에 맞추어 보아 그 옳은 것에 해당하면, 그것이 곧 예가 되는 것이다(協諸義而協則禮). 비록 그것이 먼저 임금 때 없던 것일지라도 옳은 것이면 그것을 바탕으로 새로 만들 수 있는 것이다(雖先王未之有, 可以義起也).'

예를 옳은 것의 열매라고 한 것은 적절한 표현이요, 지적입니다. 옳은 것을 바탕으로 하지 않은 것은 예가 될 수 없는 것입니다. 옳은 것을 바탕으로 하지 않은 법이 악법인 것처럼, 옳은 것을 바탕으로 하지 않은 예는 질서를 어지럽게 할 뿐입니다.

그러므로 그것이 이치에 맞지 않고 현실에 적합하지 않으면 이를 없애고 고치고 바로잡아야 할 것이며, 옳은 것을 바탕으로 새로운 예를 만들어 시행해야 한다는 것입니다. 시대와 사회의 변천에 따라 거기에 맞는 제도와 예법을 새로 만들고, 이미 시대에 뒤

떨어진 것과 현실사회에 적합하지 않은 것은 꾸준히 개혁해 나가야 한다는 것입니다.

앞에서 '사람의 마음을 밭으로 하고, 예로써 그 밭을 갈고, 그곳에 옳은 것을 씨앗으로 뿌린다'고 한 것을 다시 요약한 것이라 볼 수 있습니다.

이번에는 그 옳은 것에 대해 이렇게 말하고 있습니다.

'옳은 것은 사람이 하는 일의 분한이며, 어진 것의 절도를 말하는 것이다(義者, 藝之分, 仁之節也). 그것을 하는 일에 맞게 하고, 과연 어진 것인지를 연구하고 검토하여 그것이 분한에 맞고 절도에 어긋나지 않는다는 결론을 얻게 되면, 그 옳은 것은 그 누구도 이에 따를 수밖에 없는 강한 힘을 갖게 되는 것이다(協於藝, 講於仁, 得之者强).'

여기 나오는 예(藝)는 자연이 아닌 인위적인 것을 통틀어 말한 것입니다. 재주니 예능이니 예술이니 하는 것이 같은 뜻을 지니고 있지 않습니까? 자연 그대로의 소박함에서 보다 인위적인 독특한 것을 재주라고 한 것입니다.

재주에 맞게 한다는 말은 사람이 할 수 있는 가능성을 기준으로 한다는 것과 같은 말입니다. 고양이 목에 방울을 다는 일은 쥐로서는 불가능한 것입니다.

어진 것인지를 연구하고 검토한다는 것은 그것이 아무리 옳은 것이라 하더라도 그로 인해 일어나는 갈등과 마찰이라든가, 이를 받아들임으로 해서 많은 고통을 받는 사람이 생겨나서는 안되기 때문입니다. 이른바 시행착오란 것을 말하는 것일 수도 있습니다. 더구나 임금이나 어느 계층만을 위한 옳은 것일 경우는 많은 부작용과 함께 희생을 당할 계층이 있을 것이니, 그것은 어진 것이 될 수 없습니다.

그러므로 예법이니 법령이니 하는 것이 현실을 무시한 이상적인 것이어서도 안되며, 최고 권력자인 임금이나 지배 계층만의 편의를 위한 것이어서는 안된다는 것입니다. 그것이 아무리 무서운 제재와 벌칙을 가지고 있어도 많은 사람이 이를 마음으로 받아들이지 않는 한, 그 제재와 벌칙이 힘으로 작용할 수는 없는 것입니다. 장기집권이나 독재체제가 늘 불안한 요소들을 내포하고 있어 언젠가는 폭발하고 마는 것도, 그 자체가 약점을 지니고 있기 때문입니다. 그런 약점을 배제하는 것이 현실에 순응하고 전체의 협조를 얻는 것이란 것을 말한 것입니다.

다음은 그 어진 것에 대해 말하고 있습니다.

'어진 것은 옳은 것의 바탕이요(仁者, 義之本也), 순한 것의 몸뚱이다(順之體也). 이를 얻은 사람은 모든 사람의 높임을 받게 된다(得之者尊).'

결국 모든 것은 어짐이 그 뿌리가 되고 바탕이 되고 그 실체로서의 작용을 하게 된다는 것입니다.

어짐을 바탕으로 하지 않은 옳음은 그 모양이 비록 옳게 보인다해도, 더러운 것을 비단보자기에 싼 것과 같은 거짓 옳음일 수밖에 없는 것입니다. 그것은 유괴범이 어린아이를 거짓말로 꼬이는 것과 다를 것이 없습니다.

'어진 사람으로 어질지 못한 일을 하는 경우도 있다. 그러나 어질지 못한 사람이 어진 일을 하는 일은 없다.'

마음이 아무리 어질어도 지혜와 능력이 모자라 정치를 그르치는 경우는 많습니다. 그러나 원래 마음이 어질지 못한 사람은 옳은 일을 하는 것처럼 하다가 끝내는 본성을 드러내 반대방향으로 치닫고 마는 것입니다.

그러므로 참으로 옳은 것은 어짐이 그 바탕이 되어 있어야 한다는 것입니다. 그래야만 모든 일이 대중의 지지를 얻어 순리대로 진행되어 좋은 결실을 맺게 되는 것입니다. 순한 것의 몸뚱이란 말은 일을 순리로 이끌어 나가는 실체가 바로 그 어진 것이란 뜻입니다.

맹자는 이런 말을 했습니다.

'어진 사람은 아무도 대항하지 못한다. 온 천하 사람의 마음이 물이 아래로 흐르듯 그에게로 돌아오기 때문이다. 그러므로 어진 사람만이 천하를 통일할 수 있다.'

맹자의 이 말이 바로 지금 본 그 말 뜻과 똑같은 것입니다. 백성들의 마음이 어진 사람에게로 쏠리는 것은 마치 물이 아래로 흐르는 것과 같다는 것이 순한 것의 자체를 말한 것이며, 어진 사람만이 통일천하를 할 수 있다고 한 말 또한 여기 말한,

'이를 얻은 사람이 높임을 받는다.'

는 것과 같은 뜻이라 볼 수 있습니다.

다음은 지금까지 말해 온 것을 다시 종합하여 나라 다스리는 일을 보다 구체적으로 설명하고 있습니다.

'그러므로 나라를 예로써 다스리지 않는 것은 보습이 없이 밭을 가는 것과 같다. 그 예가 옳은 것을 바탕으로 하지 않으면, 그것은 밭을 갈고 씨를 뿌리지 않는 것과 같다. 옳은 것을 바탕으로 하더라도 이를 학문적으로 연구하고 검토하지 않으면, 그것은 씨앗을 뿌려만 두고 김을 매지 않는 것과 같다. 학문적으로 연구하고 검토한다 해도 그것이 어진 것과 합치되지 않는다면, 그것은 김을 매고 가꾸기만 하고 거두어들이지 않는 것과 같다. 그것이 어진 것과 합치된다 하더라도 그것을 즐거운 음악으로 마음을 편안하게 해 줄 수 없다면, 그것은 거두어들이기만 하고 먹지 않는 것과 같다.

즐거운 음악을 함께 즐기며 마음의 편안을 얻는다 하더라도 그것이 이치에 맞는 떳떳한 것이 되지 못할 경우는 음식을 먹어도 살이 찌지 않는 것과 같다.

온 몸이 바르게 자라고 살과 가죽이 꽉 차 있는 것은 사람이 살찐 것이 되고, 아비와 자식의 사이가 돈독하고 형제가 화목하며 부부가 화합한 것은 집안이 살찐 것이 된다.

큰 신하는 법을 지키고 작은 신하는 청렴하며, 벼슬아치들은 서로가 그 차례를 지키고, 임금과 신하는 서로가 서로를 바른길로 이끄는 것은 나라가 살찐 것이 된다.

천자는 덕(德)으로 수레를 삼고 음악으로 그 수레를 몰며, 제후들은 서로가 예로써 사귀고 대부는 서로가 법으로 그 차례를 지키며, 말단관리(士)들은 서로 믿음을 가지고 맡은 일을 하고, 백성들은 서로가 화목한 것으로 그 분수를 지키게 되면 이는 천하가 살찐 것이 된다.

이를 일컬어 크게 순하다(大順)고 한다. 크게 순하다는 것은 산 사람을 기르고 죽은 사람을 장사지내며, 귀신에게 제사지내는 일들이 다 떳떳하게 이루어지고 있음을 말하는 것이다.'

설명이 더 필요하지 않을 것 같습니다. 천자가 덕으로 수레를 삼는다는 것은 모든 정치를 어질고 옳은 것에 바탕을 두어야 한다는 뜻이며, 음악으로 그 수레를 몬다는 것은 모든 일을 화합을 바탕으로 진행한다는 뜻입니다.

뒤에 대순(大順)이란 말로 끝을 맺은 것은 그 대순의 상태가 바로 참다운 예의 상태란 뜻입니다. 그 대순의 상태가 산 사람과 죽은 사람을 포함해 인간생활의 대부분을 차치하고 있기 때문입니다.

맹의자(孟懿子)라는 노나라 세도재상이 공자에게 효도를 물었을 때, 공자는 '어김이 없도록 하는 것이 효도다(無違).'라고 대답했습니다.

그것이 무슨 뜻이냐고 제자가 묻자.

'그것은 살아서도 예로써 섬기고, 죽어서 장사를 지내는 일도

예로써 하고, 제사를 지내는 것도 예에 따라 하는 것을 말한
다.'

하고 공자는 설명했습니다.

당시 권력층에 있는 사람들은 이 세 가지를 모두 예대로 행하지
않은 것입니다. 권력이 있는 사람은 대부의 신분으로 제후의 예를
행하는 것이 보통이었고, 노나라의 경우는 대부가 천자의 예로써
제사를 지내기까지 했다는 것은 이미 여러 차례 말한 바 있습니
다.

그러니 아랫사람은 권력층의 그같은 분수에 벗어난 일상생활의
뒤를 대기 위해, 가난과 고통에서 잠시도 벗어날 날이 없었던 것
입니다.

천하가 살찌지 못했으니 나라가 살찔 리가 없고, 나라가 그러니
가정이나 개인이 정상적으로 편안한 상태에 머물러 있을 수가 없
었던 것입니다.

전쟁과 약탈이 잠시도 멈출 날이 없는 춘추 말기였으니, 공자가
세상을 바라보는 안타까움이 어떠했으리라는 것은 짐작이 가고도
남는 일입니다.

그래서 공자는 권력층 사람을 대할 때면 늘 이 예란 것을 들어
설명하곤 했던 것입니다. 공자가 말한 예의 참뜻은 분수를 지키고
모든 일을 순리대로 하는 것이었습니다. 형식적인 예가 아니라 이
예운편에서 말한 보다 근본적인 예의 정신을 말했던 것입니다.

큰 도가 행해지면 모두가 같은 대동(大同)의 시대가 열리게 되
고, 예의 참뜻이 정치에 그대로 나타나게 되면 그것은 대순(大順)
의 시대를 뜻하는 것입니다.

대도니 대동이니 대순이니 하는 것은 같은 것이라 볼 수 있습니
다. 예운편이 말하는 예는 극치를 이상으로 하고 있는 겁니다."

"예운편의 내용을 가지고 공자의 말이 아니라고 하는 학자들이 있

다는 것은 앞에서 설명을 들어서 알고 있습니다. 박사님은 그들 학자의 주장이 편협한 생각에서 나온 것이라고 말씀했습니다. 학자들이 그런 주장을 한 것은 〈예기〉라는 책 자체가 한나라 때에 와서 만들어졌다는 역사적 배경 때문이라고도 볼 수 있을 것 같습니다. 만일 예운편의 내용이 〈논어〉에 실려 있었다면 감히 그같은 주장은 하지 않았을 것 아닙니까? 예운편의 내용 중 〈논어〉에 있는 내용과 같은 것이 있다면 어떤 것인지 듣고 싶습니다.”

“글쎄요. 갑자기 대답하기 어려운 주문이군요. 그 점에 대해서는 앞에서 이미 몇 가지 보기를 들었는데, 그 밖에 또 어떤 것을 보기로 들어야 좋을 지 쉽게 생각에 떠오를 것 같지 않군요.

한 가지 분명한 것은 그들 학자란 사람들이 편협한 생각에서 공자를 보았다기보다는, 그렇게 주장함으로써 권력층의 비위를 맞추려 한 것이 아닐까 하는 것이 오늘날의 공통된 의견입니다.

〈논어〉의 말이면 감히 딴 의견을 말하지 못했을 것이라고 했는데 꼭 그렇지도 않습니다.

임금은 무조건 따르고 섬기며 목숨도 바쳐야 한다는 것이 뒷날 학자들의 공통된 주장이었습니다. 공자 당시도 마찬가지였습니다. 그러나 공자만은 그렇지 않았습니다.

관중을 둘도 없는 위대한 인물로 평하고 있던 것이 춘추시대의 공통된 경향이었습니다. 정치·경제·외교·군사 면에 걸쳐 그를 당할 사람은 중국 역사에 전무후무한 것으로 역사가들은 말하고 있습니다. 그래서 그런 면에서 인재를 말할 때면 관갈지재(管葛之才)란 말을 쓰곤 했습니다. 관중과 제갈량같은 재주를 가지고 있는 사람이란 뜻입니다.

그러나 공자는 그 관중을 가리켜.

‘관중은 그릇이 작다.’

라고 했습니다.

　물론 사람들이 무조건 그를 위대하다고 치켜올리기 때문에 한 말이었을 겁니다. 그러나 그것은 도덕이니 윤리니 하는 관점에서 한 말이 아니라, 왜 통일천하를 꾀하지 않고 패제후로 만족했느냐는 뜻이었습니다. 말하자면 포부가 컸더라면 통일천하도 할 수 있었을 것이라는 아쉬움에서 한 말이었을 겁니다. 그 말은 곧,

　　'내가 관중같은 위치에서 모든 것을 내 마음대로 할 수 있었다면 통일천하를 하고도 남았을 것이다.'

라는 뜻을 담고 있는 것이기도 합니다.

　공자의 사랑하는 제자로서 그 당시 누구보다도 존경의 대상이 되기도 했던 자로와 자공은, 도덕이나 윤리 면에서 그 관중을 옳지 못한 사람으로 보았습니다.

　옳지 못한 사람으로 본 이유는 정권을 차지하기 위한 싸움에서 패하자, 자기가 섬기던 공자 규(糾)를 따라 함께 죽지 않고 원수나 다름없는 환공(桓公)을 섬겼다는 것이었습니다.

　〈논어〉 헌문편(憲問篇)에서 자로는 이렇게 평했습니다.

　　'환공이 공자 규를 죽이자, 두 신하 가운데 소홀(召忽)은 죽고 관중은 죽지 않았으니 관중은 어질지 못한 사람일 것이다.'

　자로의 그같은 평을 들은 공자는 이렇게 말했습니다.

　　'환공이 아홉 번 제후들을 불러 모으면서도 군대를 동원한 일이 없는 것은 관중의 힘이었다. 전쟁을 하지 않고 천하를 호령할 수 있었으니 그보다 더 어진 일을 누가 할 수 있었겠느냐?'

　죽고 사는 것이 중요한 것이 아니고, 보다 크고 훌륭한 일을 할 수 있느냐 없느냐 하는 것이 중요하다는 것을 말한 것이라 볼 수 있습니다.

　죽고 사는 것은 개인의 작은 의리에 지나지 않고, 큰 일을 하고 못 하는 것은 세계의 평화와 인류의 행복과 직결되는 책임과 의무가 따르는 것이기 때문입니다.

자공은 또 이렇게 평했습니다.

'관중은 어진 사람이 아니다. 환공이 공자 규를 죽이자, 따라서 죽지도 못하고 도리어 환공을 돕기까지 했으니 말이다.'

전국시대 때 제나라 충신 왕촉(王燭)이,

'충신은 두 임금을 섬기지 않고, 열녀는 두 지아비를 섬기지 않는다.'

하고 적군의 총사령관인 악의(樂毅)의 부름을 거절하고 목매어 죽은 일이 있었습니다.

집권층들은 왕촉의 그같은 말이 세습왕조의 체제를 유지하는 데 필요한 윤리관이라 하여 공자의 말 이상으로 강조해 왔습니다. 왕촉의 그같은 생각은 이미 봉건시대의 오랜 전통에서 뿌리박고 있었던 것입니다.

그러나 왕촉의 죽음은 당연한 것이었습니다. 내 나라를 짓밟고 점령한 적군의 총사령관에게 붙어 협력을 한다는 것은 뜻있는 선비로서는 죽기보다 더한 치욕이 아닐 수 없습니다. 그가 자기의 죽음을 충신이란 말과 결부시켰다는 것에서 세습왕조 임금들의 환심을 산 것뿐입니다. 관중을 그런 식의 충신이란 자에 맞추어 평할 수는 없는 일입니다.

물론 자로와 자공도 충신이란 것을 가지고 비교해 말한 것은 아닙니다. 함께 큰 일을 도모하다 실패했으면 죽음도 함께 하는 것이 뜻있는 사람의 도리라는 가벼운 뜻으로 한 말입니다. 그런 인간적인 의리에서 벗어났으니 아무리 큰 공을 세웠더라도 좋은 사람이 될 수 없다는 뜻이었을 겁니다.

그러나 공자의 생각도 달랐습니다. 작은 사람은 작은 의리를 소중하게 여기지만 큰 사람은 큰 의리를 더 소중히 여긴다고 본 것입니다. 성인의 크고 높은 뜻은 보다 차원을 달리하고 있는 것은 물론입니다.

공자는 자공의 평을 듣고 이렇게 말했습니다.

'관중이 환공을 도와 패제후를 하여 한 번 크게 천하를 바로잡음으로 해서, 백 년이 지난 오늘날에도 백성들은 그의 혜택을 받고 있다. 관중이 아니었으면 중국은 각 나라끼리의 싸움으로 편안할 날이 없었을 것이며, 그로 인해 약해진 중국은 이민족의 침략을 받아 그들의 지배를 받게 되었을 것이다. 아마 지금쯤 나도 오랑캐의 풍속을 따라 머리를 풀어 내리고, 왼쪽 옷깃으로 된 옷을 입고 있었을 것이다. 어찌 작은 한 지아비·지어미같은 고지식한 신의를 지키기 위해 스스로 목을 매어 부질없는 개죽음을 할 수 있단 말이냐?'

내가 지금까지 긴 이야기를 한 것은 지금 말한 공자의 이 마지막 말을 들려 주기 위해서였습니다.

임금을 위해 목숨을 바친다든가 신의를 지키기 위해 친구와 운명을 같이한다든가 하는 것은, 그런 것을 절대적인 것으로 생각하는 작은 사람들의 윤리관에 지나지 않다는 것을 말한 것입니다.

그런데 공자의 이 움직일 수 없는 정확한 지적에 의심을 품고 반론을 제기한 학자가 있습니다. 주자학(朱子學)의 뿌리라고 볼 수 있는 정자(程子)가 바로 그였다는 것에 문제가 있는 겁니다.

정자가 한 말이 〈논어〉 주석에 이렇게 실려 있습니다.

'정자는 말했다. 환공은 형이고 규는 아우였다. 관중이 자기가 섬기는 규를 편들어 그를 도와 나라를 다투게 한 것은 옳지 못한 일이었다. 환공이 규를 죽인 것은 지나친 일이기는 하지만 규의 죽음은 사실 당연한 것이었다. 관중이 처음에 일을 함께 꾀했으니 함께 죽는 것이 옳은 일이지만, 애당초 나라를 빼앗으려는 옳지 못한 일을 한 것을 알고 그 잘못을 벗으려고 뒷날의 큰일을 도모한 것 또한 옳은 일이다. 그러므로 공자께서 그가 죽지 않은 것을 꾸짖지 않고 그의 공을 칭찬한 것이다.

만일 환공이 아우이고 규가 형이었다면 관중이 규를 도운 것은 바른 일이요, 환공이 그 나라를 빼앗고 규를 죽였다면 관중과 환공의 관계는 세상을 함께 살 수 없는 원수의 사이가 아니겠는가?

만일 그의 뒷날 공을 헤아려 그가 환공을 섬긴 것을 옳다고 한다면, 공자의 말씀은 옳은 일을 크게 해치는 것이 되지 않겠는가? 길이 후세에 이 임금을 섬겼다, 저 임금을 섬겼다 하는 충성스럽지 못한 어지러움을 열어준 것이 되지 않겠는가?'

규가 형이고 환공이 아우인 것은 모든 역사적 기록으로 바꿀 수 없는 사실입니다. 그러나 공자의 말을 정면으로 반박할 수 없는 일이므로, 엉뚱한 형과 아우의 문제를 들고 나온 것입니다.

한 임금을 섬기는 것을 충성이니 의리니 하고 따지는 것을 작은 사람들의 작은 생각이라고 공자는 말한 것입니다. 공자의 말 어디에 형이니 아우니 하는 것이 들어 있습니까? 2천 년 가까이 지난 봉건사회의 판에 박힌 윤리관을 가지고, 공자의 그런 생각이 위험하다고 느낀 데서 나온 구차한 설명에 지나지 않습니다. 그런 말로써 집권층의 환심을 사려고 한 것이라고 평할 수도 있는 일입니다.

주자는 정자의 이 말을 소개한 다음,

'내 생각으로는 관중이 세운 공은 있어도 죄는 없기에, 공자가 그의 공만을 칭찬한 것으로 여겨진다.'

라고 쓰고 있습니다.

정자의 주장도 일리는 있지만, 공자가 보는 것은 다른 무엇이 있었을 것이라는 결론이라 볼 수 있습니다."

"관중이 공자 규를 섬겼다가 다시 환공을 섬기게 된 경위에 대해 보다 자세한 설명을 듣고 싶습니다."

"그러지요. 그에 앞서 공자가 세상 사람들이 생각하는 윤리관을

완전히 초월해 있었다는 것을 〈논어〉의 보기로 몇 가지 설명할까
합니다.

공산불요(公山弗擾)라는 세도재상 계씨의 심복가신이, 계씨의
본성인 비(費)를 점령하고 반기를 든 다음 공자에게 와서 도와달
라고 청했습니다.

공자는 그의 청을 받아들이려 했습니다.

관중을 옳지 못한 사람이라고 평한 자로가 또 반대하고 나섰습
니다. 언제나 생각에 있는 그대로를 말하는 자로는 얼굴에 못마땅
한 표정을 지으며,

'갈 곳이 없으면 그만둘 일이지, 하필이면 주인을 배반한 공산
씨에게로 가신단 말씀입니까?'

공산불요는 엄밀히 따지면 역적이나 다름없는 사람이니, 자로가
못마땅해 하는 것은 당연한 일입니다.

나쁘게 말하면 출세욕과 사업욕에 눈이 어두워, 시간과 장소도
아랑곳하지 않는 그런 사람으로 비칠 수도 있는 일입니다.

그러나 공자의 생각은 그것이 아니었습니다. 물에 빠진 사람을
건지기 위해서는 더러운 것이 묻은 널판지나 막대기라도 손에 잡
고 싶었던 것입니다.

'나를 부르는 사람이 까닭없이 부를 리가 있느냐? 나를 써 주
는 사람이 있으면 나는 이 땅에 새로운 평화와 번영을 가져오게
할 것이다.'

라고 공자는 말했습니다.

물론 가지는 않았습니다. 그러나 큰일을 도모하는 사람은 작은
윤리같은 것을 염두에 두지 않았음을 알 수 있습니다. 더욱이 계
씨는 신하로서 임금을 누르고 있는 반역자이기도 했으므로, 그에
게 반기를 들고 나라를 바로잡겠다고 한 공산불요는 명분에 있어
서 국민들의 지지를 받기도 했으니, 그의 반역은 반역을 바로잡기

위한 의거로 볼 수도 있는 일이었습니다.

진(晋)나라의 실권자 조간자(趙簡子)의 심복가신인 필힐(佛肹)이 중모(中牟)를 거점으로 반란을 일으킨 다음, 공자를 부른 일이 있었습니다. 이때도 공자는 가려 했습니다.

그러자 자로가 또 반대하고 나섰습니다.

'그 자신이 착하지 못한 일을 한 사람과는 일을 같이 하지 않는다고 들었습니다. 그런데 반역한 사람의 부름을 받아들이려 하시니 어찌된 일입니까?'

그러자 공자는 이렇게 대답했습니다.

'그렇다. 그런 말이 있느니라. 그러나 이런 말도 있지 않느냐? 참으로 단단한 돌은 아무리 갈아도 닳는 일이 없고, 참으로 바탕이 흰 것은 아무리 물을 들여도 검게 되지 않는다고 말이다. 내가 어찌 호리병박이 될 수 있겠느냐? 매달아만 두고 먹지 않을 수 있겠느냐?'

아무리 더러운 사람과 어울린다 해도 그의 힘을 빌릴 뿐 그의 나쁜 물은 들지 않으니, 나만은 그 어떤 사람과 사귀고 함께 일을 해도 상관이 없다고 한 말입니다.

관중이 천하를 건질 포부를 가지고 있었다면, 형이니 아우니 하는 것이 문제가 될 리가 없지 않습니까?

공자의 그런 말들을 놓고 볼 때, 예운편의 말이 하나도 지나칠 것이 없습니다.

〈예기〉란 책 속에 〈대학〉과 〈중용〉이 들어 있는 만큼, 이 예운편이 들어 있는 것은 참으로 다행스럽고 귀중한 것이 아닐 수 없습니다.

관중이 공자 규를 섬기게 된 동기라든가, 규가 죽었을 때 따라 죽지 않고 환공을 도운 것은 애당초부터 계획 속에 들어 있던 일이었습니다."

"계획 속에 들어 있었다니오?"

"관중을 관중으로 만든 것은 관중의 힘으로 된 것이 아닙니다. 그 야말로 생사고락을 함께 하기로 맹세한 포숙(鮑叔)이란 친구가 있음으로 해서 가능했던 겁니다.

규는 후궁의 아들로, 환공과는 배 다른 형제였습니다. 나이가 많아 형일 뿐, 형일 것도 없고 아우일 것도 없는 그런 사이였습니다.

관중이 어느 날 포숙을 찾아와 말했습니다.

'지금 임금이 하는 일을 보니 머지 않아 나라가 어지러워질 것 같다. 본궁에는 아들이 없고 후궁에만 아들이 있는데, 지금 임금이 죽고 나면 뒤를 이을 공자는 둘뿐이다.'

'누구 누구인가?'

'나이로는 규가 제일 많고 사람됨이 원만하니, 대신들은 그를 후계자로 삼으려 할 것이다. 그러나 내가 공자들을 보았을 때, 큰일을 할 수 있는 사람은 소백(小白)이다. 그러니 우리가 각각 그 둘을 섬기고 있다가 어느 쪽이든 임금이 되었을 때는 서로 함께 일을 하도록 하는 것이 좋겠다.'

당시 관중을 알아 주는 사람은 포숙 한 사람뿐이었습니다. 세상 사람들은 관중을 염치도 없고 용기도 없고 지혜도 없는 사람으로 알고 있었지만, 포숙만은 관중을 그 반대로 평하고 있었습니다.

관중은 그런 포숙을 보고,

'나를 낳은 사람은 부모요, 나를 아는 사람은 포숙이다.'

하고 포숙과 생사고락을 같이하는 형제의 의를 맺고 있는 사이였으므로, 포숙은 관중의 말을 믿을 수밖에 없었습니다.

그리하여 관중은 공자 규의 스승이 되고, 포숙은 소백의 스승이 되어 각각 그들을 데리고 그들의 외가인 노나라와 거(莒)나라로 피난가 있었습니다.

관중이 예언한 대로 제나라 임금 양공(襄公)은 사촌인 공자 무지(無知)에게 죽고, 뒤를 이어 임금이 된 무지는 반 년이 못되어 대신들 손에 죽게 됩니다. 대신들은 노나라로 망명해 있는 공자 규를 후계자로 정하고 그를 정식으로 모셔오기로 했습니다. 그래서 관중은 규를 데리고 노나라 군사 3만 명의 호위를 받으며 제나라로 돌아오고 있었습니다.

그런데 노나라보다는 수백 리 가까운 곳에 망명해 있던 공자 소백은, 포숙과 상의하여 거나라 군사 3천 명의 호위를 받으며 제나라를 향해 가고 있었습니다.

주인이 없는 나라요 같은 후궁의 아들이니, 먼저 들어가 상주 노릇을 하는 사람이 상속권을 받을 수 있지 않겠느냐 하는 생각에서였습니다. 나라를 놓고 상속권을 다투는 마당에 형이고 아우고 하는 순서를 따질 리가 없지요.

더구나 배다른 형제가 아닙니까?

정자가 공자의 말을 비판하기 위해 엉뚱한 형이니 아우니 하는 문제를 들고 나온 것은, 세상 이치에 어두운 도학자의 폐쇄적인 발상이 아닐 수 없습니다.

관중은 소백의 사람됨을 알고 있는지라 마음이 놓이지 않았습니다. 그래서 그에게 앞지름을 당하지 않기 위해 기병 수백을 이끌고 밤낮을 가리지 않고 달렸습니다.

대신들의 결정이란 형편에 따라 바뀔 수도 있는 일이므로, 먼저 도성으로 들어가 제나라 군사를 이끌고 공자 규를 맞이하려 했던 것입니다.

그러나 소백은 이미 관중을 앞질러 국경을 넘어간 뒤였습니다. 관중은 다시 밤낮 하루를 달린 뒤에서야 소백의 일행을 따라잡을 수 있었습니다.

그때 소백은 막 점심을 먹을 준비를 하느라 쉬고 있었습니다.

관중은 소백과 가까운 거리에서 말에서 내리지 않은 채 인사를 나눈 다음, 형인 공자 규가 오고 있으니 기다렸다 함께 가는 것이 도리라고 말합니다.

그러나 포숙이 소백을 대신해서.

'부모의 초상에는 소식을 들은 즉시 달려가는 것이 자식의 도리가 아닌가?

이제 각각 자기 임금을 위해 충성을 다할 뿐이니 관중은 여러 말 말라!'

하고 꾸짖었습니다.

이때 관중은 느닷없이 화살을 시위에 얹어 소백의 가슴을 향해 쏩니다. 화살은 번개처럼 소백의 가슴에 박히고 맙니다.

순간 소백은 가슴에 박힌 화살을 움켜쥐고 피를 내뿜으며 앞으로 고꾸라지고 맙니다.

관중은 급히 말머리를 돌려 오던 길로 달리며,

'공자 규가 임금 될 복이 있구나!'

하고 기뻐했습니다.

그러나 누가 알았겠습니까? 피를 내뿜고 꼬꾸라진 소백은 멀쩡한 모습 그대로였습니다. 관중이 쏜 화살은 소백의 허리띠 갈고리쇠를 맞춘 채, 소백의 손에 쥐어져 있을 뿐이었습니다.

머리가 빨리 도는 소백은 관중의 화살이 다시 날아오는 것을 막기 위해, 자기 혀끝을 물어 피를 내뿜으며 죽는 시늉을 해 보인 것뿐이었습니다.

그길로 도성으로 들어가 원로대신들을 일일이 찾아본 다음, 포숙의 설득으로 소백이 임금의 자리에 오르게 되었습니다.

관중이 느린 속도로 제나라 국경에 이르렀을 때는 포숙이 이끄는 제나라 대군이 길을 가로막고 돌아갈 것을 명령했습니다.

싸움을 즐기는 노환공은 제나라의 배신행위를 용서할 수 없어,

실력대결로 큰 싸움을 벌이게 되나 결국 패해서 돌아가고 말았습니다.

이리하여 제나라 위협에 못이겨 노나라는 망명와 있는 공자 규를 제나라를 대신해 죽이게 되고, 관중만은 환공이 자기 가슴을 쏜 한을 풀기 위해 직접 자기 손으로 죽이겠다며 꼭 산 채로 보내 달라고 청한 그대로 살려서 보내게 됩니다.

포숙은 그 관중을 환공에게 천거하여 자기 대신 제나라 상국으로 발탁하게 만듭니다.

'제나라 하나만을 다스리기로 한다면 이 포숙으로도 충분합니다. 그러나 제후를 호령하고 천하를 바로잡으려면 관중이 아니면 안됩니다. 관중은 천하에 둘도 없는 인재입니다. 그의 재주와 능력을 당할 사람은 과거에도 없었고 앞으로도 있기 어렵습니다.

각각 제 임금을 위해 충성을 다하려는 마당에 그가 쏜 화살이 죄가 될 수는 없습니다. 임금의 가슴을 쏜 그의 화살은 이제 임금을 위해 천하를 쏘게 될 것입니다.'

천하를 호령하고 싶은 야심에 불타고 있던 환공은 포숙의 이 말에 솔깃해지고 맙니다. 더구나 자기에게 돌아온 상국의 자리를 사양하고 굳이 경쟁자인 관중에게 그것을 넘겨 주려는 포숙의 애국심이 그같은 모양으로 나타난 것이니, 그 포숙의 마음을 의심할 수도 없는 일이며 그가 한 말을 믿지 않을 수도 없는 일입니다.

자기를 죽이려 한 원수인 관중을 상국에 임명한 환공은 패천하의 방법을 그에게 물었습니다.

관중은 이렇게 대답했습니다.

'첫째는 사람을 얻어야 하고, 둘째는 그 사람을 써야 하고, 셋째는 그 사람을 믿고 완전히 맡겨야 하고, 넷째는 소인들의 모략과 중상으로 그 신임이 흔들리지 말아야 합니다.'

결국 패천하를 하고 싶거든 내게 모든 것을 완전히 맡기고, 그 누구의 중상이나 모략에도 귀를 기울이지 말아야 한다는 말이었습니다.

환공은 관중이 한 말을 그대로 실천하고 맙니다. 모든 것은 관중의 결재로써 이루어지게 하고, 그 경과와 결과는 관중을 통해 듣기로 했습니다.

환공이 사랑하고 신임하는 측근들이,

'세상에서는 말하기를, 제나라에는 관중이 있을 뿐 임금은 없다고들 합니다.'

하고 임금이 실권을 쥐고 있어야 한다는 말들을 하곤 했지만 그럴 때마다 환공은,

'그대들은 크고 먼 것을 보지 못하는 사람들이니, 과인과 관중의 참뜻을 어찌 알겠는가?'

하고 웃어버리곤 했습니다.

이리하여 공자가 말한 대로 아홉 번 제후들을 불러 모아 국제회의를 열고, 비록 힘은 없어도 천자라는 명분이 있으니 그 천자를 중심으로 중국이 한 덩어리가 되어 서로가 서로 돕고 평화롭게 지내며, 이민족의 침략을 공동으로 막아 나가자고 약속을 하고 헌장(憲章)을 만들어 그것을 실천했던 것입니다.

비록 힘을 배경으로 하고 있었지만, '싸움은 또 다른 싸움을 부르게 된다.'며 전쟁만은 끝까지 피한 것이 관중이었습니다. 아홉 번 제후를 모았으나 병거(兵車)를 쓰지 않았다고 칭찬한 공자의 말이 바로 그것을 증명하고 있습니다.

그러나 관중은 군대를 쓰는 데도 뛰어나 있었습니다.

중국을 불시에 쳐들어와 엄청난 피해를 주곤 하던 서쪽·북쪽의 이민족들을 멀리 내쫓은 것은 관중의 힘과 노력 때문이었습니다. 중국이 하나로 뭉쳐져 있지 않고는 그렇게 될 수가 없는 일입니

다.

　　'관중이 아니었더라면 나도 아마 오랑캐의 머리를 하고 오랑캐
　　의 옷을 입게 되었을 것이다.'
라고 한 공자의 말은 바로 그것을 가리킨 것입니다.

　　그런 위대한 포부를 지닌 관중이 어떻게 형이니 아우니 하는 의
리라든가, 내가 섬기던 임금이 죽었으니 나도 따라 죽어야 한다는
지배층의 자기 중심적 윤리관같은 것에 얽매일 수 있었겠습니까?

　　그런 관중의 큰 뜻을 칭찬한 공자의 말이 지배층 중심의 전통적
인 윤리관을 해칠 염려가 있다 하여 앞뒤가 막힌 생각으로 이를
부인하려 한 것이 뒷날의 어용학자들이고 보면, 예운편을 공자의
말씀이 아니라고 본 것은 당연한 것이기도 합니다."

"아까 말씀하시기를 세상사람들은 관중을 염치도 없고 용기도 없
고 지혜도 없다고 보고 있었는데, 포숙만은 그 반대로 평하고 있
었다고 말씀하셨습니다. 구체적으로 어떤 내용이었는지 듣고 싶습
니다."

"유명한 고사(故事)에 관포지의(管鮑之誼)란 것이 있습니다. 관중
과 포숙의 친구로서의 의리와 따뜻한 정을 두고 생겨난 말입니다.

　　방금 한 질문은 이 고사에 대한 설명으로 대신할 수 있습니다.

　　관중과 포숙은 어렸을 때부터의 친구였는지도 모릅니다.

　　포숙은 부자였고 관중은 가난했습니다.

　　그러나 두 사람은 늘 형제처럼 다정하게 지냈고 신의가 깊었던
것 같습니다.

　　관중은 포숙의 자본으로 장사를 시작한 적이 있었습니다. 아마
포숙이 회장이라면 관중은 사장쯤 되었겠지요.

　　포숙은 모든 것을 관중에게 맡기고 이익배당만으로 만족하고 있
었습니다. 그러니 영업과 경리면의 종사자들은 포숙의 사람이 대
부분일 수밖에 없었습니다.

그것은 아마 관중의 뜻이었을 겁니다.

그런데 관중은 공금을 자기 쌈짓돈 쓰듯 했습니다. 횡령이나 유용을 하는 것이 아니라 사장의 특권인 것처럼 돈을 가져오라 하여 쓰곤 한 것입니다.

이것을 경리 담당자가 포숙에게 자주 이야기하며, 그렇게 하지 말도록 주의를 주었으면 좋겠다고 했습니다.

그러면 포숙은 그렇게 말하는 그들을 달래며 이렇게 타일렀습니다.

'관중이 그 돈이 욕심이 나서 그러겠느냐? 필요하니까 쓰는 것 아니냐? 내 마음을 알고 있기에 그러는 거다. 일일이 내 승낙을 받은 뒤에 쓴다면 그것은 도리어 친구의 정을 해치는 것이 되기 때문이다.'

그런데 결산을 마치고 이익배당을 할 때는 더 놀라운 일이 있곤 했습니다.

'이익이 이만큼 남았는데 내가 한 몫을 더 차지해야겠어'

하고 포숙의 몫을 차지하는 것입니다.

그런 관중을 염치없는 사람이라고 말하는 것은 너무도 당연한 일입니다. 그러나 그런 불평을 말하는 중역들에게 포숙은 이렇게 타일렀습니다.

'관중은 집이 가난하다. 집에는 늙은 어머님이 계시다. 관중은 나의 하나뿐인 친구다. 관중의 어머니는 곧 내 어머니다. 관중이 어머님을 기쁘고 편안하게 해 드리고 싶어 그만한 돈을 쓰겠다는 것이 아니냐? 나를 믿고 그러는 관중이 나는 고마울 뿐이다.'

그런 동업관계가 얼마나 계속되었는지는 모릅니다. 그 뒤 두 사람은 함께 장수가 되어 자주 싸움터에 나가곤 했습니다.

그 당시는 전쟁 규모도 적었고 전투 방법도 단조로왔으며, 누가 앞에 서고 뒤에 서고 한다든가, 누가 어느 부서에 배치되느냐 하는 것도 대개는 각 부장들의 의사에 따라 결정되는 일이 많았습니다.

그리고 대개는 서로가 앞장서는 것을 자랑으로 알고 있었으므로, 용기 있는 장수들은 앞장을 서거나 위험한 곳에 배치되기를 원하곤 했습니다.

서로가 그 자리를 경쟁적으로 원하기 때문에 그 가운데서 사령관인 대장이 마음에 드는 장수를 배정하곤 했던 겁니다.

그런데 관중은 한 번도 선봉이 되기를 원한 적도 없었고, 위험한 곳에 배치되어 공을 세우려 한 적도 없었습니다. 그래서 언제나 관중이 이끄는 부대는 맨 뒷꽁무니에 붙곤 했습니다.

그런가 하면, 싸움이 불리해서 후퇴할 때는 누구보다도 먼저 달아나는 것이었습니다. 그러니 누가 그 관중을 비겁한 사람으로 보지 않았겠습니까?

장수들은 모이기만 하면 관중의 그같은 태도를 비웃곤 했습니다. 그러나 포숙은 그와 같은 그들의 의견과는 다른 생각을 갖고 있었습니다.

'관중은 겁장이가 아니야. 그는 집에 늙은 홀어머니가 계셔. 자기가 죽으면 어머니를 모실 사람이 없기 때문에 몸을 아끼는 것뿐이야.'

그 뒤 두 사람은 함께 조정에 들어가 문관으로 있었습니다. 관중은 누구보다 아는 것이 많았으므로 그의 주장은 많은 사람들의 공감을 얻곤 했습니다.

그런데 그 관중의 의견에 따라 무슨 일을 꾀하게 되면 번번이 실패를 하거나 결과가 좋지 못했습니다.

그래서 그 책임을 지고 벼슬에서 물러난 일이 세 번이나 있었습니다. 그러니 누가 그를 지혜로운 사람으로 보았겠습니까? 아는 것만 많을 뿐, 능력도 지혜도 없는 사람으로 볼 수밖에요.

그러나 그렇게 평하는 사람들을 보고 포숙은 이렇게 말했습니다.

'지혜가 없어서가 아니야. 때를 만나지 못해서 그래. 그가 언젠가 때를 만나게 되면, 그때는 그가 꾀한 일이 백발백중으로 성공할 걸세.'

포숙의 이 말을 전해 들은 뒤에서야 관중은 포숙이 어떤 사람이란 것을 알고 무척 감격했던 겁니다.

그래서 그와 생사고락을 함께 하는 친구가 될 것을 맹세하기에 이른 것입니다.

관중이 포로가 되어 잡혀 온 순간까지는 포숙의 말대로 때가 오지 않은 기간이었고, 포숙의 천거로 상국이 된 그 순간부터는 백발백중의 기간이었던 셈입니다."

"상국의 자리를 사양한 포숙은 뒤에 어떤 일을 했던가요?"

"물론 대신으로 관중을 도와 나라 일을 함께 했지요. 관중이 죽은 뒤에는 상국이 되기도 했어요. 그런데 관중이 죽을 때 환공이 후임자를 천거해 달라고 부탁하자 마땅한 사람이 없다며 한숨을 내쉬었고 환공이 포숙이 어떻냐고 하자, 그는 재상의 자격이 아니라며 쓰지 말라는 말까지 했습니다.

벼슬을 무슨 사유물처럼 알고 있는 사람들의 생각으로 보았을 때, 관중의 그같은 태도는 배은망덕처럼 여겨지기도 합니다. 그러나 관중의 시각은 우리와는 달랐습니다. 그 점을 우리는 배워야 합니다."

"그 이유는 어떤 것이었나요?"

"환공이 그 까닭을 묻자 관중은 이렇게 대답했습니다.

'포숙은 착한 사람을 좋아하고 악한 사람을 싫어합니다. 착한 사람을 좋아하는 것은 더없이 좋은 일이지만, 악한 사람을 지나

치게 싫어하면 큰일을 그르치기 쉽습니다.'

이 얼마나 매정한 일입니까? 관중이야말로 피도 정도 없는 사람처럼 여겨지기까지 합니다. 자기에게 상국 자리를 양보한 포숙에게 관중은 조금도 고마운 생각을 갖고 있지 않았던 것 같습니다. 임금이 싫다 해도 애써 천거를 하는 것이 친구의 도리요, 은혜입은 사람에 대한 보답이 되지 않겠습니까? 그런데 임금이 쓰겠다고 하는데도 이를 반대하며 쓰지 말라고 유언까지 했으니 말입니다.

우리는 이런 점에서 관중을 높이 평가해야 할 것 같습니다. 그는 나라를 염두에 두었을 뿐입니다. 그것이 진정한 애국자가 아니겠습니까?

이 말을 전해 들은 포숙의 마음이 어떠 했을 것 같습니까? 요즘의 정치인이니 애국자니 하는 사람들의 말과 행동을 놓고 한번 비교해 보십시오.

관중이 죽은 뒤 습붕(濕朋)이란 사람이 관중의 뒤를 이어 상국이 되었습니다. 그것도 관중의 천거에 의한 것이었습니다. 그러나 그는 상국이 된 석 달 만에 죽고 맙니다. 그것도 관중이 예언한 대로였습니다.

습붕은 관중을 도와 외교를 담당했던 사람입니다. 환공이 포숙 다음으로 그를 상국으로 쓰려 하자 관중은 이렇게 말했습니다.

'임금께서 잘 고르셨습니다. 그러나 그가 얼마나 그 자리에 있게 될지 알 수 없습니다.'

'그건 어째서요?'

하고 환공이 묻자 관중은 그 까닭을 운명적으로 대답했습니다.

'습붕은 하느님이 이 관중을 위해 혀로써 보내 준 사람입니다. 습붕의 웅변이 아니면 제후들을 설득하기 어려웠을 겁니다. 몸이 이미 죽었는데 혀가 온전할 리 없지요.'

　　습붕이 죽자 환공은,

　　'관중은 과연 성인이었다.'

하고 그의 선견지명에 새삼 감탄하며, 그를 잃은 것이 너무도 안타까워 울기까지 했다 합니다.

　　그리고 마땅한 사람이 없어 포숙을 상국에 앉히려 했습니다.

　　그러나 포숙은 관중이 자기를 평한 그 말을 그대로 하며 상국의 자리를 사양했습니다. 관중의 말을 들었기 때문은 아니었습니다. 포숙은 자기의 성격적 결점을 잘 알고 있었던 것입니다.

　　그래도 환공이 굳이 그를 상국에 앉히려 하자, 포숙은 다음과 같은 조건을 제시했습니다.

　　'정 그러시면 신의 청을 받아들이시기 바랍니다. 그 청을 받아들이지 않으시면 신은 상국의 자리에 잠시도 있을 수 없습니다.'

　　'무슨 청인지 말해 보시구려. 내 무엇이든 들어 주겠소.'

　　'역아(易牙)와 수초(竪貂)와 개방(開方) 세 사람을 대궐 안에서 멀리 내보내 주십시오. 그들을 보면 신은 잠시도 마음을 편안히 가질 수 없습니다. 관중이 있을 때부터 그들을 내쫓으려 했으나 관중이 듣지 않아 뜻을 이루지 못했습니다.'

　　'알았소. 관중도 같은 유언을 했어요. 자기가 죽거든 그들 셋을 멀리 하라고 말이요.'

　　관중이 일어나지 못할 것을 안 환공이 관중에게 후계자를 누구로 할 것인지에 대해 구체적으로 의논할 때였습니다. 포숙도 마땅하지 않고 습붕도 쉬 죽고 만다면 그 다음 누가 적당하겠느냐고 환공이 물었을 때, 관중은 환공의 마음에 있는 사람을 먼저 말해 보라고 했습니다.

　　그때 환공은 포숙이 멀리하라고 한 그들의 이름을 차례로 들었습니다.

'역아는 어떻겠소?'

'역아는 나라를 그르칠 사람입니다. 임금께서 말씀하시지 않아도 그를 멀리 하시라고 부탁하려 했었습니다.'

'그는 나를 위해 자기 어린 아들을 바친 사람이오. 그런 그가 나라를 어지럽힐 리가 있겠소?'

'그 사람의 하는 일이 인정(人情)에 벗어나면, 그와는 가까이 지내지 말라는 옛말이 있습니다. 사람은 누구나 자기 자식을 누구보다 더 사랑합니다. 그 자식에 대한 사랑을 외면하고 임금의 뜻을 받들기 위해 죽이는 일까지 서슴지 않았으니, 자기 출세를 위해서는 무슨 짓이고 마다하지 않을 사람입니다. 자식을 제 손으로 죽인 그가 임금을 알 리 있습니까? 언제 무슨 짓을 할지 모릅니다. 절대로 멀리 해야 합니다. 그를 멀리 하지 않으시면 반드시 그에게 해를 입으실 것입니다.'

역아가 자기 아들을 죽인 사건은 유명한 이야기로 전해지고 있습니다.

역아는 환공의 수라청의 조리사였습니다. 〈맹자〉에도 여러 곳에 나오는데 그는 중국 역사상 가장 뛰어난 요리사였습니다.

그는 음식을 맛있게 만들 뿐 아니라 각 음식의 특성까지 잘 알고 있었습니다. 요즘 말로 식이요법(食餌療法)을 잘 알고 있어서 어지간한 병은 그가 만들어 주는 음식을 먹으면 낫곤 했습니다.

뿐만 아니라 그는 용맹도 있고 구변도 있었으며, 남의 의중을 들여다보는 남다른 재주까지 가지고 있었습니다.

그런 역아였던만큼 그에 대한 환공의 신임은 날로 두터워지고 있었던 것입니다.

환공은 원래 농담을 즐기는 편이었으므로 어느 날 무심코 이런 농담을 했습니다.

'나는 너로 인해 맛있는 것이라면 먹어보지 않은 것이 없다. 그

러나 사람의 고기만은 먹어 보지 못했다. 과연 그 맛이 어떤 것
일까?'

'글쎄올시다. 소인인들 어찌 알 수 있겠습니까?'

그리고 며칠이 지난 어느 날 점심상에 환공이 좋아하는 육회
가 한 대접 수북이 담겨 놓여 있었습니다.

어찌나 고기가 연하고 맛이 있는지, 환공은 하나도 남기지 않
고 다 먹고 말았습니다.

그리고 상을 물릴 때 물어 보았습니다.

'오늘 점심상에 놓은 육회는 무슨 고기냐? 어쩌면 그렇게도 연
하고 맛이 좋단 말이냐?'

그러자 역아는 감격해 하듯 대답했습니다.

'맛있게 드셨다니 기쁘기 한이 없습니다. 그것이 사람의 고기옵
니다. 며칠 전 임금님께서 사람의 고기를 맛 보시고자 하시기에
……'

환공은 깜짝 놀랐습니다. 어느 사형수의 살이라도 먹은 것이 아
닌지 생각되었을지 모르는 일입니다.

'아니? 사람의 고기라니? 사람의 고기가 어떻게?'

'소인의 세 살 먹은 자식의 고기옵니다. 임금님께서 원하시는
사람의 고기를 달리 구할 수도 없는 일이라서……'

그런데 역아의 이 말을 듣고 환공은 눈살을 찌푸리면서도 속으
로는 그의 충성에 감격했던 겁니다. 그 당시는 임금을 위한 일이
라면 무엇이든 다 정당한 것으로 알고 있었던 것 같습니다. 그러
기에 교활하기 짝이 없는 역아가 그런 일을 할 수 있었겠지요.
〈삼국지연의〉에 보면 자기 아내를 죽여 그 살로 유현덕을 대접한
가난한 사람이 있었고, 그것을 알고 유현덕이 감격했다는 장면이
나옵니다. 그 당시는 아내와 자식을 자기 소유물로 알고 있었고,
귀한 사람의 환심을 사기 위해서는 아내와 자식의 목숨도 돼지나

닭의 목숨처럼 여기고 있었던 것 같습니다. 자기 야심을 채우기 위해 죄 없는 백성을 싸움터로 내보내는 영웅이라는 사람들이 하는 짓도 이치로 따지면 크게 다른 것은 없는 일이지요.

환공이 충성으로 믿고 있던 역아의 행동을, 관중은 출세를 위한 수단으로 행해진 잔인무도한 짓으로 보았던 겁니다.

환공은 다시,

'수초는 어떻겠소?'

하고 물었습니다.

수초는 역아에 못지 않은 용맹과 구변과 교활함을 지니고 있는 야심가였습니다. 그는 환공을 가까이 모시기 위해 자기 스스로 남자만이 가지고 있는 것을 잘라내고 내시가 되기까지 한 사람입니다.

'그는 과인을 가까이 모시기 위해 자기 몸까지 돌보지 않은 사람이니 그런 그를 믿지 않고 누구를 믿겠소?'

하는 것이 환공의 생각이었습니다. 관중은 역시 같은 이유로 그를 멀리 하라는 것이었습니다.

'자기 몸보다 더 소중한 것이 없는데, 출세를 위해 몸도 돌아보지 않는 그가 무슨 짓인들 못하겠습니까?'

'그럼 개방은 어떻겠소? 그는 위나라 세자로 임금이 될 수 있는 몸인데도, 그의 아버지가 죽었을 때 돌아가지 않고 제나라에 남아 과인을 섬기고 있는 사람이오.'

'제 부모를 버린 사람이 어찌 임금을 알겠습니까? 제 나라를 등진 사람이 제나라를 위할 리는 없습니다. 언제 또 임금을 버리고 제나라를 배신할지 모르는 일입니다.

어질고 용기 있는 사람만이 보통사람이 하지 못하는 큰일을 하는 것은 아닙니다. 간악하고 교활한 사람도 비슷한 일을 할 수 있습니다. 그것이 나라를 위하고 백성을 위한 것인지, 그 자신을 위한 것인지를 분간하는 것이 중요합니다. 그들 셋은 다 자기 개인의 영달밖에 모르는 간악한 사람입니다. 부디 멀리 하십시오.'

'그런 그들을 왜 진작 멀리 하라고 말하지 않은 거요?'

'그들은 임금의 마음을 잘 받들고 즐겁게 하는 재주를 가지고 있습니다. 그들이 나랏일이나 사람을 쓰는 일에만 관여하지 않으면 해될 것도 없는 일이므로 굳이 내쫓지 않았을 뿐입니다. 그러나 그것은 신(臣)이 있음으로 가능했던 겁니다. 그들이 물이라면 신은 그들이 범람하지 못하도록 막고 있는 둑이었습니다. 이제 둑이 없어지고 나면 그들은 세상을 온통 물바다로 만들고 말 것입니다.'

그러나 환공은 관중이 병이 깊어 정신 없이 하는 소리일지도 모른다며 그들을 멀리하지 않았습니다.

그러다가 포숙의 말을 듣고서야 그들을 멀리했습니다.

그러나 그것도 오래 계속되지는 못했습니다. 이미 늙어 버린 환공은 역아가 없으니 전처럼 맛있게 음식을 먹을 수도 없었고, 수초와 개방같은 이야기 상대마저 없어지고 말았으므로, 나날을 보내는 것이 지겹기만 했습니다. 그래서 몸은 날로 여위어가기만 했습니다.

이때 환공의 사랑하는 위부인(衛夫人)이 환공을 달래어 역아만을 불러들이게 됩니다. 역아가 들어온 마당이니 수초와 개방이 들어오지 못할 이유도 없었겠지요. 포숙의 반대도 벌써 소용이 없게 되었습니다. 포숙은 그 일로 병을 얻어 곧 죽고 맙니다.

이제 나라는 그들 세 사람의 판으로 변하고 말았습니다. 환공은 그들 세 사람의 모략에 의해 담으로 둘러싸인 외딴 방에서 굶어서 죽고 맙니다.

그리고 후계자 문제를 놓고 여섯 아들들이 서로 다투는 바람에,

환공의 시신은 60일 동안 버려진 채 대궐 안은 군대의 대치상태가 계속되고 있었습니다. 대신들의 중재로 일단 싸움을 중지하고 장사를 지내게 되었는데, 겨울인데도 시신은 뼈만 앙상하게 남아 있고 살을 다 파먹은 이상한 벌레들이 대궐 안 마당을 꽉 덮을 정도로 기어나오고 있었다는 것입니다.

그래서 사람들은 관중이, 자기 죽고 난 다음의 일을 미리 계획해 두지 않았던 것을 놓고 그의 지혜를 의심하기도 합니다. 그러나 관중은 어쩔 수 없는 운명임을 알고 있었던 것입니다. 그가 그의 후계자로 물색해 두었던 영척(甯戚)이 젊은 나이로 먼저 죽고 만 것입니다. 관중은 죽기 전,

'아깝다. 영척이여!'

하고 외친 일도 있었다 합니다.

〈손자병법〉에 '나를 알고 남을 알라'는 말이 유명한 말로 전해지고 있지만, 관중과 포숙은 그 자신과 상대를 잘 알고 있었던 겁니다. 몸은 달라도 마음은 하나였습니다. 오직 세상을 위해 나라를 위해 힘과 마음을 다할 뿐, 작은 인정이나 의리같은 것은 하찮은 것으로 알고 있었던 겁니다.

포숙이 자기에게 돌아온 상국자리를 관중에게 굳이 넘겨준 것도, 관중이 포숙의 모든 호의를 당연한 것처럼 염치없는 사람처럼 주는 대로 받기만 한 것도, 그의 후계자로 포숙을 쓰지 말라고 한 것도, 모두가 서로의 마음을 너무도 환히 들여보고 있었던 때문이었습니다.

관중과 포숙의 우정은 '관포지의'라 하여 길이 사람의 입에 오르내리는 것도 다 그 때문이 아니겠습니까? 오늘의 정치인과 애국자로 자처하는 사람들도 이 관중과 포숙을 조금은 배웠으면 하는 바람이 새삼 간절해지는군요."

聖人能以天下爲一家
성 인 능 이 천 하 위 일 가

"이번은 제5장이 되겠습니다. 여기서는 예와 법과 정치를 말하고 있는데, 앞부분과 뒷부분만을 설명하겠습니다.

먼저 예와 정치와 법의 관계를 설명하고 있습니다. 원문을 보시지요.

'이런 까닭에 예란 것은 임금에 있어서 천하와 나라를 다스리는 큰 자루와 같은 것이다(是故, 禮者, 君之大柄也).'
시고 예자 군지대병야

우리가 실권을 잡은 것을 가리켜 권세의 자루(權柄)를 잡았다고
권병
하는 것도 같은 뜻에서 생긴 말입니다.

그릇을 움직이고 쓰고 하는 것은 자루를 잡은 다음에 가능한 것입니다. 즉 임금이 예법을 제정하고 운용하는 실권을 쥐고 있지 않은 한, 나라를 자기 마음대로 이끌어갈 수는 없습니다.

법치국가에서는 법 제정의 실권이 없이는 나라를 다스릴 수 없고, 힘이 지배하는 사회에서는 군대를 지휘하는 실권을 가진 사람이 사회를 이끌게 되는 것과 같은 이치입니다.

예가 법의 뒤쪽으로 밀려나고 법이 힘에 의해 빛을 잃게 되면, 세상은 편안한 길을 걷지 못하게 됩니다. 도가 지배하는 사회에서 예가 지배하는 사회로, 그것이 다시 법이 지배하는 사회로 바뀌게 되고, 다시 힘이 지배하는 사회로 바뀌는 과정을 거친다고 보았던 것 같습니다.

공자는 〈논어〉에서 이렇게 말했습니다.

'천하에 도가 있으면 예악(禮樂)과 정벌(征伐)이 천자로부터 나오고, 천하에 도가 없으면 그것이 제후로부터 나온다. 제후로부터 나오게 되면 십세(十世)를 지탱하기가 어렵고, 그것이 대부로부터 나오게 되면 오세(五世)를 지탱하기 어려우며, 주인을 배반한 신하가 실권을 쥐게 되면 삼세(三世)를 지탱하기

어렵다. '

공자의 이 말은 그 당시의 상황을 그대로 잘 설명해 주고 있는 것입니다. 주나라와 노나라의 역사를 놓고 한 말이기도 했습니다. 모두가 잡고 있어야 할 큰 자루를 남에게 넘겨 주거나 빼앗겼기 때문에 일어나는 현상입니다.

그 다음에 나오는 별혐(別嫌)은 판단하기 어려운 의심스러운 일을 분명하게 가려내는 것을 말한 것이고, 명미(明微)는 아직 그 동기나 계기를 알 수 없는 미세한 것들을 환히 밝힐 수 있다는 것입니다.

말하자면 예를 제정할 실권을 쥐고 있는 임금이 그 예의 미묘한 작용을 알게 되면, 신하들이 상의하고 정하여 올리는 제도니 예법이니 절차니 하는 것이 과연 그 참뜻이 어디에 있으며, 그것이 장차 미치게 될 영향이 어떤 것인가를 살펴 이를 중지하거나 바로잡게 된다는 뜻입니다.

성왕이 노나라에 천자의 예로써 제사를 지내게 한 것은 자루를 잡고 있으면서 의심스러운 점을 분간하지 못하고, 그것이 미칠 미묘한 결과를 잘 몰랐기 때문입니다.

그와 마찬가지로 나랏일을 보는 대신이나 일반 백성들이 원하는 제도나 절차같은 것이, 그들의 사사로운 눈앞의 이해득실과 깊은 관계가 있기 쉽고 그것이 장차 전체에 미칠 영향이 적지 않은만큼, 숨은 동기와 당면한 이해득실이 어떤 것인가를 잘 살피고 알아서 처리해야만 큰 자루를 잡은 사람의 도리를 다할 수 있다는 뜻이 되겠습니다.

다음에 있는 빈귀신(儐鬼神)의 빈(儐)은 손님을 예로써 대접하는 것을 말합니다. 즉 천지신명에 대한 제사라든가, 조상에 대한 제사같은 것이 다 이치에 맞게 정중하고 엄숙하게 행해진다는 뜻입니다.

　노나라 세도재상이 천자의 예로써 조상의 제사를 지낸 것은 바른 도리로써 대접한 것이 될 수 없으며, 그런 것을 막지 못한 임금 또한 마찬가지입니다.

　〈논어〉 팔일편에 보면, 세도제상 계씨가 태산(泰山)에서 여제(旅祭)를 지내려 한 일이 있습니다. 여제는 임금이 지내는 것이지 대부가 지내는 것은 아니었습니다. 계씨는 그것을 특권의식에서 분수를 뛰어넘은 일을 하려 한 것입니다.

　공자는 계씨의 심복 가신으로 있는 염유(冉有)라는 제자를 보고 물었습니다.

　'네가 그것을 못하게 말릴 수 없느냐?'

　'저로서는 말릴 수가 없습니다.'

　'슬프다. 태산 신령이 임방(林放)만도 못할 리는 없지 않느냐?'

　공자의 제자 임방이,

　'예의 바탕이 무엇입니까?'

하고 물은 일이 있었으므로 한 말이었습니다.

　'임방도 예의 바탕이 무엇인지를 알려고 했는데, 태산 신령이 자기 분수를 저버린 계씨의 제사를 달가워 할 리는 없을 것이다. 복을 주는 대신 벌을 내릴지도 모르는 일이다.'

하는 뜻으로 한 말이었습니다.

　즉 예의 근본정신은 분수를 지키는 일임을 밝힌 것이라 볼 수 있습니다.

　다음의 고제도(考制度)는 제도를 고찰한다는 뜻입니다. 제도는 광범위한 뜻을 지닌 것으로 이미 정해진 것이나 시행하고 있는 의식이니 절차니 예법이니 하는 것을 비롯해, 음악이니 복식이니 도량형같은 모든 것을 살피고 바로잡는 것을 말한 것입니다.

　다시 말해 모든 제도와 문물을 예의 근본정신을 바탕으로 하여 없앨 것은 없애고, 바로잡을 것은 바로잡고 보충할 것은 보충한다는 뜻입니다.

별인의(別仁義)는 어느 것이 어질고 어질지 않은 것이며, 어느 것이 옳고 옳지 않은 것인지를 판단하여 어질고 옳은 것만 받아들이고 그렇지 못한 것은 버린다는 뜻입니다. 어쩌면 모든 것이 이 별인의란 말에 귀착되어 있는 것일지도 모릅니다. 예든 제도든 어질고 옳은 것이 그 바탕이 되어 있어야 할 것이기 때문입니다.

어질고 옳은 것을 바탕으로 한 예의 큰 자루를 잡고 있음으로 해서 나라의 정사를 바로 다스리게도 되고, 그로써 임금의 자리를 편안하게도 한다는 것입니다.

이렇게 결론을 내린 다음 다시 이를 뒤집어 설명하고 있습니다.

'그러므로 정사가 바르지 못하면 임금의 자리가 위태롭고(故政不正則君位危), 임금의 자리가 위태로우면 큰 신하는 임금을 등지고(君位危則大臣倍), 작은 신하는 도둑질을 하며(小臣竊), 형벌은 엄해지기만 하고 풍속은 퇴폐해지게 된다(刑肅而俗敝). 그러면 법령은 떳떳한 것이 없게 되며(則法無常), 법이 떳떳한 것이 없으면 예도 따라서 정해진 위계(位階)와 질서를 잃고 만다(法無常而禮無列). 예가 위계질서를 잃게 되면 말단관리(士)는 맡은 일을 하지 않게 된다(禮無列則士不事也). 형벌이 까다로워지고 풍속이 퇴폐해지면 백성들의 마음은 임금에게로 돌아오지 않게 된다(刑肅而俗敝則民弗歸也). 이를 일러 병든 나라라 한다(是謂疵國).'

나라의 기강이 흔들리고 백성들이 윗사람이 하는 일을 믿지 않게 되어, 마침내는 법이 탄압과 처벌을 위주로 치닫게 되고, 백성들이 반목과 반발로 법과 명령을 외면하기에 이르면, 그 나라는 점점 기울고 말 것이 뻔합니다.

그 기간이 길고 짧은 것과 그 속도의 빠르고 더딘 것이 다를 뿐, 그것이 병든 상황임에는 틀림이 없습니다.

병은 갑작스런 외침으로 생기는 경우도 있지만, 대개는 그 자신의 평소 생활이 부자연스럽거나 무절제한 데서 오는 경우가 많습니다. 병은 치료만 하면 그것으로 끝나지만, 무절제한 생활로 인해 생겨난 병은 고치기 어렵습니다. 나라도 이와 조금도 다를 것이 없습니다. 병든 나라란 바로 예를 지키지 않은 데서 온 뿌리에서부터의 병을 말한 것입니다.

다음 마디에서는,

'그러므로 정치라는 것은 임금이 그 속에 몸을 간직하는 것이 된다(故政者君之所以藏身也).'

하고 어려운 이야기들이 길게 이어지고 있는데, 이것은 생략하기로 하고 끝 부분을 보기로 합시다. 원문을 보시지요.

'그러므로 사람의 지혜를 쓰되 그 거짓됨을 버려야 하며, 사람의 용맹을 쓰되 분별없는 노여움을 버려야 하며, 사람의 어진 마음을 쓰되 지나친 욕심을 버려야 한다.'

지혜를 가진 사람과 속임수를 잘 쓰는 사람은 흔히 혼동하기가 쉽습니다. 그것은 동기와 목적에 따라 판별됩니다. 동기와 목적이 참되고 옳을 경우는 그것이 지혜가 되고, 그 반대의 경우 그 지혜는 속임수가 되고 마는 것입니다.

공자는 〈논어〉에서 이렇게 말했습니다.

'무리를 지어 하루 종일을 보내며, 그들의 하는 말이 올바른 것에는 미치지 못하고, 작은 지혜만을 쓰기 좋아하면 그보다 더 곤란한 것은 없다.'

이 작은 지혜(小慧)란 것이 바로 남을 속이려는 것을 가리킨 것입니다. 옳은 사람의 지혜는 참 지혜가 되고, 옳지 못한 사람의 지혜는 남을 속이는 것이 되고 맙니다. 그러므로 참과 거짓을 분간해 쓸 줄 모르면 나라는 위태로워질 수밖에 없는 것입니다.

　용기도 마찬가지입니다. 자공이 공자를 보고,

　'어진 사람도 남을 미워하는 일이 있습니까?'

하고 물었을 때 공자는,

　'미워하는 것이 있다.'

하고 네 가지를 들었는데, 그 가운데,

　'용맹을 좋아하며 예를 지키지 않는 사람을 미워한다.'

라는 것이 들어있습니다.

　그러자 자공은 공자의 말을 받아,

　'저도 미워하는 것이 있습니다.'

하고 세 가지를 들고 있는데, 그 가운데,

　'불손(不遜)한 것을 용기로 알고 있는 사람을 미워한다.'

는 것이 들어 있습니다.

　공자가 말한 예를 모르는 사람의 용기나, 자공이 말한 불손한 것을 용기로 알고 있는 것이나 모두 쉬운 말로 화를 잘 내고 건방진 태도이며 힘으로써 자기 뜻대로 밀고 나가려 하는 마음가짐과 태도를 두고 한 말입니다.

　옳은 일을 위해서는 목숨도 아끼지 않는 참된 지성인의 용기와, 군중심리에 이끌려 덮어놓고 거리로 뛰쳐나와 혼란을 조성하고 파괴를 일삼는 것에 젊음을 불사르려 하는 투쟁심리와는 엄연히 구별되어야 합니다.

　'사람은 용맹을 쓰되 그 노여움은 버린다(用人之勇, 去其怒).'

는 말은 바로 참다운 용맹과 그것을 닮은 거짓된 용맹을 구별하여 참된 용맹은 쓰고, 참되지 못한 용맹은 쓰지 말아야 한다는 것입니다.

　다음의 어짐(仁)이란 것도 같은 뜻으로 보아야 합니다. 다음에 있는 탐한다는 말은 자기 욕심을 부리는 것을 말한 것은 아닙니다. 요즘 흔히 말하는 무책임한 선심 행정같은 것을 들 수 있습니다.

덮어놓고 백성들의 환심을 사기 위해 분별없이 구호사업을 벌인다거나, 세금을 낮춘다거나 하는 것도 한 보기가 될 수 있습니다.

맹자는 만나는 임금마다 세금을 10분의 2에서 10분의 1로 낮추라고 권했습니다. 그 맹자를 보고 어떤 사람이,

'나는 세금을 20분의 1로 낮췄으면 합니다.'

라고 말하자, 맹자는,

'자네가 말한 그 20분의 1이란 미개한 나라에서만 가능한 것이다.'

하고 덮어놓고 세금을 낮추는 것이 어진 정치가 될 수 없다는 것을 설명하고 있습니다.

백성들이 낸 세금으로 사치와 낭비를 일삼는 것이 옳지 않다 하여 반으로 줄이라는 것이지, 나라의 일을 하고 관리들의 봉급을 주는데 필요한 만큼의 세금조차 걷지 말라는 것은 아니라는 것입니다.

자장이 공자에게 행정(行政)에 대해 물은 일이 있습니다. 공자는 다섯 가지 아름다운 것을 소중히 여기고(尊五美), 네 가지 나쁜 것을 물리치라(屛四惡)고 말하고, 자장이 다시,

'다섯 가지 아름다운 것이 무엇입니까?'

하고 묻자, 공자는 그 다섯 가지를 들고 있는데, 그 가운데 '욕이불탐(欲而不貪)'이란 말이 있습니다.

자장이 그것이 어떤 것인지를 다시 묻자, 공자는,

'어진 일을 하고자 하면 어진 것을 얻게 되는데, 그것을 탐낼 필요가 무엇 있겠는가(欲仁而得仁, 又焉貪)?'

라고 대답했습니다.

착한 일 좋은 일도 이치에 맞게 때에 따라 시행하지 않으면 안

됩니다. 하려고만 하면 착한 일은 얼마든지 할 수 있습니다. 평소에는 착한 일을 할 마음이 없어 하지 않고 있다가, 선거를 앞두고 갑자기 선심을 쓰는 그런 것을 경계한 것입니다.

착한 일은 때도 없고 철도 없이 늘 행해지고 있어야 합니다. 백성들이 그것을 느끼지 못할 정도로 행해져야만 그것이 정말 어진 정치일 수 있습니다.

그런 어진 정치를 평소에는 늘 하지 않다가, 어떤 목적을 위해 갑자기 효과를 내려고 얕은 꾀를 쓰는 것이 바로 탐하는 것입니다. 어질다는 것은 남을 위하는 마음에서 나오는 것을 뜻하고, 탐한다는 것은 자기를 위한 욕심에서 나온 거짓된 겉치레의 어짊을 말한 것입니다.

다음 원문을 보시지요.

'그러므로 성인이 능히 천하를 한 집안처럼 만들고, 중국을 한 사람처럼 만드는 것은(故聖人能以天下爲一家, 以中國爲一人者). 일부러 하려고 해서 그런 것은 아니다(非意之也).'

천하를 한 집안처럼 만든다는 것은 바로 대동 사회를 이룬다는 것과 같은 말입니다. 중국을 한 사람처럼 만든다는 것은 법과 명령이 필요하지 않을 정도로 된다는 뜻입니다.

공자는 이런 말을 했습니다.

'나도 송사를 듣고 옳고 그른 것을 판단하는 것은, 다른 사람과 아무것도 다를 것이 없다. 그러나 내가 정치를 한다면 송사 자체가 없도록 만들 것이다.'

〈논어〉에도 있고 〈대학〉에도 나오는 말입니다. 〈대학〉에는 공자의 말뜻을 풀이하여,

'마음이 참되지 못한 사람이 그 거짓된 말을 끝까지 주장하지 못하는 것은, 백성들로 하여금 양심의 꾸짖음을 크게 두려워하게 만들기 때문이다.'

라고 덧붙이고 있습니다.

온 중국이 한 사람이 된다는 것은 모든 사람이 위나 아래나 할 것 없이 한마음이 된다는 뜻입니다. 한마음이 된다는 것은 양심으로 돌아간다는 뜻입니다.

일부러 하려고 해서 그러는 것은 아니다(非意之也)라는 말은, 정치를 하는 사람이나 정치를 받드는 사람이 모두가 다같이 양심이 원하는 것을 그대로 따라서 하기 때문이란 뜻입니다.

그러나 그렇게 할 수 있고 그렇게 만들 수 있는 것은 성인뿐입니다. 그것을 뒤이어 설명하고 있습니다.

'반드시 그들의 마음(情)을 알아, 어느 것이 옳은 것인지를 깨우쳐 주고, 어느 것이 이로운 것인지를 밝혀 알게 해 주고, 어느 것이 환난인지를 환히 알도록 만든 다음에라야 그렇게 할 수 있는 것이다(必知其情, 辟於其義, 明於其利, 達於其患, 然後 能爲之).'

공자는 〈논어〉에서 이렇게 말했습니다.

'윗사람이 바르면 명령을 하지 않아도 바른 일을 하게 되고, 윗사람이 바르지 못하면 명령을 해도 따르지 않는다.'

공자가 송사 자체를 없애겠다고 한 것도 다 같은 뜻으로 한 말입니다.

공자가 노나라 법무장관으로 국무총리의 일을 맡아 석 달 동안 노나라를 다스렸을 때, 길에 떨어진 물건을 집어가는 사람이 없고, 시장에 가축을 팔러 가는 사람이 무게를 늘리고 부피를 크게 보이기 위해 물을 먹이는 일이 없었으며, 파는 사람과 사는 사람이 값을 깎는 일이 없었다고 하니, 공자가 그 같은 말을 까닭 없이 한 것은 아니었던 것을 알 수 있습니다.

다음에 사람의 마음과 옳은 것과 이로운 것과 환난에 대해 설명하고 있습니다.

'무엇을 일러 사람의 마음이라 하는가(何謂人情). 기뻐하고 노여워하고 슬퍼하고 두려워하고 사랑하고 미워하고 하고자 하는 일곱 가지는 배우지 않아도 절로 그렇게 되는 것이다(喜怒哀懼愛惡欲七者, 弗學而能).

무엇을 일러 사람의 옳은 것이라 하는가(何謂人義). 어버이는 사랑하고 자식은 효도하며, 형은 어질고 아우는 공경하며, 남편은 의롭고 아내는 순종하며, 어른은 은혜롭고 어린이는 따르며, 임금은 어질고 신하는 충성스러운 이 열 가지를 사람의 옳은 것이라 말한다(父慈子孝, 兄良弟敬, 夫義婦聽, 長惠幼順, 君仁臣忠, 十者謂之人義).

참된 믿음이 어떤 것인가를 밝히고 서로의 화목을 도모하는 것을 사람의 이로움이라 말하며(講信修睦, 謂之人利), 다투고 앗고 서로 죽이는 것을 사람의 환난이라 말한다(爭奪相殺, 謂之人患).

그러므로 성인은 사람의 일곱 가지 마음을 다스리고, 열 가지 옳은 일을 닦고, 믿음을 밝히고 화목을 닦으며, 사랑과 사양을 숭상하고 다투고 앗는 일이 없도록 한다. 그러니 그 바탕이 되는 예를 버리고 무엇으로 나라를 다스릴 수 있겠는가(故聖人之所以治人七情, 修十義, 講信修睦, 尚慈讓, 去爭奪, 舍禮, 何以治之).'
지금 풀이해 읽은 원문은 더 이상 설명이 필요하지 않을 것 같습니다.
그럼 다음 6장으로 넘어가지요."

飲食男女, 人之大欲

"제6장은 예의 바탕을 사람의 본능과, 본능에서 오는 감정에 두고 있다는 것을 말하고 있습니다.

'음식과 남녀에 사람의 큰 욕심이 있고, 사망과 빈고에 사람이 크게 싫어하는 것이 있다(飮食男女, 人之大欲存焉, 死亡貧苦, 人之大惡存焉).'

앞에서 사람의 일곱 가지 마음은 배우지 않고도 누구나가 다 똑같이 그것을 가지고 있으며, 똑같이 나타내고 있다고 말했습니다. 그것이 본능이란 거지요. 그것을 감정이라 보기도 하고, 혹은 성품이라 말하기도 했으며, 마음이란 말을 쓰기도 했습니다. 이성과 감정은 누구나가 다 같으며, 이 이성과 감정의 양면을 함께 지니고 있는 것이 마음입니다. 그래서 맹자도 성품이 착하다는 말을 하며 그것을 마음이란 말로 나타내고 있습니다.

그 착한 마음은 생각을 할 때만 나타나고, 생각을 하지 않으면 어디론가 가 버린다고 한 것이 공자의 말이었고, 맹자의 주장이었습니다. 이때의 마음은 양식이니 이성이니 하는 것을 가리킨 것입니다.

생각하지 않을 때는 어디론가 달아나고 만다는 것은, 감정이니 욕심이니 하는 본능이 마음을 점령하거나 지배하게 되는 것을 말한 것이라 볼 수 있습니다.

그 본능을 크게 둘로 나누면 좋아하는 것과 싫어하는 것 두 가지로 구분할 수 있습니다.

좋아하는 것 가운데 가장 큰 것이 먹고 마시고 하는 일과, 남자는 여자를 여자는 남자를 갖고 싶어 하는 것이라고 한 것은 더 설명이 필요 없는 말입니다. 먹고 마시는 것으로 우리의 생명이 유지되고, 남녀의 사랑으로 인해 종족이 유지되지 않습니까? 이것은 모든 동물과 식물을 통틀어 생명을 가진 것이면 다를 것이 없습니다.

그래서 맹자 당시에도 식욕(食)과 성욕(色)을 사람의 본성(性)이라고 주장한 고자(告子)란 사람이 있었습니다. 즉 본능이 타고난 성품이라고 본 것입니다. 본능은 다 같으므로 착할 것도 없고 악할 것도 없다는 것이 고자의 주장이었습니다. 본능이 필요하게 쓰이면 착한 것이 되고 그 한계를 벗어나면 악한 것이 되므로, 착하고 악한 것은 환경이 그렇게 만든 것일 뿐 성품의 차이 때문은 아니라는 것입니다.

맹자도 이를 부인하지는 않았습니다. 그러나 생각으로 그 환경의 지배를 이겨내는 것이 착한 것이요, 그것은 오직 사람만이 가능한 것이므로 사람의 성품이 착하다고 하는 것이라고 했습니다.

옳고 그른 것을 판단하는 능력, 결과적으로는 어느 쪽이 더 유익한 것이냐 하는 것을 판단하는 능력, 결과적으로 어느 쪽이 더 유익한 것이냐 하는 것을 깨닫는 힘, 이 모든 것을 바탕으로 예란 것이 생겨난 것이라 말하고 있는 것입니다.

사람이 사망과 빈곤을 가장 싫어하는 것은 가장 좋아하는 것과 대립되기 때문입니다. 먹고 마시지 않으면 죽게 되고 가난하면 제대로 먹고 마실 수도 없고 시집 장가도 갈 수가 없으며, 설사 먹고 마시고 시집 장가를 간다 해도 마음 놓고 먹고 마실 수도 없는 일이며, 부부가 함께 즐겁게 지낼 수도 없기 때문에 싫어하는 것 아니겠습니까?

크게 좋아하는 것과 크게 싫어하는 것은 안과 밖을 이루는 하나라고 볼 수 있습니다. 그러므로 다음에 이렇게 이어지고 있습니다.

'그러므로 좋아하고 싫어하는 것은 마음의 큰 실마리다(故欲惡^{고 욕 악}者, 心之大端也^{자 심 지 대 단 야}). 사람이 그 좋아하고 싫어하는 마음을 감춰두고 있으므로 그것을 미루어 짐작하거나 정확히 헤아려 알 수는 없다(人藏其心^{인 장 기 심}, 不可測度也^{불 가 칙 도 야}). 아름다운 것도 추악한 것도 다그 마음속에 있을 뿐, 그것이 얼굴에 나타나 있지는 않다(美惡^{미 악}, 皆在其心^{개 재 기 심}, 不見其色也^{불 견 기 색 야}). 그러므로 이런 것들을 누구나가 다 한

결같이 좋은 것을 누릴 수 있고 싫은 것을 멀리 할 수 있게 하여
완전무결한 상태에 이르도록 하려면, 예가 아니면 무엇으로 그렇
게 할 수 있겠는가(欲一以窮之, 舍禮何以哉).'

하나로 하려 한다(欲一)는 것은 다 똑같이 하나인 것처럼 되고,
언제나 한결같게 된다는 뜻입니다. 궁(窮)은 다한다는 뜻으로 완
전무결하게 만드는 것을 말합니다. 사(舍)는 사(捨)의 뜻으로 버려
둔다는 말입니다.

예의 참뜻이 어디에 있으며, 예의 참모습이 어떤 것인지는 이 말
로써 헤아릴 수 있는 일입니다. 소강시대에는 소강시대의 예가 있
고, 대동사회에는 대동사회의 예가 있음을 알 수 있습니다.

악법(惡法)도 법이라는 말이 있듯이 악례(惡禮)도 예일 수 있습
니다. 그러므로 그 당시 행해지고 있는 예를 보면 그 시대와 사회
상을 알 수 있는 것입니다. 그 시대와 사회를 바로 이끌고 바로잡
는 것은 우선은 법과 명령이 될 수 있지만, 궁극적으로는 예라는
말 속에 포함되어 있는 제도와 풍습이 될 수밖에 없는 것입니다.

하나처럼 한결같이 완전무결하게 하려면 예가 아니고는 불가능
하다는 말입니다.

앞에서 자주 말하곤 했지만, 〈논어〉에서 공자가,

'이끌기를 정(政)으로 하고 이를 바로잡기를 형벌로써 하면 백
성들이 죄를 짓지 않을 수는 있지만, 죄를 저지르는 것을 마음으
로 부끄러워하는 일은 없다.

그러나 덕(德)으로 이끌고 예로써 바로잡으면, 죄를 짓는 것을
마음으로 부끄러워 할 뿐만 아니라, 완전한 착한 사람이 되게 된
다(有恥且格).'

라고 한 말은, 지금 말한 이 부분을 요약한 것이라 볼 수 있습니
다. '유치차격'이란 말은 욕일이궁지(欲一以窮之)의 상태에 이른
것을 말합니다. 옳지 못한 것을 부끄러워 하는 마음을 누구나가

다 가지는 것이 '유치(有恥)'이며, 그 양심과 행동이 일치하는 인격자가 되는 것이 '차격(且格)'인 것입니다. 마음으로 부끄러워만 하고 행동이 따르지 않으면 그것은 완전한 것이 될 수 없습니다. 생각과 행동이 일치해야만 비로소 인격자가 되는 것입니다.

　　손문이 삼민주의에 민생문제를 다루면서,

　　'능력에 의해 생산하고, 필요에 의해 소비하는 그런 사회가 되려면, 그 사회의 구성원 모두가 철학자가 되어야 한다.'

고 말했다는 것이 바로 공자가 말한 '유치차격'입니다. 덕으로 이끌고 예로써 바로잡아서 이뤄진 상태가 '유치차격'의 상태입니다. 소강시대에서 대동사회로 들어가는 과정을 말한 것이라 볼 수 있습니다."

제10편(第十篇) 예기(禮器)

책 기 야 중 이 주　　기 대 인 야 경 이 약
責己也重以周, 其待人也輕以約.

"스스로를 책하는 데는 엄격하고 빈틈없었으나 남에게는 관대
하고 간략했다."

예　석 회 증 미 질
禮. 釋回增美質

"다음은 제10편인 예기편(禮器篇)에서부터 시작되겠습니다.

그럼 원문을 보시지요. 예기편은 전부 8장인데, 그 가운데 1
장과 3장만을 실어 두었습니다.

'예는 그릇이다. 이런 까닭에 크게 갖추어야 한다. 예를 크게 갖
추는 것은 덕(德)을 두루 갖추는 것이 된다,'

예기(禮器)라면, 예에 쓰이는 그릇으로 알기 쉽습니다. 물론 그
런 뜻으로 쓰이는 것이 보통입니다. 그러나 여기서는 그런 그릇이
아니고 그릇과 같은 구실이라는 추상적인 뜻으로 쓰이고 있습니
다.

앞에 나온 예운편의 내용이 예의 본질을 말한 것이라면, 이 예

기편의 내용은 예의 기능을 말한 것이라 할 수 있습니다. 그래서 옛날 주석에는,

'예운은 예의 도(度)를 말하고 예기에서는 예의 용(用)을 말하고 있다.'

라고 했습니다.

예가 활용면에서 그릇과 같다고 한 것은 적절한 표현 같습니다. 우리가 윤택하고 편리한 생활을 하려면 생활에 필요한 크고 작은 그릇들을 두루 갖춰야 하지 않습니까?

그와 마찬가지로 복잡한 사회생활을 원만하게 하기 위해서는, 그에 필요한 갖가지 제도와 절차와 준칙과 형식이 구체적으로 갖춰져 있지 않으면 안 될 것입니다. 그래서 크게 갖추는 것(大備)은, 덕을 두루 갖추는 것(盛德)이 된다고 말한 것입니다.

생활이 바뀌면 그릇도 바뀌어야 합니다. 빨래방망이 대신 세탁기를 쓰고 있고, 달을 타고 수레를 몰던 것이 지금은 자동차를 몰고 비행기를 조종하고 있지 않습니까?

그와 마찬가지로 시대가 변하는 데 따라 생활방식도 바뀌어질 수밖에 없습니다. 과거에 10년 동안 변하던 것이 오늘날에는 1년이 멀다 하고 바뀌어가고 있습니다. 그 변화에 따라 생겨나는 갖가지 방식이 다 예에 속한 것이라고 보아야 할 것입니다.

공자는 〈논어〉에서 예에 대한 이야기를 자주 하고 있는데, 특히 예의 중요성을 말한 것으로,

'예를 알지 못하면 서 있을 방법이 없다(不知禮, 無以立也).'

라든가,

'예가 선다(立於禮).'

하는 것을 들 수 있습니다.

아들 백어(伯魚)가 다른 스승 밑에서 배우고 있을 때 우연히 공자가 서 있는 앞을 지나갈 때,

　　'너는 시(詩)를 배웠느냐?'

하고 묻고, 배우지 않았다고 대답하자.

　　'시를 배우지 않으면 말을 올바로 할 줄 모른다.'

라고 했고, 또 다른 때는,

　　'너는 예를 배웠느냐?'

하고 물은 다음, 역시 배우지 않았다고 하자,

　　'예를 배우지 않으면 서지를 못한다.'

고 하며 예를 배우게 했다는 것이 〈논어〉에 나옵니다.

　이 선다는 것은 사회생활을 남들처럼 떳떳하게 해나가는 것을 말합니다. 자기 생각에 따라 자기 몸을 마음대로 움직일 수 있는 것이 서는 것 아니겠습니까? 세상을 떳떳하게 살아가려면 그에 필요한 지식과 방법을 알아야 되기에 한 말입니다. 그것이 바로 예가 그릇과 같은 구실을 하는 것입니다.

　밥을 그릇에 담아 숟가락으로 떠서 먹는 것부터가 예가 아니겠습니까? 앞을 가리는 것부터가 예가 아니겠습니까? 숟가락질도 할 줄 모르고 옷을 입을 줄도 모른다면 어떻게 사람 행세를 할 수 있겠습니까? 선다는 것은 곧 사람 행세를 바로 할 수 있다는 뜻입니다.

　나는 요즘 새로 나온 물건들을 쓸 줄 몰라 아이들에게 배우곤 합니다. 내가 아마 지금 외국으로 여행을 떠난다면 이미 달라져 있을 그 곳 생활이나 풍습을 배우고 떠나야 하겠지요? 예를 배운다는 것도 바로 그런 것일 겁니다.

　그러므로 우리는 이미 쓰이지 않는 옛날 예를 배울 필요는 없습니다. 왜냐 하면 여기 말한 대로 예가 그릇이기 때문입니다. 새로 나온 그릇의 사용법을 알 필요는 있어도, 이미 쓰이지 않는 그릇에 대해 그 쓰는 법을 배울 필요는 없는 겁니다.

　우리는 그 이치를 이 예기편에서 보게 됩니다. 그 다음을 보시지요.

'예는 풀어 돌아오게 하고(禮^예釋^석回^회), 아름다운 바탕을 더하는 것이다(增^증美^미質^질).'

이는 곧 예의 기능을 말한 것입니다. 석회(釋回)는 두 가지로 풀이할 수 있습니다. 지금 읽은 대로 옳지 못한 방향으로 치달으려 하는 사람의 마음을 예로써 풀리게 하여 바른 방향으로 돌아오게 한다고 새길 수도 있고, 옳지 못한 방향으로 돌아가려 하는 마음을 예로써 녹여 없앤다고 새길 수도 있습니다. 옛날 주석은 예로써 돌아오게 하는 것이 아니고, 돌아가려는 좋지 못한 마음을 풀리게 하는 것으로 되어 있습니다.

어쨌거나 옳지 못한 마음을 녹여 없애고, 그로 인해 타고난 본래의 아름다운 바탕을 더욱 아름답게 하는 것이 예의 기능이란 것입니다.

그 다음을 보시지요.

'예를 몸에 지니고 있으면 마음이 바르게 되고(措^조則^칙正^정). 예를 밖으로 베풀게 되면 하는 일이 제대로 행해지게 된다(施^시則^칙行^행). 예란 것은 사람에게 있어서 큰 대나무(竹^죽)와 작은 대나무(箭^전)에 푸른 껍질(筠^균)이 있는 것과 같고, 소나무와 잣나무에 단단한 속마음(心^심)이 있는 것과 같다.

이 겉에 있는 푸른 껍질과 안에 있는 곧은 속마음, 두 가지는 우리가 세상을 살아가는 데 있어서 큰 실마리가 되는 것이다(二^이者^자, 居^거天^천下^하之^지大^대端^단矣^의). 대나무와 소나무, 잣나무는 그것이 있음으로 해서 사철을 통해 가지와 잎의 푸르름이 바뀌는 일이 없다(故^고, 貫^관四^사時^시而^이不^불改^개柯^가易^역葉^엽).

그러므로 군자도 예가 있음으로 해서 밖에 있는 먼 사람과도 화평하게 지내게 되고, 안에 있는 가까운 사람도 원망하는 일이 없게 된다(故^고, 君^군子^자有^유禮^예, 則^칙外^외之^지諧^해而^이內^내無^무怨^원).

그러므로 만물도 그 어짊을 생각지 않는 것이 없고(故, 物無^{고   물무}
不懷仁),^{불 회 인}

귀신도 그의 덕을 받아들이게 된다(鬼神饗德).'^{귀 신 향 덕}

이 글에서 우리는 예의 안과 밖이 있음을 알 수 있습니다. 드러나 보이는 예의 형식을 푸른 대나무 껍질에 비유하고, 그 바탕이 되는 예의 정신을 소나무와 잣나무의 단단한 속대궁에 비유한 것이 기발한 착상인 동시에 적절한 표현인 것 같습니다. 갖가지 다른 예의 겉모습에도 살아 있는 생명력이 넘치고 있어야만 그것이 예다운 예일 수 있고, 예다운 예가 되기 위해서는 예의 참다운 정신이 서 있어야 한다는 것입니다. 덮어놓고 모방을 하거나 흉내를 내는 것은 예일 수가 없으며, 뜻도 모르고 철학도 없는 그런 형식만의 겉치레는 때와 장소에 따라 빛이 바래고 말라 죽고 만다는 뜻입니다.

해방 후 벼락출세한 고관들이 미국 사람들의 풍속을 따르고 그들의 환심을 사기 위해 곧잘 동부인을 하고 모임에 참석하곤 했는데, 우리의 전통으로 외간남자와 가정부인이 손을 잡는다는 것은 있을 수도 없는 일이었으므로 기생들을 부인으로 위장시켜 데리고 간 일까지도 있습니다.

왜 떳떳이 우리의 전통과 예법을 지키며 부인을 데려가지 않고 혼자 가지 못했는지 모를 일입니다. 남자에게는 여자가 꽃다발을 주고, 여자에게는 남자가 꽃다발을 주는 것도 우리의 전통과는 반대되는 현상입니다. 우리가 지금 예라고 행하고 있는 결혼식, 장례식에도 여기 말한 푸른 대나무 껍질과 소나무의 속대 같은 것이 전혀 엿보이지 않는 것은 안타까운 일입니다. 지도층에 있는 사람들이 주체성 없이 남의 것을 흉내 내는 것을 자랑으로 알고 있는 것부터가 문제입니다.

예란 것은 하루아침에 되는 것이 아닙니다. 실정에 맞게 이치에 맞게 만들어지지 않으면 안 됩니다.

여기 말한 대로 예는 아무런 가찰도 거부감도 느껴지지 않는 것이어야 합니다. 오래오래 고치지 않아도 될 것이어야 하고, 모든 사람이 쉽게 호응할 수 있고, 그것을 따르는 데에 부담이나 불평 같은 것을 느끼지 않아야만 합니다.

법을 만들 때도 이 예의 정신에 따라야 할 것이며 모든 정치도 그래야만 합니다. 그것은 곧 우리의 전통을 바탕으로 한 주체성과 깊은 연관이 있는 일이기도 합니다. 외국 사람에게 보이기 위해 철도 연변의 초가지붕을 기와나 함석으로 바꾼다든가, 큰길가의 집들을 억지로 새로 짓게 하여 빚만 지게 만드는 그런 정치는 예의 근본정신을 모르는 데서 나온 것이라 볼 수 있습니다. 겉만 있고 속이 없어서도 안 되며, 속만 있고 겉이 없어서도 안 됩니다. 푸른 껍질과 함께 곧은 속대를 가지고 있어야만 예니, 법이니, 정치니 하는 것이 오랜 생명력을 갖게 되는 것입니다. 미신 같은 생각일지는 모르지만, 그래야만 동물의 재해도 없게 되고 하느님과 귀신의 보살핌으로 자연의 재해도 없게 됩니다. 끝부분은 바로 그것을 말한 것입니다.

지금 한 이야기를 요약해서 다음에 다시 이렇게 설명하고 있습니다.

'옛날 임금들이 예를 만드는 데에 있어서 그 바탕이 있고 꾸밈이 있었으니(先王之立禮也, 有本有文), 참과 믿음은 예의 바탕으로(忠信, 禮之本也), 바탕이 없으면 예가 이뤄질 수 없고(無本不立), 꾸밈이 없으면 예가 행해질 수 없다(無文不行).'

바탕은 보이지 않는 정신을 말하고 꾸밈은 밖에 드러나 있는 형식을 말합니다.

그 정신은 참과 믿음에서 나오는 것이 아니면 안 됩니다. 참은 인간공통의 양심과 우주자연의 본질과도 같은 것이며, 믿음은 나라와 백성을 복되게 하려는 결의와 확신 같은 것을 가리킨 것입니다. 자연의 이치에 벗어난다든가, 만드는 사람의 자기본위의 사사로운 욕심 같은 것이 끼어 있어서는 예다운 예가 성립될 수 없는 것입니다.

예의 꾸밈이란 곧 형식을 말하는 것인데 이왕이면 그것이 보기에도 좋고 행하기도 쉬우며, 예의 바탕을 해치는 일이 없이 그로 인해 마음의 즐거움을 얻게 되는 것을 말합니다. 보기 좋은 떡이 먹기도 좋다는 속담이 있읍니다. 그것은 같은 재료를 가지고 같은 떡을 만들었어도 그 모양이 먹음직스러우면 절로 구미가 당긴다는 데에서 나온 말입니다. 재료는 좋지 못한 것을 쓰고 사람이 먹으면 몸에 해로운 색소를 넣어 만든 보기 좋은 떡이 팔리고 있는 오늘날에는 맞지 않는 말입니다.

겉보기는 화려하여 보는 사람의 구경거리는 될 수 있어도, 그것이 낭비와 사치를 조장하는 것이 되어서는 안 됩니다. 예의 바탕을 무시한 채 겉보기의 꾸밈만을 위주로 한 것이면, 그것은 세상을 해롭게 할 뿐입니다.

요즘 결혼식이 엄숙한 맛은 찾아볼 수 없고, 좋지 못한 서양식의 낭비풍조만이 더해 가고 있다고 걱정하는 분들이 많은 것도 다 같은 관점에서가 아니겠습니까? 상여를 온통 꽃으로 뒤덮은 돈있는 사람들의 장례식을 가끔 보는데, 그것이 과연 잘하는 일인지 한 번쯤 생각해 보았으면 합니다.

그 광경을 보고 어느 가난한 할머니가,

'저런 사람은 얼마나 복이 많으면 저런 꽃상여를 타고 저승으로 가는 것일까? 틀림없이 극락으로 가게 되겠지.'

하고 부러워하는 소리를 들었을 때, 저 상주들도 할머니와 같은 생각에서 그랬을까 하는 생각을 해 보았습니다. 돈으로 극락을 갈수 있다고 생각했다면 잘못된 생각이겠지요.

나는 종교의식에서도 가끔 그런 것을 느끼곤 합니다. 모두가 본래의 참뜻을 잊은 채, 어리석은 사람들의 관심을 끌려는 데만 정신이 팔려 있지 않나 하는 서글픔 같은 것을 지워 버릴 수가 없습니다.

공자는 〈논어〉에서 이런 말을 하고 있습니다.

'예가 사치로 흐르는 것보다는 검소한 쪽으로 가는 것이 좋고, 장례식이 겉치레에 치우치는 것보다는 겉치레 없는 슬픈 것이 좋다.

바탕만이 있고 꾸밈이 없으면 야만스러워 보이고, 꾸밈만 있고 바탕이 없으면 속이 빈 것처럼 보인다. 바탕과 꾸밈이 조화를 잘 이루어야 비로소 교양 있는 사람이라 말할 수 있다.

낭비는 교만한 마음에서 나오고 아끼는 것은 고루한 생각에서 온다. 교만한 것보다야 고루한 것이 훨씬 낫다.'

공자의 이런 말들이 모두 예의 정신과 형식의 조화가 무엇보다 중요하다는 것을 가리킨 것이며, 이왕 조화를 이루지 못할 바엔 바탕에 보다 큰 비중을 두어야 한다는 것을 밝힌 것입니다.

다음에 긴 말이 나옵니다만 너무 철학적이고 우리와는 거리가 먼 것들이므로, 이 정도로 해 두고 제3장으로 넘어갈까 합니다.

제2장은 계급에 따라 차별을 두고 있는 제도와 형식을 구체적으로 들고 그것을 이론적으로 설명한 내용들입니다. 역시 우리와는 거리가 먼 이야기들입니다."

예 불 가 불 성 야
禮不可不省也

"3장은 앞의 긴 설명을 요약한 공자의 말을 담고 있습니다. 신분에 따라 예에 차등을 두고 있는 것은 지나치는 일도 없고 모자라는 일도 없이 각각 그 정도에 맞기끔 하기 위한 것이므로, 그 근본정신을 바탕으로 늘 살피고 돌이켜 보아 분수와 정도에 맞게끔 하라는 내용입니다. 원문을 보시지요.

'공자는 말씀하셨다. 예는 살펴보지 않을 수 없다. 예는 같지 않다고 한 말은 분수에 벗어나게 풍성해도 안 되며, 너무 줄여서도 안 된다는 것을 두고 한 말이다. 정도에 맞게 하라는 말이다.'

이 말은 예의 근본정신이 어떤 것이며 지금 행하고 있는 것들이 과연 그 정신을 바탕으로 하고 있는지를 살펴보라는 것입니다. 그 기준은 항상 신분과 생활정도에 맞게 해야 한다는 것입니다.

그 정도란 것을 어디에 맞추느냐 하는 것은 쉬울 것 같으면서도 무척 어려운 일입니다. 교육정도에 따라서도 다를 수 있고, 생활정도에 따라서도 다를 수 있으며, 각자가 걸어온 역사와 보고 듣고 생각한 결과에 따라서도 다를 수 있습니다. 민주주의니 자유주의니, 산업사회니 개방사회니 하는 시간과 공간 속에 처해 있는 우리로서는 정말 생각하고 살피지 않으면 안 될 일이 너무도 많은 것입니다. 각양각색의 요구와 견해들을 종합검토하여 법을 만들고 정책에 반영하려는 노력이 따르지 않으면 안 될 것입니다. 요즘 흔히 말하는 여론정치란 것이 바로 공자가 여기서 말한 그런 정신을 바탕으로 한 것이라고 볼 수도 있을 것 같습니다.

다음 원문을 보시지요.

'예를 지나치게 많이 지키는 것을 귀하게 여기는 것은 바깥 물건에 마음을 두기 때문이다. 하늘과 땅의 생육하는 덕이 발양(發揚)하여 만물에 미치는 것은 자연의 큰 이치로써, 그로 인해 수없이 많은 물건들이 이 세상에 있게 된 것이다. 그러니 많은 것을 두루 갖추는 것을 귀하게 여기지 않을 수 있겠는가? 그러므로 군자는 천지의 이치가 만물에 발양되어 있는 것을 즐겨 하는 것이다.'

원문을 글자풀이 대신 뜻으로 풀이한 것입니다. 한 마디로 제사나 잔치나 손님대접같은 것에 있는 물자를 골고루 풍성하게 쓰는 것은, 사람이나 신명을 위해서만이 아니고 보람되게 쓰이기 위해 생겨나고 만들어진 물건들도 본라의 목적대로 보람되게 쓰여진 데서 즐거움을 얻게 된다는 뜻입니다.

부자는 그 정도에 따라 풍성하게 물자를 고루 쓰는 것이 나쁠 것이 없는 일이며, 나라는 나라대로 고을은 고을대로 개인은 개인대로 거기에 걸맞게 예를 갖추는 것이 옳다는 뜻입니다.

계급과 신분만을 기준으로 하그 있던 옛날에는 아무리 부자라 해도 신분이 낮은 사람은 제사 음식이나, 잔치 음식을 지나치게 골고루 갖출 수가 없었습니다. 그것이 외람되다 하여 지탄의 대상이 되기도 하고 없는 죄를 덮어씌우는 핑계가 되기도 했습니다.

조선조 말기에 이런 이야기가 있습니다. 풍양조씨의 세도가 안동김씨에게로 넘어갔을 때의 이야기입니다.

세도를 잃고 몰락해 가고 있던 조씨 쪽에, 한때 세도로는 나는 새도 떨군다고 하다가 소경이 된 사람이 있었습니다.

그의 증손자 한 사람이 김씨 쪽에 여러 차례 벼슬을 청탁했으나 번번이 거절을 당하곤 했습니다. 그래서 그는 그 울분을 그에게 털어놓았습니다.

'오냐 알았다.'

라고만 대답한 그는 어느날 세도지상인 김씨의 생일잔치에 초대되어 가자, 모시고 따라간 젊은이에게 상에 놓인 음식을 손으로 하나하나 더듬으며 무엇이냐고 물었습니다. 앞을 못 보는 핑계로 한 번 더듬어 물어본 것을 또 묻고 또 묻고 한 거지요. 접시가 스물이 놓여 있었다면 서른도 되고 마흔도 될 수 있는 일입니다.

그리고 난 그는 수저를 들어 음식을 먹는 것이 아니라.

'허어, 과연 듣던 바 그대로군. 이건 상감의 수랏상보다 더하지

않은가? 내 증손자 아무개란 놈이 정신 나간 놈이지. 이런 세
도재상에게 청탁을 하고 다니다니 ! '
하며 일어나 돌아가고 말았다는 것입니다.

남산골 생원님은 군수를 시키지는 못해도 떨어뜨리게는 한다는
속담이 있었습니다. 거짓말로 중상모략을 할 수 있기에 생긴 말입
니다.

지금은 비록 세도를 잃고 말았지만, 그는 야당 혹은 재야세력의
거물로서 없는 사실을 과장해서 퍼뜨리고 다닐 현실적인 가능성을
가지고 있었으므로 집권세력으로서는 다루기 어려운 존재였습니
다.

그래서 세도재상 김씨는 그의 증손자에게 청탁한 감투를 씌워
줌으로써, 그의 입을 틀어막을 수 있었다는 이야기입니다.

재상이라도 손님대접에 너무 큰 상을 차려내면 그것이 불경죄에
해당하게 된다는 당시의 예절에 대한 일면을 엿보게 하는 이야기
입니다.

공자의 이 말은 제2장에서 천자와 제후와 대부가 각각 그 신분
에 따라 상차림에 쓰이는 접시의 수에 차가 있는 것을 두고 한 말
이기도 합니다.

다음 원문을 보시지요.

'예가 적은 것을 가지고 귀하게 여기는 것은 그 안에 들어 있는
마음 때문이다. 하늘과 땅이 만물을 낳는 이치도 너무도 정미
(精微)하여 천하의 모든 물건을 두루 보아도 만물을 생겨나게
하는 그 덕에 맞지 않는 것이 없다. 그러니 적은 것으로써 귀하
게 여기지 않을 수 있겠는가? 이런 까닭에 군자는 남이 보지
않는 혼자 있을 때를 삼가는 것이다. '

석가도 그런 말을 했고, 예수도 그런 말을 했습니다. 부자가 바
친 만 개의 등보다 가난한 사람의 등 하나가 더 소중하다든가, 부

자가 바치는 만 냥보다 가난한 사람의 한 냥이 더 소중하다고 말
입니다. 그러므로 그 속에 담겨 있는 마음의 정성이 겉에 드러나
보이는 물건보다 값지고 참되다는 뜻이 아니겠습니까?

석가에 대한 이야기에 이런 것이 있습니다.

제자들을 데리고 시주를 받으러 다니다가 어느 가난한 집 사립
문에 이르렀습니다. 그 집에는 늙은 할머니가 혼자 살고 있었습니
다. 원래는 동냥을 동령(動鈴)이라고 하는데, 방울을 흔든다는 뜻
입니다. 내가 일본에서 공부하고 있을 때 자주 보았는데 일본에선
스님이 방울을 흔들며 지나가면, 방울 소리를 들은 아낙들이 쌀이
나 돈을 가지고 나와 대문 밖에 지키고 섰다가 공손히 주곤 합니
다.

아마 이때 석가도 방울을 흔들며 지나갔던 모양이지요. 그러자
안에서 허리 굽은 할머니가 바가지에 쌀뜨물을 담아 들고 나와

'저는 집이 가난해서 아무것도 드릴 것이 없습니다. 이것은 제
가 끼니를 때우려고 얻어온 것이었습니다.'

하고 뜨물이 담긴 바가지를 내미는 것이었습니다.

따라온 제자들은 이맛살을 찌푸리며 바라보고 있는데, 석가는
반가운 듯이 얼른 그것을 받아 쭈욱 들이켰습니다.

그 할머니는 감격해 마지 않았고, 제자들은 놀란 눈으로 석가를
지켜보며 물었습니다.

'어떻게 그런 뜨물을 마시옵니까?'

그러자 석가는 이렇게 대답했습니다.

'나는 뜨물을 마신 것이 아니라, 할머니의 고마운 정성을 마셨
느니라.'

공자가 여기서,

'예가 적은 것임에도 귀하게 여기는 것은 그 안에 담긴 마음 때
문이다.'

라고 한 말이 바로 석가가 한 이 말과 같은 것이라 볼 수 있읍니다.

석가나 예수나 공자나 성인으로서 기본적인 생각이 다를 수야 없지 않겠습니까? 전통이니 관습이니 하는 틀 속에서 어떻게 살아가느냐 하는 태도와 방법이 다를 수는 있겠지만…….

자주 보기로 들곤 합니다만 공자도 제자들로부터 의심을 받은 적이 자주 있었습니다.

〈논어〉에 나오는 경우만도 가지가지입니다.

위(衛)나라 영공(靈公)의 부인 남자(南子)가 공자를 만나고 싶어한 일이 있었습니다. 공자는 제자들의 반대를 아랑곳하지 않고 만나 주었습니다.

제자들이 반대하는 이유는 남자라는 여자가 세상이 다 아는 음탕한 여자였기 때문입니다. 그녀는 절세미녀로, 친정인 송나라에 있을 때부터 배다른 오빠와 정을 통하고 있었고, 위나라로 시집을 온 뒤에도 그 오빠를 불러와서 함께 지낸 일이 있었기 때문입니다.

또 그 남자는 영공보다 더 뛰어난 머리를 가지고 있어서 정치에 관여하고 있기도 했읍니다. 그것도 제자들로서는 못마땅한 것이었겠지요.

그러나 공자는 그녀가 청하는 대로 만나 준 것입니다. 그런데 공자가 남자를 만나고 나오자, 감정을 숨기지 못하는 자로가 성난 표정을 짓고 있었습니다.

그 자로를 보고 공자는 이렇게 말했읍니다.

'내가 만나서 안 될 사람을 만났다면 너보다 하늘이 더 싫어할 것이다.'

공자같은 성인을 한번 만나 보았으면 하는 그녀의 간절한 정성을 받아들였을 뿐, 그녀가 지난날 무슨 짓을 했든 그것은 상관하지 않았던 것입니다. 그것은 성인의 마음이 하늘처럼 넓기 때문입니다. 공자가 하늘을 두고 맹세한 것도 그 때문입니다.

공자는 또 천민들만이 사는 호향(互鄉)이란 마을 앞을 지나다가 그곳에 사는 아이가 달려나와 공자를 만나보고 싶어했을 때, 제자들이 이를 가로막고 쫓아보내려 하자 공자는 그 아이를 오게 하여 만나주었습니다. 〈논어〉에,

'호향은 함께 말도 하기 어렵다.'

라고 표현한 것으로 보아, 호향 사람들은 인도의 불가촉(不可觸) 천민들처럼 격리된 구역 안에 살고 있던 사람들이었던 것 같습니다.

그런 아이가 만나보고 싶어한다고 만나 주었으므로 제자들은 당황했던 것 같습니다.

공자는 그런 제자들에게 이렇게 말했습니다.

'찾아온 마음을 받아들일 뿐, 그가 과거에 어떤 일을 했고 앞으로 어떤 일을 할 것이란 것까지 염두에 둘 필요는 없지 않으냐? 찾아온 사람의 마음이 깨끗하면 그것을 받아들일 뿐이다. 무얼 그렇게 까다롭게 군단 말이냐?'

〈성경〉에도 보면 아이들과 제자와 예수와의 사이의 비슷한 이야기가 나옵니다.

뜨물을 받아 마신 석가의 마음이나, 음탕한 여자와 천민계급의 아이를 만나 준 공자의 마음이나, 다 전통적인 의식을 가지고는 이해할 수 없는 것이었던 겁니다.

그런데 공자가 유비(孺悲)라는 제자가 모처럼 찾아와 뵙고자 했을 때는 병이 심해 만날 수 없다고 거절한 다음, 심부름하는 아이가 방문을 나가자 거문고를 타고 노래를 불러 바깥까지 들리게끔 했다는 것이 〈논어〉에 나옵니다.

그 이유는 실려 있지 않습니다. 아마도 찾아온 유비가 몸뚱이만

왔을 뿐, 마음은 다른 곳에 있던 때문이었을 것으로 짐작됩니다. 그것을 스스로 깨닫게 하려고 그런 방법을 썼던 겁니다.

예가 적은 것도 귀하게 여긴다는 이 말이, 많은 것을 귀하게 여긴다는 것보다 훨씬 더 소중한 것임에 틀림없습니다.

진수성찬으로 정성을 나타내는 것은 보통사람이 보통사람을 상대로 즐기는 것이 되고, 없으면 없는 그대로 마음과 정성으로 사람과 귀신을 대하는 것은 어진 사람이 자연을 즐기는 것이 됩니다.

군자가 남이 보지 않는 혼자 있을 때를 삼간다는 것은 언제나 깨끗하고 착한 마음으로 하늘과 사람을 섬긴다는 뜻입니다.

〈논어〉에 보면 공자가 병이 위독하자 자로가 신명께 빌자고 청했습니다. 그러자 공자는,

'병이 위독하면 빈다고 한 말이 어디에 있느냐?'

하고 물었습니다. 그러자 자로는 옛날 글에 그렇게 나와 있다고 했습니다.

'나는 이미 빈 지 오래다.'

라고 공자는 대답했습니다.

그것이 무슨 뜻이었겠습니까? 여기 말한 혼자 있을 때를 삼가는 것이 곧 신명에게 기도를 드리고 제사를 올리고 하는 것과 같다는 뜻입니다. 헌금을 하고 불공을 드리고 하는 그런 물질적인 기도보다는, 깨끗하고 착한 마음으로 세상을 사는 것이 더 참된 기도가 되고 불공이 된다는 뜻입니다.

죄를 짓고 살면서 신명에게만 용서를 비는 것은 법을 어긴 죄인이 법관에게 뇌물을 바치는 것과 다를 것이 없습니다. 신명에 대한 참다운 기도는 참회와 선행만이 있을 뿐입니다.

이런 전제와 원칙 아래, 이 안과 밖의 조화를 이룬 것이 참다운 예가 될 수 있습니다. 그것을 다음에 말하고 있습니다.

'옛날 성인은 마음을 중히 여기고 밖에 있는 물건은 다만 즐겨
여겼다. 안보다 겉치레가 적은 것을 귀하게 여기고 안보다 겉치
레가 많은 것으로 아름답게 여겼다. 이런 까닭에 옛 임금이 예
를 너무 번거롭게도 할 수 없고, 너무 간소하게도 할 수 없으니
그 정도에 맞게끔 한 것이다.

　이런 까닭에 지위가 높은 사람이 풍성한 제물로 제사를 지내
는 것은 예라 말하고, 보통 사람이 풍성한 제물로 제사를 지내
는 것을 예에 벗어난다고 한다.'

여기서 높은 것(尊), 즐거운 것(樂), 귀한 것(貴), 아름다운 것
(美)이란 말을 쓴 것은 아주 적절한 표현인 것 같습니다. 속에 있
는 정성을 더 높게 보는 것은 군자만이 할 수 있는 일로, 보통 사
람들은 밖에 드러나는 것을 즐거워할 뿐입니다. 그러므로 겉에 드
러난 꾸밈이 적은 것은 귀한 것이 되고, 꾸밈이 보다 많은 것은
눈에 아름답게 보일 뿐이란 뜻으로 말한 것입니다.

　나라와 백성을 다스리는 책임을 지닌 사람은 어느 한쪽으로도
치우칠 수 없는 일입니다. 그래서 높은 것과 즐거운 것, 귀한 것
과 아름다운 것이 조화를 이루도록 할 수밖에 없는 겁니다. 그래
서 각자가 분수와 정도에 맞게끔 한계를 정하고 차등을 두는 예를
만들게 되었다는 것입니다.

　내가 살던 고향 마을에서 그리 멀지 않은 어느 곳에서는 부모가
죽으면 장례를 마치고, 다른 곳으로 이사를 가는 것이 보통이었습
니다. 그 까닭은 이렇습니다.

　그 마을은 언제부터인지 부모의 소상·대상을 풍성하게 차려 5
백 명 가까운 마을 사람들을 실컷 마시고 먹게 해야만 자식 구실
을 제대로 한 것으로 여기는, 좋지 못한 풍습이 뿌리박고 있었습
니다.

　아마 몇몇 잘 사는 사람들이 그렇게 하자 그것을 부러워한 나머

지 집안 형편은 돌보지 않고, 그 흉내를 내려 한 사람이 하나 둘 늘기 시작한 데서 온 결과였을 겁니다.

땅이라도 팔아서 소·대상을 치르지 않으면 그 마을에서 사람다운 대우를 받고 살 수 없게 되어 있었으므로, 이왕 그렇게 될 바엔 일찌감치 떠나는 것이 옳다는 생각에서 그러는 것이었습니다.

그 마을이 바로 높고 귀한 것을 모르고 즐겁고 아름다운 것만을 일삼는 보통 사람들의 대표적인 본보기가 되어 있었던 겁니다. 정도의 차이가 있을 뿐, 그런 폐단은 어느 마을에나 다 있었습니다. 뉘 집에 초상이 났다 하면, 온 식구가 그 집에 가서 얻어먹는 것을 당연한 것으로 알고 있었으니까요.

그런 의미에서 의례준칙이란 것이 생겨난 것입니다. 그것이 실정에 맞는 것인지는 알 수 없으나 필요한 것임에는 틀림없습니다. 죽은 사람을 위한 허례허식이 산 사람에게 무거운 짐을 지게 만든다는 것은 예의 참뜻이 될 수 없습니다.

공자보다 조금 뒤에 나타난 묵자(墨子)가 공자를 헐뜯은 내용 가운데 가장 큰 비중을 차지하고 있는 것이 허례허식이었고, 특히 죽은 사람을 위한 장례와 제사가 산 사람을 더욱 어렵고 가난하게 만든다는 것이었습니다.

묵자가 선비를 욕한 비유편(非儒篇)의 내용을 보면 나쁜 것은 모두 공자의 탓으로 돌리고 허례허식은 공자가 만들어냈다고 말하고 있습니다. 사실은 공자도 그것을 바로잡기 위해 무한히 애를 쓴 편이었지만, 그 당시에 이미 뿌리가 깊어진 폐단을 바로잡을 수는 없었습니다.

공자가 정계에서 활동한 것은 아주 짧은 기간이었고, 정권을 잡았던 것은 겨우 석 달 동안이었으니까요.

아무튼 공자가 여기서 말한,

'예는 살피지 않을 수 없다.'

라고 한 말에는 깊은 뜻이 담겨 있는 것입니다. 특히 그 살핀다는 성(省)이란 글자에는 반성한다는 뜻이 들어있으므로 더욱 그렇습니다.

그것이 어디 예뿐이겠습니까? 제도니 법이니 규칙이니 하는 것도 본래의 취지와는 달리 자꾸만 폐단이 생기기 마련이므로, 그것을 좋은 방향으로 고치고 바로잡는 마음가짐과 노력을 게을리해서는 안 되는 겁니다.

4장에서부터 끝 장까지는 3장의 내용을 바탕으로 한 것들이므로, 이 정도로 이 편의 설명을 끝내기로 하겠습니다."

제11편(第十一篇) 교특생(郊特牲)

거 묘 당 지 고   칙 우 기 민   처 강 호 지 원   칙 우 기 군
居廟堂之高, 則憂其民. 處江湖之遠, 則憂其君.

"묘당의 높은 벼슬에 있을 때는 백성을 걱정하고, 강호(江湖)의 먼 시골에서는 왕도(王都)의 임금을 걱정한다."

무 별 무 의   금 수 지 도 야
無別無義, 禽獸之道也.

"11편은 제사에 관한 이야기를 주로 하고 있습니다. 편 이름을 교특생(郊特牲)이라고 한 것은 본문 첫머리에 나와 있는 세 글자를 따서 편 이름을 삼은 것입니다. 제례 외에 관례(冠禮)와 혼례(昏禮)에 대해서도 간단히 적고 있습니다.

　편 이름이 교특생이므로 첫 부분을 조금만 실어 두었습니다. 교(郊)가 성문 밖에서 지내는 하늘에 드리는 제사라는 것은 앞에서 이야기했습니다. 그 제사에는 특생(特牲)을 씁니다. 특(特)은 소(牛)를 말합니다. 여기서는 특히 소 한 마리를 통째로 제사에 쓰는 것을 가리켜 한 말입니다. 생(牲)은 희생으로 제사에 바치는 짐승이란 뜻입니다.

제사에 소 한 마리를 통째로 쓰는 것은 특별한 일이므로 소란 뜻이 지금은 거의 잊혀지고, 특별하다는 뜻의 '특'으로 쓰이고 있는 것일지도 모릅니다.

옛날 주석에는 이렇게 쓰여 있습니다.

'교(郊)란 하늘에 제사하는 것이다. 소 한 마리를 쓰기 때문에 특생(特牲)이라 말한다.'

결국 한 마리 소를 희생으로 쓰는 것이 특생이 된 것입니다. 뒤에 가서는 이 특생이란 말이 소란 뜻에서 특별이란 뜻으로 쓰이기도 했습니다. 대부는 돼지 한 마리를 제사에 쓰면서 그것을 특생이라고 했으니까요.

원문을 보시지요.

'교에는 특생을 쓰고, 사직(社稷)에는 대뢰(大牢)를 쓴다.'

특생이나 대뢰나 결국은 같은 뜻입니다. 둘 다 소 한 마리를 통째로 쓰는 것을 말한 거니까요. 사직의 사(社)는 땅에 지내는 제사이고, 직(稷)은 곡식을 맡은 귀신에게 지내는 제사입니다.

다시 말해 천자나 제후가 큰 제사를 지낼 때는 소 한 마리를 쓴다는 것이 되겠습니다.

다음을 보시지요.

'천자가 제후에게 가면 제후는 송아지를 반찬으로 쓰고, 제후가 천자에게 가면 천자는 대접하는 예로 대뢰를 내린다. 그것은 정성을 귀하게 여기는 뜻이다. 그러므로 천자는 새끼 밴 짐승을 먹지도 않으며, 상제에게 제사지내는 데도 쓰지 않는다.'

결국 어린 송아지를 제물로 바치고, 천자와 제후를 대접하기도 했다는 이야기입니다. 고기가 연하고 맛이 좋아서가 아니라, 암컷과 수컷의 구별이 없는 순수한 것을 택했다는 뜻입니다.

정성이란 뜻의 성(誠)은 순수하다는 뜻입니다. 동물적인 특성이 아직 싹트지 않은 천진스런 상태를 말한 것이라 할 수 있습니다.

　다음에는 제사의 절차와 상차림과 거기에 쓰이는 음악에 대한 소개가 나오고, 그것에 대한 공자의 느낌과 평이 함께 나옵니다. 그러나 여기서 일일이 더듬어 볼 겨를이 없는 것들입니다.

　전체가 11장으로 되어 있는데, 그 가운데서 혼례에 관한 내용이 실려 있는 제9장만을 살펴보기로 합시다.

　혼례에 대한 옛 사람들의 생각이 어떤 것이었는지 그것이 과연 옳은 생각이었는지 우리가 거기서 배울 것은 어떤 것인지 살피고, 우리의 생각 속에는 아직도 그런 관념들이 남아 있을 것이므로 어떤 것을 살리고, 어떤 것을 바로잡아야 할 것인가를 되새겨 보는 것도 좋을 것 같습니다.

　또 남녀평등이 과연 어떤 것인지, 여성상위란 말까지 생겨나고 있는 요즘이고 보면 이 전통적이고 봉건적인 남녀구별에 대한 철학적 근거가 무엇인지, 한번쯤 짚고 넘어갈 필요가 있을 것 같습니다.

　원문을 보시지요.

　'하늘과 땅이 합친 다음에야 만물이 생겨난다. 혼례라는 것은 인류역사의 가장 처음부터 있던 예식이다. 성(姓)이 다른 남남끼리 맺는 것은 먼 사람이 만남으로 해서 남녀의 구별을 더욱 두텁게 하기 위한 것이다.

　주고 받는 폐백은 반드시 정성이 담겨 있어야 하고, 오가는 말들은 참되지 않은 것이 없어야 한다. 상대에게 이르는 말을 곧고 참되게 하는 것은(告之以直信), 참은 사람을 섬기는 바탕이 되고 참은 아내의 덕(德)이 되기 때문이다. 한번 더불어 같이 하면, 몸이 맞도록 감히 고치지 않는다. 그러므로 남편이 죽어도 시집가지 않는다.

　남자가 몸소 가서 아내 될 사람을 맞이하는 것은(男子親迎), 남자가 여자보다 먼저이기 때문이니 그것은 굳센 것과 부드러운

것의 본래의 뜻이다(剛柔之義也). 하늘이 땅보다 먼저이며 임금
이 신하보다 먼저인 것도 그 본래의 뜻은 하나다.

예물을 가지고 서로 보는 것은, 남자와 여자에게 서로 구별이 있
음을 공경하는 마음으로 밝히는 것이다. 남자와 여자의 구별이
있은 뒤라야 부모와 자식 사이에 정다움이 있게 되고, 부모와 자
식 사이가 정다운 뒤라야 공경하고 사랑하는 의리가 생겨나고,
의리가 생겨난 뒤라야 예가 행해지게 되며 예가 행해진 뒤라야
모든 것이 제자리를 지키는 편안함을 얻게 된다. 남녀의 구별도
없고 위아래의 의리도 없으면, 그것은 새나 짐승이 걸어가는 길
로 사람의 도리는 아니다(無別無義, 禽獸之道也).'

첫머리에 나와 있는 '하늘과 땅이 합친 뒤라야 만물이 생겨난다.'
고 한 것은 흔히 말하는 음양의 이치로 자연철학의 대원칙을 밝힌
것입니다. 그것은 곧 남자와 여자가 합쳐 부부가 됨으로 해서 아들
과 딸을 낳게 되는 것이 자연의 이치라는 것을 전제한 것입니다.

그러므로 남자와 여자가 합치는 것은 영원한 과거로 거슬러 올
라갈 수밖에 없는 일입니다. "태초에 천지를 하나님이 창조하셨
다."고 하는 성경의 창세기편을 코면 "여호와 하나님이 가라사대
사람의 독처하는 것이 좋지 못하니 내가 그를 위하여 돕는 배필을
지으리라 하시니라"라는 말씀이 있으며 "…… 하나님이 아담에게
서 취하신 갈빗대로 여자를 만드시고 그를 아담에게로 이끌어 오
시니 아담이 가로되 내 뼈중의 뼈요 살중의 살이라 이것을 남자에
게서 취하였은즉 여자라 칭하리라 하니라 이러므로 남자가 부모를
떠나 그 아내와 연합하여 둘이 한 몸을 이룰지로라"는 말씀이 있
습니다. 남·녀가 부부의 연을 맺고 함께 사는 것이 창조주의 섭
리인가 봅니다.

물론 이와 같은 내용을 비과학적이고 허무맹랑한 얘기라고 비

판할 분도 없지 않겠지만 우주의 생성과 인류 최초의 조상에 대해 지금까지 과학적으로 증빙된 학설은 없으므로 어느 것이 옳고 그른지에 대해선 논하지 맙시다. 사람들은 자기역사의 맨처음을 밝히고 싶은 욕망에서 민족마다 자신들의 시조를 신화(神話)의 형식으로 전하고 있는데 신화를 과학으로 증명할 수는 없지요. 우리의 단군신화도 과학으로 입증할 수는 없습니다. 하느님의 아들인 환웅과 사람을 닮은 곰과의 결합에 의해 단군이 태어났다는 것은, 인간의 영혼은 영원히 하느님의 자식이요, 육신은 동물의 진화에서 온 것임을 말한 것이 되기 때문입니다. 단군의 삼일신고(三一神誥)도 그런 맥락에서 이해될 수 있을 것 같습니다."

"말씀을 듣고 나니 삼일신고에 대해 알고 싶습니다. 우리는 우리 것에 대해 너무 등한해 왔습니다. 저도 도서관에 가서 삼일신고를 잠시 읽어 본 적은 있습니다만 너무 어려워서 이해할 수가 없더군요. 자세한 설명을 들었으면 싶습니다."

"나도 잘은 모릅니다. 연구도 하고 풀이한 일도 있기는 합니다만, 그것을 이 자리에서 간단히 설명한다는 것은 어려운 일입니다. 다음 기회에 하도록 하지요."

"삼일신고의 글자 뜻은 무엇입니까?"

"삼(三)은 하늘과 땅과 사람 셋을 가리킨 것이고, 일(一)은 그 셋이 하나의 이치로 된 것임을 말한 것입니다. 신고(神誥)는 하느님의 가르침이란 뜻입니다. 〈성경〉의 구약에 나오는 모세가 하느님의 말씀을 전했듯, 단군께서 팽우(彭虞)라는 신하에게 하느님의 계시를 전한 것으로 되어 있습니다."

"특이한 내용만이라도 간단히 들려 주실 수 없습니까?"

"천훈(天訓)·신훈(神訓)·천궁훈(天宮訓)·세계훈(世界訓)·진

리훈(眞理訓)으로 되어 있는데, 천궁훈에는 하느님이 가장 높은 자리에 계시고 거룩한 사람의 영혼은 천궁으로 올라가 쾌락을 누리게 된다는 것을 말하고 있고, 세계훈에서는 하느님이 7백이나 되는 세계를 각각 해시자(日使者)로 하여금 다스리게 한다고 되어 있습니다. 우리가 살고 있는 땅이 7백 세계 중의 하나에 지나지 않는다는 것과, 해가 땅의 중심이라는 세계관과 우주관을 말하고 있는 겁니다. 7백은 많다는 뜻으로, 불교에서 말하는 3천 대천세계와 같은 말로 볼 수 있습니다. 그 많은 세계의 중심이 해(日)라고 밝힌 것은 과연 하느님의 계시가 아니고는 그같은 지적이 있을 수 없다는 생각이 듭니다.

가장 어려운 것이 진리훈입니다. 그 안에는 종교와 철학과 윤리가 짧은 문장 속에 체계적으로 요약되어 있습니다. 몇백 자밖에 안 되는 삼일신고 속에 가장 뛰어난 세계관과 철학이 담겨 있다고 해도 지나친 말은 아닐 것 같습니다. 읽으면 읽을수록 깊은 뜻을 맛보는 느낌이 들고 자랑스럽게도 여겨집니다. 여러분도 꼭 읽어 보고 음미해 보기 바랍니다.

이야기가 엉뚱한 곳으로 흐르고 말았군요. 아무튼 우주의 삼라만상이 모두 음과 양의 배합과 조화와 충돌 속에서 진행되고 있는 것만은 부인할 수 없는 일입니다.

남녀의 결혼도 곧 음양의 배합입니다. 그 배합이 조화를 이루며 충돌과 마찰이 없도록 하는 것이 가정과 사회의 행복과 끊임없는 발전을 기약하는 길이 되지 않겠습니까?

만세(萬世)의 처음(始)이란 말을 나는 인류역사의 처음이란 말로 옮겼습니다. 그것은 선사시대에는 결혼이란 의식이 없었다고 보아지며, 남편과 아내의 관계가 사회적 공동의식에서 틀을 잡기 시작한 것을 역사의 시초로 볼 수 있기 때문입니다. 결혼이란 제도가 생겨남으로 해서 아들 손자가 대를 이어가며 몇 대 할아버지

몇 대 손자라는 역사가 남게 된 것입니다.

끝에 가서 '남녀의 구별도 없고 부자의 의리도 없으면, 그것은 새나 짐승과 다를 것이 없다'고 한 것이 바로 그런 뜻으로 한 말입니다.

그런데 다음에 성(姓)이 다른 남남끼리 혼인하는 것에 큰 뜻을 두고 있는 점을 우리는 깊이 생각해야 할 것 같습니다.

같은 핏줄끼리는 혼인하지 않는 전통에서 혼인법이 만들어졌고, 그 혼인법에 정해져 있는 동성동본의 혼인금지가 늘 문제가 되고 있지 않습니까? 이 강제조항 때문에 법적 불행과 어려움을 겪고 있는 사람도 꽤 많은 것으로 알려지고 있습니다.

그것은 법의 정신과 운용과 해석이, 중용을 잃은 데서 오는 부작용이라 볼 수 있습니다. 즉, 강제성을 띠고 있는 동성동본의 혼인금지는 불합리하다고 볼 수 있습니다.

하나의 보기를 들면 김해 김씨와 김해 허씨는 혼인을 하지 않습니다. 성만 다를 뿐 같은 핏줄이기 때문입니다. 그것은 법이 금한 것이 아니라 전통의식에 의해 지켜지고 있을 뿐입니다.

남녀관계란 하나의 본능입니다. 즉 음양의 이치에서 오는 자연현상입니다. 서로의 성이 무엇이며 본이 무엇인지를 알고 나서 사귀는 시대가 아닌 지금, 서로가 정을 느끼고 결혼까지 하게 되는 기회는 얼마든지 있을 수 있습니다. 그것을 법이 강제할 수는 없는 일입니다. 강제조항이 없더라도 김해 김씨와 김해 허씨가 혼인하지 않는 전통의식이 법 이상의 힘을 지니고 있는 것입니다.

동성동본 대신 몇 촌까지로 불혼의 범위를 정하자는 것도 따지고 보면 모순이 있습니다. 그런 것을 정해 두면, 그 촌수만 넘으면 얼마든지 해라 하고 장려하는 것이 되기 때문입니다.

일본 민법은 삼촌까지만 혼인을 못 하게 하고 있습니다. 사촌남매는 혼인을 해도 좋다는 뜻입니다. 일본은 친남매끼리도 혼인하는 일이 많았기 때문에 그 정도로 해 둔 것인지 알 수 없으나, 사촌남매끼리 허물없이 가깝게 지내는 사이에 곧잘 결혼을 하곤 합니다.

그런데 가까운 핏줄 사이에서 생겨난 아이들이 우생학적으로 많은 문제를 지니고 있음이 입증된 지는 이미 오래입니다. 가까운 핏줄의 결합은 근시안이 많다든가, 허약체질이라든가 하는 갖가지 불행한 요소들을 낳고 있는 겁니다.

여기에서 성이 다른 핏줄끼리 혼인하는 것은, 먼 사람이 만남으로 해서 남녀의 구별을 더욱 두텁게 하기 위한 것이라고 한 말은 우생학적으로 보아 퍽 바람직한 일로 받아들이고 싶습니다. 식물을 두고 보면 너무도 당연한 거지요. 씨앗에서 그대로 싹이 나와 자란 나무에서는 좋은 과일을 얻을 수 없습니다. 그 씨앗에서 나온 싹을 다른 나무와 접(接)을 붙여야만 좋은 과일이 생겨나는 것은 하나의 상식입니다. 자손들의 건강이 가정의 행복을 좌우하는 것이므로, 건강한 자녀를 얻기 위해서도 먼 핏줄끼리의 혼인을 염두에 두어야 할 일입니다. 전통적인 윤리관이 과학적인 합리성을 지니고 있는 한, 우리는 그것을 권고하고 장려할 일입니다. 그것을 법으로 강요하는 것은 삼가해야지요. 쇠뿔을 바로잡으려다 소마저 죽이는 격으로, 그로 인해 고통받는 사람이 생겨서는 안 되니까요. 법이 금하기 이전에 우리의 전통윤리가 그것을 잘 지켜주고 있는 겁니다.

그런데 혼인에 있어서 중요한 것이 여기 말한 정성과 정직과 서로를 믿게 만드는 진실입니다. 혼인은 장사꾼의 흥정이 아닙니다. 속이고서라도 결혼만 하면 행복해질 수 있다고 생각한다면 그보다 어리석은 일은 없습니다. 여기 달한 대로 서로의 말이 정직하고 진실되지 않으면 그것은 곧 상대를 바로 섬기지 못하는 일이 됩니다. 상대의 불신을 스스로 만들어내는 것이므로 그 결혼은 행복해질 수가 없습니다. 남자의 경우 속이는 것을 가르친 것이 되고, 여자의 경우 자신이 그런 사람이란 것을 보여준 것이 될 뿐이므로 절대 속이는 일만은 없어야 한다는 것입니다. 굳이 밝힐 필요도 없는 과거를 털어놓으라는 것은 아닙니다. 학력을 속이고 직업을 속이고 가난하면서 부자인 척하는 그런 일이 있어서는 안 된다는 것입니다.

'그러므로 한번 같이 하면 평생을 함께 해야 한다'는 것은 동서 고금을 통해 누구나가 다 그렇게 믿고 그렇게 되기를 바라며 맹세하는 것 아닙니까? 정직과 진실이 지켜지지 않은 결혼은 그것을 기대할 수 없습니다.

그런데 남편이 죽어도 시집가지 않는다고만 하고, 아내가 죽어도 장가가지 않는다는 말은 하지 않았습니다. 그것이 남녀의 불평등을 말한 것이라고 말할 수도 있습니다. 그러나 부계(父系) 사회, 핏줄을 소중히 여기는 제도에서는 불가피한 일입니다. 한 남자가 여러 아내를 거느리는 일부다처제도도 그래서 생겨난 것 아니겠습니까?

혼인제도에서 남녀평등이라 할 수 있는 일부일처제가 오래 전부터 정착되어 있는 서양에서도 여자는 결혼과 동시에 남편의 성을 따르지 않습니까? 핏줄을 씨(種)란 말로 나타내기도 하는데 그것은 생물계의 자연법칙에서 나온 것입니다.

아들이 없을 경우 딸이 뒤를 잇고, 외손자가 친손자가 되는 것은 바람직한 일입니다. 씨니 핏줄이니 하는 고정관념에서 빚어지는 사회적 부작용을 없애기 위한 인간사회의 특권일 수도 있습니다. 그러나 그것은 어디까지나 제도적 편법일 뿐입니다.

혼인에 있어서 가장 중요한 것이 친영입니다. 남자가 여자의 집으로 가서 아내 될 사람을 맞아오는 것을 말합니다. 혼인에 필요한 여섯 가지 절차를 육례(六禮)라 하는데 그 마지막 절차가 이 친영입니다.

이 친영이 없이 데려오는 여자는 첩으로 불렸습니다. 그러니까 남자가 직접 가서 맞아오는 것은, 데려오는 것이 아니라 모셔오는 것이 되는 셈입니다. 결혼하기전까지는 남자 쪽에서 매달리다시피 하는 것이 음양의 이치입니다. 식물계나 동물계를 보더라도 그것이 자연스런 현상입니다.

즉 다음에 그 음과 양의 이치를 말하고 있는 겁니다.

'남자가 여자에 먼저하는 것은 굳센 것과 부드러운 것의 본래의 뜻이다. 하늘이 땅보다 먼저요, 임금이 신하보다 먼저인 것도 그 본래의 뜻은 한 가지다.'

라고 말입니다.

다음에 예물을 가지고 서로 만나는 것은, 구별이 있음을 공경하는 마음으로 나타낸 것이라고 했습니다. 그 구별은 물론 남녀의 구별입니다.

다음에 '남녀가 구별이 있은 뒤라야 부모자식 사이의 다정함이 있다'라고 한 것도 같은 맥락에서 이해될 수 있습니다. 다시 말하면 이런 것이 될 수 있는 겁니다.

'아버지와 어머니가 예의바른 관계를 유지해야 아들과 딸들도 그것을 본받아 부모를 존경하고 부모의 가르침을 잘 따르며 공부도 착실히 하고 효도도 하게 된다.'

라고 말입니다.

그 어머니에 그 딸이요, 그 아버지에 그 아들이란 말이 바로 그런 이치를 말하는 것이라 볼 수 있습니다. 그것이 바로 다음에 이어지는,

'부모자식 사이가 다정해진 후에야 의리란 것이 생겨나게 된다.'

는 것이 됩니다. 대개가 부모들의 가정불화에서 부터 원인이 되어

자녀들이 부모를 존경할 줄 모르고, 불량 소년소녀가 된다는 것은 세상이 다 아는 사실입니다.

부모자식 사이가 존경하고 사랑하는 가까운 관계가 되지 않고는 부모와 자식 사이의 참된 의리같은 것이 생겨날 수 없는 겁니다. 고리타분한 것 같아도 우리가 즐겨 쓰는 수신제가란 말이 바로 그것이 아니겠어요?

가정불화 가운데 가장 큰 비중을 차지하고 있는 원인이 무엇이겠습니까? 아버지의 여자관계와 어머니의 남자관계가 아마 그것일 겁니다. 그것이 바로 남녀의 구별을 모르는 데서 오는 것이 아니겠어요? 남편이 지켜야 할 도리와 아내가 지켜야 할 도리 가운데, 다른 여자와 다른 남자와의 관계를 멀리하는 것이 가장 중요한 것이 되지 않겠어요? 역시 남녀유별이란 낡은 말은 무한한 깊은 뜻을 지니고 있는 것입니다.

남편과 아내의 관계, 부모와 자녀의 관계, 이 관계에서 생겨나는 의리, 예라는 것이 바로 이 의리를 바탕으로 형식화하고 제도화된 것이라고 말한 것은, 예의 발생원인과 그 필요성과 중요성을 잘 지적한 것이라 볼 수 있습니다.

가정의례가 곧 사회의례가 되는 것입니다. 그게 바로 제가치국이란 뜻입니다. 가정이란 한 단위단위가 사회를 구성하고 있으므로, 가정마다 다 예의바른 가정이 되면 전체사회는 질서와 평안을 누리게 됩니다. 즉 '예가 생겨난 뒤라야 모든 것이 다 편안해지게 된다'는 것이 그 뜻입니다.

그 예가 남녀의 구별과 부부와 부자의 의리를 바탕으로 생겨난 것이므로, 그것을 바탕으로 한 예가 없으면 그것은 사람의 사회가 아니라 동물의 사회일 뿐이라고 말한 것입니다.

다음에 남녀의 구별이 차별로 변하고, 그 차별이 남존여비의 사상으로 굳어졌다고 볼 수 있는 대목이 나옵니다. 원문을 보시지요.

  '신랑이 손수 신부가 탄 수레의 말을 몰며 말고삐를 잡아주는
것은 정답게 하는 것이다. 내가 정답게 하는 것은 상대로 하여
금 나를 정답게 하도록 하는 겂이다. 서로가 공경하며 정다워지
는 이 이치로 옛 어진 임금은 천하를 얻게 된 것이다.

  대문을 나와 신랑이 앞수레어 타고, 앞에서 신부가 탄 수레를
인도하면, 신부는 신랑을 따르게 된다. 지아비와 지어미의 의리
가 여기서부터 비롯되는 것이다. '

  친영례는 곧 결혼식을 말하며, 그 의식과 의식이 갖는 뜻을 설명
한 것입니다. 남자는 굳세고 여자는 부드러우며, 남자는 양이고 여
자는 음이므로 강유와 음양의 이치에 따라 신랑이 신부를 정답게
모시고 대문 밖까지 나온 다음에는 앞에서 길을 인도한다는 것입니
다. 남자가 정중한 태도와 정다운 손길로 여자를 대문밖까지 모시
고 나오면, 여자는 그 예의 바른 태도와 정다운 마음씨에 감동되어
이 남자라면 평생을 의지하고 살 수 있겠다 하는 믿음에서 그를 따
라 그의 집으로 간다는 뜻이 될 것 같습니다.

  결국 남편은 이끄는 사람이 되고, 아내는 따르는 사람이 되는 것
이 여기서부터 시작된다는 것입니다.

  다음에 이른바 삼종지의(三從之義)로 불리우는 내용이 나옵니다.

  '부인은 남을 따르는 사람이다. 어려서는 아버지와 오빠를 따르
고 시집가서는 남편을 따르고, 남편이 죽으면 아들을 따른다.
지아비 부(夫)는 사나이라는 장부(丈夫)의 뜻이다. 사나이란 지
혜를 가지고 남을 거느리는 사람인 것이다. '

  남녀차별의 대표적인 전통윤리가 둘이 있는데, 하나는 이른바
삼종지의고 또 하나는 칠거지악(七去之惡)이란 것입니다.

  이것을 공자가 만들어낸 것처럼 생각하고, 공자의 그런 사상과
전통 때문에 중국도 우리나라도 이 모양 이 꼴이 되어 있다면서

공자의 이름인 구(丘)를 원수라는 뜻의 구(仇)로 하고, 공선생(孔 先生)이란 뜻의 공부자(孔夫子)의 부자는 썩어빠진 자식이란 뜻의 부자(腐子)로 해야 마땅하다는 내용의 글을, 총독부 기관지나 다름없는 〈신민(新民)〉이란 잡지에 실어 물의를 빚은 사람이 있었습니다.

유림에서 들고 일어나 소송사태로까지 번지게 되었는데, 결국은 편집책임자가 물러나는 것으로 끝나고 말았습니다. 옛날 같으면 '사문난적(斯文亂賊)'이라 하여 무거운 형벌을 받았을 것입니다.

그러나 그가 지적한 칠거지악이나 삼종지의는 공자와는 전혀 상관이 없는 것입니다. 〈예기〉에 있는 것은 공자 이전의 주나라 예로 굳어버린 것을 소개한 것일 뿐, 그 가운데서 옳고 그른 것을 공자와 제자들이 평한 것이 지금까지 보아온 대로입니다.

칠거지악은 이치에 맞지 않는 내용이라고 일찍부터 배격해 왔고, 이 삼종지의만은 당연한 것으로 여겨져 온 것이 사실입니다.

그러나 그것 때문에 나라가 망한 것일까요? 여자가 남자의 뜻을 따라야 한다는 생각이 나라를 망치게 만들었다는 것은 이치에 맞지 않습니다. 중국 역사를 보나 우리나라 역사를 보나, 여자가 정치에 관여하거나 권력을 잡고 있을 때는 언제나 나라가 시끄러웠습니다. 그것은 여자가 나설 정도로 남자다운 지도자가 없기 때문이란 뜻도 될 수도 있지만, 여자는 자상하고 정에 이끌리기 쉬운 특성을 지니고 있기 때문에, 외척을 중심으로 한 편파적인 인사와 세도정치로 나라를 더욱 부패하게 만들었던 것입니다.

여자가 남자를 따르는 것은 제도 때문이 아니고 타고난 특성 때문이라고 보아야 할 것 같습니다. 그 문제는 앞에서 기회 있을 때마다 언급된 것이므로 더 설명이 필요치 않습니다."

제12편(第十二篇) 내칙(內則)

순 리 칙 유   종 욕 유 위
順理則裕, 從欲惟危.
"도리를 따르면 마음이 편하고, 욕망을 따르면 위태롭다."

하 기 이 성   유 색 이 온 지
下氣怡聲, 柔色以溫之

"내칙편(內則篇)은 이름 그대로 집안에서 지켜야 할 법칙을 내용으로 하고 있습니다. 그러나 오늘날에는 따르기 어려운 내용들이 대부분입니다. 3천 년이라는 시간의 차이가 있으므로 그것은 당연한 일이지요. 제도나 풍습의 문제라기보다 생활양식이 전혀 다르기 때문입니다.

그러나 이 내칙편의 기본정신만은 아직도 우리의 전통 속에 남아 있다고 보아야 할 것입니다. 으리는 이 편을 통해 시대적 차이를 실감하는 동시에 지금도 우리가 배워야 할 점이 많다는 것을 알 수 있을 것 같습니다. 특히 부모를 어떻게 섬기고 어른을 어떻게 대하는 것이 좋은지를 알게 될 것입니다.

　오늘날에 필요치 않은 것은 하나의 지식으로 알면 그것으로 족한일이지만, 그와 동시에 자신을 되돌아볼 수 있는 참고자료가 될 수 도 있고, 우리가 본받아야 할 것 또한 적지 않다는 것을 알게 될 것입니다.

　전부 13장으로 된 내용 가운데서 앞의 4장과 5장의 중간 부분만을 보기로 하겠습니다.

원문을 보시지요. 1장 첫머리에는 이렇게 적고 있습니다.

　'후왕(后王)이 총재(冢宰)에게 명령하여 덕(德)을 뭇 조민(兆民)에게 내렸다.'

　임금이 재상을 시켜 모든 백성에게 다음과 같은 착한 일을 지켜 행하도록 했다는 뜻입니다. 즉 거룩한 임금이 좋은 가르침을 백성들에게 내려 시행하도록 했다는 것입니다.

　이렇게 그 유래와 배경을 전제로 지키지 않으면 안 되는 것임을 밝힌 것이라 볼 수 있습니다.

　원문을 보시지요.

　'자식이 부모를 섬길 때에는, 닭이 처음 울자마자 세수하고 양치질한 뒤, 머리를 빗고 검은 비단으로 머리털을 싸매고, 비녀를 꽂아 비단으로 묶어서 상투를 틀어 다발머리 위의 먼지를 털고, 갓을 쓰고 갓끈을 드리우며, 현단복(玄端服)을 입고 무릎덮개를 하고 큰띠를 맨 다음 홀(笏)을 꽂는다.'

　나오는 글자들이 모두 어려운 것들입니다. 관(盥)은 세수하는 것을 말하고 수(漱)는 양치질을 말한 것이며, 즐(櫛)은 빗질하는 것, 쇄(縰)는 검은 비단으로 머리털을 싸매는 것, 계(笄)는 비녀를 꽂는 것, 총(總)은 댕기를 말하는데 여기서는 비단으로 된 댕기로 머리털을 묶어 상투짜는 것을 말한 것입니다. 불모(拂髦)의 모는 앞이마에 드리운 다발머리를 말하고, 불은 먼지를 턴다는 뜻입니다.

관유영(冠緌纓)의 관(冠)은 갓을 쓰는 것이고, 영은 갓끈을 말하며 유는 드리운다는 뜻입니다. 갓을 쓴다면 그만인 것을 이렇게까지 말한 것에서 이 내칙의 내용이 얼마나 지나칠 정도로 자세한가를 알 수 있습니다.

단필신(端韠紳)의 단은 현단복(玄端服)을 가리키는 약칭으로, 사(士) 이상의 신분을 가진 사람이 입는 예복이라 합니다. 단(端)은 단정하다는 뜻으로 단복(端服)은 예복이란 뜻이며, 현(玄)은 윗옷이 검은 색이므로 붙여진 것입니다. 아래 입는 치마만은 각각 색깔이 달라, 그 색깔로 신분을 나타냈다고 합니다.

필은 무릎덮개를 말하는데 여기서는 그것을 착용하는 것을 말하며, 신은 큰띠를 말하는데 여기서는 역시 그것을 띠는 것을 말합니다. 우리가 흔하게 쓰는 신사란 말은 큰띠를 두른 교양인이란 뜻에서 생긴 말입니다. 그 사람의 교양은 옷차림에 그대로 나타나기에 그대로 전해진 말이라 볼 수 있지요.

진홀(搢笏)은, 홀을 꽂는다는 달입니다. 이 홀은 사(士) 이상의 신분을 가진 사람이면 반드시 예복과 함께 꽂고 다니게 되어 있었는데, 사는 대나무로 된 홀을 큰띠 사이에 꽂고 다녔다고 합니다. 신분에 따라 뿔로 만들기도 하고 옥돌로 만들기도 했습니다.

이 홀은 비망록(備忘錄)과 같은 것으로, 부모든 임금이든 누구든 중요한 일을 명령하거나 부탁했을 때는 그것을 거기에 적어 두기 위해 가지고 다닌 것입니다. 명령이나 부탁이 있을 때는 잊지 않기 위해 즉시 그 자리에서 그것을 적어두고, 그 일이 끝났을 때는 지우고 한 것입니다.

다음에는 이렇게 적혀 있습니다.

'왼쪽과 오른쪽에 쓸 것을 차는데, 왼쪽에는 닦는 수건(紛)과 손수건(帨)과 작은칼과 숫돌과 작은 뿔송곳(小角觿)과 쇠부시(金燧)를 차고, 오른쪽에는 활깍지(玦)와 팔찌(捍)와 붓통(管)과

칼집(鞘)과 뿔송곳(大觿)과 나무부시(木燧)를 찬다.'

일상생활에 쓰이는 필요한 작은 도구들을 준비해 가지고 다니며 필요한 때 쓰기 위한 것입니다. 부모가 무엇을 명령했을 때 그 자리에서 쓸 수 있게끔 하기 위한 것이기도 하지만, 그날 하루의 일과를 위해 그 같은 준비를 미리 해 두는 것이기도 합니다.

손수건 외에 닦는 수건까지 가지고 다닌 거라든가, 숫돌과 활깍지와 팔찌까지 지니고 다닌 것으로 보아 그 당시의 생활이 어떠했는가를 알 수 있을 것 같습니다. 활깍지는 오른손 엄지에 끼워 활시위를 당기는 데 쓰이는 것이고, 팔찌는 왼팔에 끼워 옷소매를 걷고 활쏘기에 편리하도록 한 것입니다.

쇠부시니 나무부시니 하는 것은 모두 불을 일으키는 데 쓰이는 것으로, 나무부시는 나무를 문질러 불을 일으키는 것이고, 쇠부시는 쇠를 문질러 불을 일으킨 것으로 볼 수 있습니다. 쇠부시는 햇볕을 이용한다고도 했는데 어떻게 생긴 것인지는 알 수 없습니다.

이렇게 다 갖추고 나서 마지막으로 행전을 치고(偪), 신을 신고(履), 신끈을 맨다(着綦)고 되어 있습니다.

다음에는 며느리가 시부모 섬기는 내용이 나옵니다. 원문을 보시지요.

'며느리가 시부모 섬기는 것도 부모 섬기는 것과 같이 한다. 닭이 처음 울면, 세수하고 양치질하고 머리 빗고 검은 비단으로 머리털을 싸매며, 비녀 꽂고 비단으로 묶어 쪽을 지며 옷 입고 큰 띠를 띤다.'

여자이므로 갓 쓰는 것이 없고 현단복이 아닌 보통 옷을 입는 것으로 되어 있습니다.

그리고 다음에는 차는 것이 나오는데 왼쪽에 차는 것은 남자의 경우와 똑같고, 오른쪽에는 붓통 대신 바늘통(箴管)을 차고 활과 팔찌가 없는 대신 실과 솜을 주머니에 넣어 차는 것으로 되어 있

습니다. 그리고 향주머니를 차고 신을 신고 부모와 시부모 있는
곳으로 간다고 되어 있습니다.

그런데 앞에는 며느리란 말이 나오고 여기서 부모와 시부모 있
는 곳으로 간다고 한 것은, 며느리와 딸들이 다 함께 간다는 것을
말한 것입니다.

그리고 다음에는 아들·딸·며느리가 부모와 시부모 있는 곳으
로 갔을 때의 몸가짐과 마음 쓰는 것을 자세히 설명하고 있습니
다.

'계신 곳에 이르면 기운을 빼 소리를 부드럽게 하고, 옷이 두꺼
운 지 얇은 지를 묻고 아프거나 가려워하면 조심스럽게 주무르
고 긁어 드린다.

　드나드실 때는 앞이나 뒤에서 조심하여 부축해 드리고, 세숫
물을 올릴 때는 나이 어린 사람은 대야를 받들고 나이 많은 사
람은 물을 받들어 세수하기를 청한다. 세수를 마치면 수건을 올
린다.

　음식은 무엇을 원하는지를 물어 그것을 공손히 올리되, 얼굴
빛을 부드럽게 하여 마음을 따스하게 해드린다. '

아마 이 대목이 우리가 가장 명심해야 할 내용인 것 같습니다.
마음만 쓰면 누구나 할 수 있는 일이면서 그것을 미처 생각지 않
는 경우가 많고, 또 알지 못해 그러지 못하는 경우도 많기 때문입
니다.

기운을 내린다(빼다)는 하기(下氣)는 보통 숨소리를 죽인다는
것으로 풀이합니다. 우리 말에 숨도 제대로 못 쉰다는 말이 있지
요? 무척 조심한다는 뜻으로 쓰이곤 합니다. 그러나 기운을 내린
다는 것은 숨소리만이 아닙니다. 거만한 태도라든가, 긴장된 모습
이라든가, 딱딱한 얼굴빛들이 다 기운을 내리지 못한 것에 속합니
다.

　공자의 제자 자하가 효도를 물었을 때 공자는 이렇게 대답했습니다.

　'얼굴빛이 어렵다(色難). 부모가 하는 일을 내가 대신하고 술과 음식을 부모에게 드리는 것만이 부모에 대한 효도일 수는 없지 않느냐?'

　이 색난(色難)이 바로 하기(下氣)의 어려움을 말한 것입니다. 자하는 형식만을 소중히 여기는 사람이었으므로, 자연 부모 앞에서도 근엄한 태도를 지니고 있었기에 한 말입니다. 끝에 낯빛을 부드럽게 하여 마음을 따스하게 해 드리는 것이 다 이 하기(下氣)에 포함되는 것이라 할 수 있습니다.

　목소리를 부드럽게 한다는 이성(怡聲)도 기운을 내린 다음에 가능한 것입니다. 결국 기운을 내린다는 것은 긴장을 풀고 편안한 마음으로 돌아가는 것입니다. 부모들은 드러나지 않게 자식들의 눈치를 살핍니다. 그런 만큼 걱정되는 일과 불쾌한 일이 있어도 부모 앞에서는 그런 것을 내색하지 말아야만 부모의 마음을 편하게 해 드릴 수 있습니다. 물질적인 효도보다 정신적인 효도가 더 중요합니다. 그 정신적인 효도가 부모의 마음을 편안하게 해 드리는 것 외에 또 무엇이 있겠습니까?

　자하는 물질적인 효도와 형식적인 효도에만 중점을 두고, 정신적인 효도에는 생각이 미치지 못하고 있던 것이 아니었나 싶습니다.

　아픈 곳을 주물러 드리고 가려운 곳을 긁어 드리며 앞서거니 뒤서거니 하며 부축해 드리는 것들이, 다 공경 이전에 다정하고 사랑하는 마음이 없이는 잘 안 되는 것입니다. 결국 맨 끝에 말한,

　'낯빛을 부드럽게 하여 부모의 마음을 따스하게 해 드린다(柔色以溫之).'

하는 것이 가장 핵심이 될 것 같습니다. 누구나 마음만 먹으면 할

수 있는 일인데도 그렇게 잘 되지 않는 것이 바로 이것입니다.

뒤이어 음식 만드는 법과 그 음식을 드린 다음, 부모와 시부모가 그 음식을 드시는 것을 본 다음에 물러난다는 것으로 끝맺고 있습니다.

이 1장은 부모 섬기는 도리 가운데 매일같이 되풀이되는 일과를 말한 것이라 볼 수 있습니다. 2장으로 넘어가지요."

매 상 이 조   일 입 이 석
昧爽以朝, 日入而夕

"제2장은 나이와 신분에 따라 부모 섬기는 일이 서로 다른 것을 말하고 있습니다. 그런데 1장에도 2장에도 닭이 처음 울면 세수하고 양치질한다는 말이 나옵니다. 첫닭은 새벽 2시면 우는 걸로 되어 있습니다. 그러나 아무리 섬기는 것이 중하지만 새벽 2시에 일어나기까지 할 필요가 있는 것일까 하는 생각도 듭니다. 다만 새벽 일찍 일어나야 한다는 것으로 보면 될 것 같습니다.
옛날에도 여기 말한 대로 첫닭이 울면 일어나 세수하고 양치질하는 사람은 흔치 않았던 것 같습니다.

공자보다 조금 전 사람인 진(晋)나라 재상 조순(趙盾)은 이 행동으로 인해 죽음을 면한 것으로 되어 있습니다.

어진 재상이었던 조순은 임금이 잘못하는 일을 끝까지 못 하게 막곤 했으므로, 임금이 간신들과 짜고 자객을 시켜 조순을 죽이려 했습니다.

그 자객의 이름은 얼른 생각이 나지 않습니다만 돈에 팔리거나 권력에 아부하는 사람과는 전혀 다른, 정의감이 굳센 사람이었던 것 같습니다.

그 자객은 조순이 파벌을 만들어 정권을 독점하고 장차 임금까지 해치려 한다는 거짓말을 그대로 믿고, 역적의 음모를 미리 막아 나라와 임금을 편안하게 해 달라는 부탁대로, 첫닭이 울면 담장을 넘어 들어가 조순이 일어나 움직이는 것을 보아 해칠 계획이었습니다.

그가 들은 바로는 조순이 사치와 향락에 빠져 밤늦게 잠이 들었다가 새벽 늦게 일어날 것으로 알고 있었는데, 그가 담을 몇 개를 넘어 조순이 거처하는 마당으로 뛰어내리고 보니 조순은 벌써 조회에 들어갈 예복차림을 하고 등불이 환히 밝혀진 대청에 나와 앉아 있었습니다.

마당 한가운데 서 있는 회나무 뒤에 숨어 조순을 유심히 살펴본 자객은 곧 자기가 속은 것을 알았습니다. 남이 보지 않는 밤인데도 신하로서 지켜야 할 예를 지키는 저 거룩한 모습의 재상이 임금을 해치고 나라를 병들게 할 리가 없었기 때문입니다.

그 당시 용사로 자처하는 자객들은 무엇보다도 사람들과의 신의를 중요하게 여겼습니다. 비록 잘못된 약속이라도 그것을 지키지 않으면 의리없는 못난 사나이가 되어 세상을 떳떳하게 살 수 없었던 것입니다.

그는 조순을 죽일 수가 없어 자기가 대신 죽기로 결심했습니다. 목숨이 아까워서 약속을 지키지 않은 것이 아님을 밝히기 위해서였습니다.

그는 큰소리로 조순에게 몸조심하라는 부탁을 하고 머리를 회나무에 들이받았습니다. 그러나 회나무만 부러지고 죽지는 않았습니다. 그러자 그는 다시 담에 머리를 들이받아 죽고 말았다는 것입니다.

첫닭이 울면 다 일어나 세수하고 양치질한다는 것이 과장된 말이 아니었음을 말해 주는 사건이었다고 할 수 있습니다.

원문을 보시지요.

'사내아이와 계집아이로 아직 갓을 쓰거나 비녀를 꽂지 않은 사

람은……. '

하고는 역시 첫닭이 울면 일어나 세수하고 양치질하고 옷매무새를
단정히 하는 것으로 되어 있습니다.

어른과 다른 점은 상투 대신 머리를 양쪽으로 뿔처럼 내밀게 하
는 총각(總角)이란 것입니다. 총각이란 말의 유래가 얼마나 오랜
것인가를 알 수 있습니다.

그런데 앞에서는 여자들만이 향주머니를 차는 것으로 되어 있는
데, 여기서는 아이들이 다 차는 것으로 되어 있고, 향주머니를 찬
다는 뜻의 금영(衿纓)이란 글자 다음에 냄새나는 것을 넣은 주머
니(容臭)를 찬다고 했습니다. 냄새는 물론 향긋한 좋은 냄새를 말
한 것입니다. 앞의 어른의 경우는 향주머니를 찬다고만 하고, 여
기서 특히 냄새나는 것을 넣은 것을 찬다고 한 것은 아이들은 어
른보다 몸이 깨끗하지 않아 좋지 못한 냄새가 날 수 있으므로 그
런 것 같습니다.

그 다음에 매상이조(昧爽而朝)란 말이 나옵니다. 매상은 날이
샐 무렵을 말합니다. 어른들이 다녀온 뒤에, 늦게 날샐 무렵쯤 해
서 아침문안을 드리는 겁니다. 안녕히 주무셨습니까 하고 문안을
드리는 거지요. 옛날에는 말 대신 큰절을 했겠지만, 요즘은 큰절
까지는 하지 않아도 되겠지요.

그리고는 아침진지를 드셨는지를 묻고 이미 드셨으면 그대로 물
러나오고, 아직 드시지 않았다면 어른들을 도와 상차림을 보살피
라고 되어 있습니다. 정말 자세하기 이를 데 없습니다.

다음을 보시지요.

'무릇 안과 밖의 모든 사람들이 닭이 처음 울면 다 일어나 세수
하고 양치질하고, 옷을 입고 베개와 자리를 걷고 방과 마루와
뜰에 물을 뿌리고 쓸고 한 다음, 자리를 펴놓은 뒤에 각각 자기
할 일을 한다. '

　그리고 끝에 가서,

　'어린아이는 일찍 자고 늦게 일어나며 먹고 싶어 하는 것을 일
　정한 시간 없이 먹게 한다.'

라고 했습니다. 이 또한 당연한 일입니다. 그러나 어린아이가 아
닌 조금 더 큰 아이만은, 어른 다음으로 일정한 규정을 두어 꼭
지키게 한 것을 이로써 알 수 있는 일입니다.

　요즘은 다 큰 아이들까지 이 어린아이처럼 멋대로 놀고 자고,
때도 없이 줄곧 먹기만 하는 형편이 아닙니까? 원문에서 말한 대
로는 할 수 없지만 역시 일찍부터 어른 섬기는 일과 제 앞을 닦아
나가는 일을, 현실에 맞게끔 어떤 범위를 정해 실행하도록 하는
것이 절대 필요한 것으로 생각됩니다. 구체적인 내용은 설정에 맞
는 것이어야 하겠지만, 그 정신만은 이 내칙편이 말한 것에서 찾
을 수 있지 않을까 싶습니다.

　다음은 사회적인 지위를 갖고 있는 부모와 자식 사이를 설명하
고 있습니다. 명사(命士)는 임금의 명령에 의해 벼슬에 오른 선비
란 뜻입니다. 벼슬아치 가운데 가장 낮은 계급이 사(士)입니다.
'명사로부터 위는(由命士以上)' 이라고 말했으니, 벼슬을 한 사람
모두를 말한 것입니다.

　'명사로부터 위는 아버지와 아들이 모두 거처하는 집을 달리한
　다. 새벽 일찍 아침 문안을 드리고 맛이 좋고 단 음식으로 부모
　에 대한 사랑을 다하고, 해가 뜨면 물러나와 각각 자기 일을 한
　다. 해가 지면 저녁문안을 드리고 맛이 좋고 단 음식으로 부모
　에 대한 사랑을 바친다.'

요즘으로 말하면 일터를 밖에 두고 있는 사람은, 자식으로서의
도리와 함께 사회인으로서의 의무를 지켜야 하기 때문에 집안에서
부모의 시중만을 들 수도 없는 일입니다. 남의 자식인 동시에 남
의 아버지이기도 하고, 친구며 부하직원들이 찾아오기도 할 것이

아닙니까? 그러니 그가 거처하는 집이나 방이 부모와 좀 떨어져
있을 수밖에 없는 일입니다.

그러나 설사 거처하는 곳이 떨어져 있더라도 아침저녁으로 문안
을 드리고, 진짓상을 보살피는 일만은 게을리 하지 않는 것이 자
식의 도리가 되는 겁니다. 지위오- 형편에 따라 다를 수야 있지요.
더욱이 오늘날과 같은 시대에 사는 사람들로서는 하고 싶어도 되
지 않는 일입니다. 그러나 멀면 먼대로 아침저녁 전화로라도 안부
를 물을 수 있고, 여가가 있으면 자주 찾아가 뵈올 수는 있는 일입
니다. 문제는 마음가짐입니다. 우리는 옛글을 그대로 옛날 일로만
돌릴 것이 아니라, 그 안에 담겨 있는 정신을 본받을 일입니다.

다음은 일반적인 경우를 말하고 있습니다.

'부모와 시부모가 아침에 일어나 앉으려고 하면 자리를 받들어
들고 어느 쪽에 놓을까를 묻는다. 자리에 누우려고 하면(將衽)
나이 많은 사람은 자리를 받들어 들고 발을 어느 쪽으로 둘 것
인가를 물으며, 나이 적은 사람은 평상을 잡고 함께 모시고 앉
는다. 일어나셨을 때는 모신 사람이 안석(几)을 들고 돗자리(席)
와 삿자리(簞)를 걷으며, 이불을 묶어 달고 베게를 상자에 넣으
며 삿자리를 걷어 싸서(襡) 치운다.'

시대가 다르고 나라의 생활방식이 다르므로 얼른 이해가 안 되
는 점도 없지는 않습니다. 결국 어른의 뜻을 받들어 재빨리 시중
을 드는 민첩함을 가리킨 것이라고 할 수 있습니다.

나는 어쩌다가 개인비서를 둔 사람들을 보게 되는데 그 때마다
이런 생각을 해 보곤 합니다.

'저 비서가 하는 것처럼만 자식이 할 수 있다면 효자 소리 듣지
않을 사람이 없을 텐데……'
하고 말입니다.

'제 부모는 공경할 줄 모르면서 남의 부모 공경하는 것을 잘
못된 예라 하고, 제 부모는 사랑할 줄 모르면서 남의 부모 사
랑하는 것을 잘못된 일이라고 한다.'

하고 지적한 것도 출세를 위해 또는 돈벌이를 위해 상사를 깍듯
이 모시고 고객을 상전처럼 여기는 사람들이, 집에 들어가 부모
와 형제와 처자를 어떻게 대할 것인가 하고 생각하면 느껴지는
점이 한 두 가지가 아닙니다.

다음도 다 같은 성질의 이야기들입니다. 원문 그대로 참고하
는 것으로 충분할 것 같습니다.

'부모와 시부모의 옷과 이불과 삿자리와 돗자리와 베게와 안석
은 일정한 곳에 두고 함부로 옮기지 않고, 지팡이와 신은 정성
스럽게 간수하고 함부로 다루지 않으며, 쓰는 밥그릇과 술잔과
반찬그릇들은 부모가 먹다 남은 음식을 먹을 때가 아니면(非餕)
감히 거기에 음식을 담아 먹거나 마시거나 하지 않는다.

부모가 계시면 아침저녁의 늘 하시는 식사 때는 아들과 며느
리가 옆에 모시고 앉아 이것저것 많이 드시도록 도와 드리고,
다 자시고 나면 나머지를 버리지 않고 아들과 며느리가 다 먹는
다.

아버지가 돌아가시고 어머니만 계시면 맏아들이 모시고 함께
먹으며, 다른 아들과 며느리들은 시중을 드는데 먹다 남은 음식
은 앞에 말한 대로 다 먹는다. 남은 음식 가운데 맛이 좋고 달고
부드럽고 연한 것은 어린아이들에게 먹게 한다.'

여기에 준(餕)이란 글자가 자주 나오는데, 이것은 그릇 안에
먹다 남은 것을 말합니다. 그것이 동사로 변해서 먹다 남은 것
을 먹어 치운다는 뜻이 됩니다.

그러나 그것은 짐승을 주거나 버리거나 하지 말라는 뜻이지, 어
른 상에 놓았던 것을 모조리 먹어치운다는 뜻은 아닙니다. 두었다

가 나중에 드릴 수 있는 것은 그대로 잘 두는 것이 당연한 일입니다.

〈맹자〉에 보면 이런 내용이 나옵니다.

'증자가 아버지 증석을 받들 때는, 집이 가난해도 아침 저녁으로 밥상에 술과 고기가 떨어지지 않았다. 자시고 남은 것이 있으면 증자는 그것을 그대로 간직해 두곤 했다. 그러다가 친구가 찾아와 그를 대접할 생각으로, 증석이 그 먹다 남은 것이 있느냐고 물으면 증자는 있다고 대답하고 그것을 차려내곤 했다.

증석이 죽은 뒤 증원(曾元)이 증자를 받들 때도, 증자의 밥상에는 술과 고기가 늘 떨어지지 않았다. 그러나 친구가 찾아와 증자가 그 남은 것이 있느냐고 물으면 증원은 없다고 대답하며 내놓지 않았다. 다음에 드릴 생각으로 그랬던 것이다.'

이렇게 말한 다음 맹자는 이런 결론을 내리고 있습니다.

'증자는 아버지의 뜻을 받든 것이고 증원은 아버지의 몸을 받든 것이다. 참다운 효도는 뜻을 받드는 데에 있고, 몸을 받드는 데에 있지 않다.'

이것으로 보아 먹고 남은 것 가운데 귀한 것은, 그대로 남겨 두었다가 다음에 그대로 내곤 했던 것을 알 수 있습니다. 때마다 새로운 음식을 만들어 낼 수 있는 넉넉한 살림이 아닌 바에야 그것이 당연한 일이 아니겠어요?

증원이 없다고 한 것은 다음에 내기 위한 것이기보다는, 남은 것을 자기가 먹어치운 때문이었을지도 모릅니다.

부모의 진짓상에 놓았던 좋은 음식을 먹다 남은 것이라 하여 함부로 버려서는 안 된다는 뜻으로 보는 것이 옳을 것입니다. 맛있고 달고 부드럽고 연한 것은 어린아이들에게 먹게 한다는 것만 보아도, 부모의 상에만 좋은 음식이 올라 있었음을 알 수 있습니다.

효도와 동시에 검소한 생활의 지혜를 함께 가르친 것으로 볼 수 있습니다.

어머니만 계실 경우는 아버지의 뒤를 이어 집안의 어른이 된 맏아들이 어머니를 모시고 함께 음식을 든다고 한 것도 깊은 뜻이 있는 것 같습니다. 어머니의 외로움을 달래 드리려는 뜻과, 아버지를 대신해서 집안 일을 늘 상의하고 알려 드리고 하는 기회를 갖게 한 것이라 볼 수 있습니다."

男不言內 女不言外
남 불 언 내　여 불 언 외

"제3장은 몸가짐과 하는 일을 내용으로 하고 있습니다. 설명이 필요치 않은 것들입니다. 원문을 보시지요.

'부모와 시부모가 계신 곳에 있을 때는 명령하는 일이 있으면 빨리 예 하고 공손히 대답한다. 나가고 물러나고 들고 할 때는 몸가짐을 조심하고 차분한 태도를 가져야 하며, 계단을 오르내리고 문을 들고 나고 할 때는 몸을 굽히고 들고 하는 것(揖遊)을 법도에 맞게 한다. 감히 그 앞에서 구역질과 트림과 재채기와 기침을 하지 못하며, 하품을 하거나 기지개를 켜거나 한쪽 다리에만 힘을 주어 비스듬히 서거나 곁눈으로 보거나 하지 않으며, 감히 가래침을 뱉고 코를 풀지 않는다.'

이것은 부모와 시부모 앞에서 뿐 아니라 어른과 손님들이 있는 곳에서도 지켜야 할 일들이며, 혼자 있을 때도 조심해야 할 일입니다.

다음은 좀 지나친 점도 없지는 않습니다. 그러나 여기 말한 감히(敢)라는 것은 절대적인 뜻을 가진 것은 아닙니다. 감히 라는 말은 우리가 지금 쓰고 있는 것과는 성질이 다른 것입니다. 옛날엔 구태여 라고 새겨 읽었는데, 아마 그 구태여 라는 것이 바른 풀이말이 될 것입니다. 가능하다면 피하는 것이 좋다는 정도로 받아들이면 됩니다. 원문을 보시지요.

'추워도 감히 껴입지 않으며, 가려워도 감히 긁지 않으며, 경계
해야 할 일이 있지 않으면(不有敬事), 감히 웃옷을 벗거나 팔을
걷어붙이지 않으며, 물을 건널 때가 아니면 옷을 걷어올리지 않
으며, 속옷과 이불은 안을 보이게 하지 않는다.'

추워도 껴입지 않는다는 것은 어른이 보는 앞에서의 이야기입니
다. 가려워도 긁지 않는다는 것은 조심성 없이 함부로 긁지 말라
는 뜻으로 보면 될 것입니다. 이건 굳이 어른 앞에서의 일만도 아
닐 것입니다. 남이 보는 앞에서는 될 수 있으면 피해야지요. 그러
니 어른 앞에서는 감히 그러지 못한다는 뜻이 되겠지요.

경사(敬事)라는 것은 조심하는 일이란 뜻인데, 여기서는 경계하
는 일로 보아야 할 것입니다. 맞서 싸우지 않으면 안 될 급한 상황
에서는 상대의 공격을 막기 위한 준비로써, 웃옷을 벗고 팔을 걷
어붙이는 일도 피할 수 없기 때문에 특히 지적해 둔 것으로 보입
니다. 그 당시의 사회상을 보여 준 것이라고도 할 수 있습니다. 선
비들도 칼을 차거나 감추고 다니던 시대였으니까요.

다음은 부모의 깨끗하지 못한 모습을 남에게 보이지 않도록 마
음을 쓰라고 말한 것입니다. 늙으면 사람들은 몸치장을 하지 않게
됩니다. 몸도 자주 씻으려 하지 않고, 옷에 때가 묻어 있어도 별로
탓하지 않습니다.

젊은이들도 자기들만 깨끗이 하려 할 뿐, 늙은이들에겐 별로 관
심을 갖지 않는 것이 보통입니다. 그런 점을 일깨워 준 것이라 볼
수 있습니다.

'부모의 가래침과 콧물을 남이 보지 않도록 하며, 갓과 띠에 때
가 묻었으면 잿물을 타서 씻기를 청하고, 옷에 때가 끼었으면 잿
물을 타서 빨래할 것을 청하며, 옷이 터지거나 찢어졌으면 바늘
에 실을 꿰어 꿰맬 것을 청한다.'

　몇 해 전엔가 방송국에서 길가는 사람들에게 임의로 물어서 얻은 대답을 통계로 내어 가족 단위로 나온 사람을 상대로 수수께끼 시합을 한 일이 있었습니다.

　그때 매일 새것으로 갈아입고 갈아쓰고 하는 것 가운데 와이셔츠와 손수건이 들어있었습니다. 손수건 정도는 이해가 가는데 와이셔츠를 매일 빨아 새것으로 갈아입는다는 통계에는 약간 지나치다는 느낌이 들더군요. 물론 그런 사람도 많은 것은 사실입니다. 그러나 길거리에 나다니는 사람이 거의 그런 대답을 했다는 것에 나는 놀랐습니다. 그런 사람일수록 깨끗한 사무실에서 일하는 사람일 터인데, 과연 그렇게까지 할 필요가 있는 것일까 하고 말입니다.

　그런 젊은이들이 늙은 부모의 옷이 지저분한 것에는 별로 관심도 갖지 않는 것은 아닐까 하는 생각이 들기도 했습니다. 가난하게 살아 온 노인들은 대개 빨래를 자주 하는 것도 사치로 생각합니다. 젊은이들은 그런 노인들의 초라한 모습을 당연한 걸로 여기는 경향도 없지 않습니다. 그러나 말로만 그럴 뿐, 노인들도 아들 며느리들이 억지로라도 깨끗한 옷차림을 하도록 해 주기를 속으로는 은근히 바라고 있는 겁니다.

　이런 이야기도 전해지고 있습니다. 가난한 어머니가 생선을 구워 아들에게는 가운데 토막을 주고 자신은 머리와 꼬리만을 먹으며,

　‘나는 머리와 꼬리가 맛이 있다.’
라고 아들을 사랑하는 마음에서 거짓 핑계를 대곤 했습니다.

　그 아들이 커서 장가를 들자 아내에게,

　‘우리 어머니는 생선 머리와 꼬리를 좋아하셔.’
하고 특별한 부탁까지 했다는 겁니다.

　꾸며낸 이야기겠지만 자식들은 부모들의 참뜻을 모르고, 말을

그대로 받아들이는 경우가 많다는 것을 일깨운 이야기로 볼 수 있습니다.

다음을 보시지요.

'닷새마다 물을 끓여 목욕하시기를 청하고, 사흘마다 머리를 감도록 해 드린다. 그 사이에도 얼굴에 때가 있으면 쌀뜨물을 끓여 세수하기를 청하고, 발에 때가 있으면 물을 끓여 씻기를 청한다.'

늙으면 어린아이가 된다고 하지 않습니까? 눈도 침침해지고 몸도 약해져 있으므로 모든 것이 다 귀찮게만 여겨지기 쉽습니다. 그러므로 모시고 있는 사람들이 늘 관심을 갖고 보살펴 드리지 않으면 안 되는 것입니다.

손수 물을 끓여서 일일이 청하던 옛날에도 그러했는데, 관심만 갖는다면 날짜를 정해 두지는 않더라도 자주 목욕을 하고 머리를 감도록 하는 거야 쉬운 일이 아니겠습니까?

다음에,

'나이 어린 사람이 나이 많은 어른을 섬기고, 신분이 낮은 사람이 높은 사람을 섬기는 것도 다 이에 따라서 한다(共師時).'

라고 했는데 솔(師)은 따른다는 뜻이고, 시(時)는 시(是)와 음이 같기 때문에 이(是)라는 뜻으로 쓰인 것입니다.

다음에 남녀유별의 구체적인 내용이 나옵니다. 이 가운데서 오늘날에도 한 번쯤 그 참뜻을 되새겨 보았으면 하는 것이,

'남자는 안의 일을 말하지 않고, 여자는 밖의 일을 말하지 않는다(男不言內, 女不言外).'

라는 것입니다.

서로 상의도 하고 물어서 해야 할 일도 있겠지만, 될 수 있으면 간섭을 하지 않는 것이 가정의 평화를 위해 좋은 일일 것입니다. 부득이 간섭을 할 수밖에 없는 형편이라면 불행한 일이지요. 가정

불화의 원인 가운데 가장 비중이 큰 것이라면 역시 이 원칙을 지키지 않은 것이 되지 않을까요?

아주 짝이 기울어 남편이 좁쌀영감이라는 소리를 듣는 경우도 있고, 반대로 공처가 소리를 듣는 경우도 있겠으나, 남편다운 남편이 되고 아내다운 아내가 되기 위해서는 서로의 인격을 존중하고 서로가 하는 일에 간섭을 하지 않도록 힘써야 할 것입니다. 또 간섭을 받지 않게끔 밖의 일과 안의 일의 한계를 분명히 해 두고, 하는 일에 문제가 생기지 않도록 힘써야 할 것입니다.

이런 대원칙만 지켜진다면, 그 다음의 문제는 시대와 사회환경에 따라 얼마든지 융통성있게 해결할 수 있는 일입니다.

뒤이어 계속되는 내용들은 오늘날에는 지켜질 수 없는 일이지만, 그런 마음가짐만은 지니고 있어야 할 것입니다.

다음을 보시지요. 아까 말한 대로 여기 있는 대로 할 수는 없는 일이지만, 그런 마음가짐만은 배워야 할 것 같습니다.

'제사 때와 초상 때가 아니면, 남자와 여자는 서로 그릇을 주고 받지 않는다. 제사 때와 초상 때에 서로 주고 받는 경우에는 여자는 광주리로 받는다. 광주리가 없으면 남자와 여자가 꿇어앉아 그릇을 바닥에 놓은 뒤에 받아든다.'

직접 주고 받는 오늘의 경우도 남녀 사이는 상대를 정중히 대하는 그런 태도로 주고 받는 것이 바람직한 일이 아니겠어요? 비정상적인 몸짓이나 눈빛을 보이는 것은 삼갈 일입니다. 상대에게 모욕감을 주게도 되고 남이 보면 둘 사이를 의심하는 경우도 생길 수 있습니다.

다음을 보시지요.

'밖과 안은 우물을 함께 쓰지 않으며, 목욕을 함께 하지 않으며, 잠자는 자리를 서로 통하게 하지 않으며, 서로 물건을 빌거나 빌려주지 않으며, 남녀는 옷을 서로 같이 입지 않는다.'

우물을 함께 쓰지 않는다는 것은 우물을 안과 밖에 따로 두어야
한다는 뜻이 되겠는데, 여유 있는 집이 아니고는 어려운 일입니
다. 그래서 옛날에 우물은 여자의 독점물이 되다시피 했습니다.
지나가던 나그네가 물긷는 여자에게 물을 얻어먹으려면 여간 조심
스런 것이 아니었습니다. 직접 달을 걸지 못하고 아이가 지나가기
를 기다리곤 했던 겁니다.

목욕을 함께 하지 않는다는 것은 말할 것도 없는 일로 느껴집니
다. 주고 받는 것도 직접 하지 못하는 세상에 옷을 벗고 같은 목
욕탕에 들어간다는 것은 상상조차 할 수 없는 일입니다. 그러나
그것은 그런 전통이 서 있는 우리의 생각일 뿐, 옛날에는 그렇지
도 않았던 것으로 볼 수 있습니다.

다음을 보시지요.

'안의 말은 밖으로 나오지 않도록 하고, 밖의 말은 안으로 들어
가지 않게 한다. 남자가 안으로 들어갔을 때는 휘파람을 불거나
손가락질을 하지 않는다. 밤이 안에 들어갈 때는 반드시 촛불을
들고 가며 촛불이 없으면 가지 않는다.

여자가 대문 밖으로 나갈 때는 반드시 얼굴을 가리며, 밤에
다닐 때는 촛불을 가지고 다니고 촛불이 **없으면** 나다니지 않는
다.

큰길에서는 남자는 오른쪽으로 다니고, 여자는 왼쪽으로 다닌
다.'

여자가 밖에 나다닐 때 치마같은 것으로 얼굴을 가리고 눈만 내
놓고 다니는 것을 역사극에서 늘 보곤 합니다. 그런데 요즘은 서
양 풍속을 닮아 여자가 더 살을 드러내고 다니니 이해 못할 일입
니다. 여자는 여자로서의 약점을 늘 안고 있기 때문에 몸조심을
할 수밖에 없는데, 도리어 남을 유혹하는 짓을 본받는다는 것은
어리석은 일이기도 합니다.

큰길에는 남녀가 다니는 길이 각각 구분되어 있었던 모양입니다. 오른쪽 왼쪽은 다니는 사람을 두고 한 말이 아니라, 동쪽 서쪽과 같은 뜻으로 보아야 하겠지요."

勿逆勿怠, 說則復諫
물 역 물 태, 설 칙 복 간

"4장은 아들 며느리가 부모 받드는 도리와 함께, 부모의 아들 며느리 거느리는 도리를 말하고 있습니다.

원문을 보시지요.

'아들 며느리로서 부모와 시부모에게 효도하고 공경하는 사람은, 부모와 시부모의 명령을 거스르지도 않으며 게을리하지도 않는다.'

라고 전제한 다음 그 구체적인 보기를 들어 이렇게 말하고 있습니다.

'무엇을 주며 마시라고 하거나 먹으라고 할 것 같으면, 비록 그 것을 즐겨하지 않더라도 반드시 맛을 보고 다음 명령을 기다려야 한다.'

싫거나 배가 불러 먹을 수 없을 경우라도 싫다거나 배가 부르다거나 하는 말을 하지 않고, 우선 맛을 보고 기다리라는 것입니다. 그것으로 명령에 따른 것이 되기 때문입니다. 맛을 보고 더 마시지 않거나 먹지 않고 있으면,

'싫으냐? 맛이 없느냐?'

하고 물어올 것이므로 적당히 대답할 기회가 생길 것 아닙니까? 그러므로 또 다음 명령이 곧 내릴 것이라고 한 말입니다.

오늘날에도 꼭 그래야만 할 것인가 하는 문제는 별개로 하더라도, 공경하는 마음이 있고 어른의 뜻을 받들려는 생각이 있으면 일단 따르는 시늉이라도 해 보이는 것이 부모와 자식 사이의 정다

움이 되지 않겠어요? 서로 흉허물없이 지내는 친구 사이라도 그
러는 것이 우정의 표시가 될 수 있을 것입니다.

　‘아니, 싫어. 배가 불러 생각 없어.’

하고 손을 내젓거나 하면 솔직한 사람일 수도 있지만, 음식을 내
놓은 사람의 눈에는 멋적은 사람으로밖에는 보이지 않을 것입니
다. 설사 싫더라도,

　‘맛있군. 그런데 방금 무얼 먹고 와서……’

하고 상을 물리는 것이 손님된 도리일 것입니다. 하물며 웃어른이
생각하고 주시는 것을 맛도 보지 않고 거절하는 것은 버릇없는 태
도로 보아야 할 것입니다.

　다음을 보시지요.

　‘옷을 주면 비록 그것이 마음에 들지 않더라도 반드시 입고 다
　음 명령이 있을 때까지 기다려야 하며, 일을 하라고 시키고 나
　서 다른 사람으로 그 일을 대신하게 할 때는 내가 비록 그러고
　싶지 않더라도 우선 주어 대신하게 한 다음 다시 내가 그 일을
　해야 한다.’

　마음에 들지 않는 옷을 입고 다니고, 마음에 들지 않는 사람에
게 일을 맡기는 것은 좀 하기 힘든 것이기도 합니다. 그러나 주는
사람과 시키는 사람의 뜻에 일단 따르는 것이 도리입니다. 어른이
아닌 경우라도 그런 마음가짐이 남남과의 사이를 원만히 하는 길
잡이가 될 수 있는 겁니다. 이른바 사교성(社交性)이 풍부한 것이
될 수 있지요.

　그것은 윗사람이 아랫사람에게, 부자가 가난한 사람에게, 힘있
는 사람이 힘없는 사람에게 하는 경우에 적용되는 것입니다.

　옛날 홍참판이란 유명한 분이 있었습니다. 뒤에는 판서로 있으
면서 재상 이상의 세도를 누리기까지 했습니다.

　그는 정조(正祖)가 세손으로 있을 때, 스승의 자격으로 어린 세

손을 보호하여 몇 차례의 위험한 고비를 슬기와 재치로 모면하게 해 준 것으로 유명합니다.

세손이 할아버지 영조(英祖)의 뒤를 이어 임금이 되자, 그는 하루아침에 참판이 되었습니다. 판서가 장관이고 참판은 차관입니다.

그가 벼락감투를 쓰자 고향에 있는 일가친척들이 찾아오기 시작했습니다. 그야 당연한 일이지요. 그런데 그 일가친척 가운데 완고하기만 하고 눈치가 없는 촌수가 먼 아저씨 한 사람이 찾아왔습니다. 나이도 많은 편이었겠지요.

그는 자기 손으로 만든 수수비 몇 자루를 어깨에 멘 채, 여러 귀한 손들이 찾아와 이야기하는 사랑방으로 곧장 들어갔습니다. 옷차림도 초라하고 몸짓이며 말씨도 촌티가 물씬 풍기는 그런 사람이었겠지요. 그러나 그의 태도만은 당당했습니다. 손아래 조카이므로 아무리 벼슬이 높다 해도 조카는 조카요, 아저씨는 아저씨이므로 보는 사람이 민망할 정도로 어른 행세를 했던 겁니다.

홍참판이 깍듯이 인사를 올리고 안부를 묻고 나자, 아저씨란 사람은 가지고 온 비를 가리키며,

　'서울에서는 귀할 것 같아 내가 특별히 손수 만들어서 가지고
　　왔지.'

하며 자랑하듯 말하자,

　'그 귀한 것을 멀리까지 가지고 오시다니요?'

하며 정말 귀한 선물이라도 받은 것처럼 기뻐하고 안으로 모시고 들어갔다는 것입니다.

속으로 웃으며 바라보고 있던 손들은 그런 홍참판을 보고,

　'앞으로 판서와 정승을 하고도 남을 사람이야.'

하고 그의 넓은 도량과 사람을 대하는 사교성의 뛰어남에 감탄해 마지 않았다는 것입니다.

'원! 아저씨도 참. 그런 걸 뭣하러 가지고 오셨습니까?'
하고 타박을 하거나 어이없는 웃음을 지을 수도 있는 일이지만,
가지고 온 사람의 고마운 마음을 생각해서 기쁘게 받는 것이 어진
사람의 태도이며 지혜로운 사람의 사교성이라 볼 수 있습니다.

어른을 섬기고 부모를 대하는 태도와 마음에도 공경과 함께 이
런 사교성이 절대로 필요한 것입니다.

다음은 부모와 시부모가 아들과 며느리를 대하는 태도를 말하고
있습니다.

'아들과 며느리가 힘들어 하는 일이 있으면 하는 것이 아무리
딱하게 보이고 가엾어 보이더라도 그대로 하게 내버려 두고, 하
지 못하게 하는 대신 자주 쉬게 할 일이다.'

이 대목은 깊은 뜻이 들어있다고 보아야 할 것입니다. 자식을
사랑하는 것이 편하게 놀리는 것이 아님을 강조한 것이라 볼 수
있습니다.

'젊어서의 고생은 사서라도 한다.'
든가,

'귀여운 자식일수록 매를 많이 때려라.'
든가 하는 말이 다 같은 이치에서 나온 말이라 볼 수 있습니다.
공자도 〈논어〉에서 이런 말을 했습니다.

'사랑한다고 해서 고생을 시키지 않을 수 있으며 충성한다고 해
서 타이르지 않을 수 있겠는가?'
라고 한 것도 참다운 사랑과 충성이 보통사람들이 생각하는 것과
는 정반대인 점도 없지 않다는 것을 말한 것이라 볼 수 있습니다.

억지로 시키지는 않더라도 그들이 할 수 있는 일을 하게 하는
것이 그들 자신을 위해 바람직한 것이므로, 보기에 안스럽더라도
내버려두는 것이 옳은 일이며 정 힘들어 보이면 자주 쉬게 하는
정도로 족하다는 뜻입니다.

다음은 극단적인 경우를 말하고 있습니다.

'아들과 며느리가 효도하지 않거나, 공경하지 않더라도 미워하거나 원망하지 말고 우선은 가르쳐야 한다. 가르쳐도 잘 되지 않으면 그 다음에 노여워할 일이며, 노여워해도 소용이 없으면 아들은 집에서 내보내고 며느리는 친정으로 보낸다. 그러나 그들의 잘못을 드러내지 않는 것이 부모의 자식에 대한 도리가 된다.'

효도하지 않고 공경하지 않는다는 것은 일정한 기준이 있을 수는 없는 일입니다. 사람에 따라 또는 시대와 처지에 따라 각각 다를 수 있습니다. 마음에 거슬리는 일이 있더라도 그것을 태도로나 말로, 나타내지 말고 잘 타이르고 가르치라는 데에 뜻이 있는 겁니다.

요즘도 부모 자식 사이에 대화가 부족하다는 말을 자주 듣습니다. 이 대화라는 것이 가르치는 것에 해당된다고 볼 수 있습니다. 말을 주고 받으면 자연 그 가운데서 무엇을 어떻게 하는 것이 좋은 것인가를 깨닫게 됩니다. 또 그때그때 좋은 말로 타이르는 것도 대화라고 할 수 있습니다.

자식들은 부모의 말을 잔소리로 생각하기 쉽습니다. 또 부모도 조용히 타이르거나 미리미리 가르치지는 않고 조금만 마음에 들지 않으면 성난 눈초리로 바라보며 타이르는 것도 아니요, 가르치는 것도 아닌 불평불만의 핀잔 비슷한 말을 던지는 것이 보통입니다. 부모의 그 같은 태도가 공경을 받을 수는 없는 일입니다. 그것은 공연한 잔소리가 될 수밖에 없고, 자식에 대한 이해가 부족한 아버지 어머니로 밖에는 생각되지 않습니다.

가장 효과적으로 가르치는 방법은 부모가 조부모에게 하는 행동을 자녀들에게 보여 주는 일입니다. 핵가족 시대에 살고 있는 오늘날은 그러고 싶어도 잘 되지 않는 일입니다. 이른바 전통이니

가풍이니 하는 것이 전해질 수 없는 거지요.

여기에 가르친다는 것도 아마 아들 며느리들이 그런 가풍에 접할 기회가 없는 경우가 되겠지요. 오늘날 우리 가정은 거의가 어른들의 부모 섬기는 모습을 어린이들에게 보여줄 수 없는 상태에 있습니다. 그런 만큼 어릴 때부터 일일이 가르쳐 주어 몸에 배게끔 해야 할 것입니다.

다음은 노여워한다는 문제가 되겠습니다. 무턱대고 야단을 치고 성을 내고 하는 것은 자녀들에게 반항의식만 키워 주게 될 뿐, 효과를 기대하기 어렵습니다. 부모가 화를 내고 야단을 치는 것이 당연하다고 느껴질 때에만 효과를 기대할 수 있습니다. 조용히 타이르고 가르친 다음이 아니면 그런 느낌은 갖기 어렵습니다.

성을 내고 꾸짖고 해도 소용이 없다고 느껴졌을 때, 아들 며느리를 집에서 내보내라고 한 것은 그들에게 잘못을 진심으로 뉘우치게 하려는 마지막 수단으로 보는 것이 옳을 겁니다. 자식에 대한 부모의 권위가 절대적인 시대의 이야기라 볼 수도 있지요. 적어도 경제권을 쥐고 있을 때의 이야기지요. 요즘 같으면 아들 며느리를 내보내는 대신 부모들이 집에서 나가야겠지요.

문제는 자식을 내보내든 부모가 집을 나오든, 아들 며느리의 잘못을 남이 알게 하지 않는다는 것입니다. 그것이 부모의 자식에 대한 사랑이요, 도리입니다. 아들 며느리의 흉이 곧 집안 흉이 되고, 집안 흉이 곧 자기의 흉이 되기도 하므로, 사랑이니 도리니 하는 것을 떠나서라도 지혜로운 일은 될 수 없지 않겠어요?

양로원으로 와 있는 노인들 가운데는 아들 며느리가 있는 경우도 없지 않은 모양인데, 그 아들 며느리가 누구인지를 밝히지 않는다고 들었습니다. 그것이 부모의 마음입니다. 자식에 대한 흉이 곧 내 흉이 된다는 가문을 소중히 여기는 전통의식에서 나온 것이라 볼 수 있습니다. 〈예기〉에 말한 것이 바로 그대로 지켜진다고

도 볼 수 있고, 그것이 부모들의 자식에 대한 공통된 사랑의 표출
이라고도 볼 수 있습니다.

　다음은 다시 부모에 대한 극단의 경우가 되겠습니다. 이 대목은
〈소학〉이니 〈동몽선습〉 등에 널리 소개되어 있는 것이기도 합니
다.

　'부모가 잘못하는 일이 있으면, 기운을 낮추고 얼굴빛을 화평하
게 하여 부드러운 목소리로 간해야 한다. 간해서 만일 받아들여
지지 않으면 더는 간하지 말고, 공경과 효도를 계속하여 부모가
기뻐할 때를 기다렸다가 다시 간할 일이다. 부모가 간하는 것을
기뻐하지 않더라도, 그 일로 인해 고을이나 마을 사람들에게 죄
를 짓게 되지 않도록 몇 번이고 간해야 하지 않겠는가? 간하는
것을 부모가 노여워하여 매를 때려 종아리에 피가 흐른다 해도
부모를 미워하거나 원망해서는 안 된다. 더욱 공경하고 효도를
해야 한다.'

　이 부분은 깊이 생각해야 할 내용입니다. 권력층에 있던 유능한
사람들이 주위의 유혹에 이끌려 뇌물을 받거나 옳지 못한 일을 하
여 남의 원한을 사기도 하고, 뜻하지 않는 죄를 저지르기도 하는
일을 우리는 수없이 보곤 합니다.

　이른바 권력형 부조리나 범죄라는 거지요. 그 아들이나 며느리
가 이를 알고 말렸다면 그런 일은 없었을 텐데 하는 생각을 가끔
하곤 합니다. 여기 말한 대로 간하고 또 간한다면, 양심이 있고,
양식이 있는 부모라면 듣지 않을 리가 없습니다. 몇 억이나 몇 천
만 원이 꼭 필요한 것도 아닌 위치에 있는 사람들이 곧잘 그런 유
혹에 끌려들고 마는 것은, 그 자신보다도 가족들의 부추김이 많은
작용을 하는 경우도 없지 않을 겁니다. 그보다 더한 불효가 어디
있겠습니까? 제3자의 위치에 있는 자녀들이 순수하고 공정한 판
단에서 부모들의 욕심에 이끌린 부당한 처사를 말리지 않는다면

그 누가 말릴 수 있겠습니까?"

불감사가 불감사여
不敢私假, 不敢私與

"이번은 제5장 중간 부분입니다. 며느리의 시부모 섬기는 일과 맏
며느리와 작은며느리와의 관계같은 것을 말하고 있습니다. 오늘날
에도 참고가 될 것 같아 넣어 두었습니다.
원문을 보시지요.
 '시부모가 맏며느리에게 일을 시키면 맏며느리는 그 일을 게을
 리 하지 말아야 하며, 그 일을 작은며느리에게 떠맡기거나 하는
 무례한 행동을 하지 않는다. 시부모가 만일 작은며느리에게 무
 슨 일을 시키거나 하면 그로 인해 맏며느리에게 대항하거나 대
 등하게 행동해서는 안 된다. 어깨를 나란히 하고 다니지 않으며
 나란히 서서 어른의 명령을 받거나 하지 않으며 나란히 앉지도
 않는다.'
 맏아들과 맏며느리는 장차 뒤를 이어 집안을 거느리고 나가야 할
위치에 있으므로 그만한 권위를 부여하고 있는 겁니다. 그러나 그
권위를 시부모가 있는 동안 함부로 하지 않는다는 것을 말한 것이라
볼 수 있습니다.
 그리고 작은며느리 또한 시부모의 권위를 빌어 맏동서에게 맞서는
그런 태도를 보여서는 안 된다는 것을 말한 것입니다. 나란히 걷지
도 않고 시부모 앞에 나란히 서지도 않고 나란히 앉지도 않는다고
한 것은, 오늘날에는 별 뜻이 없는 것이기도 하나 그런 태도를 지키
는 것이 바람직한 일임에는 틀림없을 것 같습니다.
 다음은 모든 며느리가 지켜야 할 도리를 말하고 있습니다. 물론
옛날의 엄격한 대가족제도에서의 이야기지요. 그러나 오늘날에도
그런 정신만은 본받을 필요가 있다고 봅니다.

'모든 며느리들은 자기 방으로 가라는 시부모의 명령이 있기 전에는 감히 물러가지 않으며, 무슨 할 일이 있으면 크든 작든 반드시 시부모의 허락을 받아서 해야 한다.'

명령이 있기 전에는 자기 방으로 돌아가지 않는다는 것은, 시부모의 부름으로 시부모 앞에 와 있을 때를 말한 것일 뿐, 항상 시부모 앞에 있으란 말은 아닙니다. 또 각자 개인에 관한 일일지라도 미리 상의하고 의견을 묻거나 허락을 받는 그런 태도를 갖는 것은 단순히 어른을 공경한다거나 무서워해서가 아니라, 요즘 흔히 말하는 대화를 통해 서로의 의사를 전달하여 시부모와 며느리라는 딱딱한 관계를 부드럽게 할 수도 있고, 오해를 받거나 고의적인 간섭을 당하는 일이 없도록 하는 아랫사람의 슬기로운 태도로도 볼 수 있습니다.

같은 사무실에서 일하는 사람들도 옆에 있는 상사나 친구에게 자기 개인에 관한 일을 상의하는 것은 사교술의 한 가지일 수도 있는 겁니다. 다음을 보시지요.

'아들과 며느리는 사사로운 재물도 없고, 사사로이 모으는 일도 없으며 사사로이 갖는 그릇도 있을 수 없으므로, 감히 사사로이 남에게 빌려 주지도 않으며 감히 사사로이 주지도 않는다.'

경제권을 일절 인정하지 않는다는 말입니다. 역시 경제권이 없는 부모의 권위는 도덕이나 윤리만으로는 유지될 수 없다는 것을 말해 주는 것이라 볼 수 있습니다.

이건 좀 지나친 경우가 될지 모르겠습니다만, 우리 속담의 '갈 때 다르고 올 때 다르다'는 말을 깊이 새겨들을 필요가 있을 것 같습니다. 부모자식 사이라든가, 부부 사이라고 해서 크게 다를 것은 없는 일입니다.

내가 아는 친구 한 사람이 자기가 한 일을 후회하며, 아들 며느리를 원망하는 것을 들은 일이 있습니다.

그 친구는 아들을 결혼시킨 다음 집을 한 채 사서 살림을 내주
게 되었는데, 그 때 며느리가 하는 말이,

  '저희들이 앞으로 부모님을 모셔야 하지 않겠습니까? 이왕이면
  큰 집을 사서 주십시오. 그리고 상속세 문제도 있고 하니 남편
  앞으로 사 주십시오.'

라는 것이었습니다. 맏며느리가 그런 말을 하는 것은 당연한 일이
기도 하고, 부모를 모시겠다는 것이 요즘 사람으로서는 고마운 일
이기도 하여, 좀 남아 있던 돈까지 모조리 털어 큰 집을 사서 아
들 이름으로 등기를 해 주었다는 겁니다.

  그런데 막상 늙은 뒤에 그 아들 집으로 들어가 살고 싶어졌을
때는, 며느리의 태도가 언제 그런 말을 했느냐는 듯이 달라졌더라
는 것입니다.

  그 친구의 결론인 즉,

  '집은 사서 주더라도 소유권 등기만은 내 앞으로 해두었어야만
  하는 건데. 자식들의 마음이 그렇게 달라지리라고는 미처 생각
  지 못했다.'

하는 것이었습니다.

  아들 며느리의 재산 소유권과 사용권을 일절 인정하지 않은 이
런 내용들이 오늘과 같은 물질만능 풍조가 팽배해 있는 사회에서
생각해 볼 때, 무언가 깊은 뜻이 들어 있는 것도 같습니다.

  다음을 보시지요.

  '누가 음식이나 의복이나 옷감이나 차는 수건(佩帨)이나 향기
  나는 풀(茝蘭) 같은 것을 주면, 그것을 받아 시부모에게 드린다.
  시부모가 받으면 마치 새로 주시는 것을 내가 받은 것처럼 기뻐
  하고, 도로 주시면 사양하는데 그래도 도로 주시면 다시 주심을
  받는 것처럼 하여 고이 간직해 두고, 혹시 찾으시게 될 때를 기
  다릴 일이다.'

이 문제도 한 번 생각해 볼 필요가 있을 것 같습니다.

자기에게 보내준 음식이라 하여 혼자 먹고 말 며느리는 별로 없을 것 같습니다. 한 집에 사는 한은 말입니다. 그러나 오래 두고 먹을 수 있고, 그 받은 것을 시부모가 알지 못할 경우를 놓고 생각해 볼 때, 그 마음쓰는 것이나 나타내는 행동이 며느리마다 각각 다를 수 있습니다. 시부모 모르게 군것질하는 아들과 며느리가 얼마든지 있을지 모르는 지금으로서는 말입니다. 그런 아들 며느리가 있다면 이 글을 한 번쯤 읽어 보게 하는 것이 좋지 않을까요?

한집에 살지 않더라도 이런 마음으로 부모와 시부모를 생각한다면, 그 가정은 정말 화평하고 행복한 가정일 겁니다.

드린다고 넙죽 받아 먹거나 입거나 쓰거나 할 부모는 별로 없을 것입니다. 그런 부모라면 더욱 갖다 드려야 되겠지요. 가정의 평화를 위해서 말입니다.

시부모가 받았을 때 기뻐한다는 것은 좋은 뜻과 그렇지 못한 뜻이 함께 들어있다고 보아 좋을 것 같습니다. 받을 사람이 기꺼이 받기를 바라며 주는 것이 주는 사람의 마음일 것이니 기뻐해야 마땅한 일입니다. 또 드리기 싫은 것을 며느리의 도리를 지키기 위해 그랬다면 그 도리를 지키게 된 것이 다행한 일일 수도 있고, 드리지 않았더라면 얼마나 노여웠을까 하는 안도감에서도 기뻐해야 할 일입니다. 그러나 나이많은 시부모가 쓸 것이 따로 있고 젊은 며느리가 쓸 것이 따로 있지 않겠습니까? 자기들은 별로 필요치도 않은 것을 며느리가 올린다고 받을 시부모는 별로 없을 것입니다. 그것을 받아 시집간 딸에게 주려 하는 시부모가 있다면 모를 일이지만 말입니다. 그런 경우라도 기뻐해야 할 일입니다. 그로 인해 시어머니의 며느리에 대한 사랑이나 태도가 달라질 것이기에 말입니다.

도로 주어도 사양하는 것은 이쪽의 성의를 나타내는 것입니다. 체면을 지키기 위해 도로 주는 경우도 있을 것이며, 도로 주어도 사양하고 받지 않으리라 기대하고 도로 주는 경우도 있을 테니 말입니다. 몇 번 정도 사양하느냐 하는 것이 문제가 되기도 합니다. 그것은 시부모의 태도를 보아 할 일입니다만 두 번 정도가 적당하겠지요. 그러나 시부모로서는 적당치 않은 물건이면 한 번으로 족할 수도 있고, 시부모에게 더 필요한 물건이면 세 번이고 네 번이고 사양해 보는 것도 좋겠지요.

공자는 〈논어〉에서 어른을 모시고 있을 때 실수하는 경우가 세 가지가 있다고 말했습니다.

'어른의 말씀이 마치기 전에 먼저 말하는 것은 조급한 것이 되고, 어른의 말씀이 끝났는데도 말하지 않는 것은 숨기는 것이 되고, 어른의 얼굴빛을 보지 않고 말하는 것은 눈치없는 것이 된다.'

눈치를 본다는 건 좋은 일이 될 수 없지만, 말을 주고 받을 때는 상대의 표정을 살피는 것이 당연한 것입니다. 시부모가 도로 주었을 때 몇 번 정도 사양하는 것이 좋으냐 하는 것은 시부모의 표정을 읽는 문제이기도 합니다.

옛날 관습에서는 세 번 이상은 사양하지 않아야 한다고 되어 있습니다. 세 번 사양해도 도로 주시면 말없이 받아야 할 것이며, 도로 주어도 세 번이나 마다하면 그것을 진심으로 알고 받아도 상관 없는 일이며, 그래도 정 싫으면 다시 도로 줄 수도 있으며 그때는 아랫사람이 뜻을 굽히는 것이 예로 되어 있습니다.

그런데 사양이나 권고를 무턱대고 많이 하는 것이 좋은 줄로 알고 있는 사람도 적지 않습니다.

지금은 그런 일이 없겠지만 옛날 가난하게 살던 때에는 가끔 사양과 권고가 겉치레에 그치고 마는 경우가 많았고, 그로 인한 실

수도 없지 않았습니다.

내가 어렸을 때 어른들로부터 들은 이야기에 이런 것이 있습니다.

지나다가 아는 집에 들렀습니다. 가난하게 사는 것을 잘 알고 있었으므로 쌓인 이야기를 적당히 나누고는 일어나려 했습니다. 그러나 점심 때가 다 되었으니 점심을 들고 가라는 것이었습니다.

급하게 갈 곳이 있다는 핑계로 일어나 나오는데도 거듭 붙드는 것이었습니다. 그래도 바쁘다며 사립문까지 나왔습니다. 그러자 이번에는,

'점심밥을 짓고 있는데 뿌리치고 가면 되겠느냐?'

하며 붙드는 것입니다. 사양과 권고가 열 번 이상 되풀이된 셈이지요. 폐를 끼치고 싶지 않아 사양하고 나온 것이었는데, 점심밥을 짓고 있다는 말에는 더 사양하기가 어려웠습니다.

그래서 도로 들어와 앉게 되었는데, 짓는 중이라던 밥이 아무리 기다려도 나오지 않는 겁니다. 그렇게 말을 해도 갈 줄 알고 그랬던 것인데, 그것을 참일 줄로 알고 되돌아선 것이 큰 실수였던 겁니다.

들어와 앉은 다음에야 주인은 자신의 지나치게 정다운 표시가 실수였음을 알았지만 도리가 없는 일입니다. 그 때서야 안으로 들어가 점심을 지어 올리라고 부탁을 했고, 부인은 이웃집으로 쌀을 꾸러 나가 얼마 뒤에야 돌아와 밥을 짓기 시작했으니 더딜 수밖에요.

가난한 집은 농사를 지어도 여름이면 쌀을 구경하기가 어려운 때였으므로, 가장 무서운 것이 반가운 손님이 찾아오는 것이란 말이 생겨날 정도였어요. 오늘날로서는 이해조차 하기 어려운 이야기지요.

지나친 권고는 사양도 예가 아님을 알아야 할 것입니다.

반면에 물자가 넉넉하고 생활에 크게 어려움이 없는 요즘에는, 사양이니 권고니 하는 것을 전혀 알지 못하는 어린이와 젊은이들이 많은 것 같습니다. 며느리와 시부모 사이의 여기 말한 그런 예의같은 것도 부질없는 겉치레로 여겨질지도 모르는 일입니다. 그러나 그런 정신만은 잊지 말아야 할 것입니다.

다음을 보시지요.

'며느리에게 친정쪽 친척이나 형제가 있어 그들에게 자기가 간직하고 있던 앞서의 그 물건을 주려고 할 때는, 반드시 그 까닭을 시부모에게 아뢰고 시부모의 허락을 받은 뒤에 주어야 한다.'

요즘으로 말하면 자기가 마음대로 처분할 수 있는 것이라도 일일이 시부모의 허락과 승낙을 받으라는 이야기입니다.

과연 그렇게까지 할 필요가 어디에 있느냐 하는 질문은 오늘날로서는 당연한 일이기도 합니다. 그러나 며느리의 그 같은 태도나 마음가짐을 마다할 시부모는 없지 않겠어요? 지키지 않아도 되는 시대에 살면서도 그같은 심리를 이해하고 그 정신을 살릴 수만 있다면, 그 며느리야말로 시부모의 존경과 사랑을 받는 행복한 며느리가 될 것이며, 집안을 평화롭게 이끄는 가장 슬기로운 주부가 될 수 있을 것입니다."

제13편(第十三篇) 옥조(玉藻)

_{군 자 불 곤 인 어 액}
君子不困人於阨.
"군자는 남이 곤경에 빠졌을 때 괴롭히지 않는다."

_{천 자 옥 조 십 유 이 류}
天子玉藻十有二旒

"제13편은 천자와 제후의 옷과 갓과 쓰는 물건에 관한 것을 주로 하고, 그 밖의 여러 가지 의식과 절차에 대해 기록하고 있습니다. 짤막짤막한 내용으로 모두 58장이 있는데, 그 가운데 몇 장만을 뽑아 두었습니다. 참고 겸 우리가 생각할 점도 있지 않을까 싶습니다.

옥조(玉藻)라는 편 이름은 맨 첫머리에 나와 있는 글자를 딴 것뿐입니다. 옥조는 구슬꿰미란 뜻입니다. 임금이 쓰는 갓을 면류관(冕旒冠)이라 하지 않습니까? 면(冕)은 임금이 쓰는 갓을 말하기도 하나, 옛날에는 벼슬아치들이 쓰는 예모(禮帽)의 뜻으로 널리 쓰였습니다.

그 예모에 유(旒)를 앞뒤로 드리운 것이 곧 면류관으로, 천자나 제후만이 유를 드리우게 되어 있습니다. 유는 곧 구슬꿰미를 말하는 것으로, 천자는 앞뒤로 각각 열두 줄을 드리우고 줄마다 열두 개의 구슬을 꿰게 되어 있었는데, 구슬은 붉고 희고 푸르고 누르고 검은빛의 다섯 가지 옥을 위에서부터 차례를 꿰고 옥과 옥 사이를 한 치씩 떼어둔다 했습니다. 줄과 구슬의 수가 계급에 따라 차등이 있어 공(公)은 9, 후(侯)와 백(伯)은 7, 자(子)와 남(男)은 5였다고 합니다.

옥조는 곧 유를 말한 것인데, 조(藻)는 비단실로 되어 있고 그것으로 구멍이 뚫린 구슬을 꿴 것이 옥조입니다.

제1장 원문을 보시지요.

'천자는 옥조가 열두 가닥이다. 앞뒤로 연(延)을 깊게 하고 용권(龍卷)을 입고 제사를 지낸다. 현단(玄端)으로 춘분일(春分日)엔 동문 밖에 나가 조회하고, 매달 초하루에는 남문 밖에서 정사를 듣는다. 그리고 윤달의 경우는 왼쪽 문짝을 닫고 그 안에 선다.'

깊게 한다고 한 연은 면류관의 이마를 말한 것입니다. 즉 면류관의 앞 끝이 쓴 사람의 이마와 거리를 멀리한다는 뜻을 깊다고 말한 것입니다. 면류관은 넓이가 7치고 길이는 1자 2치였으며 나무판자를 속에 넣고 겉은 검은 베로 싸고, 연분홍 비단으로 안을 댔다고 합니다.

용권(龍卷)은 곤룡포(袞龍袍)를 말합니다. 권(卷)과 곤(袞)과 음이 비슷하므로 같이 쓰인 것입니다. 즉 용을 수놓은 예복으로 천자만이 입는 것입니다.

면류관을 쓰고 곤룡포를 입는 것은 제사를 지내거나 조회를 하거나 할 때에만 있는 일이었습니다. 뒤에 나옵니다만, 공자가 임금이 부인을 맞이하는 혼례에는 면류관을 쓰고 맞이한다고 하자,

노나라 임금 애공은,

'면류관을 쓰고 맞이하는 것은 너무 지나친 일이 아닙니까?'
하고 되묻기까지 한 것으로 보아 짐작할 수 있는 일입니다.

현단(玄端)은 현면(玄冕)의 잘못된 표기라고 합니다. 현면은 검
은 예복에 면류관을 쓰는 차림으로 큰 제사가 아닌 작은 제사 때
입는 것이라 합니다.

조일(朝日)의 일(日)은 춘분일(春分日)을 가리킨 것이라 합니다.
봄맞이 제사를 동문 밖에서 지낼 때, 그 곳에 임금과 신하가 모이
게 되는 것을 말한 것으로 보입니다.

초하루마다 남문 밖에서 정사를 듣는다고 한 것도 그 날 남문
밖에서 초하루를 알리는 간단한 제사가 있었기 때문입니다. 〈논
어〉에 보면 자공이 곡삭(告朔)의 희양(餼羊)을 없애 버리자고 말
하자 공자가,

'너는 그 양이 아까우냐? 나는 그 예가 아깝다.'
라고 했습니다.

매달 초하루마다 사당에서 초하루를 알리는 제사를 사당에서
지내곤 하던 것을 노나라 문공(文公) 때부터 제사를 지내지 않고
말았는데, 제사는 지내지 않으면서 양만은 그대로 바치고 있었으
므로 한 말이었다 합니다. 그래서 공자는 양을 바치지 않기보다
는, 임금이 나와 제사를 지내고 정사를 듣던 옛날 예를 되살리고
싶다고 한 것입니다.

윤달에는 왼쪽 문짝을 닫고 그 안에 선다고 한 것은, 같은 달에
초하루가 둘 있을 수 없다는 뜻에서 달리 했던 모양입니다. 구체
적으로 무엇을 어떻게 한 것인지는 알 필요도 없는 일이지요.”

연 불 순 성　　소 복 소 차　　식 무 악
年不順成, 素服素車, 食無樂

"다음은 초하루가 아닌 보통날에 대한 것이 주된 내용이 되어 있습니다. 얼른 이해가 안 되는 부분이 적지 않습니다. 원문을 보시지요.

'피변(皮弁)으로 날마다 조회를 마치고 나서 아침밥을 든다. 한낮에는 아침에 남은 것을 먹되, 풍악을 아뢰고 먹는다. 보통날에는 소뢰(少牢)로 하고, 초하루에는 대뢰(大牢)로 한다. 다섯 가지 마시는 것 가운데 물을 위로 삼고 그 다음이 미음과 술과 단술과 식혜가 된다.'

피변은 피변복(皮弁服)을 말한 것이라 합니다. 면류관이 아닌 사슴가죽으로 만든 고깔과, 그에 따른 옷차림을 가리켜 피변복이라 불렀다 합니다. 우리나라에서는 임금이 평상시 정무를 볼 때 익선관(翼善冠)이란 것을 쓰고 있었는데, 그와 비슷한 것으로 천자는 이 피변복 차림으로 날마다 조회를 본 것입니다.

일찍 조회를 마친 다음 아침밥을 먹었다는 것에서 옛날 사람들의 부지런함을 알 수 있을 것 같습니다. 앞에서 첫 닭이 울면 모두 일어나 세수하고 양치질했다고 한 것도, 다 그런 기풍에서 생겨난 전통이라 볼 수 있겠지요.

그런데 천자니 임금이니 하는 사람이 점심밥을 새로 지어 먹지 않고, 아침에 먹다 남은 밥을 먹는다는 것이 잘 이해가 가지 않는 대목이기도 합니다.

그러나 그것은 점심(點心)이란 말의 뜻을 새겨 볼 때 사실이었을 겁니다. 중국 사람들이 점심(點心)이란 글자를 과자(菓子)라는 뜻으로 쓰고 있는 것으로 보아, 점심은 과자로 아주 간단히 먹고 마는 전통이 있던 때문이 아닌가 싶습니다. 우리말로도 점심은 아침과 저녁의 중간에 점을 찍는다는 뜻이니 간단히 때운다는 뜻이 아니겠습니까?

그리고 먹고 살기가 힘들었던 옛날에는 일반 백성들은, 아침에 점심을 싸서 들고 들로 나가 찬밥을 그대로 점심으로 먹고 저녁 늦게 돌아오곤 했으므로, 천자나 임금도 백성들의 노고를 생각해서 그랬던 것으로 여겨지기도 합니다.

찬 점심이란 말에 새로 생각나는 것이 있군요. 나는 60여 년 전 고향인 경상도에서 살다가 충청도로 이사를 했는데, 경상도에선 잘 사는 사람도 점심엔 아침에 해 두었던 밥을 먹는 것이 보통입니다. 그런데 충청도에선 가난한 사람들도 점심을 새로 지어 먹는 것이 보통이더군요.

나는 그 원인을 생각해 보았습니다. 경상도 사람들은 안팎으로 별로 노는 사람이 없습니다. 부인들은 밭농사가 많은데다가 길쌈으로 남자보다 더 바쁜 나날을 보내야 했기 때문에 밥짓는 시간이 아쉬웠던 겁니다. 그런데 충청도는 논농사가 많아 남자들이 밖의 일을 하게 되어 있고, 길쌈도 적은 편이어서 부인들은 시간이 남아돌고 있었습니다. 그러니 애써 일하는 남자들에게 더운 밥을 해서 먹게 하는 것이 당연한 것으로 여겨진 것이지요.

점심은 음악을 연주하며 먹는다고 했는데, 꼭 점심 때만 음악을 연주한 것은 아닙니다. 음식을 들 때면 으레 음악을 연주하게 되어 있습니다. 〈논어〉에 보면 권위있는 유명한 악사들이 세상을 비관하고 나라를 떠난 기록이 나와 있는데, 그 가운데 아반간(亞飯干), 삼반료(三飯繚), 사반결(四飯缺)이란 세 사람이 보입니다. 이 아반은 임금이 두번째 밥을 들 때 음악을 연주하는 것을 말하고, 삼반과 사반 역시 세번째 네번째 밥을 들 때 음악을 연주하는 것을 가리킨 것입니다. 끝의 글자는 그들의 이름입니다.

유쾌한 분위기 속에서 음식을 들어야 맛도 있고 소화도 잘 된다는 것은 경험으로나 의학적으로나 잘 알려진 사실로, 옛날부터 음악과 음식과는 불가분의 관계가 있었던 것입니다.

소뢰는 양 한 마리를 말하고, 대뢰는 소 한 마리를 가리킨 것입니다. 매달 초하루에는 소 한 마리로 제사를 지낸 뒤 잔치를 치르고, 보통날은 양 한 마리로 임금의 반찬을 만들었다는 것을 말한 것이겠지요.

오음(五飮)은 다섯 차례 마시는 것으로 새기기도 합니다. 다섯 차례보다는 다섯 가지가 좋을 것 같습니다. 물이야 아무 때나 먹는 것이 아닙니까? 차례가 있을 수 없지요. 다섯 가지 마시는 것 가운데 물을 최상으로 삼았다는 데에 큰뜻이 있는 것 같습니다. 희소가치만이 없을 뿐 물보다 더 소중한 마실 것이 또 어디 있겠습니까? 장(漿)을 간장이라고 생각하기도 하는데, 간장(醬)과는 글자가 틀립니다. 간장은 마시는 것이 될 수 없지요. 사전에는 술의 한 가지라고 나와 있습니다만 미음이라고 한 곳도 있고 해서 미음이라고 해 두었습니다. 옛날 기록에 보면 새벽 일찍 미음을 올린다는 것이 나옵니다. 다섯 차례라고 본다면 새벽 일찍 약수(生水)를 마신 다음 미음을 든 것인지도 모르지요. 이(酏)는 식혜라고 새겨 두었는데 이것 또한 여러 가지 뜻으로 읽힙니다. 기장술이니 미음이니 죽이니 하고 말입니다.

다음은 3장입니다. 원문을 보시지요.

'먹기를 마치면 현단복으로 바꿔 입는다. 움직이면 좌사(左史)가 이를 기록하고, 말을 하면 우사(右史)가 이를 기록한다. 모시고 있는 소경(御瞽)은 음악의 높고 낮은 것을 살핀다.

그 해 농사가 잘 되지 않았으면 천자는 흰옷(素服)을 입고 흰수레(素車)를 타며, 국가행사 때 음악을 연주하지 않는다.'

먹기를 마치면 보통 예복인 현단복 차림으로 편하게 지낸다는 것입니다. 그리고 임금을 모시고 따르는 좌사와 우사라는 사관(史官) 두 사람이 임금의 움직임과 말하는 것을 각각 나누어 기록한다는 것입니다. 나누어 기록한다는 것의 한계가 어떤 것인지는 알 수가 없습니다. 동시에 기록해야 되겠지요.

　임금이란 자리가 얼마나 고되고 부자유스런 것인가를 잘 말해 주는 대목이라 볼 수 있습니다. 임금의 일거일동을 하나 빼지 않고 기록에 담고 있으니, 몸의 움직임과 말 하나하나를 조심할 수밖에 없지 않겠습니까? 좋은 의미의 감시를 받고 있는 거지요.

　그런 것들이 모여 실록(實錄)이니 일기(日記)니 하는 것으로 남게 되는 것입니다. 이 기록에 따른 숨은 이야기들도 많습니다. 고지식한 사관들은 빼고 적지 말아야 할 사소한 움직임까지를 적곤 하는 일이 있어서,

　'임금이 오줌을 누시고 세 번 흔드셨다(王垂尿三搖腎).'
하는 것까지 적어 두었다는 이야기도 있습니다.

　임금이 대 위에서 말이 모래밭에서 뒹구는 것을 보고 웃자, 사관은 그것을 긴 문장으로 적어 두었습니다. 그것을 본 옆에 있던 신하가 그 문장이 너무 길다면서 견전소(見驔笑)라고 고쳐 쓰게 했다는 유명한 이야기도 있습니다. 말은 곧잘 모래목욕을 즐기곤 하는데 모래밭에 뒹구는 말을 가리켜 전(驔)이라 하는 것을 사관은 알지 못했던 것입니다. 한자의 특성을 잘 살린 내용이라 할 수 있습니다.

　또 임진왜란 때의 일로 이런 이야기도 전해지고 있지 않습니까? 왜병들의 상륙 소식을 듣고 조사를 위해 내려갔던 신하가 임금 앞에서 복병을 하며 새총(鳥銃)의 길이를 말하지 않고 두 손을 벌려 들고,

　'길이가 요만한 새총이란 것을 가지고…….'
하며 보고를 계속하자 사관은 어떻게 써야 할지를 몰라 멍하고 있었습니다.

　그것을 알아챈 복명사가 사관을 돌아보며,

　'손을 한 자 남짓 들고 대답하기를…… 하고 쓰면 되지 않는가?'

하고 일깨워 주었다는 것입니다.

이 또한 움직임과 말과는 불가분의 관계에 있다는 것을 말해 주는 것이라 볼 수 있습니다.

소경은 악사를 말합니다. 옛날에는 악사의 거의가 소경이었습니다. 눈으로 보지 못하는 사람이 소리에 밝은 때문입니다. 중국에서 악성(樂聖)으로 불리우는 사광(師曠)이란 사람은 일부러 자기 눈을 멀게 했다고 합니다. 그런 뒤에 그는 마침내 악성이 된 것입니다. 베토벤은 귀마저 어두워진 다음에 보다 훌륭한 곡을 낳았다 하지 않습니까? 감각을 한 곳으로 모으는 것도 중요하지만 감각을 넘어선 곳에 영각(靈覺)이니, 영감이니 하는 것이 있음을 말해 준 것이라 볼 수 있습니다.

임금을 모시고 있는 악사가 소리의 높고 낮은 것을 살폈다는 것은 여러 가지 뜻이 있을 수 있습니다. 연주되는 음악 소리를 조정해 준다는 뜻도 될 수 있고, 연주되는 악곡이 좋은 것인지 좋지 않은 것인지를 알아 좋은 것을 연주하고 좋지 못한 것을 멀리 하게 했다는 뜻으로도 볼 수 있습니다.

앞에 말한 사광은 공자보다 좀 앞의 사람으로 진(晉)나라 평공(平公)을 모시고 있었습니다. 언젠가 음악을 좋아하는 위(衛)나라 임금이 악사를 데리고 진나라를 찾아온 일이 있었습니다. 이때 진평공의 청으로 위나라 임금이 데리고 온 악사에게 거문고를 타게 했습니다.

모두 즐겁게 듣고 있는데, 사광이 손을 저으며 이를 중지시켰습니다.

'옛날 은나라 주(紂)임금이 이 곡을 즐기다가 나라를 잃었는데 어찌 그 곡을 탄단 말이오?'

하고 꾸짖은 것입니다.

앞에 유명한 악사들이 나라를 등지고 멀리 숨어 버린 것도, 임금이 고상한 곡보다는 저속한 곡을 즐겨 듣곤 한 데서 오는 반발에서였던 것으로 전해지고 있습니다.

〈논어〉에 보면 공자는 나라 다스리는 법을 말한 가운데, 음탕한 노래와 아첨하는 사람을 멀리하는 것을 가장 중요한 것으로 지적하고 있습니다. 임금의 일거일동과 말들을 일일이 적는 한편, 임금이 듣는 음악까지도 아무것이나 함부로 듣지 못하게 한 것입니다.

임금 한 사람의 마음가짐이 나라 전체에 미치는 영향이 큰 만큼, 이런 제도를 두어 미리 감시하고 선도한 것이라 볼 수 있습니다.

그해 농사가 순조롭지 못하면 천자가 흰옷을 입고 흰수레를 타고, 음식을 들 때 음악을 연주하지 않는다는 것도 뜻이 깊은 것으로 보아야 할 것 같습니다. 흰옷은 상주가 입고 흰수레는 상주가 타는 것입니다. 상주는 부모의 복을 입는 동안에는 음악도 듣지 않았습니다.

흰옷과 흰수레는 검소한 것을 뜻합니다. 있는 그대로 생긴 그대로 쓸 뿐 아름다운 색깔로 꾸미지 않는다는 뜻입니다. 흰옷보다 더 사치스런 옷은 없다고도 합니다. 조금만 때가 묻어도 금방 눈에 뜨이므로 날마다 갈아입어야 하기 때문에 생긴 말입니다. 그러나 그것은 사치스런 사람의 이야기입니다. 옛날 상주는 얼굴도 씻지 않는다고 했습니다. 깨끗하게 할 정황이 없다는 표시였습니다. 얼굴도 제대로 다듬지 않는 사람이 빨래인들 자주 하겠습니까? 흰옷이 때가 묻어 잿빛으로 변하고 얼룩투성이가 되는 것이 보통이었겠지요.

아무튼 농경사회에서 그해 농사는 백성들의 죽고 사는 문제와 직결되는 것인만큼 흉년이 들면 그보다 더 무서운 일은 없습니다. 그러므로 백성들을 편안히 살게 해 줄 의무가 있는 천자로서는 그 책임을 통감하는 한편, 그에 대한 대책을 세우지 않으면 안 됩니다. 그래서 날이 가물거나 장마로 홍수가 지거나 하면 그것을 하느님의 노여움으로 보고, 임금된 사람은 자기 잘못을 누구나 말해달라는 특명을 내리는 한편, 늘 먹던 반찬을 줄이기도 하고 밥 대신 죽을 먹는 경우도 있었습니다.

그런 마당이니 무슨 즐거운 일이 있다고 밥 먹는 동안 밥맛을 돋구고 소화를 잘 시키기 위한 음악을 들을 마음이 있겠습니까? 그런 마음이 생기지 않더라도 그래야만 한다는 것을 일깨우기 위해 이같은 제도를 마련한 것이라 볼 수도 있습니다.

그러나 뒤에 와서는 이런 것이 지켜지지 않았습니다. 흉년이 들면 백성들을 걱정하는 것이 아니라 세금을 많이 거둬들일 수 없다는 걱정부터 했던 겁니다.

〈논어〉에 보면 이런 내용이 있습니다. 노나라 임금 애공이 공자의 제자 유약에게 물었습니다.

'흉년이 들어 나라에서 쓸 비용이 모자라게 생겼으니 어떻게 하면 좋겠소?'

백성 걱정은 하지 않고 자기 쓸 몫이 줄어드는 것만 걱정하고 있었던 겁니다. 그런 임금이 무슨 흰옷을 입고 흰수레를 탈 생각을 했겠습니까?

유약은 임금의 그같은 마음이 한심스러워 이렇게 대답했습니다.

'흉년이 들었으니 10분의 2씩 받던 세금을 10분의 1씩만 받으십시오.'

그러나 임금은 그 같은 대답의 참뜻을 알아채지 못하고,

'10분의 2씩 받아도 모자라서 걱정인데, 어떻게 반으로 줄일 수 있겠소?'

하고 되물었습니다. 백성을 먹여 살려야 할 임금의 책임같은 건 전혀 안중에도 없고, 백성만이 세금을 바쳐 임금을 호화롭게 지내

게끔 할 의무가 있는 것으로 알고 있는 겁니다.

유약은 이렇게 대답했습니다.

'백성들이 넉넉하면 임금 혼자 모자랄 리는 없지 않습니까? 백성이 다 모자라면 임금 혼자 넉넉하게 지낼 수 있겠습니까?'

백성들은 흉년으로 끼니도 잇지 못할 형편이니 세금을 반으로 줄여 조금이라도 도움이 되게 해 주고, 임금은 최대한으로 비용을 줄여 백성들과 고통을 함께 할 각오를 가져야 한다는 것을 깨우친 것입니다.

노나라 예공은,

'흉년이 들어 10분의 2씩 받던 세금으로는 전처럼 지낼 수 없으니, 10분의 3은 거두어야 하지 않겠는가?'

하는 생각에서 물었던 것입니다. 그러므로 유약은 그의 속마음을 환히 들여다보며 10분의 2를 1로 줄이라고 한 것입니다.

백성들은 배가 고파 아우성인데, 권력을 가진 사람들이 즐거운 음악을 들으며 술과 고기로 배를 불리고 있다면 어찌 되겠습니까? 변사또 생일잔치에 이도령이 지었다는 글처럼, 백성들의 피와 기름과 눈물로 임금이나 관리들이 흥청거린다면 세상은 조용할 수가 없는 일입니다."

연 불 순 성　　불 조　　불 부　　토 공 불 흥
年不順成, 不租, 不賦, 土功不興

"이번은 제7장입니다. 이것은 천자가 아닌 제후들과 벼슬아치들에 대한 이야기입니다. 7장과 8장은 같은 내용으로, 역시 검소한 생활을 강조하고 항상 백성들의 어려움을 잊어서는 안 된다는 것을 말한 것입니다.

원문을 보시지요.

'임금은 일이 없으면 소를 잡지 않고, 대부는 일이 없으면 양을

잡지 않으며, 사(士)는 일이 없으면 개나 돼지를 잡지 않는다.'

여기 있는 임금은 제후를 말합니다. 대부니 사니 하는 것은 천자의 대부나 제후들의 대부나 같겠지요. 계급의 차이는 생활의 차이를 말한 것일 수도 있으므로 그 정도에 따라 쓰는 물자가 다를 수밖에 없습니다.

일(故)은 제사나 잔치같은 것을 말합니다. 그런 특별한 일이 아니면 임금도 소를 잡지 않는다는 것입니다. 그러나 뒷날에는 이것이 지켜지지 않았습니다. 〈맹자〉에 보면 맹자가 양나라 혜왕을 보고 한 말에,

'임금의 부엌에는 살찐 고기가 있고 임금의 마굿간에는 살찐 말이 있는데, 백성들은 굶주린 얼굴을 하고 들에는 굶어 죽은 시체가 버려진 채 있으니 이것은 짐승을 거느리고 백성의 것을 앗아 먹는 것입니다.'

하고 말한 것이 나옵니다.

임금이 잘 먹으면 백성은 그만큼 굶주리게 되고, 살이 퉁퉁 찐 임금의 말이 먹은 그 곡식은 바로 들에서 배고파 쓰러진 사람이 먹어야 할 곡식이란 뜻으로 한 말입니다.

임금을 비롯해 권력을 가진 사람들의 생활이 검소하다는 것은, 곧 그들이 하는 정치가 깨끗하다는 것을 보여 주는 것이라고 말할 수도 있습니다. 부정이니 부패니 하는 것이 모두 분수에 벗어난 생활을 즐기는 데서 나오기 때문입니다.

가난한 사람은 병이 나도 병원에 가서 치료를 받지 못하는 상황인데, 병원의 의사라는 사람들은 엄청난 보수를 받고 있으면서 의료비가 낮다고 불평들을 한다니 모순된 일이 아닐 수 없습니다. 사회주의 나라에서는 탄광 노동자가 의사나 교수보다 보수가 배 이상 많은데도 역시 의사나 교수를 부러워한다지 않습니까?

그들 나라는 국비로 교육을 하고 있지만, 우리는 내 돈 내고 공

부를 한 만큼 투자에 대한 이윤은 당연한 것이라고 말하는 사람도 없지 않다고 합니다. 그러면서도 의(醫)는 인술(仁術)이란 말이 싫지 않은 모양이니, 의료비의 부담을 덜어줌으로써 많은 가난한 환자들을 구해 주는 마음만은 잊지 말아야 할 것입니다. 일이 없으면 소도 잡지 않고 양도 잡지 않는 검소한 생활과 절약하는 마음으로, 그 혜택이 일반대중에게 돌아가도록 해야만 물질적인 행복 이상의 정신적인 희열을 맛볼 수 있을 것입니다.

국민 세금으로 생활하는 관리들만 부정과 부패의 지탄을 받아야 하는 시대는 지났다고 봅니다. 기업윤리니 상도덕이니 하는 것이 강조되고 있는 것도 그런 시대적 배경에서 나온 것이라 볼 수 있습니다. 우리는 여기서 말한 임금이니 벼슬아치니 하는 말을 사회적 지도계층에 있는 모든 잘 사는 사람들에게 적용시켜야 될 것으로 생각됩니다.

중국 남북조시대의 양무제(梁武帝)는 불교에 심취한 나머지 동물금살령을 내린 일이 있습니다. 살생을 하지 말라고 한 석가의 가르침을 천자라는 특권을 가지고 실천을 하게 되면, 석가의 가호로 천하통일을 이룩할 수 있을 것으로 믿은 때문이었을지도 모릅니다.

그러나 짐승을 보호만 하고 죽이지 못하게 하는 그 금령으로, 짐승과 사람의 위치가 바뀌고 말았으니 사람들이 오래 견뎌낼 수는 없는 일입니다. 백성은 돌보지 않고 짐승만 돌보는 임금을 임금으로 생각할 백성이 있을 리 있겠어요? 석가의 가호로 천하통일을 하기는커녕, 자기 나라도 다스리지 못하고 망하고 말았습니다.

세상에는 상식에서 벗어난 독특한 주장을 하며 자기만족에 도취되어 있는 사람도 적지는 않습니다. 그거야 자유지요. 그보다 그런 상식을 벗어난 사람들의 외치는 소리에 신경과민의 반응을 보이는 것이 더 문제입니다. 자유가 존중되는 사회라서 아무 소리나 할 수 있다면, 듣고도 못 들은 척하는 것도 자유가 아니겠어요? 영국 사람이나 미국 사람이 하는 말에는 신경과민의 반응을 보이면서 국민들의 속마음이나 숨은 말에 둔감하다면 어찌 되겠습니까?

주권국가로서는 있을 수 없는 일입니다. 남의 말에 귀를 기울이고 국제적 감각을 터득하는 것은 좋은 일이지만, 자기 중심은 잃지 말아야 할 것입니다.

살생을 하지 말라는 말이 바로 뒤에 이어집니다. 양무제도 자신만 짐승의 고기를 먹지 않을 뿐 백성들까지 자기를 따르도록 하는 명령을 내리지 않았다면, 청렴결백한 생활과 마음으로 보다 훌륭한 일을 할 수 있었을 것입니다.

원문을 보시지요.

'군자는 포주(庖廚)를 멀리 한다. 모든 살아 있는 것들을 직접 죽이지 않는다. 8월이 되도록 비가 내리지 않으면 임금은 짐승을 잡아 제사를 지내고 잔치는 하지 않는다.'

포주는 푸줏간과 부엌을 말합니다. 거기서 짐승과 새 등을 죽이기 때문에 그 죽이는 모습과 애처로운 죽는 소리를 차마 들을 수 없기 때문입니다.

그리고 그 밖의 어떤 것이든 살아 있는 것들을 직접 죽이지는 않는다고 했습니다. 남까지 그렇게 하라고 시킬 수는 없는 일이지만, 산 것을 죽이지 않는 것이 같은 생명을 가진 우리의 도리가 아니겠어요? 싸움터에 나가 적을 무찌르는 것은 용납되어도, 먹을 것을 찾아 집으로 내려오는 짐승을 잡아먹는 것은 죄가 된다고 하는 것도 같은 이치에서 나온 말입니다. 그게 모순을 안고 있는 실존이란 거 아니겠어요? 그것을 우리는 도리(道理)라고 합니다. 사람이 살아서 이 세상을 걸어가는 이치에 맞게끔 하는 것이 도리란 거지요.

그 도리를 알고 그 도리를 지키는 사람을 군자라 했습니다. 맹자는 제선왕을 보고 이런 말을 했습니다.

'그 산것을 보고 차마 죽이지 못하며, 그 죽는 소리를 듣고 차마 그 고기를 먹지 못합니다. 그러기에 군자는 포주를 멀리 한다 했습니다.'

군자는 포주를 멀리 한다는 말의 유래가 오랜 것임을 알 수 있습니다.

끝에 8월이 되도록 비가 오지 않으면이라고 한 8월은 지금 우리가 쓰는 음력 6월을 말한 것입니다. 주나라는 동짓달을 정월로 삼았으니까요.

그 때까지 비가 오지 않으면 흉년이 들 가능성이 많으므로, 미리부터 흉년에 대비해 검소한 생활을 한 것으로 볼 수 있습니다. 백성들은 하늘을 바라보며 걱정과 근심으로 나날을 보내는데, 임금이란 사람이 전처럼 소를 잡고 제사를 지내고 잔치를 한다면 백성의 아픈 마음을 모르는 것이 되므로, 그런 뜻에서도 조심을 해야 한다는 것이 되겠습니다.

이어 8장에도 같은 내용의 말이 이어지고 있습니다.

'그 해 농사가 순조롭지 못하면 임금은 비단옷 대신 베옷을 입고, 옥으로 된 홀(笏) 대신 나무로 된 홀을 잡는다. 관문이나 나루에서 세금을 받지 않고, 산과 못을 열어두고 세금을 매기지 않으며, 토목공사를 일으키지 않는다. 대부는 새로 수레를 만들지 못하게 한다.'

보통 때 받던 통행세니 물품세니 하는 것을 받지 않고, 산과 물로 들어가 나무열매와 물고기들을 마음대로 잡아먹게 하며, 백성들을 괴롭히는 부역 같은 것을 필요로 하는 모든 일을 중지한다는 것입니다. 그리고 대부들도 설사 수레가 낡아 새로 만들어야 할 경우라도, 뒤로 미루고 새것을 만들지 못하도록 한다는 것입니다. 백성들과의 위화감을 없애려는 생각에서라고 볼 수 있겠지요. 임금이 비단옷을 입지 않고 백성들과 같이 베옷을 입는 거라든가, 임금이 쓰던 옥으로 된 홀 대신 선비들이 쓰는 나무로 된 홀을 잡는 거라든가, 모두가 백성들의 아픈 마음을 그런 모습으로 위로해 주며 함께 어려움을 참고 견뎌 나가자는 격려의 뜻이 담겨 있는 것으로 보아야 할 것 같습니다."

질 풍 신 뇌 심 우 칙 필 변
疾風迅雷甚雨則必變

"다음은 10장이 되겠는데 군자의 일상생활을 말하고 있습니다. 군자란 말은 교양이 높은 사람이란 뜻으로 널리 쓰이고 있는데, 군자가 어떻게 한다고 한 것은 공자가 그렇게 했다는 뜻으로 볼 수 있습니다.

원문을 보시지요.

　'군자가 보통 집에 있을 때는 항상 방문이 있는 남쪽을 향해 앉고, 잘 때는 항상 머리를 동쪽으로 한다. 만일 모진 바람이나 빠른 번개나 심한 비가 칠 때는 반드시 얼굴색을 바꾸며, 밤이 깊더라도 반드시 일어나 옷을 입고 갓을 쓰고 앉는다.'

　옛날이나 지금이나 문은 밝은 쪽으로 내는 것이 가장 바람직한 것이었고, 밝은 쪽이라면 곧 남쪽을 뜻하는 것이 되기 때문에 항상 방문을 향한다는 것을 남쪽을 향한다고 했을 뿐입니다. 방문이 동쪽으로 나 있으면 동쪽을 향해 앉아야 하겠지요. 잘 때는 머리를 어느 쪽으로 두는 것이 가장 위생적이냐 하는 것을 시험한 의학자도 있는 모양인데 역시 동쪽이 좋다는 결론을 얻었다던가요? 북쪽으로 머리를 두면 뇌에 좋지 못한 영향을 준다고 말했다더군요.

옛날 도인(道人)들 가운데는 하느님이 북쪽 높은 곳에 계신다 하여 북쪽으로 머리를 두고 잔 사람도 있었다고 합니다. 우주선이 우주로 향해 떠날 때는 북극권에 있는 관문을 지나야만 한다는 것을 읽은 적이 있는데, 이 방향이란 것이 생물과 어떤 미묘한 관계가 있는 것이 아닐까 하는 생각을 해 보았습니다. 여우는 죽을 때 꼭 머리를 북쪽으로 한다는 기록이 있는데, 이 또한 물리적, 생리적 자연현상일 가능성도 없지 않습니다. 자석이 늘 북쪽을 가리키듯 말입니다. 그래서 자장(磁場)이 있는 북쪽을 피하고 해가 뜨는 동쪽으로 머리를 둔 것이 아닐까 싶습니다.

바람과 번개와 비가 심할 때는 반드시 얼굴색을 바꾸었다는 것은 그것들이 하늘의 노여움이란 뜻에서 그러는 것으로도 풀이될 수 있지만, 자연과 호흡을 함께 하는 사람이라면 따라서 그렇게 될 수밖에 없다고 보는 것이 옳을 겁니다. 또 그로 인해 재난을 당하고 고통을 받을 많은 사람과, 자연의 파괴와 동식물의 피해까지를 몸으로 걱정하는 태도로 볼 수도 있습니다. 이야(離夜)의 이(離)는 걸렸다는 뜻입니다. 즉 밤으로 접어들었다는 뜻이지요. 옷을 벗고 이불 속에 들었더라도 일어나 경건한 차림으로 걱정을 하며, 빨리 바람이 자고 번개가 그치고 비가 멈추기를 빌기도 하는 것으로 풀이될 수 있을 것입니다.

공자의 병환에 자로가 기도를 하자고 청하자, 공자는 '나는 이미 기도한 지 오래다'라고 대답했습니다. 공자의 기도는 말이나 어떤 형식으로서가 아니라, 일상생활을 통한 마음 속에서 늘 행해지고 있었다는 것을 보여 준 것이라 볼 수 있습니다.

다음은 11장이 되겠는데 역시 일상생활을 말한 것입니다.

'하루 다섯 번 손을 씻고, 피를 삶은 물에 머리를 감고, 기장 삶은 물에 낯을 씻는다. 빗은 전(樺)나무로 만든 것을 쓰고, 머리를 말릴 때는 상아로 만든 빗을 쓴다. 목욕한 뒤 술을 마시고 음식을 내오면 악공이 올라와 노래를 부른다.

목욕할 때는 두 장의 수건을 쓰는데, 상체에는 고운 베를 쓰고 하체에는 굵은 베를 쓴다. 목욕통에서 나오면 사초자리(莎席)를 밟고 발을 더운 물로 씻는다. 부들자리를 깔고 베옷을 입고 몸을 말린다. 그런 뒤에 신을 신고 마실 것을 든다.'

하루 다섯 번 손을 씻는다는 것은 일어났을 때와 자기 전 그리고 세끼 밥을 들기 전을 말한 것이 아닌가 싶습니다. 최소한의 이야기겠지요.

머리는 매일 감다시피 한 모양인데 그때 쓰는 빗의 재료까지를 정해 둔 거라든가, 머리 감는 물과 낯 씻는 물까지 피 삶은 물과 기장 삶은 물을 쓴다고 정해 둔 것은, 모두가 위생적인 연구 결과에서 나온 것으로 생각됩니다. 그런데 머리를 말릴 때 상아로 만든 빗을 쓴다는 것은 상아가 물을 빨아들이지 않기 때문인 것으로 보입니다.

그런데 빗의 재료로 상아를 썼다는 것이 좀 이상합니다. 은나라 마지막 임금 주(紂)가 상아로 만든 젓가락을 쓰고 있다는 말을 들은 그의 아저씨 기자(箕子)는,

'그가 상아 젓가락을 쓰고 있으니 멀지 않아 옥으로 만든 술잔을 쓰게 될 것이다. 그렇게 해서 날로 희귀한 물건들로 사치를 일삼게 될 것이니 나라가 망하지 않겠는가?'

하고 탄식했다는 것입니다.

그런데 머리를 말리는 빗을 상아로 만든다는 것은 위생보다 사치성이 문제가 될 것 같습니다. 쇠뿔로 만들어도 될 텐데 말입니다. 역시 수백 년이 지난 춘추시대의 이야기로 보입니다. 이때는 벌써 상아가 그리 큰 사치품은 아니었던 가 봅니다.

21장에 보면 공자보다 백여 년 전의 노환공 때부터 상아빗이 사용되었다는 내용이 있고, 24장에는 공자보다 좀 뒤인 계강자로부

터 비롯되었다는 내용이 나옵니다. 여기 있는 내용들은 경험을 토대로 한 것으로도 보이나 사치스런 면이 없지 않은 것 같습니다.

진기(進機)의 기(機)는 목욕한 뒤에 마시는 술을 말한 것이라 합니다. 목욕한 다음에 술을 조금 마시고 가벼운 음식을 드는 것이 위생적이라 알려져 있었던 겁니다. 음악까지 곁들이고 말입니다.

수건을 두 장 놓고 위아래를 각각 정해진 수건으로 닦는다든가, 사초자리와 부들자리를 용도에 따라 달리 쓴 거라든가, 베옷을 입고 몸을 말리고 신을 신은 다음 마실 것을 들었다고 하는 것은 글로 썼기 때문에 꽤 번거로운 절차 같지만 연속된 간단한 순서를 말한 것에 지나지 않습니다.

그러나 그 당시로서는 사치스런 귀족의 생활을 연상케 하는 내용이기도 합니다."

書思對命, 笏度二尺有六寸

"이번에는 홀(笏)에 관한 내용으로 11장과 30장이 되겠습니다.

원문을 보시지요.

'장차 공소(公所)에 가려 하면, 그 전날 재계를 하고 바깥 정침(正寢)에서 자고 목욕을 한다. 사(史)가 상아홀을 올리면 임금에 고할 말(思)과 대답할 말과 명령했던 일에 관한 것을 적는다.'

공소는 임금이 있는 곳을 말합니다. 조정의 뜻도 될 수 있지요. 초하루라든가, 혹은 특별한 일이 있어 임금을 뵈러 갈 일이 있을 때를 말한 것입니다.

재계는 몸을 삼가고 마음을 가다듬는 것을 말합니다. 그 일의 중대성에 따라 하루, 사흘, 닷새, 이레와 같이 재계하는 날짜가

길어집니다. 재계할 때는 사람들과의 접촉을 삼가고 앞으로 있을 일에 대한 준비에 마음을 쏟는 것입니다. 이때는 기름진 것과 매운 것도 먹지 않게끔 되어 있습니다. 뒤에는 날짜만 채울 뿐 재계 아닌 재계를 하는 것이 보통인 것처럼 되기도 했습니다. 사람과 마음이 문제일 뿐 그런 형식이 큰 뜻을 가질 수는 없는 거지요.

사(史)는 보통 사관(史官)을 말하는데, 대신 밑에 있는 속관(屬官)을 가리키기도 합니다. 비서 정도로 보면 되겠지요.

그 담당비서가 홀을 올립니다. 요즘으로 말하면 수첩과 같은 것인데, 필요한 때 쓰고 지우고 하게 되어 있었고, 공석에서 임금과 신하가 대할 때는 반드시 이를 들게 되어 있었습니다. 때로는 이것이 무기로 사용된 예도 없지 않습니다.

그 홀에다가 임금에게 고할 말을 생각한 대로 먼저 적습니다. 그래서 임금에게 아뢸 말을 생각한다(思)고 한 것입니다. 대답할 말은 임금이 앞서 물은 것에 대한 대답입니다. 그것은 비서가 올린 홀에 그대로 쓰인 채 남아 있는 것으로 보아야 하겠지요. 재계하는 동안 임금의 물음에 대답할 말을 생각해 두거나 적어 두거나 했겠지요. 명(命)은 임금이 어떤 일을 하도록 명령한 것을 말합니다. 그에 대한 결과같은 것이 되겠지요.

이렇게 함으로써 임금을 대할 준비는 다 된 것입니다. 다음은 공소로 떠나기까지의 과정을 말한 것으로 볼 수 있는데, 우리가 무슨 행사가 있을 경우 예행연습을 하듯 하는 겁니다. 12장의 뒷부분으로 이렇게 말하고 있습니다.

'예복을 입고 나면 얼굴모습과 몸가짐의 태도와 차고 있는 구슬의 울리는 소리를 가다듬고 익힌다. 그러고 나서 나가야만 조회에서 읍하고 절하고 뵙고 하는 것이 돋보이게 되고, 수레에 오르면 그 풍채가 빛을 풍기게 되는 것이다.'

거의 생활처럼 되어 버린 그런 것까지를 일일히 살피고 바로잡고 했다는 데에서 외관을 얼마나 중시했는가를 알 수 있습니다. 차고 있는 구슬 소리를 익힌다는 것은, 발을 옮길 때마다 구슬이 맞부딪치며 일정한 간격으로 맑은 소리를 내게끔 걷는 것을 말합니다. 걸음걸이를 차고 있는 구슬의 장단에 맞추어 한 것을 말합니다.

박연암이 지은 〈양반전〉에 나오듯 양반 노릇하기가 얼마나 어려운 것인가를 말해 주는 내용이라고 할 수도 있을 것 같습니다. 그러기에 이 구슬을 차고 걷는 제도는 일찍 없어지고 만 것입니다.

수레를 타고 갈 때는 곁눈질을 해서는 안 되는 걸로 되어 있었습니다. 빛을 뿜는다는 것은 엄숙한 모습이 보는 사람의 마음을 두렵게 하는 것을 말한 것이라 볼 수 있습니다.

〈논어〉맨 끝편에 자장이 정치하는 것을 물었을 때, 공자는 다섯 가지 아름다운 것을 소중히 여기고 네 가지 나쁜 것을 멀리 하라고 했는데, 그 다섯 가지 아름다운 것 가운데 위이불맹(威而不猛)이란 것이 들어 있습니다. 위엄은 있으되 사나워 보이지는 않는다는 뜻입니다.

그 위이불맹이 어떤 것이냐고 묻자 공자는 이렇게 대답했습니다.

'그 옷차림을 바르게 하고 둘러보는 것을 높게 하여 사람들이 멀리서 바라보면 두려운 마음을 갖게 되니, 이것이 위엄은 있어도 사납지 않은 것이 되지 않겠느냐?'

공자가 말한 이것이 바로 수레를 타고 있으면 빛을 뿜는 것이 될 것 같습니다.

그러나 그것이 그리 쉬운 일은 아닙니다. 저절로 그렇게 되지 않는 한 참다운 빛이 뿜어나올 리는 없습니다.

충신 임경업을 역적으로 몰아 고문을 한 김자점도 평안도 감사로 부임해 평양으로 들어올 때, 곁눈질 하나 하지 않았다 합니다.

군자의 흉내를 철저히 낸 거지요. 평양으로 부임되어 오는 관리치
고, 둘레의 아름다운 풍경에 마음이 끌려 사방을 둘러보지 않은
사람은 한 사람도 없었는데 김자점만은 그렇지 않았던 것입니다.

그를 본 한 선비가 이런 말을 했다 합니다.

'저 사또가 천하에 둘도 없는 군자가 아니라면, 천하에 둘도 없
는 소인일 것이다. 그러나 군자가 흔치 않은 세상이니 소인일
가능성이 많다. 저 사람이 권력을 잡게 되면 나라가 위태로울
것이다.'

라고 말입니다.

결국 그 김자점이 마음 약한 인조를 등에 업고 나라를 제 마음
대로 휘두르다 못해, 청나라를 등에 업고 임금이 될 꿈을 꾸기까지
했던 겁니다. 임경업 장군을 역적으로 몬 것도 그런 계획 밑에서
이루어진 것이었습니다.

인조는 가짜 군자인 김자점을 진짜 군자로 알고 신임을 했던 것
인데, 한 번 그의 농간에 빠져들자 벗어나기가 어려웠던 것입니
다. 임금이 보는 앞에서 임경업 장군에게 고문을 하며 자백을 받
아내려 하는 것이, 어찌나 잔인하고 가혹했던지 보다 못한 인조는
이를 그만두게 하지는 못하고,

'잔인도 하다! 나는 모르겠다. 네멋대로 해라!'

하고 들어가고 말았다고 합니다. 앞서 말한 선비가 볼 줄 아는 눈
을 임금은 가지지 못했던 것입니다.

다음은 30장이 되겠는데 역시 홀에 관한 내용입니다.

'대개 임금 앞에서 지획(指畫)할 일이 있을 때에는 홀을 쓴다.
나아가 임금 앞에서 명을 받을 때는 그것을 홀에 쓴다. 홀은 반
드시 쓰이는 것이므로 늘 꾸밈새처럼 지니고 다니는 것이다. 홀
의 칫수는 2자6치. 중간 넓이는 3치고 끝으로 좁아지는 정도
는 6분의 1을 줄인다.'

29장에는 임금을 뵈올 때나 태묘에 들어갔을 때나 모임이 있는 자리에는 홀을 꼭꼭 지니고 있어야 한다고 말하고, 깨끗지 못한 것을 만졌을 때는 반드시 손을 씻고 홀을 잡는다고 쓰여 있습니다. 옛날에는 홀이 그 사람의 신분을 나타내는 상징물이 되기도 했고, 또 비망록같은 구실을 하기도 했으므로, 귀한 사람의 장식물처럼 잠시도 몸에서 떠나지 않았던 것입니다.

임금 앞에서 지획한다는 것은, 신하들끼리 이야기를 주고 받을 때는 홀의 기록을 참고로 한다는 뜻일 겁니다. 임금이 명령하는 것을 홀에 기록하는 것은 무엇보다 중요한 것이 되겠지요.

그 홀의 길이가 2자 6치나 되었다니 상당히 길게 여겨집니다. 당시의 1자가 지금의 8치 정도니 곧 60센티 가량 되는 셈이지요. 그리고 너비가 3치였다니 급한 때는 무기로 쓰임직도 하지요. 더군다나 그것이 상아로 되어 있을 경우는 말입니다.

앞에서도 상아가 사치라는 말을 했는데, 임금이 옥으로 된 홀을 썼으니 대신들은 상아쯤 쓰게 되었을 것입니다."

"홀을 무기로도 썼다고 말씀하셨는데, 어떤 경우를 가리킨 것입니까? 그런 실례가 있습니까?"

"우연히 생각이 나서 한 말일 뿐입니다. 다급하면 손으로도 칼을 받는 것이 자위본능이 아닙니까? 늘 손에 잡고 있는 홀이 급한 경우에 무심코 쓰이게 되는 것은 자연현상과도 같은 것이지요."

"우연히 생각이 나신 것은 어떤 내용입니까?"

"역시 춘추시대의 이야기로, 못난 임금이 체통을 지키지 못하면 조정의 기강이 무너질 수밖에 없고, 한번 기강이 무너지면 나라는 걷잡을 수 없게 된다는 것을 일깨워 준 내용이라 할 수 있습니다.

송나라에 민공(閔公)이란 임금이 있었습니다. 이름 그대로 딱한 임금이었지요. 임금의 체통은 지키지 않으면서 임금의 권위는 지키려 하는 것이 대부분의 임금이겠지만, 이 송민공은 정도가 지나

쳤습니다. 결국 그로 인해 목숨을 잃었으니까요.

민공의 신하 가운데 남궁장만(南宮長萬)이란 무장이 있었습니다. 혼자 만 명을 해치운다는 뜻의 만부막당(萬夫莫當)의 힘과 용기와 무술을 지닌 장군이었습니다.

송민공은 바둑의 명수였습니다. 그리고 활도 잘 쏘고 말도 잘탔으며 창과 칼솜씨도 보통은 되었습니다. 말하자면 다재다능하고 소탈한 일면을 지닌 서민적인 임금이었다고 말할 수도 있습니다.

임금으로서의 위엄과 예절만 잃지 않았으면 좋은 임금이 될 수도 있었는데 그렇지가 못했던 것입니다.

노나라 정공이 공자에게,

'임금은 신하를 어떻게 대해야 하며, 신하는 임금을 어떻게 섬겨야 합니까?'

하고 물었을 때,

'임금은 신하를 예로써 대하고, 신하는 임금을 충성으로써 섬겨야 합니다.'

하고 대답했습니다.

그런데 송민공은 신하를 예로써 대할 줄을 몰랐습니다.

송민공이 신하들을 흉허물없이 대하는 것까지는 괜찮았는데, 곧잘 해서는 안 될 농담까지를 즐겨 했던 겁니다. 그것도 상대방의 아픈 곳을 건드리고는 상대가 얼굴을 붉히는 것에 쾌감을 느끼곤 한 것입니다. 이것은 친한 친구 사이에서도 절대로 피해야 합니다. 지나친 농담으로 친한 표시를 하는 사람들도 적지 않은데 그보다 어리석은 일은 없습니다.

남궁장만 역시 신하로서의 예절을 깍듯이 지키는 사람은 아니었습니다. 무인의 기질이 대개 그런 것이지만, 남궁장만은 싸움터에서 잔뼈가 굵은 사람이어서 예절같은 것은 전혀 모른다고 할 정도였습니다. 송민공은 그런 남궁장만이 마음에 들었던 것입니다.

백전백승을 자랑하던 남궁장만이 용맹만 믿고 적을 추격하던 끝에 함정에 빠져들어 포로가 되었다가 돌아온 적이 있었습니다. 송민공은 남궁장만과 바둑을 두거나 활을 쏘거나 할 때면 남궁장만을 가리켜 포로장군이란 말을 무심코 내던지곤 했습니다.

그러면 옆에 있던 철없는 시녀들이 깔깔거리며 웃어대는 것이 보통이었고, 남궁장만은 가장 아픈 곳을 지적당하고 계집아이들의 조롱까지 받게 된 것에 얼굴이 화끈 달아오르곤 했습니다.

조금이라도 지혜가 있는 임금이라면 다시는 그런 농담을 하지 않았을 것입니다. 그러나 송민공은 남궁장만의 그런 모습에서 쾌감을 느끼곤 했습니다. 세상이 다 무서워하는 남궁장만을 놀려줄 수 있는 사람은 임금인 자기뿐이라는 어떤 우월감같은 것이 작용했겠지요. 철없는 어린아이같은 소박성이라고나 할까요.

언젠가 별궁에서 민공이 궁녀들을 거느리고 늦봄의 꽃을 즐기며 술을 들고 있었는데, 이때 남궁장만도 함께 있었습니다.

노래와 춤과 술이 어우러진 가운데 한낮이 기울게 되자, 궁녀들이 남궁장만에게 특기를 보여달라고 졸랐습니다. 궁녀들도 임금을 별로 어려워하지 않은 거지요.

낭궁장만의 특기란 창술이었습니다. 30근이나 되는 긴 창을 공중 높이 까마득하게 던지고 한참을 기다리면 제 무게를 못 이겨 번개 같은 가속도로 창끝이 아래로 내리꽂듯 떨어집니다. 창을 공중 높이 던지는 것도 그렇지만 그 던진 창이 바로 던진 그 자리로 향해 떨어지게 하는 것도 기술이었고, 보통사람의 눈에는 잘 보이지 않을 정도로 번개처럼 떨어지는 창을 어김없이 탁 잡아 쥐곤 하는 것입니다.

그러면 구경하던 궁녀들은 '와아!' 소리를 지르며 손뼉을 치는 것입니다. 더욱 신이 난 장만은 창을 더 높이 던지고 더 오래 있다가, 더 빨리 떨어지는 창을 넙죽 받아들고는 뽐내 보이는 것입니다.

송민공도 창술을 조금은 알고 있지만 남궁장만과는 겨룰 생각조차 할 수 없었습니다. 소박한 민공은 장만에 대한 시기심이 불끈 치밀었습니다. 궁녀들의 박수갈채가 임금의 자존심을 상하게 한 것입니다. 임금이 신하의 재주를 시기한다는 것부터가 우스운 이야기지요.

자존심이 상한 민공은 장만에게 내기 바둑을 두자고 청했습니다. 바둑은 민공이 한수 위였으므로 그것으로 앙갚음을 하려 했던 겁니다. 내기는 진 사람이 큰 대접으로 벌주를 한 잔 마시는 것이었습니다.

내리 세 판을 거듭 진 장만은 술 석 잔을 받아 마시고는 항복하고 물러앉았습니다. 위축되었던 민공의 자존심은 되살아났고, 의기양양해진 민공은,

'포로장군이 어찌 과인을 이길 수 있겠는가?'

하는 농담으로 더욱 기세를 올렸던 것입니다.

이때 내궐에서 내시가 심부름을 나왔습니다.

'주나라 천자가 새로 즉위했으므로 축하사절을 보내야 하겠는데, 누구를 보내는 것이 좋을지를 몰라 대신들이 주상의 어의를 물어 왔습니다.'

하고 사신을 지명해 달라는 것이었습니다.

이때 옆에 있던 장만이 자청하고 나섰습니다.

'신은 아직 주나라 도읍 낙양을 구경하지 못했습니다. 이 기회에 낙양을 구경하고 싶사오니 신을 특사로 보내 주십시오.'

세 번이나 바둑을 이겼으니 기분도 좋을 것이므로, 그 기회에 청을 하면 들어 줄 것으로 알았겠지요. 또 흉허물없는 임금과 신하 사이에 술까지 많이 마신 끝이니 거리낄 것이 없었을 것입니

다.

그러나 민공은 그를 특사로 보낼 생각은 없었습니다. 천자를 대하는 예절도 잘 모를 무인이었으므로 더욱 그랬을 것입니다.

그런데 다른 말로 좋게 대신들과 상의를 해야 한다든지 하면 되었을 것을,

'송나라에 아무리 사람이 없기로니 너같은 포로장군을 특사로 보낼 수 있겠는가?'

하는 모욕적인 농담으로 거절을 하고 만 것입니다.

그동안 수없이 들어온 모욕적인 농담이 가슴에 쌓이고 쌓인 끝에 다시 그것을 이유로 청마저 거절을 당하자, 남궁장만의 거친 본성이 폭발을 하고 말았습니다.

그동안 임금을 대단치 않게 여겨 온 장만은 술기운과 분을 곁들여,

'이 포로장군이 너같은 임금 하나쯤 눈도 깜짝하지 않고 없애 버릴 수 있다는 것을 모르는가?'

하고 눈을 부릅떴습니다.

그래도 임금인데 그 소리를 듣고 가만 있겠습니까? 옆에 둔 칼을 뽑아 들고 장만을 치려 했습니다. 그러나 장만이 더 빨랐습니다. 앞에 있는 바둑판을 들어 임금을 내리친 것입니다.

바둑판으로 민공의 머릿골이 깨지며 장만의 손은 온통 피투성이가 되었습니다. 피를 본 장만은 더욱 분을 못 참아 하며 내궐로 향했습니다. 미련한 그는 뒷수습같은 것은 생각조차 못하고 달아날 생각만 하고 있었던 겁니다.

이때 임금을 찾아 별궁으로 오던 대부 한 사람과 마주쳤습니다.

그는 장만을 보자 물었습니다.

'주상은 지금 어디 계십니까?'

'주상은 내가 죽였소.'

장만의 상기된 모습을 본 그는,

'장군은 몹시 취하셨구려. 농담이 너무 지나치십니다.'

하고 나무랐습니다.

'농담이 아니오. 이 손의 피를 보시오. 내가 때려 죽였소.'

피를 보고 사실임을 알자, 그는 들고 있던 홀로 장만을 내리쳤습니다.

홀이 무기로도 쓰였다고 한 말은 바로 이것을 두고 한 말이었습니다.

칼도 소용이 없는 장만에게 홀이 무슨 소용이 있겠습니까? 장만은 왼손으로 홀을 받으면서 오른 주먹으로 상대의 턱을 쳤습니다.

거짓말같은 이야기인데, 장만의 주먹을 맞은 그의 턱이 부서지며 송곳니가 튀어 나가 기둥에 한 치 가량 박혔다고 합니다.

그렇게 해서 죽은 그 대부는 그 일 하나로 충신이란 이름을 얻게 되었습니다. 그 이름은 기억에 나지 않는군요."

"많은 교훈이 되는 이야기였습니다. 그래 남궁장만은 어찌 되었습니까?"

"결국은 잡혀 죽습니다. 거기에 따른 또 하나의 일화가 있지요. 예나 지금이나 큰일에는 대의명분보다 뇌물이 더 위력을 지니고 있다는 것 말입니다."

"어떤 내용인지 듣고 싶습니다."

"남궁장만은 그길로 유유히 대궐을 나와 집으로 갔습니다. 집에는 늙은 홀어머니가 있었습니다.

그는 수레에 홀어머니를 태우고, 한 손엔 창을 들고 한 손으로 수레를 끌며 하룻밤에 백 리 길을 달려 국경을 벗어났습니다.

그가 진(陳)나라로 가 있다는 말을 듣고, 송나라에서는 그를 잡아 보내주도록 사신을 보내게 되었습니다.

이때 사신이 떠나는 것을 본 다섯 살 먹은 목이(目夷)라는 공자가 임금 옆에 있다가,

'장만은 오지 않습니다.'

라고 말했습니다.

'어린 네가 장만이 오지 않을 것을 어떻게 미리 안다는 거냐?'

하고 임금이 묻자, 공자는 이렇게 대답했습니다.

'빈손으로 가니 빈손으로 올 수밖에요. 장만같은 용장은 나라마다 탐을 내고 있을 것이니, 대의명분 하나로 순순히 잡아보낼 리가 있겠어요?'

그제야 임금도 옳다 싶어 귀한 보물을 뇌물로 함께 실어 보내 남궁장만을 잡아 올 수 있었던 것입니다."

"그 목이는 뒤에 큰 인물이 되었던가요?"

"큰 인물이었지요. 그는 제갈량같은 지혜를 가진 사람이었습니다. 그런데 뜻을 펼 수가 없었어요. 그에게 나라까지 사양했던 양공(襄公)이 나중에는 나라를 맡기지 않았을 뿐아니라, 그의 옳은 의견마저 받아들이지 않았기 때문입니다.

양공이 일을 그르치고 나라가 위태롭게 되었을 때마다 목이의 지혜로 무사히 넘기곤 했는데도 양공은 끝내 그 목이에게 나라를 맡기지 않고, 바보같은 짓만 되풀이하고 있었던 겁니다. 인의(仁義)로써 천하를 호령하겠다는 동키호테같은 생각으로 패천하를 하겠다고 하다가 실패를 거듭하고 나중에 초나라의 포로가 되기까지 했습니다.

양공이 초나라의 포로가 된 것은 싸워서 패한 때문이 아니고, 모임에 나갔다가 납치를 당한 것입니다.

초나라는 임금을 인질로 송나라에 땅을 요구할 생각이었습니다. 이를 안 목이는 스스로 임금이 되어, 차라리 양공을 대신 죽여 주기를 바란다는 거짓말 편지를 보냈던 겁니다.

이에 허탕을 친 초나라는 양동을 놓아 주고 말았습니다. 양공은 국경을 넘어 자기 나라로 돌아오다가 목이가 임금이 되었단 말을 듣고 되돌아서서 다른 나라로 망명하려 했습니다.

그러나 목이가 사람을 시켜 그것은 한낱 작전상 거짓일 뿐이란 것을 말하고 모셔 들였던 것입니다. 나라 사람들은 목이가 임금 되는 것을 원하고 있었지만 목이는 임금의 자리가 마음에 없었던 것입니다. 그보다 더 거룩한 사람이 있겠어요?"

사 어 군 소　언 대 부 칙 칭 익 약 자　명 사
士於君所, 言大夫則稱謚若字, 名士

"이번엔 37장이 되겠습니다. 계급과 나이에 따라 상대를 대하는 예절이 다른 것은 당연한 일이지간, 그것을 어떤 형식으로 하느냐 하는 것은 각자 생각에 따라 다를 수밖에 없습니다. 그것을 미리 정해 두지 않는 한, 아첨이니 거만이니 하는 오해가 생길수도 있고, 본의 아닌 실수를 할 수밖에 없지요. 37장에는 사(士)의 신분을 가진 사람이 대부를 어떻게 대하며, 임금 앞에서는 다른 사람을 어떻게 불러야 하는 것인지를 말하고 있습니다.

요즘은 시대가 달라져서 별문제가 없지만, 우리 어릴 때만 해도 그 문제가 상당히 까다롭게 작용하고 있었습니다. 지금도 문제까지 될 것은 없지만 알아 두는 것이 필요할 것 같습니다.

사란 계급은 벼슬아치의 가장 아래 계급이므로, 벼슬을 하지 않은 지식인들도 사와 같은 대우를 받았던 것입니다. 그래서 벼슬에 처음 오른 사람도 사(士)요, 벼슬에 오르지 않았어도 그 자격을 가진 사람을 사라고 했습니다.

벼슬에 올랐을 경우는 그 품계에 따라 하사·중사·상사로 불리었고, 벼슬을 하지 않은 지식인의 경우는 통틀어 사라고 불렀습니다. 우리나라에선 선비라 불렀지요.

공자 당시도 벼슬아치의 뜻인 사보다는, 지식과 품행이 뛰어난 벼슬하지 않은 선비의 뜻인 사가 더 보편화되어 있었던 것 같습니다. 여기서도 벼슬하지 않은 선비의 뜻으로 보아 무방할 것 같습니다. 벼슬을 하지 않은 선비는 고사(高士)라 하여 하루아침에 고관대신이 될 수도 있으므로, 선비란 말에는 보다 깊은 뜻이 들어 있는 겁니다.

〈논어〉에는 선비란 말이 많이 나옵니다. 그 선비의 참뜻에 대해 공자는 여러 가지 설명을 붙이곤 했습니다. 겉모양만의 선비는 많아도 선비다운 참선비는 드물다는 것을 말한 것이지요.

대충 생각나는 것으로,

'선비로서, 잘 살 것을 생각하고 있으면 선비가 되기 어렵다.'

'선비로서 바른 길을 걸으려 하면서, 옷차림이 초라하고 먹는 것이 남만 못한 것을 부끄러워한다면, 그와는 함께 진리를 이야기할 것도 없다.'

'뜻이 있는 선비는 살기 위해 어진 일을 해치는 일이 없고, 어진 일을 위해 목숨을 버리는 일은 있다.'

라고 한 공자의 말을 들 수 있고, 선비란 참뜻에 대한 풀이로는 자공의 물음에 대한 공자의 대답을 들 수 있습니다.

'어떠해야만 선비라 말할 수 있습니까?'

하고 자공이 묻자,

'마음에 부끄러운 일을 행하지 않고, 각 나라로 심부름을 가서 임금이 명한 일을 욕되게 하는 일이 없으면 선비라 말할 수 있다.'

라고 공자는 대답했습니다.

양심에 부끄러운 일을 하지 않는 것이 선비의 첫째 조건이 되고, 나라의 사명을 띠고 외국으로 나갔을 때, 협박이나 유혹이나 농간에 말려들지 않는 굳은 의지와 임기응변의 슬기를 유감 없이

발휘할 수 있는 능력을 갖추고 있어야 선비다운 선비가 될 수 있
다는 것을 말한 것입니다.

　이것은 자공만이 할 수 있는 일이었으므로 특히 말한 것이라 볼
수 있습니다. 자공은 공자의 심부름으로 민간외교인으로서 각국을
돌아다니며, 침략의 위협에 직면해 있던 노나라를 구한 일이 있었
으니까요.

　그러자 자공은 한 차원 낮은 선비는 어떠해야 하는지를 말해 달
라고 청했습니다. 그러자 공자는 이렇게 말했습니다.

　'일가친척들이 다 부모에게 효도한다는 칭찬을 하고, 온 마을
　사람과 고을 사람들이 어른 섬길 줄을 안다고 칭찬을 하면, 그
　다음이 될 수 있을 것이다.'

　마음 속의 깊은 수양과 큰 일을 할 수 있는 능력은 없더라도,
품행이 발라 남의 본보기가 될 수 있으면 선비라 말할 수 있다는
뜻입니다.

　그러자 자공은 또 그 다음을 말해 달라고 했습니다. 이때 공자
는 세상사람들이 흔히 말하는 선비를 이렇게 말했습니다.

　'한 번 말한 것은 꼭꼭 지키고, 한 번 한다고 한 것은 기어코 하
　고 마는 그런 사람은 고지식하그 딱딱한 사람에 지나지 않지만,
　그런대로 선비 속에 끼일 수 있을 것이다.'

　큰 것을 위해서는 작은 것을 버릴 줄 아는 임기응변의 능력이
없이, 판에 박은 듯한 예절이나 신의에만 철저한 사람을 공자는
가장 작은 사람으로 보았던 것입니다.

　그러자 자공은,

　'요즘 벼슬아치들은 어떻습니까?'

하고 물었습니다. 벼슬에 오른 사람들도 선비의 지조를 지키는 것
을 자랑으로 삼고 있었으므로 물은 것입니다.

　그 물음에 대해 공자는,

'그릇에 비하면 한 말 들이밖에 안 되는 그들을 어떻게 평할 수 있겠느냐?'

하고 한숨을 내쉬었습니다.

이야기가 옆으로 흐르고 말았군요. 여기 말한 선비는 공자가 말한 그런 선비가 아니고 겉모양의 선비를 말한 거지요. 원문을 보시지요.

'선비는 대부에 대하여는 감히 절하고 맞이하지 않으며, 절하고 보낸다.'

계급이 높은 사람에게 절하고 맞이하는 것은 존경의 표시일 터인데, 감히 절하고 맞이하지 않는다고 한 것은 어감상 문제가 있는 것도 같습니다. 옛날 주석에는, 이쪽에서 절을 하면 상대도 절을 할까 두려워 감히 그러지 않는다고 했습니다. 그럼 보낼 때 절하는 것은 무엇 때문일까요? 다음에 높은 사람에 대해서는 먼저 절을 하고 나아가 뵙는다고 했습니다. 이것으로 보아 벼슬이 대부일지라도 높은 사람으로 대우하지는 않는다는 뜻으로 보아야 할 것 같습니다. 높은 사람이란, 나이가 많고 덕과 학식을 가진 사람을 말한 것입니다. 그러므로 대부라는 계급만을 가진 사람을 높은 사람으로 대할 수는 없다는 뜻에서 감히라는 말을 썼을 겁니다. 보낼 때의 절은 서로가 주고 받는 것이기에 상관이 없지만, 벼슬이 대부라고 해서 절을 하고 맞는 것은 아첨이 되기 때문이었을 것 같습니다. 아무튼 나이차가 적은 상대에게 벼슬이 높다고 해서 아첨하는 태도를 보여서는 좋지 않다는 뜻에서 그런 규정을 만든 것입니다.

공자는 〈논어〉에서,

'나는 신하로서의 예를 다할 뿐인데, 사람들은 나를 보고 아첨한다고 한다.'

라고 말하기도 하고,

'아래에서 절하는 것이 임금데 대한 예인데, 요즘은 위에서 절
을 하고 있다. 그것은 거만한 것이 되기 때문에 나는 아래서 한
다.'

라고 말하기도 했는데, 절을 하는 것과 그 위치가 어디냐 하는 것
에도 상당한 차별이 있었음을 알 수 있습니다. 요즘이라고 크게
다를 것도 없겠지요.

다음 원문에는 이렇게 썼습니다.

'선비는 높은 사람에 대해서는 먼저 절을 하고 나아가 뵙는다.
상대가 답례로 절을 하면 피한다.'

피한다는 뜻으로 달린다는 뜻의 주(走)를 썼는데, 급히 비켜난
다는 뜻으로 보아야 할 것입니다. 중국 사람들은 지금 간다는 뜻
으로 쓰고 있습니다.

다음은 상대와 말을 할 때 제3자를 어떻게 부르느냐 하는 것을
말한 것입니다.

어려운 말은 쓰지 않는 것이 실수를 줄이는 한 방법일 수 있습
니다. 유식한 것을 보이기라도 하듯, 낡은 말이나 외국말을 곧잘
쓰는 사람이 있는데 어떻게 보면 속이 빈 사람 같기도 합니다.

가친(家親)이란 말은 상대에게 자기 아버지를 낮추어 부르는 말
이고, 춘부장(椿府丈)이란 말은 상대의 아버지를 높여서 부르는
말인데, 이것을 거꾸로 쓰는 사람을 본 일도 더러 있습니다.

'자네 가친, 우리 춘부장.'

하는 식으로 말입니다.

'자네 아버님, 우리 아버지.'

하면 듣기 좋고 실수도 없을 텐데 말입니다.

원문을 보시지요.

'선비가 임금에게 말할 때는 대부를 가리켜 말할 경우는, 그 대
부가 죽었을 경우는 시호나 자(字)를 일컬어 말하고, 선비의 경

우는 이름을 불러 말한다.'

대부는 사보다 계급이 높기 때문에, 죽은 사람으로 시호가 있으면 시호를 불러 말하고, 시호가 없으면 자를 불러 말하는 것입니다. 당시의 자는 오늘날의 호(號)와 같은 것이었습니다. 공자의 제자들은 공자를 남에게 말할 때는 공자라 말하지 않고 중니(仲尼)라 말했습니다. 뒤에 호란 것이 생긴 뒤로는 자를 부르는 것도 실례되는 일이었습니다. 친구가 아닌 높은 사람일 경우는 말입니다.

같은 선비일 경우는 자를 부르지 않고 이름을 불렀습니다.

이것을 모르는 어느 시골 선비가 공부를 열심히 했던지 재주가 뛰어났던지 어린 나이로 과거에 급제를 했습니다.

임금을 처음 뵙는 자리에서, 임금이 그에게,

'그대 부친의 이름이 무엇인가?'

하고 물었습니다. 나이도 어리고 얼굴도 잘 생겼으므로, 혹시 이름있는 사람의 아들인가 해서 물어보았지요.

그러면 그대로 아버지의 이름을 부르며,

'아비의 이름은 아무개올시다.'

하고 대답하면 되는 것을,

'무슨 자, 무슨 자올시다.'

하고 대답했습니다. 어른의 이름은 바로 부르지 못하고, 갑돌이라면 '갑자 돌자'올시다 하고 말하는 것이 교양있는 사람입니다.

그러나 그것은 보통의 경우일 뿐, 임금의 앞에서는 그럴 수 없는 일입니다. 그렇게 하면 무식한 것이 될 뿐 아니라 임금에 대한 불경이 되기 때문입니다.

임금은 기대에 벗어난 그 같은 대답에 그만 실망을 하고,

'응?'

하고는 성난 얼굴을 짓고 말았습니다. 그 대답 하나로 인해 과거

에 급제는 하고도 벼슬에는 영영 오르지 못했다는 것입니다. 아마 사서 삼경만 읽고 이 〈예기〉는 읽지 못했던 거겠지요. 아니면 가정교육이 모자란 때문이었거나.

요즘도 면접시험 같은 때, 말하는 태도뿐 아니라 그가 쓰는 낱말과 말투같은 것이 그의 교양과 가정을 잘 나타낸다고 볼 수 있겠지요.

다음엔 이렇게 이어지고 있습니다.

'대부와 말할 때는 선비에 대해서는 이름을 말하고, 대부에 대해서는 자를 말한다. 대부들이 있는 곳에서는 공휘(公諱)는 있어도 사휘(私諱)는 없다.'

휘라는 것은 바로 말하지 못한다는 뜻입니다. 죽은 사람의 이름을 휘라고 하는 것도 바로 부르지 못한다는 뜻에서 나온 것입니다.

공휘라는 것은 나라 집, 즉 죽은 임금에 대해서는 그 이름을 바로 말하지 않는다는 것입니다. 사휘는 자기 조상의 이름을 뜻합니다. 자기 조상에 대해서는 그대로 불러 말해야 한다는 것입니다.

다음을 보시지요.

'모든 제사에서는 휘하지 않고, 사당 안에서도 휘하지 않고, 학문을 가르치고 글을 말할 때는 휘하지 않는다.'

제사에 휘하지 않는다는 것은 축문을 읽을 때를 말할 수 있습니다. 아버지가 할아버지 제사를 지낼 때 그 아들이 축문을 읽게 되었을 경우, 아버지를 대신해서 할아버지 영혼에 아뢰는 것이므로 아버지의 이름을 그대로 부를 수밖에 없는 것입니다. 사당 안도 역시 같은 이유에서 휘하지 않는 거지요.

학문을 가르치고 글을 말할 때는 약간의 문제가 없지 않습니다. 여기 말대로라면 글을 읽을 때, 공자·맹자의 이름도 그대로 불러

야 한다는 것이 되겠는데, 공자·맹자뿐 아니라 성인으로 불리 우
는 모든 사람과, 스승이나 조상의 이름은 모두 아무개란 뜻의 모
(某)로 읽게 되어 있습니다. 뒤에 생긴 제도지요.

〈논어〉에 공자가 제자들의 이름을 부른 곳이 많이 나오는데, 안
자의 이름인 회(回)와 증자의 이름인 삼(參)이 나오면 반드시 모
(某)라고 읽어야 했습니다.

공자가 제자를 부른 것이니 그대로 읽어야 옳다며, 회(回)니 삼
(參)이니 하고 읽는 선비도 없지는 않았는데, 그것이 유명한 이야
깃거리가 된 적도 있었으니까요.

나는 공자·맹자만 빼고는 모두 그대로 읽습니다. 그것도 해방
후부터였어요. 신식을 따른 셈이지요."

부 명 호　유 이 불 낙
父命呼, 唯而不諾

"다음은 49장이 되겠습니다. 자식의 부모에 대한 마음가짐과 몸가
짐을 말한 것입니다.

원문을 보시지요.

'아버지가 명령하여 부르면 얼른 예 하고 대답하고 지체하지 않
유 이 불 낙
는다(唯而不諾). 손에 일거리를 잡고 있을 때면 이를 던지고, 먹
던 것이 입안에 있으면 이를 뱉고, 급히 달려가고 빠른 걸음으로
주 이 불 추
가지 않는다(走而不趨).'

명령하여 부른다는 것은 오라는 명령을 내린다는 뜻입니다. 가
까이 있으면 아무개야 하고 직접 부르기도 하고, 멀리 떨어져 있
으면 사람을 시켜 부르기도 하겠지요. 유(唯)와 낙(諾)은 다 대답
한다는 뜻인데, 유는 '예' 하고 순종하는 말소리를 나타낸 것이고,
낙은 '알았습니다' 하고 당장 일어나지 않는 것을 말합니다. 허락
(許諾)이란 뜻이지요.

〈논어〉 양화편(陽貨篇)에 낙(詻)이란 글자가 나옵니다. 노나라 세도재상인 계평자(季平子)의 가신으로, 그 계평자를 손아귀에 넣듯 하고 있던 양화가 공자를 자기 사람으로 만들려고 자주 부르곤 했습니다.

그러나 공자는 그의 사람됨과 야심을 잘 알고 있는지라 그의 부름에 응하지 않았습니다. 그러자 양화는 공자를 스스로 찾아오게 끔 하는 방법을 썼습니다.

공자가 집에 없을 때, 삶은 돼지를 보내 준 것입니다. 대부가 선비에게 예물로 무엇을 보내주었을 때 보낸 사람에게 고맙다는 인사를 전하지 못했을 때는, 직접 그의 집으로 찾아가 인사를 하는 것이 예로 되어 있었기 때문입니다.

예를 존중하는 공자이므로 양화는 그 점을 이용한 것이지요. 야심가인 양화는 예란 것을 공자의 약점으로 알고 있었던 겁니다.

그러나 공자도 그런 얄팍한 양화의 수단에는 넘어가지 않았습니다. 공자가 없는 틈을 엿보고 있다가 돼지를 보내 주었으므로, 공자도 양화가 집에 없는 틈을 타서 인사를 하러 간 거지요.

그러나 공교롭게도 돌아오던 길에 양화와 길에서 딱 마주치게 되었습니다. 원수가 외나무다리에서 마주친 셈이지요. 공자는 서른 살이 되지 않은 젊은이었고, 양화는 벌써 쉰이 넘은 나이였습니다.

거만한 양화는 공자를 보자 이렇게 말했습니다.

'이리 오라! 내 그대에게 할 말이 있노라.'

공자가 가까이 다가가, 집으로 갔으나 계시지 않아 돌아가는 길이라고 말하자 양화는 이렇게 말을 걸었습니다.

'훌륭한 재주를 가지고 있으면서 자기 나라를 병들게 내버려 두는 것을 어질다고 말할 수 있겠는가?'

공자는 어진 것이 될 수 없다고 말할 수밖에요.

'일하기를 좋아하면서 자주 그 시기를 잃는 것을 지혜롭다 말할수 있겠는가?'

'말할 수 없겠지요.'

'해와 달은 쉬지 않고 간다. 시간은 나를 기다려 주지 않는다.'

양화의 물음과 결론은 공자로부터 벼슬하겠다는 승낙을 얻어내려는 것이었습니다.

공자는 이때 마지못해,

'알았소. 내 벼슬하리다(諾, 吾將仕矣).'

하는 승낙을 할 수밖에 없었습니다.

그러나 공자는 양화 밑에서는 벼슬하지 않았습니다. 반란을 일으킨 양화가 쫓겨난 다음에 그 뒷수습을 한 것이 공자였습니다.

그러니까 '알았소' 하는 뜻의 낙(諾)은 당장 그렇게 하겠다는 뜻은 아닙니다. 알았다는 것은 상대의 뜻을 알았다는 것이지, 그 뜻에 따르겠다는 말은 아닐 수도 있는 겁니다. 그러므로 대답만 예하고 해 두고는 당장 행동으로 옮기지 않는 것이 낙입니다.

친구나 남남 사이라면 모르되, 어른의 부름에 그럴 수는 없는 일이지요. 요즘 아이들은 부모의 명령을 보통 예 알았다는 정도의 대답으로 우선 해 놓고 늑장을 부리거나 무시해 버리는 것이 보통입니다. 아이들 탓이 아니라 부모들의 교육 탓으로 보아야 하겠지요.

부모가 부르거나 무엇을 시키거나 하면 하던 일도 내던지고, 입 안에 든 음식도 삼킬 수가 없으면 뱉기라도 하고 급히 달려가야 하는 것이 부모의 명령을 받은 자식의 바른 행동이란 것을, 어른들 스스로가 보여 주지 않았기 때문에 아이들도 어른들의 본을 보아 그러는 것입니다.

옛날 주공은 재상으로 있으면서도 찾아온 사람을 기다리게 하는 것이 송구스러워, 머리를 감다가도 칭칭 감아 붙인 채 뛰어나가 맞이했고, 밥을 먹을 때면 얼른 입에 든 것을 삼키거나 뱉고 달려 나가 맞이했다지 않습니까? 하물며 부모이겠습니까?

주이불추(走而不趨)라는 주(走)와 추(趨)는 둘 다 달린다는 뜻으로 읽고 있습니다. 그러나 주는 뛰어가는 것을 말하고, 추는 빠른 걸음으로 걷는 것을 말합니다.

부를 때는 급히 달려가고, 어른이 계신 앞을 지나갈 때는 빠른 걸음으로 지나가는 것이 예로 되어 있습니다. 느리게 천천히 걷는 것은 거만한 태도로 보이기 때문이지요.

〈논어〉에 보면 이런 내용이 있습니다.

'공자께서는 상복을 입은 사람이나, 예복차림을 한 높은 벼슬아치나, 앞을 못 보는 소경을 보았을 때는, 그가 아무리 나이가 젊더라도 공경하는 빛을 띠고, 그 앞을 지나갈 때는 반드시 빠른 걸음을 걸으셨다(過之必趨).'

라고 했습니다. 이 추란 글자는 그저 급히 걸어가는 뜻도 되지만, 공경하는 뜻의 걸음걸이로도 쓰인 것을 알 수 있습니다.

상주와 장애자에 대한 경건한 쾌도는 상대의 불행을 내 불행처럼 생각하는 마음에서 우러난 것으로 볼 수 있고, 높은 벼슬아치를 경건한 태도로 대하는 것은, 그가 나라와 백성을 위해 정성을 바치기 때문인 것으로 보아야 할 것입니다. 권세나 부리고 백성을 내리쳐 보는 것이 벼슬아치라면 공자는 그같은 태도로 대하지는 않았을 것입니다.

다음을 보시지요.

'부모가 늙으셨을 때는, 나올 때 말한 곳과 다른 곳으로 방향을 바꾸지 않으며, 돌아온다고 말한 시간을 지나지 않는다. 부모가 병환이 계시면 모양을 꾸미지 않는다. 이것이 효도하는 자식의 평상시 예절이다.'

앞에서 '출필고(出必告), 반필면(反必面)'이란 말을 배웠지요. 집에서 나올 때는 반드시 어디로 나간다는 것을 부모에게 아뢰고, 돌아왔을 때는 반드시 부모님 앞에 나타나 다녀왔다는 말을 한다는 것입니다. 부모가 늙으셨을 때는 나올 때 말한 곳과 전혀 다른 방향으로 가지 않는다는 것은, 혹시 병환이 나거나 무슨 변을 당했을 때 급히 연락을 받을 수 없기 때문입니다. 부모가 늙지 않았을 때라도 자기 있는 곳이 일정하도록 하는 것이 도리지만, 늙었을 경우는 더욱 그래야 한다는 뜻입니다. 요즘으로 말하면 전화로 있는 곳을 꼭꼭 알려 두어야 한다는 말이 될 수 있겠지요.

돌아온다고 말한 시간이 지나면 부모들이 걱정을 하게 되므로 늦지 않도록 한다는 것이니, 요즘으로 말하면 늦을 경우는 전화로 늦는다는 것을 알린다는 것이 되겠지요.

부모가 병으로 앓고 있는데 모양을 내고 다닌다는 것은, 그 자체가 부모의 병에는 무관심하고 제 모양 내는 데에만 마음이 있는 것을 나타내는 것이 되므로, 설사 그렇지 않더라도 조심해야 한다는 뜻이겠지요.

이런 것들은 마음만 있으면 누구나 할 수 있는 것입니다. 가 있는 곳이 바뀔 때마다 집에 전화로라도 연락을 해 두고, 정한 시간에 돌아가지 못할 때도 늦는 것을 알려 두며, 부모의 병환이 있을 때는 수수한 차림을 하고 다니는 것쯤은 조금도 어려운 일이 아닙니다. 부모가 부르면 하던 일을 버려둔 채 급히 달려가는 것과 함께 말입니다.

그러니까 부모를 존경하고 사랑하는 자식이라면 누구나가 그런 정도는 할 수 있다는 뜻으로 소절(疏節)이란 말을 쓴 겁니다. 소는 엉성하다 거칠다 하는 뜻으로 보통이란 뜻도 되겠지요.

다음을 보시지요.

'아버지가 죽은 뒤 아버지가 읽던 책을 차마 읽지 못하는 것은

그 책에 아버지의 손때가 남아 있기 때문이며, 어머니가 죽은 뒤
어머니가 쓰던 그릇으로 음식을 담아 먹거나 마시거나 하지 못
하는 것은, 그 그릇에 어머니으 입김이 남아 있기 때문이다.'

이 내용은 효자가 아니면 체흘하기 어려운 것일지도 모릅니다.
그러나 그같은 마음을 자식이면 누구나가 조금씩은 가지게 될 것
입니다.

부모의 경우는 어린 자식이 죽고 나면 금방 어디서 소리치며 뛰
어나올 것만 같고, 가지고 놀던 장난감만 보아도 자식 생각에 가
슴이 뭉클해지며 눈물이 핑돌곤 하지 않겠습니까? 그래서 그런 것
들을 어디로 치우거나 없애버리기도 하지요. 남편과 아내의 경우
도 마찬가지일 겁니다.

그러나 부모에 대한 자식의 경우를 거기에 비유할 수는 없을 것
입니다. 그런 사람은 틀림없는 효자겠지요. 우리는 그것으로 스스
로를 저울질해 보는 계기를 만들 수도 있을 것 같습니다. 그와 동
시에 자식들이 그런 느낌을 갖도록 어질고 착한 부모로서 자식들
을 올바로 가르치도록 힘써야 되겠지요."

군자지용   서지
君子之容, 舒遲

"이번엔 53장과 55장이 되겠습니다. 교양 있는 사람의 몸가짐과
태도를 말하고 있는데, 오늘날에드 많은 참고가 될 줄 압니다. 이
른바 체취(體臭)라는 것이 있는데, 마늘 먹은 사람에게서 마늘내
가 나고 깍두기 먹은 사람에게서는 깍두기내가 나듯이, 그 사람의
속에 있는 교양이랄까, 몸에 배인 관습 같은 것은 숨기거나 가릴
수도 없는 것이며, 갑자기 꾸며 보일 수도 없는 것입니다.

여기 말한 군자지용(君子之容)은 곧 교양인의 체취를 풍기는 바
탕이 되는 것으로 보아 좋을 것 같습니다.

278

원문을 보시지요.

'군자의 모양은 편안하고 자연스럽다(君子之容, 舒遲). 높은 사람을 대할 때는 단정하고 몸놀림을 빠르게 한다. 발의 모양은 무거워야 하고, 손 모양은 공손해야 하며, 눈 모양은 단정해야 하고, 입 모양은 움직이지 말아야 하며, 목소리는 그 모양이 가라앉아야 하고, 머리 모양은 곧게 가져야 하며, 내풍기는 기상은 엄숙해야 하고, 서 있는 모양은 덕스러워야 하며, 얼굴빛은 씩씩하게 가져야 하고, 앉아 있는 모습은 시동(尸童)처럼 움직이지 말아야 하며, 한가로이 있을 때와 말을 남에게 할 때는 모양을 따스하게 해야 한다.'

글자를 하나하나 정확하게 표현할 수는 없지만, 대개 어떤 뜻이며 어떻게 해야 한다는 것인지는 알 수 있습니다. 한 마디로 마음에서 우러나오는 자연스럽고 평화롭고 단정하고 엄숙한 것들이 잘 조화되어 있는 것이라고 말할 수 있을 것 같습니다.

시동은 옛날 제사 지낼 때, 신주 대신 위패를 둘 곳에 앉혀 두고 영혼이 그 아이에게 내려오도록 한 것이었는데, 앉은 모양이 시동 같다는 것은 요즘 말로 불상처럼 꼼짝도 하지 않는 것을 가리킨 것입니다.

다음 55장의 원문을 보시지요.

'서 있을 때는 허리를 굽히되 아첨하는 것처럼 보이지 말아야 하며, 머리와 목은 반드시 반듯하게 해야 한다. 산처럼 무게있게 우뚝 서고, 가야 할 때에 몸을 움직여 가야 한다. 힘찬 기운이 안에 꽉 차 있어, 그것이 밖으로 밝게 내뿜게 해야 하며, 얼굴빛은 항상 맑고 변하지 말아야 한다.'

앞장에는 제사를 지낼 때와 군대를 거느리고 있을 때의 태도를 말하고 있습니다. 55장 역시 일이 있을 때의 몸가짐과 태도를 말한 것이라 볼 수 있습니다.

교양을 쌓은 사람의 내면에 있는 덕과 기상이 때와 장소에 따라 그대로 밖에 내뿜어지는 것을 말한 것이라 볼 수도 있습니다. 산처럼 우뚝 선다고 한 것이나 갈 대가 아니면 발을 옮겨 놓지 않는 것들이 흉내로 그렇게 될 수는 없지 않겠습니까? 그래서 속의 기운이 절로 밖으로 내뿜는다고 했고, 사소한 주변의 변화에 따라 감정이 쉽게 바뀌는 일이 없기 때문에, 얼굴 빛은 언제나 구슬처럼 맑고 변하지 않는 것 아니겠어요?"

제14편(第十四篇) 명당위(明堂位)

운 종 룡   풍 종 호
雲從龍, 風從虎.

"구름은 용을 따르고, 바람은 호랑이를 따른다."

주 공 조 제 후 우 명 당 지 위
周公朝諸侯于明堂之位

"제14편은 주공이 성왕을 도와 제후를 명당(明堂)에서 조회시킨 일과, 성왕이 노나라에 천자의 예와 악을 행하게끔 한 일을 내용에 담고 있습니다.

명당은 글자 그대로 밝은 집, 또는 밝히는 집이란 뜻이겠지요. 여기서는 서열(序列)을 밝힌 것이 되겠습니다.

번영은 안정을 전제로 하고, 안정은 곧 각자가 자기 위치를 지키고 자기 할 일을 하는 것 아니겠습니까? 그것을 우리는 질서라고 말합니다. 질서는 각자가 자기 설 자리와 있을 자리를 알아 그 위치에서 벗어나지 않는 것을 말합니다. 그것이 곧 서열이란 거지요.

시대와 사회와 주어진 여건에 따라 서열이 정해지고 바뀌게 되는데, 우리가 말하는 제도니 법이니 풍습이니 하는 것도 그 바탕은 이 서열에 있었다고 보아 크게 틀리지 않을 것입니다.

명당위(明堂位)라고 한 것은, 명당에서의 위치가 곧 서열을 뜻하는 것이 되기 때문에 붙인 이름입니다.

명당은 천자가 제후들을 모아 조회를 받는 곳으로, 중앙에만 있는 것이 아니고 지방에도 있었던 모양입니다. 〈맹자〉에 보면 제선왕이 이렇게 물은 일이 있습니다.

'사람들이 모두 명당을 헐어 없애는 것이 좋겠다고 하는데, 어떻게 하는 것이 좋겠습니까?'

그러자 맹자는,

'명당은 왕자(王者)의 집입니다. 임금께서 왕의 정치를 펴시려거든 헐지 마십시오.'

맹자는 묻는 말을 계기로 왕정을 펴도록 권고할 생각에서 한 말이었습니다. 그러자 제선왕이,

'왕정(王政)을 들려 주시겠습니까?'

하고 청하자, 맹자는 구체적인 설명을 합니다.

그 내용은 문왕의 정치를 소개한 것인데, 농민의 세금을 9분의 1로 하고, 관문과 시장에서는 감시만 할 뿐 통행세나 영업세를 받지 않으며, 못과 내에서 누구나 고기를 잡을 수 있게 하고, 죄 지은 사람은 그 한 사람만이 벌을 받을 뿐 그 부모와 처자까지 불이익을 받는 일이 없도록 하며, 의지할 곳 없는 홀아비와 홀어머니, 늙은이와 어린이를 나라에서 누구보다 먼저 보살펴 준다는 것입니다.

그러자 제선왕은,

'참으로 훌륭한 정치입니다.'

하고 감탄을 하고, 그에 대해 맹자가,

'훌륭하게 여기신다면 곧 그대로 시행하셔야 하지 않겠습니
까?'

라고 말하자, 제선왕은 다시,

'과인에겐 좋다고 생각하면서도 그대로 행할 수 없는 병이 있습
니다. 재물을 좋아하기 때문입니다.'

라고 솔직히 털어놓았습니다. 재물을 많이 모으고 그것을 혼자 마
음대로 쓰고 싶은 욕심 때문에, 세금을 줄이거나 안 받거나 할 수
없다는 것입니다.

그러자 맹자는,

'임금께서 재물을 좋아하는 것은 좋은 일입니다. 그 재물을 백
성들을 위해서 쓰고, 또 백성들과 함께 쓴다면 그것으로 통일천
하를 할 수 있습니다.'

라고 했습니다. 요즘 말로 경제에 밝은 것은 좋으나 자신만을 위
한 것이 아니고, 국민 전체를 위한 경제정책이어야 한다는 것을
말한 것입니다.

그러자 제선왕은 또,

'과인은 여자를 좋아하는 병이 있어 그러지도 못합니다.

하는 고백을 합니다.

사치와 안일을 일삼는 수많은 후궁들의 뒤치다꺼리를 하다 보
니, 백성을 돌볼 어진 정치를 펼 수가 없다는 것이지요.

그러자 맹자는 또 같은 내용의 말을 합니다.

'임금께서 여자를 좋아하는 것은 나쁠 것이 없습니다. 그 마음
으로 백성들 마음을 헤아려, 홀아비와 홀어미가 없고, 늦도록
시집 장가 못 가는 처녀 총각이 없도록 정치를 펴신다면, 그것
으로 통일천하를 하고도 남을 것입니다.'

하는 내용의 말을 했습니다.

요즘 국정감사가 16년 만에 행해지고 있어, 국민들의 마음을 놀

라게 하는 지난날의 권력층 비리가 구체적으로 드러나곤 하는데, 그 원인을 캐고 보면 모두가 제선왕같은 병을 권력층이 갖고 있었던 때문입니다. 맹자가 지적한 대로 혼자만이 그 욕심을 채우려 할 뿐, 백성들과 함께 누리려는 지도자의 양식을 갖지 못한 때문입니다.

명당이란 낱말이 정치에까지 ㅁ 치고 말았는데, 제나라에도 천자가 제후의 조회를 받는 명당이 있었음을 알 수 있습니다.

원문을 보시지요. 제1장입니다

'옛날 주공이 명당의 정해진 위치에서 제후들에게 조회를 시켰다. 천자는 부의(斧依)를 등지고 남쪽을 향해 서 있었다.'

주공은 천자인 성왕의 작은아버지로, 섭정을 하고 있었습니다. 성왕은 열세 살에 천자의 자리에 올랐으므로 천자노릇을 할 수 없었던 겁니다. 이때는 6년 뒤의 일로, 성왕이 천자로서의 자리에 서 있었던 겁니다.

그러므로 주공이란 글자 다음에 성왕을 도와서(相成王)라는 세 글자가 있어야만 옳다고 말하기도 합니다. 그러나 주공이 조회를 받은 것이 아니고, 조회를 시킨 것이 되므로 문제될 것은 없습니다. 그 이전에는 천자가 없이 주공이 대신 조회를 받았는데, 이때 비로소 성왕을 천자의 자리에 세워 두었다는 뜻으로 보아 좋을 겁니다.

한문이란 것이 그래서 어렵고, 어려운 만큼 또 묘미가 있는 거지요.

우스운 이야기를 하나 할까요.

옛날 나이 일흔에 새장가를 들어 아들을 둔 부자가 있었습니다. 그는 여든 가까이 되어 세상을 버리며 유언장을 남기고, 후계자 문제가 생겼을 때는 이 유언장을 원님에게 올리고 그 판결을 받도록 하라고 하였습니다.

그 유언장이란 것은 겨우 일곱 글자로 된 칠십득남비오자(七十
得男非吾子)라는 것이었습니다.

자기 자식이 틀림없는데, 재산을 탐내는 집안 조카들이 양자로
들어와 재산을 차지하려 할 것을 미리 알고 그런 유언장을 남긴
겁니다.

과연 영감의 핏줄이 아니고 다른 사람의 핏줄이니, 같은 핏줄인
조카 가운데 누군가가 양자로 그 뒤를 이어야 한다는 시비가 일게
되었습니다.

이때 젊은 후취부인이 남편의 유언대로 그 유언장을 원님에게
올리고 판결을 내려달라고 호소했습니다.

그 일곱 글자로 된 유언장의 내용을 놓고 볼 때, 그건 분명,

'일흔에 사내아이를 얻었으니 내 아들이 아니다.'

라고 풀이할 수밖에 없는 일입니다.

그러나 현명한 원님의 생각은 그것이 아니었습니다. 자기 자식인
지 아닌지는 그 자신이 누구보다도 잘 알 일이었고, 자기 자식이
아니라면 살아서 아내와 자식을 내보내고 양자를 들일 일이었는
데, 그러지 않고 이런 유언장을 남긴 것에는 깊은 까닭이 있었을
것이라는 거지요.

그래서 원님은 그 일곱 글자를 이렇게 풀이했습니다.

'칠십(七十)에 득남(得男)하니 비오자(非吾子)라.'

하고 새길 것이 아니라,

'칠십에 득남한들 비오자랴?'

하고 새겨야 한다는 것이었습니다.

'일흔에 사내아이를 얻은들 내 자식이 아니겠는가?'

라는 거지요.

세상에선 남자가 일흔이면 자식을 낳을 수 없다고 하지만, 내가
분명 낳은 자식이니 나이가 무슨 상관이 있느냐는 뜻입니다.

여자는 쉰이 넘으면 아기를 낳을 수 없다지만, 쉰이 넘어서 낳은 자식이 크게 된 예는 얼마든지 있지 않습니까?

그래서 결국 이 원님의 현명한 뜻풀이에 의해 억울하게 당할 뻔한 모자를 구했다는 이야기인 동시에, 한문의 뜻풀이가 이렇게 정반대의 결과를 가져올 수 있다는 이야기가 될 것 같습니다.

춘추필법(春秋筆法)이라 하여 역사기록의 본보기로 여겨지고 있는 〈춘추〉는 글자가 너무 요약되어 있어 그 뜻을 알기가 어렵습니다. 그러기에 그것을 풀어서 설명한 사람이 셋이나 되었고, 그 설명한 것이 경전이 되어 있지 않습니까?

한자가 뜻글자인데다가 그것마저 될 수 있는 한 줄이는 것을 숭상하여 온 것이 중국 정사(正史)의 전통이었기 때문에, 성왕을 도와서라는 글자는 군더더기로 알고 빼버린 것일지도 모릅니다.

중국 정사에는 '주공이 왕을 도와……' 라는 두 글자를 빼지 않고 넣어두고 있습니다. 그러나 그것은 뒷사람의 생각에서 나온 것일 뿐, 그런 형식을 갖춘 것은 아니었습니다.

열세 살 어린 나이로 성왕이 용상에 앉을 수가 없으므로, 주공이 그 자리에 앉아 조회를 받은 것으로 대개 적고 있습니다. 나이가 하도 어려 업고서 조회를 받았느니, 혹은 안고서 받았느니 하는 전설도 있으나 그렇게 어린 아이는 아니었습니다.

사실상 천자 행세를 하고 있었기 때문에 같은 형제인 어진 소공(召公)도 주공을 의심하고 있었고, 관숙(管叔)과 채숙(蔡叔)은 주공이 반역을 꾀하고 있다는 소문을 퍼뜨렸던 것입니다.

그래서 주공은 그런 의심을 풀고 뜬소문을 막기 위해 도읍을 떠나 멀리 피해 있었던 겁니다.

이리하여 그 이듬해는 성왕이 직접 정치를 들은 것으로 되어 있고, 결국 주공의 참뜻이 왕이 되는 것에 있지 않음을 안 성왕이 주공을 찾아가, 눈물로 호소하며 모시고 돌아와 나랏일을 맡긴 것으로 되어 있습니다.

　여기 나온 내용은 성왕 7년 왕의 나이 스무 살이었을 때 동도(東都)로 불리우는 낙읍(洛邑)에다 명당을 짓고, 여기 나와 있듯이 그 곳에 사방 제후들과 먼 나라의 임금들까지 찾아와 천자를 배알하게 한 것으로 나와 있습니다.

　부의(斧依)의 의(依)는, 의(扆)의 뜻으로 병풍을 말합니다. 즉 도끼를 그린 병풍을 부의라 부른 것입니다. 주석에는 이렇게 설명하고 있습니다.

　'부의는 도끼를 그린 병풍으로 높이는 8자다. 동서로 양쪽 문 사이에 걸쳐 비단을 바탕으로 한 병풍을 북쪽에 두르고, 천자가 그 앞 한가운데에 남쪽을 향하고 선다.'

　다음 2장과 3장은 조회를 올리는 사람들의 위치를 말하고 있습니다."

"앞에서 말씀하시기를 주공이 머리를 감을 때 세 번 감던 머리를 칭칭 감고 나와 손을 맞이하고, 밥을 먹을 때 세 번 입에 든 음식을 뱉고 나와 손을 맞이했다고 하셨는데 그것은 어느 때였습니까?"

"무왕이 전 해 12월에 죽고, 성왕 원년 6월에 장사를 지낸 다음 성왕은 이 열세 살 나이로 관례를 올린 것으로 되어 있습니다. 한 나라의 임금이므로 스무 살 전이라도 어른의 행세를 해야 되기 때문이지요.

　그리고 나서 주공의 아들 백금이 노나라에 봉해지게 되었는데, 떠나는 아들에게 주공이 그런 말을 한 것으로 나와 있습니다. 즉,　'나는 문왕의 아들이요, 무왕의 아우요, 지금 왕의 숙부다. 그러나 나는 한 번 머리를 감을 때 세 번까지 머리를 감다 말고 나와 손을 맞이한 일이 있었고, 한 번 밥을 먹을 때 세 번까지 입에 든 것을 뱉고 나와 손을 맞이한 일이 있었다. 이토록 나는 서서 찾아오는 선비를 기다렸고, 그러고도 혹시나 천하의 어진 사람을 놓칠까 두려워했다. 너는 노나라로 가거든 부디 나라를 가진 임금이라 하여 사람을 나려다 보는 일이 없도록 하라.'
하고 타일렀다는 것입니다.

〈논어〉에는 또 이렇게 타이른 것으로 나와 있기도 합니다.

'어진 임금은 친한 사람을 버리지 않으며, 대신들로 하여금 자기 뜻대로 못 한다는 원망을 하지 않도록 하며, 옛날 가까이 지내던 사람은 큰 허물이 없는 한 버리지 말며, 한 사람에게 두루 다 잘 하기를 바라는 일이 없다.'

이 가운데서 우리가 유의해야 할 말은, 사람의 특성과 특기를 살려 그 특성과 특기를 발휘할 수 있도록 하는 것이 사람을 가장 잘 쓰는 것이 되며, 무엇이든 맡기면 다 잘 하기를 바라는 것은, 가장 사람을 알지도 못하고 쓸 줄도 모르는 것이 된다는 맨 끝의 말일 것 같습니다.

그러므로 공자는 같은 〈논어〉에서 이런 말을 했습니다.

'군자는 섬기기는 쉬워도 기쁘게 하기는 어렵다. 바른 도리가 아니면 기뻐하지 않기 때문이며, 사람을 쓸 때는 그 그릇에 맞추어 쓰기 때문이다.'

사람은 누구나 남다른 특성과 특기를 가지고 있기 때문에, 그것을 아는 슬기를 가진 군자는 섬기기가 쉽다는 것입니다.

군자가 아닌 소인의 경우는 이렇게 말했습니다.

'소인을 섬기기는 어렵고 기쁘게 하기는 쉽다. 바른 도리가 아니더라도 기쁘게 해 줄 수 있기 때문이며, 사람을 쓸 때는 무엇이고 다 잘하기를 바라기 때문이다.'
하고 말입니다.

확실히 우리는 사람을 쓰는 데 있어서는 공자가 말한 소인인 경우가 많습니다.

　　유명한 옛날 이야기를 하나 할까요?

　　한나라 진평(陳平)이 재상이 되었을 때, 천자가 그에게 1년의 세입과 세출이 얼마이며 그 내역이 어떤 것인지를 물었습니다.

　　그러자 진평은,

　　'그걸 신이 어찌 다 기억하고 있겠습니까? 그거야 아랫사람들이 잘 알아서 처리할 일이 아닙니까?'

　　'그럼 재상은 무엇을 알고 무엇을 하는 거요?'

하고 다시 묻자 진평은,

　　'백성들의 바라는 것이 무엇이며 나라가 먼저 해야 할 일이 무엇이며 무엇을 고쳐야 할지를 알아, 그것을 얻게 해 주고 힘쓰도록 해 주고 바로잡도록 이끌어 주는 것이 재상이 할 일입니다.'

하는 내용의 말을 했습니다.

　　진평의 말을 책임을 모면하기 위한 것이라고 보는 사람도 없지는 않습니다. 그러나 진평은 다 알고 있으면서 그런 대답을 한 것입니다. 그런 소소한 내용을 다 기억하고 있는 것이 큰 정치를 하는 사람의 일일 수 없다는 것을 임금에게 깨우쳐 주기 위한 것입니다.

　　〈논어〉 반 권이면 천하를 다스리고도 남는다고 한 송나라 재상 조보(趙普)의 말은 유명한 말로 전해지고 있고, 우리나라의 유명한 재상들도 같은 말을 했다고 합니다. 진평의 그 말은 바로 〈논어〉의 공자의 말을 옮긴 것이기도 합니다.

　　공자는 〈논어〉에서 자장이란 제자가 정치하는 방법을 물었을 때, 다섯 가지를 소중히 여기고 네 가지를 버리라고 했습니다.

　　다섯 가지가 무엇이냐고 묻자,

　　'백성에게 은혜를 베풀면서도 재물을 낭비하는 일이 없고, 백성을 괴롭게 해도 원망하는 일이 없고……'

하고 설명을 해 주었습니다.

　‘그것이 어떤 것인지 듣고 싶습니다.’

라고 하자,

　‘백성이 이롭게 여기는 것을 알아 그것을 얻게끔 해 주는 것이
　니, 그것이 은혜를 베풀면서도 낭비하지 않는 것이 되지 않겠는
　가? 백성들이 당연히 해야 할 일을 골라 하게끔 하면, 괴롭다 해
　서 누구를 원망하겠는가?……’

하고 대답했습니다. 앞에서도 한번 이야기한 일이 있는 것 같군요.

　그리고 자장이 다시 네 가지 버릴 것이 무엇이냐고 묻자, 네 가
지 가운데 가장 가벼운 것으로,

　‘많고 적은 것을 일일이 따지는 것은, 말단에 있는 관리들이나
　하는 일이다.’

라고 했습니다.

　공자가,

　‘하는 것 없이 되는 정치가, 성인의 정치다.’

라고 말한 것도 그런 것을 두고 한 말입니다. 자립과 자율을 도우
며 바른 방향으로 나아가게끔 하는 것이 바르고 쉬운 정치입니다.
눈앞의 숫자놀이만을 하는 정치가 가장 힘들고 비뚤어진 정치입니
다.”

明^명堂^당也^야者^자, 明^명諸^제侯^후之^지尊^존卑^비也^야

“2장과 3장은 같은 내용으로, 3장 맨 끝에 나오는 ‘명당이란 것
은 제후들의 높고 낮은 것을 밝힌 것이다(明堂也者, 明諸侯之尊
卑也).’ 라는 것이 이 명당편의 뜻을 밝힌 것이라 볼 수 있습니다.

　원문을 보시지요.

'삼공(三公)은 중계(中階) 앞에서 북면(北面)하고 서는데, 동쪽을 위로 삼는다. 제후들의 위치는 조계(阼階) 동쪽으로 서면(西面)하고 서서 북쪽을 위로 삼는다. 제백(諸伯)의 나라는 서계(西階)의 서쪽으로 동면(東面)해서 북쪽을 위로 삼는다. 제자(諸子)의 나라는 문 동쪽에 자리하여 북면(北面)하여 동쪽을 위로 한다. 제남(諸男)의 나라는 문 서쪽에 자리하여 북면하여 동쪽을 위로 한다.'

삼공(三公)은 태사(太師)·태부(太傅)·태보(太保)를 말하는데, 그 이름으로 보아 어떤 일정한 직책을 맡고 있거나 어떤 범위의 지휘나 감독을 하는 벼슬은 아니었던 것 같습니다.

즉 천자를 보필하는 고문 비슷한 명예직이었던 것 같습니다. 사(師)와 부(傅)는 스승의 뜻이고 보(保)는 보호한다는 뜻인데, 이 태보란 말을 풀이하여, '천자를 보하여 덕의(德義)에 편안히 있게 하는 사람이다(保安天子於德義者).'라고 한 것만 보아도 알 수 있습니다.

뒤에 이것이 실무적(實務的)인 측면에서 사마(司馬)·사도(使徒)·사공(司空)이란 이름으로 바뀌었는데, 사마는 하늘의 일을 맡고 사도는 사람의 일을 맡고 사공은 땅의 일을 맡았다고 했습니다.

'삼공은 천자를 보좌하여 나랏일을 계획하고 음양(陰陽)을 다스렸다.'

라는 해석도 그래서 생긴 것입니다.

한나라 때에는 대(大)란 글자를 붙여 대사마·대사도·대사공이란 벼슬을 두고, 이를 삼공이라 부르는 한편, 이 삼공 위에 따로 태사·태부·태보란 벼슬을 두기도 했습니다.

말하자면 실무직과 명예직으로 나누고 명예직을 실무직보다 윗자리에 두었던 것입니다. 그러나 그것은 이른바 위인설관(爲人設

官)의 낭비적인 것이었으므로 두기도 하고 두지 않기도 했던 것입니다.

아무튼 이 삼공이란 벼슬은 그 권위가 천자에 버금하는 것으로, 백관을 거느리는 위치에 있는 겁니다.

중계(中階)는 글자 그대로 천자가 서 있는 정면 남쪽 중앙에 있는 계단을 가리킨 이름입니다.

명당에는 모두 아홉 계단이 있는데, 동·서·북 삼면에 각각 두 계단이 있고, 남쪽에는 중계와 조계(阼階)와 빈계(賓階)의 세 계단이 있었는데, 중계는 남쪽 중앙에 위치한 가장 높은 자리였다 합니다.

삼공은 중계 앞에서 북쪽을 앞으로 하고, 동쪽을 위로 했다는 것은 삼공 가운데서도 서열이 높은 사람이 오른쪽인 동쪽에 서 있었다는 뜻입니다. 즉 태사·태부·태보의 차례로 서 있었던 거지요.

다음에 제후·제백·제자·제남이란 이름으로 각각 그 서는 자리와 방향과 어느 쪽을 위로 하는 것을 말하고 있는데, 자작과 남작은 뜰이 아닌 문 밖에 서 있는 것으로 되어 있습니다.

이 문은 응문(應門)으로, 바깥 대문인 남문 안에 있는 정문(正門)인데 그 문 양쪽에 나뉘어 서 있는 것을 말합니다. 다시 말하면 안대문의 앞 마당 양쪽에 서 있는 셈이지요.

옛날 명절 제사 때면, 많은 자손들이 일찍 자기집 차례부터 지내고 나서 종가집 제사에 참여하게 되는데, 이때 대청 위에 서 있는 사람, 뜰에 서 있는 사람, 마당에 서 있는 사람이 대개 정해져 있었습니다. 나이와 항렬에 따라 가장 항렬이 낮고, 나이 어린 사람이 마당에서 절을 하게 되어 있습니다.

다음은 3장입니다. 여기서는 제후의 지위에 끼일 수 없는 사람들이 모두 네 대문 밖에서 조회를 한 것으로, 각각 그들 나라가 있는 쪽의 대문 밖에서 조회한 것입니다. 모두가 오랑캐로 불리우는 이민족들로, 천자가 대문으로 나가 조회를 받았던 것으로 여겨집니다. 천자의 얼굴도 구경하지 못하고 대문 밖에서 절만 한다는 것은 있을 수 없는 일이기 때문입니다.

또 다른 문이라면 모르되, 천자가 있는 뒤쪽인 북문 밖에서 조회를 한다는 것은 이치에 맞지 않는 일입니다. 지방장관인 구채(九采)의 수령들이 응문 밖에서 조회를 한 것은 천자가 서있는 방향만 보고 절을 한 것으로 생각됩니다.

원문을 보시지요.

'구이(九夷)의 나라는 동문 밖에서 서쪽을 앞으로 하고 북쪽을 위로 한다. 팔만(八蠻)의 나라는 남문 밖에서 북쪽을 앞으로 하고 동쪽을 위로 한다. 육융(六戎)의 나라는 서문 밖에서 동쪽을 앞으로 하고 남쪽을 위로 한다. 오적(五狄)의 나라는 북문 밖에서 남쪽을 앞으로 하고 동쪽을 위로 한다. 구채(九采)의 나라는 응문 밖에서 북쪽을 앞으로 하고 동쪽을 위로 한다. 사새(四塞)는 대(代)가 바뀔 때마다 조회하러 온 것을 고한다. 이것이 주공이 정한 명당의 위치다. 명당이란 것은 제후의 높고 낮음을 밝힌 것이다.'

동쪽에 있는 이민족을 동이(東夷)라 부르고, 남쪽에 사는 이민족을 남만(南蠻)이라 부르고, 서쪽의 이민족을 서융(西戎)이라 부르고, 북쪽의 이민족을 북적(北狄)이라 부른 것은 여러분들도 잘 알고 있는 일인데, 그 글자의 모양이 그들의 생활 모습과 특성을 잘 말해 주고 있는 것에서 한자의 묘미를 느낄 수 있습니다.

즉 동이의 이(夷)는 큰활(大弓)이란 뜻으로, 우리 조상인 조선족이 큰 활을 가지고 사냥도 하고 중국을 침범하기도 하며 중국과 문화적 접촉이 빈번했기 때문에 붙인 이름이요, 글자의 모양이었습니다. 이(夷)란 글자는 오랑캐란 뜻보다도 크다(大), 평(平)하다 하는 뜻으로 더 많이 쓰였던 글자로, 조선족의 특성을 잘 말해 준 것이라 볼 수 있습니다.

맹자는 중국 사람들이 가장 위대한 임금으로 추앙하고 있는 순임금(舜)을 동이사람(東夷之人)이라 말하고, 그 이유로 제풍(諸憑)에서 태어나 명조(鳴操)에서 죽었다는 사실을 증거로 들기까지 했고, 공자 이전의 소련(小連)과 대련(大連)이란 사람에 대한 훌륭한 점을 이야기한 다음 '그들은 동이 사람이었다'하는 설명을 덧붙인 것만 보아도 문화민족으로서 중국과의 교류가 일찍부터 이루어지고 있었고, 중국 동북부 지방에 큰 세력권을 형성하고 있었음을 충분히 짐작할 수 있습니다. 최근의 요령성 발굴에서 나타난 유적은 더욱 그것을 입증해 주고 있는 것입니다.

공자만 하더라도 뗏목을 타고 바다에 뜨고 싶다는 말과, 구이에 가서 살겠다는 뜻을 밝히기까지 했던 겁니다.

〈논어〉에 보면 이런 내용이 나옵니다.

'공자가 구이(九夷)에서 살고 싶다고 하자, 어느 사람이 물었다.

－누추(陋)해서 어떻게 사시겠습니까? －

그러자 공자는,

－군자가 사는데 무엇 누추할 것이 있겠는가? －

라고 말했다'

하는 내용입니다.

누추하다는 것은 생활수준이 낮다는 뜻일 뿐, 위험하다든가 하는 뜻은 아닙니다. 허례허식과 살상과 약탈만을 일삼는 중국이란 곳에 환멸을 느낀 나머지, 소박하고 근면하며 예의바른 구이로 가서 뜻을 펴 보았으면 하는 생각을 문득문득 느끼곤 한 것이 공자였던 겁니다.

그 동이로 불리우는 조선족이 아홉 개의 지방에 각각 나뉘어 살고 있었기에 구이로 불리었던 것입니다.

남쪽 오랑캐의 뜻인 만(蠻)은 벌레의 뜻입니다. 알몸으로 온몸에 먹물을 넣어 그림을 그린 모습이 벌레 같다 하여 붙인 이름입니다. 그 남만 나라가 여덟이었다 하여 팔만이라 부른 겁니다.

서쪽 오랑캐의 뜻인 융(戎)은 창을 들고 싸움을 잘 하는 사람이란 뜻입니다. 서쪽 산악지대에 사는 그들은 창으로 사냥을 즐겨 하는 수렵민족으로 자연 투쟁적일 수밖에 없었습니다.

주나라가 중간에 동쪽으로 수도를 옮긴 것도 이 서융의 침략이 두려워서였고, 춘추전국시대에 중국을 자주 괴롭혔던 것도 이들 서융이었습니다. 서융의 나라가 여섯이 있었기에 육융이라 부른 겁니다.

북쪽 오랑캐의 뜻인 적(狄)은 짐승의 가죽으로 옷을 해 입고 추운 지방이라 모닥불을 피우고 야영을 하고 살았기에 만든 글자였을 겁니다. 몽고민족과는 다른 북쪽의 소수민족으로, 춘추전국시대 때 중국을 침범한 일이 있기는 하나, 약탈이 목적이었을 뿐입니다.

그런데 북쪽오랑캐의 다섯 나라가 북문 밖에서 남쪽을 앞으로 하고 조회한다는 건 당연하나 동쪽으로 위를 삼는다고 한 것은, 동쪽이 아닌 서쪽이어야 옳을 것 같습니다. 지금까지 전부가 오른쪽을 위로 하고 있는데, 남쪽을 향하고 동쪽을 위로 하면 왼쪽을 위로 한 것이 되기 때문입니다.

구채의 채(采)는 구주(九州)의 채읍(采邑)을 가리킨 것으로, 천자의 영토인 왕기(王畿)로부터 천 리 안은 제후들의 나라였고, 그 밖을 채복(采服)이라 불렀는데, 그곳 수령들을 말한 것입니다.

주나라 초기에 공이 많거나 가까운 형제들은 인구가 많고 땅이 잘 개척된 가까운 이웃에 자리잡고 있었고, 그렇지 못한 사람은 인구가 적고 개척되지 않은 변두리로 나가 나라를 세웠던 것인데,

그들 나라들이 뒤에 더 큰 나라르 변하게 된 것은 이 구채의 땅을 영토로 확장해 나간 때문이었습니다. 안주(安住)는 정체되고, 개척정신만이 발전을 기약할 수 있다는 것을 증명한 것이기도 합니다.

우리나라가 경제적 성장을 이룩한 것도 해외로 뻗지 않고는 살 수 없는 여건 때문이었다고 봅니다. 사랑하는 자식일수록 고생을 많이 시키라고 한 말도 바로 자립정신만이 개척정신만이 발전과 향상을 가져온다는 뜻입니다.

사새의 새(塞)는 국경선을 말합니다. 새는 국경선에 있는 요새란 뜻도 되는데, 중국에서의 요새라면 만리장성을 들 수밖에 없습니다. 만리장성이 북쪽에 있기 때믄에 북방새(塞)라고 읽기도 합니다. 또 새외(塞外)라고 하면 만리장성 밖을 뜻합니다.

유명한 새옹지마(塞翁之馬)의 새옹도, 만리장성 가까이 사는 영감이란 뜻입니다.

여기서 사새(四塞)라고 한 것은 동서남북의 국경지대에 있는 나라를 말한 것으로 생각됩니다. 북쪽의 요새가 넷이어서 생긴 이름은 아닐 것입니다. 처음엔 국경션의 뜻으로 쓰이던 것이 뒤에는 북쪽의 뜻으로 축소된 것으로 보입니다.

이렇게 지위의 높고 낮음과 거리의 멀고 가까운 것을 바탕으로 조회하는 위치와 방법들을 결정한 것을 말한 것이라 볼 수 있습니다.”

은주난천하　주공상무왕　이벌주
殷紂亂天下, 周公相武王, 以伐紂

“이번은 4장이 되겠습니다. 명당을 세우고 천하의 제후들과 이민족의 나라들에게까지 조회에 들게 한 경위를 간단히 요약한 내용입니다.

원문을 보시지요.

'옛날 은나라 주임금이 천하를 어지럽게 하고 귀후(鬼侯)를 죽여 포(脯)를 떠서 제후들에게 먹이기까지 했다. 이런 까닭으로 주공이 무왕을 도와 주임금을 무찔렀다.'

하는 것이 앞부분입니다. 보통 강태공(姜太公)으로 불리우는 여상(呂尙)이 무왕을 도와 은나라를 무찌른 것으로 되어 있는데, 여기서는 주공이 무왕을 도와 은나라를 무찌른 것으로 되어 있습니다.

그것이 역사적 사실을 보는 관점의 차이라고도 볼 수 있을 것 같습니다. 은나라를 무찌른 것은 무력에 의해서라고 보는 것이 일반적인 생각이었으므로, 군대를 훈련하고 총지휘한 여상의 공로로 보는 것이 당연한 일입니다.

그러나 무력에 의한 정복은 내정의 뒷받침 없이는 불가능한 것이며, 또 최후의 결정을 내리는 것은 장군이 아닌 재상이므로, 주공을 주동인물로 보는 것이 옳은 일입니다.

그러나 주공은 무왕이 죽고 난 다음에야 총재로서 천자의 대리를 했을 뿐 그 이전에는 장막 뒤에 숨어 있는 존재였습니다. 그러나 무왕을 움직인 것은 역시 무장인 강태공보다는 내정을 맡은 주공이었다고 본 때문에 그렇게 쓴 것으로 보입니다."

"귀후를 죽여 포를 떠서 제후들에게 먹였다는 것이 어떤 내용인지 구체적으로 설명해 주시기 바랍니다."

"주임금이 천자된 지 11년 되던 해에 있던 일로 기록에는 나와 있습니다. 귀(鬼)는 나라 이름으로 보통 악후(鄂侯)로 불리우고 있습니다.

앞에 말한 삼공이란 제도는 은나라 때부터 있었던 제도였습니다. 주임금은 보통 문왕으로 불리우는 서백(西伯) 창(昌)과 구후(九侯)와 악후를 삼공에 임명했었습니다. 구후에게 어여쁜 딸이 있어 주임금의 후궁으로 들어오게 되었는데, 주임금은 이보다 3년

전에 유소씨(有蘇氏)란 나라를 무찌르고 달기(妲己)라는 미인을
얻어 돌아왔었습니다.

이 달기는 소설과 영화의 여주인공으로 나올 정도의 절세미인으
로, 은나라는 이 달기에 의해 강한 것으로 전해지고 있습니다.

달기에 완전히 빠져버린 주임금은 그녀의 말이라면 듣지 않는
것이 없었습니다. 화려한 궁궐을 곳곳에 세워 두고, 차례로 옮겨
다니며 밤낮없이 음악과 술과 여자로 시간을 보내고 나중에는 그
도가 지나쳐서 남녀가 발가벗고 춤을 추며, 마냥 마시고 마냥 먹
고 마냥 즐기는 지경에까지 이르렀습니다.

새로 후궁으로 들어온 구후의 딸은 주임금의 그 같은 놀이에 함
께 어울리는 것을 마다며 듣지 않았습니다. 이에 화가 치민 달기
는,

'저 계집이 임금을 미치광이로 여기고, 저 혼자 착한 척합니
다.' 하고 부추겨 죽게 만들고 다시,

'모두가 제 아비의 가르침에 따른 것이 틀림없습니다.'
하고 이 기회에 본때를 보여 주지 않으면 반대세력을 막을 수 없
으니 구후를 죽여 그 살을 발라 젓을 담궈 각 제후들에게 나눠 주
고, 임금이 하는 일에 반대하거나 간섭하는 사람이 있으면 모두
같은 벌을 받게 된다는 것을 이르라고 시켰던 겁니다.

그러자 악후가 이를 한사코 말렸습니다. 성이 난 주임금은 악후
마저 죽이고 그 살을 포로 떠서 함께 돌렸습니다.

이 소식을 들은 서백이 혼자 슬퍼하며 탄식을 했는데, 숭후(崇
侯)라는 간신이 이를 알고 주임금에게 일러바쳤으므로 서백마저
유리(羑里) 옥에 갇히고 말았습니다.

그런데 산의생(散宜生)이란 신하가 미녀를 구해 바침으로써 결
국 풀려나게 되었습니다. 그리고 나서 20년 뒤에 은나라는 주나라
에 의해 망하고 맙니다.

그런데 공자의 제자 자공은 〈논어〉에서 이런 말을 했습니다.

'주임금이 그렇게 악한 사람은 아니었다. 한 번 악하다는 이름을 얻게 되면 천하의 모든 악한 일이 다 그에게로 돌아가게 된다.'

역사의 기록이란 편파적으로 과장되거나 꾸며진 내용들도 적지 않다는 것을 말한 것입니다. 젓을 담고 포를 떴다는 것은 과장된 것일지도 모릅니다. 죽인 것만은 사실이나 얼마든지 꾸며내고 과장해 패배한 사람을 악한으로 만들고, 승리한 쪽을 의인으로 돋보이게 할 수 있는 일이지요.

다음을 보시지요.

'무왕이 죽고 성왕이 나이 어리므로, 주공이 천자를 대신해 천하를 다스렸다. 6년 되던 해에 제후들은 명당에서 조회하게 했으며, 예와 악을 만들고, 길이를 재는 척도(尺度)와 부피를 재는 두량(斗量)을 정하여 두루 쓰게 하니 온 천하가 크게 복종하였다. 이듬해인 7년에 나라 다스리는 일을 성왕에게 올렸다.'

주공은 성왕이 스무 살 되던 해에 섭정에서 물러난 것입니다. 예와 악을 만들었다는 것은 중요한 일이므로 당연히 기록에 남겨야 하겠지만, 자를 새로 만들고 말을 새로 만들고 한 것이 무엇이 그리 중요한가 하는 생각을 나는 가졌었습니다. 그러나 〈논어〉에서는 예악보다도 이 도량이란 것을 앞에 내세우고 있습니다. 즉 주나라의 정치가 바로잡힌 것을 말하는 자리에서,

'저울과 말을 틀림없이 없게 하고(謹權量), 법과 제도를 다시 세우고(審法度), 폐지된 벼슬을 다시 세우니(修廢官), 사방의 정치가 제대로 행해지게 되었다.'

라고 말하고 있습니다.

나는 최근에 와서야 이 자니 말이니, 저울이니 하는 것이 바로 정치를 재고 저울질하는 것임을 알았습니다.

우리가 어렸을 때부터 정부에서 미터법을 장려했지만 아직도 제

대로 쓰여지지 않고 있습니다. 온 나라가 똑같은 기준의 자와 말과 저울을 쓴다는 것이 얼마나 어려운 것인가를 알 수 있습니다.

그와 동시에 자를 속이고 말을 속이고 저울을 속이고 하지 않는 세상이 된다면, 그 하나만으로 모든 정치가 잘 되고 있다는 것을 알 수 있습니다.

길거리에서 파는 과일장수는 한 근을 375그램으로 하고, 쇠고기는 600그램을 한 근으로 하고, 쇠붙이를 사는 고물장수는 750그램을 한 근이라고 했습니다. 말에도 구두·신두가 있고, 자도 포목전에서 쓰는 자와 가정에서 쓰는 자가 달랐습니다. 미터법을 쓰지 않는 것은 몰라서가 아니라 소비자를 속이려는 장사꾼들이 자기 편의를 위해 그러는 겁니다.

자와 말과 저울이 완전히 통일되어 있고, 그것이 어김없이 두루 쓰여진다는 것은 정치가 말단에서까지 올바로 시행되고 있다는 증거가 되는 것입니다. 그렇게 되었을 때 대중은 서로가 믿게 됩니다. 그런 정치가 퍼지게 되었을 때 대중은 정치에 복종하게 됩니다.

'자와 말을 새로 만들어 이를 널리 쓰게 하니, 천하가 크게 복종했다.'

는 것이 어떤 내용인지를 알 수 있을 것 같습니다. 관에서 새로 만든 자와 말과 저울이 등장함으로써, 탐욕스런 관리나 장사꾼이 힘없는 백성과 소비자를 등칠 수 없게 되었다는 뜻이 아니겠습니까?"

봉주공어곡부　지방칠백리
封周公於曲阜, 地方七百里

"이번은 5장입니다. 성왕이 주공을 노나라에 봉하고, 노나라 임금으로 하여금 대대로 주공을 천자의 예로서 제사를 지내게 했다는 것입니다.

원문을 보시지요.

'성왕이 천하에 큰 공과 수고가 있었다 하여, 주공에게 곡부(曲阜)땅에 봉하니 땅이 사방 7백 리였고, 혁거가 천승(千乘)이었다. 노나라 임금에게 명령하여 대대로 주공을 천자의 예와 악으로 제사를 지내게 했다.

이런 까닭으로 노나라 임금은 첫봄에 큰수레(大路)를 타고 호독(弧韣)을 싣고, 기에 열두 유(旒)를 드리우고 해와 달의 문장(紋章)을 수놓아 상제를 성밖 들(郊)에서 제사지내며, 후직(后稷)으로 배향(配享)하게 하니 바로 천자의 예다.'

노나라가 있던 곳이 지금은 곡부현으로 되어 있습니다. 나라는 없어졌어도 땅 이름은 옛날 그대로 있는 겁니다.

땅이 사방 7백 리였다는 것은 다소 문제가 있습니다. 공(公)과 후(侯)는 사방 백 리 땅을 영토로 하게 되어 있는데, 어떻게 사방 7백 리 땅을 줄 수 있었겠는가 하는 의문이 남습니다. 사방 7백 리면 사방 백 리 땅이 7×7로 49개나 됩니다. 천자의 영토가 사방 천리로 백리 땅이 백 개인 것에 비해 거의 반이나 되는 셈입니다.

주공의 공로가 크기 때문에 파격적인 대우를 한 것이 아닌가 하는 생각도 없지는 않으나 그럴 리는 없었을 것입니다.

〈맹자〉에 보면 이런 내용이 나옵니다. 노나라가 신자(愼子)라는 장군으로 제나라를 치게 했을 때, 맹자는 신자를 보고 이렇게 타일렀습니다. 임금이 시킨 것이 아니라 신자가 자청해서 그랬던 것입니다.

'제후는 사방 백 리를 영토로 갖는 것이 원칙인데, 지금 노나라는 그 다섯 배의 영토를 가지고 있다. 만일 천하를 통일한 천자가 나타났을 때는 지금 갖고 있는 영토도 내놓아야 하지 않겠는가? 어진 사람은 이 사람이 가진 것을 앗아 저 사람에게 주는

일도 하지 않는 법인데, 죄없는 사람을 죽여 가며 땅을 빼앗겠
다는 것인가?'

이것으로 미루어보아도 7백 리란 것은 이치에 맞지 않습니다.
그래서 노나라 둘레에 있는 사방 7백 리 안의 작은 나라, 즉 부용
(附庸)을 관할하게 했다는 뜻으로 풀이하기도 합니다.

혁거(革車)는 무장한 수레란 뜻으로 전거(戰車)와 같은 말입니
다. 천 승은 천 대라는 뜻입니다. 수레 하나에 장수와 마부가 타
고 보병이 뒤따랐던 것입니다.

대로(大路)의 로(路)는 로(輅)와 같이 쓰인 것으로, 은나라 때
하늘에 제사를 지낼 때 천자가 타던 수레였다 합니다.

호(弧)는 기(旗)폭을 펴는 데 쓰이는 것으로 활 모양으로 되어
있고, 독(韣)은 호를 넣어 두는 전대와 같은 것으로 이를 호의(弧
衣)라고도 했습니다.

기(旂)는 용대기(龍大旂)로 불리우는 용을 그린 큰 기로, 거기
에 해와 달의 문장을 그린 열두 가닥의 수술을 드리웠다는 것입니
다.

교(郊)는 성밖 가까운 들로, 그곳에서 하늘에 제사를 올렸기 때
문에 교제(郊祭)라 불렀습니다. 그때 천자의 시조에게도 함께 제
사를 지내는데 이를 배향(配享)이라고 합니다. 짝을 지어 제사를
받는다는 뜻으로, 후직은 주나라의 시조였으므로 후직을 배향한
것입니다.

성왕은 주공을 한때 의심하여 걸리 한 일도 있었으나 그 뒤 천
하가 어지러워 걷잡을 수 없게 되자, 멀리 피해 나가 있는 주공을
찾아가 울며 잘못을 사과하고 다시 모셔왔다는 이야기는 앞에서
했었습니다.

주공은 아버지 문왕 때부터 내경을 맡아 형 무왕과 조카인 성왕
때까지 계속 나랏일을 전담해 왔었는데, 이를 시기하는 형제들이

주공을 모함하기 시작했고 나이 어린 성왕은 그 모략에 빠져들고 말았던 겁니다.

주공이 천자가 되고 싶은 마음만 있으면 얼마든지 그럴 수 있는 상황이었기에 그런 모함이 나오게 된 것이었고, 주공은 그런 모함이 거짓임을 밝히기 위해 피해 있었던 것입니다.

주공이 나랏일을 보지 않게 되자, 때는 지금이다 하고 은나라의 옛 세력과 주공을 시기하는 형제들이 손을 잡고 반란을 일으켰습니다.

결국 그것을 평정한 것은 주공이었고, 그 주공이 끝내는 성왕에게 천하를 맡기고 신하로 물러앉은 것입니다.

성왕으로서는 자기가 천자 행세를 하는 것이 쑥스런 느낌도 없지 않았을 것입니다. 주나라를 살리기 위해서는 주공이 천자의 일을 볼 수밖에 없었다는 것을 그도 직접 겪어 알고 있었으므로, 죽은 뒤에나마 주공을 천자의 예로 대우하는 것이 은혜에 보답하는 길이라고 생각했던 겁니다. 인정상 당연한 일이기도 합니다.

그러나 공자는 천하를 다스리는 사람은 그 인정 때문에 법과 제도를 무시해서는 절대로 안 된다고 보았습니다. 춘추시대로 들어와 제후들이 천자의 일을 대신하게 된 것도, 성왕의 주공에 대한 예외적인 대우가 그 원인이었다고 보았습니다. 그래서 기회 있을 때마다 예를 바로 지키라고 강조했고, 노나라가 천자의 예를 쓰는 것은 옳지 않다고 여겼으므로 그 일에 대해 누가 묻거나 하면,

‘나는 모른다. 그것을 아는 사람은 천하 다스리는 일을 손바닥 뒤집듯 할 수 있을 것이다.’

라고 하며 대답을 회피하곤 했던 것입니다.

그러나 그 명당위에서는 주공을 찬양하는 것이 주된 내용이므로, 관점이 약간 다를 수밖에 없습니다. 그래서 당연한 일이었던 것처럼 쓰고 있는 겁니다.

그리고 6장에서부터 22장까지는 제사에 쓰이는 갖가지 그릇과 철마다 지내는 제사의 이름과 거기에 쓰이는 그릇의 유래들을 기록하고, 그것이 순임금 때부터 하나라·은나라에서 쓰이던 것임을 밝히고, 또 제사 때 쓰이는 음악과 악기와 제사 때 입는 옷에 대해 설명하고, 맨 끝장인 23장에서 다음과 같은 결론을 내리고 있습니다.

원문을 보시지요.

'무릇 4대(代)의 옷과 그릇과 벼슬을 노나라가 아울러 쓰고 있다. 이런 까닭에 노나라는 천자의 예를 쓰는 것이며 그것이 천하에 전해진 지 오래다.

노나라에서는 임금과 신하가 서로 죽이는 일이 일찍이 없었으며, 예와 음악과 형벌과 법령과 정치와 풍속이 서로 바뀐 일이 일찍이 없었으므로, 천하에서 도(道)가 있는 나라로 생각하게 되었다. 이런 까닭에 온 천하가 노나라의 예와 음악을 본받으려 한 것이다.'

결과적으로는 주나라에서 쓰던 예와 음악이 노나라에 더 잘 전해지고 있었던 것 같습니다. 주나라는 오랑캐에 쫓기어 도읍을 옮기기까지 했고, 오랑캐의 침략과 약탈로 도읍이 쑥밭이 된 적도 있었으나, 노나라는 그런 피해를 입은 적이 없기 때문입니다.

또 임금과 신하가 서로 죽이는 일이 없었다는 것도 사실입니다. 임금의 실권이 종친들의 손아귀에 들어가 있고, 노나라 소공이 세도재상인 계평자를 죽이려다가 실패하고 제나라로 달아난 일은 있어도 말입니다.

공자도 〈논어〉에서 이런 말을 했습니다.

'노나라가 한번 변하면 도(道)에 이를 수 있고, 제나라가 한번 변하면 노나라처럼 될 수 있다'

노나라가 가장 도리를 잘 지킨 나라였고, 제나라가 노나라 다음은 간다는 것을 말한 것입니다.

또 노나라가 천자의 예악을 노나라가 쓰고 있었으므로, 이웃 나라들이 그것을 정확히 알기 위해 노나라로 찾아오기도 했을 것입니다.

그러나 제후로서 천자의 예악을 쓸 수 있는 노나라의 전통이 잘못 인식되어, 스스로 나라에 큰 공이 있다고 생각한 삼가(三家)라는 세도재상인 종친들이 그들 조상의 제사 때도 천자의 예와 음악을 쓰곤 했던 것입니다. 공자가 한번 바뀌어야 한다는 조건을 붙인 것도 그런 뜻에서였는지 모를 일입니다.

예악이 일찍이 바뀐 일이 없었다는 것도 상대적인 표현일 수밖에 없습니다. 음악의 악곡과 가사들이 뒤섞여 그대로 전해지고 있던 것을 바로잡은 것이 공자였으니까 말입니다.

음악의 천재였던 공자는 자신이 음악을 배웠던 태사(太師)를 도로 가르칠 정도였는데, 악곡과 가사에서 의문점을 발견하고 늘 고심해 오던 끝에 위나라에 갔을 때, 그 곳에서 그 서로 다른 점을 찾아냈던 겁니다.

〈논어〉에서 공자는,

'내가 위나라에서 돌아온 다음에야 음악이 바로 잡혀, 아악(雅樂)과 송악(頌樂)이 각각 제 자리를 얻게 되었다.'

라고 말하기도 했습니다.

여기서 4대라고 말한 것은 하나라·은나라·주나라 3대에 순임금의 나라 우(虞)나라를 합쳐서 부른 것입니다.

명당위에 대한 이야기는 이 정도로 해 둡시다.”

제15편(第十五篇) 상복소기(喪服小記)

물 필 선 부 야　이 후 충 생 지
物必先腐也, 而後蟲生之.
"물건은 반드시 먼저 썩고, 그런 후에 벌레가 끓는다."

친 친 이 삼 위 오 이 오 위 구
親親以三爲五以五爲九

"제15편은 '의례' 상복전(喪服傳)의 미비한 점을 보충한 것이라 합니다. 소기(小記)라고 한 것은 상복에 관한 자잘한 내용들을 기록해 둔 것이란 뜻입니다.

짤막짤막한 내용을 담은 것이 52장에 이르는데, 오늘날에는 이미 아무 소용이 없는 내용들입니다. 그 가운데서 참고로 이런 것이 들어있다는 것을 보여 주기 위해 한 장만을 골라 보았습니다.

원문을 보시지요. 제6장 앞부분입니다.

'친(親)을 친(親)으로 하는 것은 셋을 가지고 다섯을 만들고 다섯을 가지고 아홉을 만든다. 위로 줄이고 아래로 줄이고 옆으로 줄여 친한 것이 끝난다.'

친(親)은 어버이란 뜻도 되고 친하다는 뜻도 되고, 친척이란 뜻도 됩니다. 결국 같은 뜻에서 나온 것이라 볼 수 있습니다.

나를 중심으로 할 때 가장 가깝고 가장 다정한 것이 위로는 나를 낳아 길러준 부모요, 아래로는 내가 낳아 길러준 자녀일 수밖에 없습니다. 즉 같은 핏줄 사이를 친척(親戚)이라 하는 것은 가까운 피붙이란 뜻도 됩니다. 남남인 사이에서 혼인을 맺음으로 해서 가까와진 사이를 인척(姻戚)이라고 하는 것과 구분시킨 겁니다.

여기 말한 셋은 나 자신과, 위로 부모와, 아래로 자녀를 합쳐서 한 말입니다. 다섯이란 것은 나를 중심으로 위 아래로 부모와 자녀를 합쳐 셋이 된 데다, 다시 부모를 낳아 길러준 부모인 할아버지 할머니와, 내가 낳아 길러준 자식이 낳은 손자 손녀를 합쳐 다섯이 된 것입니다.

다섯이 아홉이 된다고 한 것은 일곱을 생략하고 마지막을 말한 것입니다. 즉 나를 중심으로 위로 4대, 아래로 4대하여 모두 아홉이 된다는 뜻입니다.

이것을 가리켜 촌수(寸數)라고 합니다. 촌수의 원칙이 부자일촌(父子一寸)과 형제이촌(兄弟二寸)입니다. 아버지와 자식은 대나무에 비유하면 큰 마디에서 뻗어 나온 가지와 같은 것이므로 한 마디가 되고, 형제는 같은 큰 마디에서 각각 뻗어나온 독립된 가지이므로 큰 마디를 거치지 않고는 가 닿을 수 없기 때문에 두 마디가 되는 겁니다.

이 법칙에 따라 4촌이니 6촌이니 8촌이니 10촌이니 하는 짝수는 형제가 되고, 3촌이니 5촌이니 7촌이니 9촌이니 하는 홀수는 아저씨와 조카가 되는 겁니다.

작은아버지와 큰아버지는 3촌입니다. 그러나 아이였을 때만 삼촌이라 부르고, 장가를 들면 큰아버지, 작은아버지라고 부릅니다.

둘째아버지, 셋째아버지라고 가리켜 부르는 경우도 있습니다. 순서를 밝힐 필요가 있을 경우지요.

그것을 또 한자로 백부·중부·숙부·계부라고 부르기도 합니다. 형제가 여럿일 때, 백형·중형·숙형하고 부르는 것과 같지요.

조카도 3촌인데 3촌이라 부르지는 않습니다. 3촌은 3촌아저씨가 약해진 것입니다. 그러나 5촌아저씨를 5촌이라고 부르지는 않습니다. 당숙(堂叔)이라 부릅니다. 4촌형제를 종형제(從兄弟)라 부르므로 종숙(從叔)이라고도 합니다. 7촌 이상은 아저씨라고 부르는 것이 보통입니다. 촌수를 따질 때는 7촌아저씨를 재종숙(再從叔)이라 하고, 9촌아저씨를 삼종숙(三從叔)이라고 합니다. 당숙을 종숙이라고도 하니까요. 6촌형제를 재종(再從)이라 부르니까 재종형제의 아버지인 7촌은 재종숙이 도는 거지요.

촌수로 따지면 할아버지와 손자는 3촌이 되고, 증조할아버지와 증손자는 5촌이 되는 셈이지요. 그러나 그렇게는 부르지 않습니다. 증조할아버지의 아버지는 고조할아버지라 부르는데, 고조할아버지서부터 위는 대수(代數)를 따져 5대할아버지·6대할아버지라고 부릅니다.

손자의 경우는 증손자의 아들을 고손자라고들 흔히 말하는데 그것은 잘못입니다. 현손(玄孫)이라 부릅니다. 까마득하다는 뜻이지요. 손자에게 높다는 말을 쓰면 당발일 수 있습니다.

요즘은 이 촌수란 것을 대개 모르고 있습니다. 부자 형제도 각각 떨어져 사는 세상이 되고 보니 자연 알 필요가 없어진 거겠지요. 또 아무나 할아버지·아저씨 하고 부르는 세상이니까 촌수란 것이 별뜻이 없어진 것이기도 한 겁니다.

아무튼 이렇게 위로 아래로 옆으로 촌수가 멀어져서 직계로는 고조와 현손으로 촌수가 다하게 도고, 방계로는 10촌형제로 촌수가 끝난다는 것을 말한 것입니다. 옛날에는 10촌이 넘었다는 말을 흔히들 하곤 했는데, 멀어진 사이란 뜻으로 쓰인 것입니다."

"이야기가 나온 김에 더좀 말씀해 주시기 바랍니다. 젊은 세대들은 잘 모르고, 또 알 필요도 없는 것처럼 느껴지기도 합니다만 노인들이나 중년층은 아직도 많이들 쓰고 있고, 특히 농촌으로 가면 촌수를 따지기도 하고 생소한 호칭들을 주고 받고 하는 것을 많이 볼 수 있습니다. 지금까지 주로 친척관계의 남자를 중심으로 말씀하셨는데 여자와 남자 사이, 여자와 여자 사이, 시집과 친정 사이, 처가라든가, 고모와 이모의 형제와 숙질 사이의 호칭에 어떤 것들이 있는지 중요한 것들을 말씀해 주시기 바랍니다."

"실은 나 자신도 잘 모릅니다. 또 그 호칭에 대해서 이래야 하느니 저래야 옳으니 하는 시비도 없지는 않습니다. 대충 아는 것 가운데 생각나는 대로 말해 보겠습니다.

시집과 친정, 남자의 경우는 본가와 처가, 또는 외가 등 우리나라처럼 복잡한 관계를 구별해서 부르는 나라는 없는 것 같습니다.

내가 중국소설을 번역한 적이 있는데, 형제와 숙질간의 호칭을 공통적으로 쓰고 있을 뿐, 그것이 외가집 형제인지 처갓집 형제인지, 또는 고종간인지 이종간인지를 알 수 없어 책 전부를 읽고 난 다음에야 붓을 들 수 있었기에 하는 말입니다. 중국에선 구별없이 쓰고 있는 것을 우리나라만이 아직 쓰고 있다는 느낌이 들었습니다.

중국 사람들이 우리나라를 가리켜 동방예의지국이라고 말했다는 것은 우리나라가 중국을 본땄다고 해서 한 말이 아니라, 중국에선 이미 잊혀진 지 오래인 예의를 고이 지니고 있다는 것을 말한 것으로 여겨지기도 했습니다.

실학파의 거두인 홍대용(洪大容)이 쓴 〈담헌집(湛軒集)〉에 보면 그가 서장관(書狀官)으로 사신을 따라 청나라로 갔을 때, 그곳 학

자들이 옛 중국의 예의바른 머리 모양과 옷차림을 보고 눈물을 글
썽이며 부러워하더라는 내용이 곳곳에 나옵니다. 만주족인 청나라
의 지배 아래서 머리모양과 옷차림을 바꿀 수밖에 없는 중국과는
달리, 우리나라는 옛날 그대로 행세하고 있었기 때문입니다.

예의니 풍습이니 하는 것은 중국보다 우리가 더 중국적인 것을
이어왔다고 볼 수 있습니다. 촌수니 호칭을 자세하게 구별하여 부
르고 있는 것도 같은 이유에서리고 생각됩니다.

여성으로선 우선 시집 식구의 호칭이 문제겠지요. 쉽게 말해서
모든 호칭 위에 시(媤)를 붙여 부르면 된다고 볼 수 있습니다. 그
러나 남에게 시집 식구를 말할 떠는 그렇게 불러도, 직접 본인을
대해서는 그렇게 부르지 않습니다.

시부모·시삼촌·시고모·시외가·시외삼촌 등 남들과의 이야
기에서는 그렇게 말하지만, 본인을 대해 그렇게 부르는 것은 소원
한 뜻이 되고 실례가 됩니다.

우리말로 아버님·어머님 하고 부르면 시부모의 경우가 되고,
친정 부모는 보통 아버지·어머니 하고 부르곤 합니다. 님을 붙이
면 존경의 뜻이 되고, 그렇지 않으면 허물없고 가깝다는 뜻이 되
기 때문이겠지요.

그런데 시숙(媤叔)이란 말은 시삼촌의 뜻이어야 할 터인데 그렇
지 않습니다. 남편의 형제가 시숙입니다. 우리말로 시아주버니란
말이 바로 시숙의 직역이라 볼 수 있습니다. 형수를 아주머니라고
하는 것도 같은 경우라 볼 수 있습니다.

역시 서먹서먹한 관계에서 아이들을 사이에 두고 아이들이 부르
는 호칭을 그대로 부른 데서 비롯될 것으로 여겨집니다. 아이들이
있을 경우, 형수가 시동생을 부를 때 삼촌이라고 부르는 것과 같
은 것이라 볼 수 있습니다.

시동생이 어릴 때는 도련님이라 부르고, 어른이 되면 서방님이

라고 부릅니다. 그것은 옛날 하인들이 부르던 것을 그대로 따라 부른 것이라 볼 수 있습니다. 시누이를 동생이라 부르지 않고 아가씨라 부르는 것도 같은 경우지요.

또 남편의 손윗형은 보통 아주버님이라고 부르는데, 손아랫 동생들은 아까 말한 대로 어릴 때는 도련님이라 부르고 어른이 되면 서방님이라 부릅니다.

형의 아내를 부를 때도 어릴 때는 보통 아주머니라고 부릅니다. 촌수를 따질 나이가 아니고 형수라고 부를 만큼 자라지 않았을 때는, 이웃 아주머니 같은 느낌이 들어 그렇게 부른 것이 그대로 관습화된 것으로 여겨집니다.

형제의 아내와 남편의 형제 사이를 간단한 한자말로 수숙간(嫂叔間)이라고 합니다. 수숙간에는 직접 주고 받지 않는 것으로 되어 있던 옛날에도 어린 시동생은 형수의 품에서 크기도 하고 업히기도 했으니, 형수라기보다는 아주머니같은 느낌이 아니었겠습니까? 그것이 그대로 소년기까지 계속된 것이라 볼 수 있지요.

시집가기 전에는 시누이를 아가씨라 부르는데 시집을 간 뒤에는 언니니 동생이니 하고 불러도 상관 없습니다. 다만 친한 정도에 따라 자연스럽게 부르게 되어야 하겠지요. 그것이 아마 현대적 여성의 마음가짐이 될 것입니다.

때리는 시어머니보다 말리는 시누이가 더 밉다는 속담이 있을 정도로 시누이와 올케 사이는 앙숙인 것으로 알려져 왔습니다. 시누이도 곧 시집을 가서 남의 올케가 될 터인데 말입니다. 하기야 시어머니, 며느리 사이도 마찬가지지만 말입니다.

그런데 올케라는 말이 재미있습니다. 말이란 짧아지기 마련이란 것을 보여 주기 때문입니다. 점잖다는 말이 젊지 않다는 말에서 온 것임은 다 알지요? 손님이란 말은 무엇이 변한 것으로 생각됩니까?

얼른 생각이 나지 않겠지요. 새로 오신 님이 손님입니다. 그것이 새온님으로 줄어들었다가 다시 손님으로 변하고 만 것입니다. 올케는 오라버니 계집이란 말이 너무 길기 때문에 두 낱말의 머릿글자만을 합쳐 올케가 된 것입니다. 처음엔 두 글자 사이에 사이시옷을 넣어 불렀기 때문에 '계'란 음을 '케'로 발음하게 된 것입니다.

우리 말에 한자어가 많은 것은 짧은 말로 긴 말을 대신할 수 있는 편리함 때문이었다고 생각됩니다. 그러나 한자 없이도 머릿글자만으로 얼마든지 긴 말을 대신할 수 있다는 것을 보여 주는 좋은 보기가 될 수 있을 것 같습니다."

"아까 앙숙이란 말을 쓰셨는데 그것은 한자말입니까? 순수한 우리 말입니까?"

"지금 순수란 말을 했는데 나는 그 순수란 뜻을 이렇게 풀이하고 싶습니다. 어원이 외국어라도 그보다 더 알기 쉬운 우리 말이 없을 때는 순수한 것이 된다고 말입니다.

앙숙이란 말은 앙심(怏心)이란 '앙'자와 숙원(宿怨)이란 '숙'자가 합쳐서 된 말입니다. 괘씸한 마음과 묵은 원한이 합쳐진 것이 앙숙입니다. 만나기만 하면 서로 눈을 흘기고 헐뜯는 사이를 흔히들 그렇게 말합니다.

'앙!' 하면 입을 벌리고 무는 시늉이 되고, '쑥!' 하면 손을 불쑥 내밀거나 칼을 쑥 잡아 뽑는 시늉이 되지 않습니까? 그런 이유에서 순수한 우리 말이 될 수도 있을 것 같고, 그것이 한자말이란 느낌을 주지 않으니까 이미 우리 말이 되거나 다름없지요.

이야기가 옆으로 흘렀군요. 이번에는 처갓집 관계를 말해 볼까요?

남녀평등인 오늘날은 아내의 부모도 아버님·어머님 하고 부르는 사람이 많습니다. 자연스런 현상이요, 보기에도 좋습니다.

남편의 부모를 시부모라 하듯 아내의 부모를 처부모라 하고, 처조부모·처삼촌·처외숙·처조카·처조카딸·처형·처제 하고 부르면 됩니다. 그런데 아내의 부모를 처부니 처모니 하고 부르지는 않습니다. 보통 장인·장모라 부르고 빙부님·빙모님 하고 부르기도 합니다. 그러나 역시 아버님이니 어머님이니 하고 부르는 것이 좋을 것 같습니다.

그런데 하나 이상한 것은 처형이니 처제니 하는 호칭입니다. 한자로는 처형(妻兄) 하면 아내의 오빠란 뜻이 되고, 처제(妻弟) 하면 아내의 남동생이 됩니다. 중국 사람들은 그렇게 쓰고 있습니다. 손윗처남이 처형이고 손아랫처남이 처제가 되는 거지요. 한자의 뜻대로라면 처형은 처자(妻姉)로 불러야 옳고, 처제는 처매(妻妹)로 부르는 것이 옳습니다. 그러나 말이란 언제나 대중을 따를 수밖에 없는 것이므로 그대로 쓰는 것이 옳다고 해야겠지요.

언니의 남편을 형부라고 하는데, 동생의 남편을 제부(弟夫)라고 하지는 않습니다. 다른 사람에겐 동생의 남편이라 부르고, 대해 놓고는 친정어머니가 부르듯 김서방·이서방 하고 부르거나, 아무개 아빠라고 부르거나 합니다.

외가에 대해선 외란 말을 위에 붙이기만 하면 됩니다. 그러나 당사자를 부를 때는 역시 붙이지 않는 것이 더 정다운 것이 되겠지요.

고모의 남편은 고모부가 되고, 이모의 남편은 이모부가 되며, 고모의 아들은 고종사촌이라 부르는데, 고모의 자녀는 이쪽을 외사촌이라 불러야 합니다.

시집간 자매의 자녀는 생질이라 부르고, 같은 자매의 자녀는 이질이라 부릅니다.

고종사촌을 고종이라 부르는 외에 내종(內從)이라 부르기도 하고, 외사촌을 외종(外從)이라 부르기도 하므로 이들 사이를 가리켜 내외종간(內外從間)이라 합니다.

아버지와 아들 사이를 부자간이라고 하듯 부녀간(父女間)이니 모자간이니 모녀간이니 하는 말을 많이 쓰고, 시어머니와 며느리 사이를 고부간(姑婦間)이라 하고, 장인과 사위 사이를 옹서간(翁婿間)이라고 합니다.

그런데 같은 사위끼리 동서(同婿)라 부르는 것은 한자 뜻으로 당연한 것이지만, 같은 며느리끼리 동서라 부르는 것은 한자 뜻으로는 맞지 않습니다. 시집을 같이 한다는 뜻의 동시(同媤)가 그렇게 변한 것이 아닌가 싶습니다. 시(媤)는 남편의 집이란 뜻이니까요.

앞으로는 우리나라도 외국처럼 시집이니 처가니 외가니 하는 까다로운 구별을 하지 않는 방향으로 차츰 바뀌게 되리라고 봅니다. 그런 것을 따질 정황이 없을 정드로 세상은 바쁘게 변해 가고 있으니까요.

6장 뒷부분은 이런 내용입니다. 원문을 보시지요.

'왕자(王者)는 그 할아버지부터 나온 바를 체제(禘祭)로 제사지내고 그 할아버지로 이에 배향한다. 그리고 네 사당을 세운다. 서자(庶子)가 왕이 되어도 또한 이와 같이 한다.'

왕자는 천자를 말합니다. 다음 □0장에는,

'예에 왕이 아니면 체제를 지내지 못한다(禮, 不王不禘).'
_{예   불왕불체}

하는 다섯 글자를 담고 있습니다. 역시 노나라가 제후로 체제를 지내고 있던 것은 예가 아니란 것을 밝힌 것이라 볼 수 있습니다."

"할아버지부터 나온 바라는 것은 무엇을 뜻한 것입니까?"

"노나라의 시조는 주공입니다. 그러니까 주공을 낳은 문왕을 가리킨 것이 됩니다. 문왕을 체제의 주신(主神)으로 받들고 주공이 옆에 모시고 함께 제사를 받는 형식을 취한 것이 됩니다."

"네 사당은 무얼 말한 것입니까?"

"고조, 증조, 할아버지, 아버지의 사당을 말합니다. 이른바 사친
(四親)의 사당을 말한 것입니다. 사묘 한가운데 시조의 사당이 있
어서 오묘(五廟)가 되고 다시 고조의 아버지와 할아버지의 사당까
지 합쳐서 칠묘(七廟)가 됩니다. 특히 사묘라 한 것은 첫머리에
있는 친친(親親)의 뜻을 밝힌 것입니다."

"여기서 서자라고 한 것은 후궁의 아들을 말한 것인가요? 맏아들
이 아닌 정궁의 다른 아들을 말한 것인가요?"

"양쪽 다 될 수 있습니다. 서(庶)는 많다는 뜻도 되고 여럿이란 뜻
도 됩니다. 왕실의 경우는 후궁의 아들이 될 수 있고, 그 밖의 경
우는 쉽게 말해 첩의 아들을 서자라고들 말하지요.

서자와 상대되는 말이 곧 적자(嫡子)인데, 옛날에는 맏아들이란
뜻으로 쓰이기도 했습니다. 서자는 맏이가 아닌 여러 아들을 가리
킬 경우의 말입니다.

여기서는 굳이 따질 필요가 없습니다. 적자·서자를 구별하는
것은 조선 때의 일로 중국에선 어머니가 누구냐 하는 것은 별로
문제되지 않았습니다. 어느 아들이 가장 훌륭하냐 하는 것이 상속
자로서의 첫째 조건이 되기도 했습니다.

그러다 보니 후계자 문제를 놓고 파벌싸움이 심해질 수밖에 없
으므로, 특별한 사유가 없는 한 정실이 낳은 맏아들로 뒤를 잇게
하는 것을 원칙으로 삼게 되었고, 뒷탈을 없애기 위해 일찌감치
태자니 세자니를 책봉하게 된 거지요.

그러나 뒷탈을 없애기 위해, 미리 정해둔 태자니 세자니 하는
사람에게서 그 지위를 박탈하고 다른 아들로 대신하는 일도 많지
않았습니까? 결국 왕이라는 특권은 귀한 사람을 천하게도 만들고
천한 사람을 귀하게도 만들 수 있으므로, 첩의 자식이든 사생아든
출생이 문제가 될 수는 없는 겁니다.

　왕만이 아니고 세습귀족의 경우도 마찬가지였습니다. 맹자 당시의 제나라 재상으로 유명한 맹상군(孟嘗君)이란 사람이 있지 않습니까? 맹상군은 나라에서 준 칭호였고 원래의 성과 이름은 전문(田文)입니다.

　이 전문은 첩의 아들이라기보다 천한 계집종과의 사이에 태어난 사생아였습니다. 공교롭게도 5월 5일 오시(午時)에 태어났습니다.

　그런데 태어난 날과 시간이 이야깃거리가 되었습니다. 한때 일본 풍속을 따라 말띠 처녀가 문제가 된 적도 있습니다. 말띠 처녀는 시집가면 남편을 잡아먹거나 발로 차거나 한다고 해서, 아내나 며느리로 데려가려는 사람이 없어 시집을 제대로 가지 못하는 것이 보통이었고, 말띠 가운데서도 병오생(丙午生) 말띠는 가장 그럴 가능성이 많다 하여 평생을 시집을 못 가고 늙어야만 했습니다. 그래서 출생신고를 늦추어 다음 해에 난 것으로 하는 경우도 많았다 합니다.

　그건 일본식의 무식한 사람들의 사주풀이였는데, 그것이 어떻게 우리나라에까지 번지게 되어 말띠 처녀들이 많은 정신적 고통을 받기도 했었습니다.

　그러나 원 사주법으로는 말띠는 천복성(天福星) 운을 타고 나서 잘 살 운을 타고난 것으로 되어 있습니다. 말띠라고 하니 말의 성질을 닮은 말괄량이라는 속된 생각에서 생겨난 소박한 운명론이라 볼 수 있지요.

　맹자 당시도 그런 미신의 운명론이 없지 않았던 모양으로, 5월 5일 오시에 난 자식은 키가 문중방에 이를 만큼 자라게 되면 아버지나 어머니나 어느 한 쪽이 반드시 죽고 만다는 설이 있었습니다.

　그것이 전문의 아버지 전영(田嬰)의 귀에까지 들어가게 되었습니다. 그 당시는 아내나 자식은 남편과 아비의 사유물로 인식되어 있어, 내쫓든 버리든 죽이든 처벌의 조건이 되지 않았습니다.

더구나 왕족으로 재상의 자리에 있는 전영으로서는 그런 자식이 태어난 것이 고민거리가 될 수는 없는 일이었습니다.

전영은 곧 전문을 낳은 첩에게 명령을 내렸습니다.

'네가 낳은 자식을 당장 죽이든가 버리든가 하라!'
하고 말입니다.

권력을 휘두르는 사람들이 자기 본위의 이기심으로 꽉 차 있는 것이 예나 지금이나 크게 다를 것이 없다고 한다면, 내가 낳은 자식을 내 목숨보다 더 소중히 여기는 모성애 또한 예나 지금이나 크게 다를 리가 없겠지요.

명령에 따르지 않으면 무서운 벌이 내릴 것을 알면서도 어머니는 자식을 차마 버릴 수가 없었습니다. 그래서 몰래 유모를 정해 두고 밖에서 기르게 했던 것입니다.

그리고 세월이 흘러 5년 뒤, 이제는 괜찮겠지 하고 전문을 데려 왔던 겁니다. 첩이 수없이 많고 늘 새 여자를 찾는 당시의 귀족들이었으니, 서로가 관심밖의 일일 수밖에 없었던 것입니다.

그런데 뜻밖에도 그 첩이 생각나서 모처럼 찾아온 전영에게 현장을 들키고 말았던 겁니다.

'이 아이가 누구냐?'
하고 묻자 달리 둘러댈 수가 없어 사실대로 말하고 용서를 빌었습니다.

전영은 자기 명령을 거역하고 자식을 몰래 기른 그녀를 당장 목이라도 칠 듯이 꾸짖었습니다.

이때 옆에서 바라보던 전문이 처음 대하는 아버지를 향해 물었습니다.

'왜 저를 버리라고 한 거지요? 저를 살려 준 어머니에게 무슨 죄가 있다고 그러는 거지요?'

어린아이가 너무도 당당하게 이치에 맞는 말로 따져 물으니까
전영은 대답이 궁해질 수밖에 없었습니다.

'5월 5일 오시에 난 자식의 키가 문중방에 닿게 되면 부모가 해
를 입고 만다고 해서였다.'

하고 그 황당한 이유를 사실 그대로 말할 수밖에 없었습니다.

그러자 아이의 말이 또 걸작이었습니다.

'사람의 목숨이 하늘에 매였다는 말은 들었어도, 문중방에 달려
있다는 말은 듣지 못했습니다 정말 문중방에 달려 있다면 저
문중방을 높이면 되지 않겠습니까?'

사실은 전영도 그런 미신을 믿어서 그런 명령을 내린 것은 아니
었습니다. 그도 용맹과 지혜가 뛰어난 용장이요, 명재상이었으니
까요. 다만 첩의 자식 하나 버리는 것쯤 대수롭지 않게 여기고 있
었으므로, 미신이든 아니든 해롭다는 것은 없애는 것이 상책이란
생각에서 그랬던 것입니다.

그러나 지금 아이의 하는 말을 듣는 순간, 그런 미신에 이끌려
자식을 버리라고 한 자신이 쑥스럽게 느껴질 수밖에 없었습니다.

그는 새삼 아이의 생김새를 뜯어보며 속으로 그 영특함에 놀라
지 않을 수 없었습니다. 자기 집안을 크게 빛나게 할 수 있는 아
이가 아닐까 하는 기대를 갖게 된 거지요.

전문의 자라는 모습을 눈여겨 보고 있던 전영은 마침내 전문에
게 자기 뒤를 잇게 했습니다. 세자를 삼은 거지요. 이때 반대하는
사람은 없었습니다. 그만큼 전문의 존재가 뛰어나기도 했겠지만,
서자니 적자니 하는 것을 그다지 따지지 않은 때문이었을 것으로
도 볼 수 있습니다.

서자도 왕이 되면 또한 이같다 한 말이 바로 그런 전통의 뿌리
가 된 것이 아닐까 하는 생각도 듭니다."

"그런데 조선에서는 왜 서자를 그렇게 차별하게 된 것입니까?"

"잘은 모르겠는데 태종 때인가 세종 때인가 그런 법을 만들었다고 합니다. 서자만이 아니고 그 자손까지 대대로 과거를 보지 못하고 벼슬도 할 수 없게끔 말입니다."

"그것이 공자의 가르침이나 유교의 정신에 바탕을 둔 것이었을까요?"

"〈예기〉에 그런 말이 있지요. 예로 맞이하면 아내가 되고 그냥 데려오면 첩이 된다(聘則爲妻, 奔則爲妾)고 말입니다. 그러니 그 형식에 따라 아내가 여럿일 수도, 첩뿐일 수도 있는 거지요.

그러나 춘추전국 때 역사를 보면 형식이 문제가 아니었습니다. 그것을 그대로 지킨 것은 천 년이 지난 뒷날이었고, 특히 우리나라는 유교로써 건국이념을 삼은 조선조에 들어와서였지요.

그것이 공자의 가르침일리는 없습니다. 공자 자신도 출생이 애매했으니까요. 〈사기〉 공자세가(孔子世家)에서 사마천은 분명히 공자가 야합(野合)해서 태어났다고 했고, 공자의 어머니는 남편의 무덤이 어디에 있는지를 몰랐다고 했습니다. 공자 자신도 〈논어〉에서,

　'나는 젊어서는 천한 몸이라서 여러 가지 재주를 배우게 되었　다.'

라고 말했습니다."

"서자와 그 자손들을 벼슬에 오르지 못하게 한 데는 그만한 까닭이 있었을 것 아닙니까? 있다면 어떤 것이었는지요?"

"남편이 죽은 뒤에도 시집을 가지 않는 것을 수절(守節)이라고 하지 않습니까? 열녀는 두 지아비를 섬기지 않고, 충신은 두 임금을 섬기지 않는다고 한 전국시대 왕촉(王燭)의 말은 유교정신에서 나온 것은 아닙니다. 그러나 그의 말은 집권한 임금에게는 가장 구미에 당기는 말이 아닐 수 없습니다. 그래서 충신과 열녀를 정권유지 수단으로 장려한 것으로 여겨지기도 합니다.

세종대왕 때 만들어진 〈삼강행실록〉을 보면, 효자니 충신이니 열녀니 하고 실린 내용들이 전투가 자기 몸을 상하게 하고 목숨을 버려 가며 부모를 위하고, 임금에 대한 충절을 지키고 한 남편만을 섬기기 위한 자기희생을 담고 있습니다.

충절을 장려하는 뜻에서 재가(再嫁)를 못하게 하고, 그것을 막기 위한 방법으로 재가해서 낳은 자식은 출세의 길이 막히도록 한 것이 아닐까 여겨집니다.

황희(黃喜)가 정승이었을 때, 남편을 독살한 여자를 문초한 결과 눈이 맞은 이웃 남자와 살기 위해 그랬다는 것을 알게 되자, 그 같은 범죄를 막기 위한 방법으로 재가를 금지하고 그래도 재가를 했을 경우는, 그 자손이 차별을 받게 되는 제도를 만들었다고도 합니다.

그런 법을 의논해 만들고 집으로 돌아올 때, 마침 비가 와서 물렁물렁해진 땅에 발을 옮겨 디딜 때마다 그 발자국에 핏물이 고였다는 말까지 전해지고 있습니다. 앞으로 수백 년 동안 시집이 가고 싶어도 못 갈 과부의 피눈물이었다는 거지요.

사실은 황희 정승이 그런 법을 만든 건 아니었는데 그렇게 전해지고 있습니다. 그러나 법을 만들고 재판을 하는 사람들이, 그 법과 그 판결이 가져올 결과에 대해 깊이 생각해야 한다는 것을 일깨우기 위한 전설이라 볼 수 있습니다. 쇠뿔을 바로잡으려다 소까지 죽게 해서는 안 된다는 정치철학을 담은 거라고나 할까요?

재가를 금지하고 서자와 그 자손들의 출세를 막는 것이 얼마나 가혹하고 비현실적인 제도인가를 잘 말해 준 것이 허균(許筠)이 지었다는 〈홍길동전〉 아닙니까? 깊은 인재들이 그런 차별 대우로 인해 묻혀 지낸다는 것은 제도적인 박해일 수밖에 없습니다.”

“앞서 다음 기회에 자세히 설명해 주시겠다고 한 〈삼일신고(三一神誥)〉의 설명을 들었으면 싶습니다. 〈예기〉를 배우는 우리가 우

320

리 것을 전혀 모른다는 것은 자손의 도리가 아닐 뿐 아니라, 민족
으로서도 부끄러운 일일 것 같습니다. 그것이 단군자손으로서 단
군할아버지에 대한 예가 아니겠습니까?"

"앞서 말했듯이 〈삼일신고〉는 모두 다섯 장으로 되어 있습니다.
천훈(天訓)인 첫장이 35자, 신훈(神訓)인 둘째장이 51자, 셋째장인
천궁훈(天宮訓)이 40자, 넷째장인 세계훈(世界訓)이 72자, 끝장인
진리훈(眞理訓)이 167자로 모두 합쳐서 내용만 365자입니다.
기억하기 쉽게 1년 365일과 같은 숫자이군요."

三一神誥란 무엇인가?

"앞에서도 말했지만 삼일(三一)은 글자 그대로 셋이 하나란 뜻입
니다. 그 셋이 무엇 무엇이냐 하는 것에 대해서는 여러 가지 의견
이 나올 수 있습니다. 하나·둘·셋 하는 그 셋이냐 아니면 여럿
이란 뜻으로 셋이라 한 것이냐 하는 문제가 있을 수 있습니다.

〈논어〉에 보면 공자는 따르는 제자들을 통틀어 말할 때 이삼자
(二三子)라고 했습니다. 두세 명이란 말인데 사실은 열도 되고 스
물도 되는 일정하지 않은 수를 말한 것입니다.

관중(管仲)이 제환공(齊桓公)을 도와 천하를 호령하기 시작했을
때, 첫 국제회의를 소집했을 때는 겨우 세 나라만이 모였습니다.
이때 환공은 모인 나라가 적어 체면이 서지 않는다 하여 회의를
연기하고 다시 소집하려 했었습니다.

그러나 관중은,

'세 사람이 무리가 됩니다. 제나라까지 네 나라가 아닙니까?
수가 적다고 해서 회의를 연기하면 스스로 신의를 잃게 됩니
다.'

하고 약속대로 회의를 마치고 오지 않은 나라에 대해 책임을 물었

던 것입니다.

관중이 세 사람이 무리가 된다고 말한 것은 무리중(衆)이란 글자가 사람이 셋 모인 모양인 '乑'으로 되어 있었기에 한 말입니다.

세상 이치를 말한 글에 '만 가지 다른 것이 한 뿌리가 되고(萬殊爲一本), 한 뿌리가 만 가지 다른 것이 된다(一本爲萬殊)'란 것이 있고, 〈논어〉에서 공자가 자공을 보고,

'너는 내가 많이 배워서 아는 줄로 아느냐? 아니다. 나는 하나로써 모든 것을 통했다.'

라고 했습니다. 만수일본(萬殊一本)이란 이치를 말한 것입니다.

둘째로 삼을 셋이란 뜻으로 보았을 때, 보통 삼극(三極)이니 삼태극(三太極)이니 하고 말하는 것을 그 삼(三)의 뜻으로 풀이합니다. 삼일(三一)의 삼(三)은 하늘과 땅과 사람의 셋을 말한 것이고, 일(一)은 그 셋이 같은 하나란 것을 말한 것입니다.

삼극을 삼재(三才)니, 삼의(三義)니, 삼원(三元)이니 하고 말하기도 합니다. 모두 하늘과 땅과 사람의 셋을 가리킨 것입니다.

올림픽 개회식 때 펼쳐진 행사의 중심사상이 삼태극을 바탕으로 했다는 말을 자주 들었습니다. 그것은 우리나라 국기가 태극기로 불리우고 그 태극은 〈주역〉에서 말하는 음(陰)과 양(陽), 양극(兩極)이 맞물려 하나가 된 모습이기 때문입니다.

원래는 음과 양이 합친 것이 태극이고, 태극이 둘로 갈라진 것이 양의(兩儀)입니다. 양의는 두 모양이란 뜻으로 곧 음과 양을 뜻하는데, 양은 하늘의 모습으로 음은 땅의 모습으로 구체화된 것으로 설명되어 왔습니다.

태극이란 말에서 태(太)란 것을 빼고, 양극이니 삼극이니 하고 부르는 것은 당연하지만 삼태극이란 말은 있을 수 없다고 봅니다. 그것은 빨강과 파랑으로 된 태극에 노랑색의 같은 모양을 넣어 두

었으므로 삼색 태극이란 뜻으로 부른 것입니다. 태극이 셋이 있는 것이 아니라 세 가지 빛으로 나타낸 태극모양이란 말이 될 것 같습니다.

원래 밝고 어두운 두 색깔로 양과 음을 표시하고 그 둘이 합쳐진 것을 태극이라 했는데, 여기 그 둘을 조화시킨 중간색의 노랑으로 사람을 표시하여 중간에 집어넣고 삼색 태극을 그리게 된 것은, 이 삼일정신에서 나온 우리특유의 발전된 세계관이라 볼 수 있습니다.

삼극이든 삼태극이든 여기서 말하는 삼일 철학을 상징하는 것으로 볼 수 있습니다.

기독교에서는 삼위일체(三位一體)란 말을 쓰지요. 우리나라에는 삼신(三神)이란 말이 있습니다. 이 셋이란 수는 사람의 마음을 잡아끄는 힘을 가진 수이기도 합니다. 하나가 있으면 짝이 있어야 하므로 둘이 필요하고, 둘이 있으면 반드시 그것이 합쳐서 같은 다른 하나가 생겨나기 마련입니다. 결국 둘이 합쳐 셋이 되는 과정이 되풀이되는 동안 셋이 열이 되고 천이 되고 만이 되는 거지요. 그러니까 셋은 곧 무한한 수가 되는 겁니다. 결국 셋이 하나란 말은, 수없이 많은 것이 다 하나다 라는 뜻과도 통하게 된다고 볼 수 있습니다.

신(神)은 여기서는 유일신(唯一神)의 뜻입니다. 둘째 장인 신훈(神訓)에 나오는 그 신입니다. 하느님이니 하나님이니 하는 그 신을 말합니다.

고(誥)는 위에 있는 사람이 아래 있는 사람에게 이르는 것을 말합니다.

그러니까 전체의 말뜻은,

'하늘과 땅과 거기서 생겨난 사람이 하나라는 이치를 하느님이 이르신 말씀.'

이란 것이 됩니다.”

“질문이 있습니다.”

“〈삼일신고〉는 단군이 지은 것여라고 하지 않습니까?”

“그런데 ……?”

“그런데 이 글은 한문으로 되어 있습니다. 한문을 가지고 우리말을 기록하게 된 훨씬 뒷날에 이 글이 만들어졌을 것은 틀림없습니다. 후세 사람이 단군의 이름을 빌린 것이 아닐까요?”

“그렇게도 볼 수 있겠지요. 그러나 우리말로 수천 년 동안 전해 내려오던 것을 한문으로 옮긴 것이라고 보는 것이 옳겠지요.”

“그 이유로 어떤 것을 들 수 있습니까?”

“첫째, 그렇게 전해지고 있으니 그렇게 믿는 것이 당연하지요. 둘째, 내용이 유교나 불교나 도교의 그것과는 달리 독특한 것으로 되어 있습니다. 글자가 없을 당시 입으로 전해져 온 것이 더 정확했을 수도 있으니, 한문으로 표기할 당시에 같은 내용의 말이 그대로 잘 전해져 있었을 것으로 생각되기 때문입니다.”

“글자로 된 것보다 말로 전해진 것이 더 정확하다는 말씀인가요?”

“그럴 수도 있다는 거지요. 좋은 보기로 땅 이름을 들 수 있습니다. 〈삼국사기〉에 나오는 땅이름이 지금은 전혀 다른 글자로 바뀌어 알기가 어렵습니다. 그런데 그당시 사람들이 부르던 우리말 이름을 주석에 넣어둔 것이 많이 나옵니다. 이상하게도 한자로 된 이름은 여러 번 바뀌었는데, 이른바 속명(俗名)이라는 그 땅이름을 그 고장 사람들은 천 수백 년이 지난 지금에도 그대로 부르고 있는 겁니다.

그리고 신라 때의 화랑들은 우리 고유의 종교를 가지고 있었습니다. 화랑을 국선(國仙)이라고 부른 것이 좋은 증거지요. 불교가 우리나라에 들어왔을 때 심한 반대와 저항을 받은 것도 우리 고유

의 종교가 깊이 뿌리박고 있었던 때문임은 다 아시는 사실이 아닙
니까?

〈삼국사기〉 진흥왕 37년의 기록을 보면 최치원이 지은 화랑의
한 사람이었던 난랑(鸞郞)의 비문의 글의 일부를 소개하여, 그 당
시 화랑도들이 신봉하고 있던 우리 고유의 종교가 어떤 것이었는
지를 말하고 있습니다."

"어떤 내용입니까?"

"다 알고 있을 테지만 그 원문을 그대로 옮기면 이런 것입니다.
즉 서문에 말하기를,

'나라에 현묘한 도가 있어(國有玄妙之道) 풍류(風流)라 말했다.
교(敎)를 만든 근원은 선사(仙史)에 자세히 나와 있다(說敎之
源, 備祥仙史). 그 교리는 참으로 삼교를 포함하고 있다(實乃包
含三敎).'

선사(仙史)는 신선의 역사란 뜻이겠지요. 중국 도교(道敎)에서
말하는 신선과는 다르기에 국선(國仙)이라고 한 것입니다. 삼교는
유교와 도교와 불교를 말한 것입니다. 현묘(玄妙)란 말은 도교의
말입니다. 그 현묘한 도를 풍류라고 했다는 것은 풍류객(風流客)
이라는 그 풍류의 뜻은 아닙니다. '밝다', '붉다' 하는 뜻을 가진
'불'이란 말을 이두문으로 표기한 것인 동시에, 화랑도들이 자연
을 상대로 운치있게 여행을 즐기는 것과도 서로 통하는 글자로 표
기한 것입니다.

최치원은 삼교를 포함한 내용을 다시 이렇게 적고 있습니다.

'집에서는 효도하고 나오면 나라에 충성하니 이것은 공자의 뜻
이고, 함이 없는 일에 힘쓰고 말하지 않는 가르침을 행하니 이는
노자를 본받은 것이며, 모든 악한 일을 하지 않고 모든 착한 일
만을 받들어 행하니 이는 석가의 가르침이다.'

이로서 현묘하기 이를 데 없는 우리나라 고유의 불도(風流道)란

것이 어떤 것임을 알 수 있습니다.

그것이 단군교의 뿌리가 아니겠습니까? 단군교의 뿌리와 철학이 바로 이 〈삼일신고〉에 있는 것입니다.

그런데 최치원이 말한 〈선사〉란 책은 전하지 않고 있습니다. 또 〈삼국유사〉에 나오는 〈단군기(壇君記)〉니 〈신지비사(神誌秘詞)〉니 하는 것도 전하지 않습니다. 그런 것들이 전해진다면 보다 많은 것을 알 수 있을 텐데 말입니다."

"이 〈삼일신고〉는 어느 책에서 나온 것입니까?"

"책에 실려 있는 것이 아니라 돌함(石函) 속에 넣어 땅에 깊이 묻어 둔 것이 우연한 기회에 발견되었다고 합니다. 옛날 무덤 같은 데에서 나왔을지도 모르지요.

다시 원문으로 들어갑시다. 맨 처음에 나오는 것이 천훈입니다."

천훈
天訓

"천훈은 하늘에 대한 가르침이란 뜻입니다. 여기 나오는 제(帝)를 상제(上帝)의 뜻으로 풀이할 수 엱지만 단군의 뜻으로 보는 것이 옳을 것 같습니다. 단군의 말이 곧 하느님의 말이기 때문입니다. 기독교에서 모세가 여호와의 말을 전한 것과 같은 성질의 것이 될 수 있지요. 단군의 입을 통해 하느님의 이르심이 전해진 것입니다.

원보(元輔)는 팽우(彭虞)란 신하의 벼슬 이름입니다. 태보(太輔)니 총재(冢宰)니 하는 것과 같은 말입니다.

원문을 보시지요.

'제(帝)는 말씀하셨다. 원보 팽우야! 저 푸르디 푸른 것도 하늘이 아니다. 모양도 바탕도 없고 처음과 끝도 없으며 위 아래

와 사방이란 것도 없다. 텅비고 또 비어 있지만 그 속에 있지
않은 것이 없고, 그 속에 들지 않은 것이 없다(帝曰, 元輔彭虞,
蒼蒼非天, 玄玄非天, 無形質, 無端倪, 無上下四方, 虛虛空空,
無不在, 無不容).'

겨우 35자로 되어 있는데 첫머리 여섯 글자를 빼면 29자입니다.
29자가 담고 있는 그 이상의 표현이 있을 수 없습니다. 하늘에 대
한 정의를 이보다 간단하고 정확하고 완전무결하게 담고 있는 글
은 세상에 없을 줄 압니다.

중국에선 하늘(天)이란 말을 하느님의 뜻으로 쓰고 있었습니다.
〈논어〉와 〈맹자〉를 통해 공자와 맹자가 말한 하늘은 전부가 그런
뜻입니다. 그래서 불경을 번역할 때도 천(天)을 전부 신(神)의 뜻
으로 쓰곤 했습니다.

그러나 여기선 신의 뜻이 아닌 무한대(無限大)의 공간을 가리켜
하늘이라 말한 것입니다.

제3장 천궁훈에서 '하늘은 신의 나라'라고 하고, 그곳에 하늘궁
전이 있다고 했습니다. 이것은 하늘과 하느님을 따로 나누어 말하
는 우리의 전통과 일치하는 것이라 볼 수 있습니다.

하늘이란 공간은 하느님이 처음 만든 것이 아니라, 하늘이란 공
간을 하느님의 나라로 삼아 이 속에 담겨 있는 세계와 그 세계 속
의 모든 것을 다스리는 것이 하느님임을 여기서는 말하고 있습니
다. 과학적이라고 할까요? 이치에 맞는 말일 것 같습니다.

하느님이 하늘을 만들었다는 것은 말이 되지 않습니다. 어디서
언제 만들었다는 것입니까? 그 어디와 언제가 곧 공간과 시간을
말하는 것 아닙니까? 그러면 그 만든 곳과 만든 시간은 이미 있는
공간과 시간을 전제로 한 것일 수밖에 없습니다.

하느님이 만든 하늘이라면 그 하늘은 큰 하늘 속의 작은 하늘일
수밖에 없습니다. 터를 닦아 집을 지었다면 터는 먼저 있었던 것

이 됩니다.

이 문제는 다음 장의 내용을 브면 알 수 있습니다. 신훈에는 신이 하늘을 낳는다는 말이 나옵니다. 하늘에 산다는 뜻으로도 볼 수 있고, 대우주(大宇宙)에서 또 다른 작은 우주를 생겨나게 한다는 뜻으로 보아야 할 것입니다."

神訓
신 훈

"앞에서 말한 대로 신(神)은 오직 하나인 최고의 신을 가리킨 것으로 우리가 늘 말하는 하느님의 뜻입니다. 그 신에 대한 설명을 담은 것이 신훈입니다.

원문을 보시지요.

'신은 더없이 높은 한 자리에 잇다. 큰 덕과 큰 슬기와 큰 힘을 가지고 하늘에 살며, 무수한 세계를 맡아 다스린다. 많고 많은 모든 것을 만들어 내며 작은 던지도 새는 일이 없다. 밝고 또 밝으며 신령하고 또 신령하여 각히 이름을 붙여 헤아리지 못한다. 말나 생각으로 바라거나 빙거나 해서는 절대로 직접 볼 수 없다. 성품으로부터 자식 됨을 찾게 되면 너의 머릿속에 내려와 있게 된다(神在無上一位, 有大惠大慧大力, 生天, 主無數世界, 造甡甡物, 纖塵無漏, 昭昭靈靈. 不敢名量, 聲氣願禱, 絶親見, 自性求子, 降在爾腦).'

여기서 문제가 되는 것은 생천(生天)이란 두 글자의 뜻을 어떻게 보아야 하느냐 하는 것입니다.

보통 하늘을 낳았다는 뜻으로 브고 있습니다만 낳았다는 뜻은 될 수 없습니다. 만들었다고는 말할 수 있지만 낳았다는 말은 쓸 수 없기 때문입니다. 처음에 더없으 높은 한 자리에 있다고 했고,

다음 장인 천궁훈에서는,

　'하늘은 신의 나라로 그 곳에 하늘 궁전이 있고, 한 신이 그 곳
에 계신다.'
라고 했습니다.

　하늘이란 나라 안에 궁전을 지어 그 곳에 있는 신이 자기를 둘
러싸고 있을 무한대의 하늘을 만들 수도 없거니와, 인격적인 신이
비인격적인 하늘을 낳을 수는 더욱 없지 않겠습니까? 이치로나
앞뒤의 내용으로나 낳는다는 말을 쓸 수는 없는 일입니다.

　그래서 나는 '산다'는 뜻으로 새겼습니다. 사람은 땅에서 살지
만, 하느님은 하늘에서 살기 때문입니다. 큰 덕과 큰 슬기와 큰
힘을 갖지 않으면 하늘에서 살 수 없기에, 하늘에 산다는 말 앞에
큰 덕과 큰 슬기와 큰 힘이 조건으로 나와 있는 겁니다. 하느님이
자기가 살고 있는 하늘을 만들 수는 없는 겁니다. 생어천(生於天)
이라 쓰지 않고 생천(生天)이라 썼으므로 낳는다고 본 것입니다.
낳는다기보다는 생겨나게 한다고 새겨야 되겠지요. 큰 우주를 다
스리는 유일신(唯一神)은 또 다른 작은 우주를 생겨나게 한다는
뜻으로 말입니다. 과학은 지금도 새 우주가 생겨나고 있다고 말하
지 않습니까?

　신신(甡甡)이란 말은 잘 쓰이지 않는 말인데, 수없이 많은 물건
들이 함께 모여 자라고 있는 모습을 말하기도 하고 그 자체를 가
리키기도 하는 말입니다. 사람을 비롯한 모든 동물과 식물들이 하
느님의 뜻으로 된 자연의 이치 속에서 생겨나고, 변하고, 없어지
고 또 생겨나는 것을 가리킨 것이라 볼 수 있습니다. 작은 먼지
하나도 그 이치에서 벗어나 존재할 수 없다는 말로, 밝고 신령함
이 구체적으로 표현하거나 숫자로 말할 수 없을 정도임을 밝힌 것
입니다.

　성기(聲氣)의 성은 목소리란 뜻이므로 말을 가리킨 것입니다.
기(氣)는 기운이란 뜻으로 여기서는 다음에 나오는 성품(性)이란

말과 대립되는 말입니다. 밝고 깨끗한 자연의 본심을 벗어나 욕심으로 바라고 생각하고 애타하는 것을 가리켜 한 말입니다.

육신을 가진 사람의 아들로서 그 육신의 욕망을 채우기 위한 애타는 기도 같은 것은 한낱 헛된 것에 지나지 않는 것입니다. 하느님이 주신 성품을 밝혀 그로써 하느님의 참다운 자식되기를 찾는다면 그때는 우리의 머릿속에 엱는 하느님과의 대화의 기능을 얻게 된다는 것입니다.

〈중용〉에서 '하늘이 주신 것ㅇ 성품이다'라고 한 말이나, 맹자가 '마음을 간직하고 성품을 기르는 것이 곧 하늘을 섬기는 것이 된다'고 한 말과 같은 뜻이라 놓 수 있습니다.

여기서 유의할 것은 골(腦)이란 말을 쓴 것입니다. 정신작용이 염통에 있는 것으로 옛날 사람들은 믿고 있었는데, 여기서는 오늘의 과학이 말하는 골이 모든 정신작용의 터전이 되어 있음을 말한 것입니다. 우리의 영혼이 깃들어 있는 곳이 골이요, 하늘과 우리 영혼이 대화를 할 수 있는 곳도 바로 이 골이란 것을 말한 것입니다.

빌거나 바라거나 하는 헛된 욕심을 버리고, 자기가 원하는 것이 옳은 것인지 참된 것인지를 반성하고 고치려는 노력을 계속하면 너의 골에서 하느님의 목소리를 듣게 된다는 뜻입니다. 다시 말해 너의 양심의 속삭임과 이성(理性)의 판단이 바로 하느님의 목소리요, 하느님의 깨우침이란 뜻입니다.

나는 늘 말합니다만, 하느님과 우리는 성품이니 양심이니 하는 것을 통해 같이 말하고 같이 느끼고 합니다. 그것은 방송국과 라디오·텔레비전의 관계와 같은 것으로 사이클과 채널을 하늘 나라의 주파수에 맞춰만 두면 하느님을 볼 수도 있고 전하는 뜻을 들을 수도 있는 것입니다. 그것이 바로 셋이 하나인 삼일의 이치가 아니겠습니까?

다음은 천궁훈입니다."

天宮訓 ^{천궁훈}

"앞에서 말했듯이 하늘을 하느님이 다스리는 나라로 전제하고, 그 곳에 하늘 궁전이 있고 그 궁전 안에 하느님이 계신다는 내용을 담고 있는 것이 천궁훈입니다.

원문을 보시지요.

'하늘은 신(神)의 나라로, 여기에 하늘 궁전이 있다. 오르는 계단들은 온갖 좋은 것으로 되어 있고, 그 문들은 온갖 훌륭한 것으로 되어 있다. 한 신이 그 곳에 있는데 여러 신령과 철인(哲人)이 보호하며 모시고 있다. 크게 좋고 상서로우며, 크게 빛나고 밝은 곳이다. 오직 성품을 통하고 한 일이 완전한 사람만이 신을 볼 수 있고 길이 쾌락을 얻게 된다(天, 神國, 有天宮, 階萬善, 門萬德, 一神攸居, 群靈諸哲, 護持, 大吉祥, 大光明處, 惟通性功完者, 朝, 永得快樂).'

이것을 쉬운 말로 뜻을 살려 설명하면 이런 것이 될 수 있을 겁니다. 이것은 매캔지라는 영국의 유명한 심령학자가 한 주일 동안 육신을 떠나 먼저 죽은 자기 친구인 유명한 철학자의 안내를 받아 영계(靈界)를 둘러보고 왔다는 〈영계순례기(靈界巡禮記)〉의 내용을 참고로 한 것이기도 합니다.

그가 마지막 7층 세계로 올라갔을 때, 너무도 빛이 황홀하고 밝아 무엇이 무엇인지 도무지 알아 볼 수가 없고 둘레에 있는 수많은 집들이 전부 보석으로 되어 있는데, 그 곳에서 많은 천사와 이 땅의 종교 개조(開祖)들이 보다 높은 곳 어디에 있는 하느님에게 예배를 드리는 것 같은 느낌만을 받았다는 것이었습니다. 그가 말한 긴 내용들이 이 천궁훈을 그대로 설명해 주는 것 같아 그것을 참고로 풀이를 해 본 것입니다.

'저 텅 비어 있는 하늘은 하느님이 계시는 나라다. 그 곳에는 하느님이 있는 하늘 궁전이 였다. 그 궁전 자체는 물론이요, 오르내리는 계단이며 드나드는 대문까지 모두 이 세상에서는 상상도 할 수 없는 아름답고 빛나고 황홀한 보석과 금속으로 되어 있다.

이 궁전에는 오직 하느님 한 분만이 계시는데 뭇 천사와 땅에서 공을 닦고 올라온 성인들이 받들어 모시고 있다. 이곳은 더없이 좋고 상서로운 곳이며, 더없이 빛나고 밝은 곳이라서 오직 그 성품이, 하느님이 주신 그대로를 간직하고 그 성품을 통해 땅위에서의 모든 일을 하느님이 뜻대로 완전히 닦은 사람만이 이곳으로 올라와 하느님을 볼 수 있고, 이곳에서의 길이 쾌락을 얻게 되는 것이다.'

대개 이런 풀이를 할 수 있습니다. 그런 다음 세계훈으로 넘어가지요."

세 계 훈
世界訓

"첫장에서 우주(宇宙)의 뜻인 하늘의 본체(本體)가 어떤 것인가를 말하고 다음에 그 우주를 한 나라로서 지배하는 신의 존재를 설명하고, 그 다음에 신이 있는 하늘 궁전이 어떻게 생겼으며 우리 인간의 영혼도 하늘나라로 올라가 하느님을 모시며 길이 쾌락을 누릴 수 있음을 말했습니다.

세계훈은 우주의 넓은 공간에서 빛나고 있는 무수한 별들이 우주 속에 있는 세계라는 것을 말하고 있습니다. 얼마나 오늘의 과학과 일치되는 설명입니까? 그야말로 신의 계시가 아니고는 할 수 없는 말들입니다. 그리고 그 별들의 무수한 세계가 해를 중심으로 형성되어 있음을 말하고 있습니다.

우리가 살고 있는 땅덩이를 중심으로 해와 달과 별들을 하나의 소속물이나 장식품인 것처럼 말하고 있는 창조설과 비교할 때, 과연 상상이나 영감만으로 이런 말을 할 수 있을 것인가 하는 생각을 하지 않을 수 없습니다.

지구가 해를 돈다는 지동설을 악마의 소리인양 몰아세우던 시절이 그리 먼 과거의 일이 아닙니다. 그런 좁은 우주관과 세계관에 사로잡혀 있던 종교인들이 생각하는 신이 과연 어떤 신이었는지 궁금한 일이기도 합니다. 여기 말한 세계관이 그보다 수천 년 전인 단군의 입을 통해 밝혀지고 있었다는 사실에 새삼 놀라지 않을 수 없습니다.

원문을 보시지요.

'그대는 총총히 벌려져 있는 별들을 보라. 그 수가 다함이 없다. 크고 작고 밝고 어두우며 괴로워 보이고 즐거워 보이는 것이 같지 않다. 오직 하나인 신이 저 뭇별의 세계를 만든 것이다. 그리고 신은 각 해를 중심한 세계를 맡은 천사에게 명령하여 7백이나 되는 많은 세계들을 거느려 다스리게 하고 있다(爾觀森列星辰, 數無盡, 大小明暗苦樂不同, 一神, 造群世界, 神勅日世界使者, 轄七百世界).

그대가 살고 있는 땅을 스스로 크다고 하지만 한 알의 탄알만한 세계다. 불을 속에 두고 전체가 흔들리며 바다가 쉴 새 없이 변하고 물이 옮겨져 곧 오늘의 모양을 보게 된 것이다. 신이 내뿜는 입김이 밑바닥까지 둘러싸고, 해의 빛과 열을 쬐어 걸어다니는 것과, 날아다니는 것과, 화해 나오는 것과 헤엄치는 것과 심어지는 것들이 번식하게 되었다(爾地自大, 一丸世界, 中火盡盪, 海幻陸遷, 乃成見象, 神呵氣包底, 照日色熱, 行翥化游栽物繁殖).'

미신으로 가득 차 있던 그 시대에 과학이 발달된 오늘의 세계관을 사실 그대로 정확히 밝히고 있는 것에 다시금 놀라지 않을 수 없습니다. 우주를 직접 지배하는 신이 아니고는 알 수 없는 사실이 그대로 전해진 것임을 알 수 있습니다. 신(神)이라는 글자를 자연의 힘이란 뜻으로 바꿔 놓으면 오늘의 과학이 여기에 더 보태거나 바로잡거나 할 것이 없다그 생각됩니다. 안 그래요?"

"정말 놀랍습니다. 이런 자랑스런 문헌이 우리에게 전해지고 있는 것을 모르고 지내온 것이 부끄럽게 여겨집니다."

"작은 세계의 중심이 태양이라그 한 것이라든가, 스스로 크다고 생각하는 땅덩이가 한 개의 탄알만한 크기에 지나지 않다고 한 말이라든가, 불을 속에 두고 땅덩이 전체가 마구 흔들리며 바다와 뭍이 변하고 옮겨진 끝에 오늘의 모습을 보게 되었다는 것은 오늘의 천문학과 지질학이 무색할 정도입니다. 또 햇빛과 열을 받아 온갖 동물과 식물이 번식하게 되었다는 것도 생물학과 진화론에 일치되는 내용입니다.

그런 것을 마치 동화에 나오는 도깨비방망이처럼 무엇 나오너라 무엇 나오너라 하는 식으로 하르아침에 느닷없이 생겨난 것으로 믿고 있다면, 그것은 너무도 소박한 생각이 아닐 수 없습니다.

여기에 7백이라고 한 것은 한없이 많은 수라는 뜻으로 쓰인 겁니다. 동서양을 통해 일곱이란 수는 많은 것을 뜻하고 백이란 숫자는 전부라는 뜻으로 쓰이곤 했습니다. 불교에서 말하는 3천 대천세계(大天世界)와 같은 뜻으로 쓰인 것입니다.

하늘의 별을 보라고 하고 그 뵐이 곧 세계임을 말하고, 그 별의 세계가 항성인 해를 중심으로 이루어지고 있음을 말했으니 7백이란 표현이 상징적인 많은 수를 나타낸 것임이 틀림없을 것 같습니다.

그럼 끝장인 진리훈으로 넘어갑시다."

진 리 훈
眞理訓

"진리훈은 네 마디(節)로 되어 있습니다. 지금까지는 신비에 싸인 우주관과 세계관을 말해 왔는데, 이 끝 장인 진리훈에서 종교관과 인생관을 말하고 삶의 참다운 목적이 어디에 있는지를 아울러 밝히고 있습니다.

원문을 보시지요.

'사람과 만물이 같이 세 가지 참을 받으니(人物, 同受三眞), 곧 성품과 생명과 정기다(曰性命精). 사람은 이를 완전하게 갖추고 있고(人全之), 만물은 한 부분만을 가지고 있다(物偏之).

참성품은 착하고 악한 것이 없다. 가장 높은 위치의 철인이 이 참성품을 통하게 된다(眞性, 無善惡, 上喆通). 참생명은 맑고 흐린 것이 없다. 중간 위치의 철인이 이를 알게 된다(眞命, 無淸濁, 中喆知). 참 정기는 두껍고 얇은 것이 없다. 낮은 위치의 철인이 이를 보존하게 된다(眞精, 無厚薄, 下喆保). 이 세 가지 참을 되찾아 가지게 되면 그 때는 하느님과 하나가 된다.(返眞一神).'

여기까지를 첫 마디로 볼 수 있습니다. 참 이치란 육신의 감각만으로는 정확히 알 수도 없고 느낄 수도 없는 영원불변의 보이지 않는 실체(實體)를 가리킨 것입니다.

그것을 도(道)라 말하기도 하고 이데아(idea)라고 말하기도 했습니다. 그것을 여기서는 참이라 했습니다. 거짓 아닌 참만이 영원할 수 있는 것입니다. 내용에 대해서는 설명할 필요가 없습니다. 신훈에서 하나님의 큰 덕은 성품과 일치하는 것이고, 슬기는 생명을 바탕으로 생겨나는 것이며, 육신의 힘은 정기를 뜻하는 것입니다.

깊은 뜻은 설명으로 밝힐 수는 없는 겁니다. 각자의 생각과 체험으로서만 알고 느끼는 것이라고 해야 하겠지요.

그럼 다음 마디로 넘어갑시다.

'오직 무리들은 땅을 헤매며, 세 가지 거짓이 뿌리를 내리고 있으니 그것이 곧 마음과 기운과 몸이다(惟衆, 迷地, 三妄着根, 曰心氣身).

마음은 성품을 의지하여 착하고 악한 것이 있으니(心依性, 有善惡), 착한 것은 복을 누리고 악한 것은 화를 입는다(善福惡禍). 기운은 생명을 의지하여 맑고 흐린 것이 있으니(氣依命, 有淸濁), 맑은 것은 오래 살고 흐린 것은 일찍 죽는다(淸壽濁夭). 몸은 정기를 의지하여 두껍고 얇은 것이 있으니(身依精, 有厚薄), 두껍게 가진 사람은 귀하게 되고 얇은 사람은 천하게 된다(厚貴薄賤).'

성품은 참인데 그 성품을 의지하고 나타나는 마음은 거짓이라고 했습니다. 이것 또한 잘 표현된 말입니다. 유교철학에서는 성품을 본연의 성품과 기질의 성품(氣質之性), 둘로 나눠서 말합니다. 기질의 성품이 곧 본연의 성품인 참성품을 의지하고 나타나는 거짓된 마음이 되겠습니다.

우리가 흔히 말하는 거짓착함(僞善)이란 것이 바로 이 참과 거짓의 혼합된 것이라 말할 수 있습니다. 착한 것이 어떤 것이라는 것을 아는 것은 참이요, 그것을 꾸며서 보이는 것은 거짓입니다. 참인 성품과 거짓의 마음이 합쳐져 거짓착함을 하게 되는 거지요. 이것이 곧 마음이 성품을 의지하는 것임을 말해 주는 것이라 볼 수 있습니다.

그 거짓된 마음이 성품을 바르게 따라 착한 일을 하게 되면 결과가 제대로 잘 풀려 복을 누리게 되고, 그렇지 못할 경우는 결국

화를 입게 된다는 것입니다. 이번의 16년 만에 있었던 국정감사를 통해, 참된 사람은 떳떳하게 살 수 있고 거짓된 사람은 불행한 결과를 자초하게 된다는 것을 피부로 느끼게 되지 않았습니까? 그것이 진리란 거지요.

여기 말한 기운은 정신력을 말한 것이라 볼 수 있습니다. 패기니 용기니 판단력이니 자제력이니 하는 것이 다 거기에 속하는 것입니다. 오래 살고 일찍 죽는다는 것은 단순한 외형적인 수명을 말한 것이기보다는 죽는 날까지 오래오래 맑은 정신을 갖는 것을 말한 것이라 볼 수 있습니다.

몸이 정기를 의지한다는 정기는 활동력을 말한 것입니다. 활동력이 강한 사람은 출세를 하게 되고 약한 사람은 생존경쟁에서 뒤처지게 되므로 이른바 소외계층(疎外階層)으로 머물러 있을 수밖에 없는 일입니다.

그럼 다음 셋째 마디로 넘어갑시다.

'참과 거짓이 서로 맞서서 세 길을 만든다. 곧 느낌과 숨쉼과 부딪침이다. 그것이 다시 열여덟 가지 경계를 이루게 된다(眞妄對 作三途, 曰感息觸 轉成十八境).

느낌은 기쁨과 두려움과 슬픔과 노여움과 좋은 것과 싫은 것으로 나타나고, 숨쉼은 어지러움과 뭉클어짐과 추움과 뜨거움과 떨림과 축축함으로 나뉘며 부딪침은 소리와 빛과 냄새와 맛과 남녀의 접촉과 나와 남과의 충돌을 가져오게 된다(感, 喜懼哀貪厭, 息, 芬爛寒熱震濕, 觸, 聲色臭味淫抵).'

감정의 육경(六境)은 유교에서 말하는 칠정과 같은 것으로, 일곱 가지의 감정 속의 사랑(愛)과 욕심(欲)이 여기 말한 육경 속의 좋아하는 것(貪)에 포함되는 것입니다. 숨쉼이란 생명을 가진 물체가 그 생명과 불가분의 관계가 있는 환경의 조건들을 말한 것입니다. 기후와 풍토와 같은 자연에 대한 적응을 위한 분류라 볼 수 있습니다.

부딪침이란 불교에서 말하는 육식(六識)과 같은 것입니다. 색성향미촉법(色聲香味觸法)이 육식이 아닙니까? 불교에서 말하는 촉(觸)을 신식(身識)이라 하고 법(法)을 의식(意識)이라 하는데, 그것이 남녀간의 접촉과 피아(彼我)의 대립에서 뚜렷이 나타나므로 여기서 말한 제5촉 제6촉에 해당한다 말할 수 있습니다.

그러나 다 세세하게 나눌 수도 있고 합쳐 말할 수도 있으며, 달리 표현될 수도 있으므로 그것을 굳이 따질 필요는 없습니다. 문제는 참과 거짓이 맞섬으로 해서 무수한 현상이 나타나게 된다는 데에 있습니다.

변증법에서 말하는 정반합(正反合)이니, 지양(止揚)이니 하는 것이 다 같은 원리를 말하는 것 아니겠어요?

다음은 끝 마디가 되겠습니다. 인생관과 종교관을 요약해서 결론을 맺고 있습니다.

'무리들은 선악과 청탁과 후박기 서로 섞이어 경계와 길을 좇아 내키는 대로 마구 달려, 나고 자라고 늙고 병들고 죽고 하는 괴로움에 빠지게 된다(衆, 善惡淸濁厚薄 相雜 從境途任走 墮生長肖病沒苦).

통한 사람(哲)은 느낌을 멈추며 숨쉼을 고르게 하고 부딪침을 막아 뜻을 한결같이 하고, 행하는 것이 절로 이루어지도록 하여 거짓을 돌이켜 참으로 나아가게 하고, 크고 신비로운 기능을 발휘하여 성품이 확 뚫리고 하는 길이 완전무결하게 되는 것이다(哲, 止感調息禁觸 一意化行 返妄卽眞 發大神機 性通功完是).'

무리는 불교에서 말하는 중생과 같은 것이며, 생장소병몰(生長消病沒)은 불교에서 말하는 생로병사(生老病死)와 같은 것입니다. 초(肖)는 소(消)의 약자로 쓰인 것이니, 성장을 멈추고 차츰 쇠약해지는 것을 말한 것입니다. 나고 자라고 하는 두 가지를 합쳐서 불교에서 생(生)으로 말한 것입니다.

여기서 말한 철(哲)은, 유교에서 말하는 성인과 불교에서 말하는 부처니 보살이니 하는 것과 같은 뜻입니다.

반망즉진(返妄卽眞)은 공자가 말한 극기복례(克己復禮)와 같은 것입니다. 나(己)는 곧 거짓된 것이요, 예는 곧 자연의 생긴 그대로의 상태를 말한 것이니 참과 같은 뜻입니다.

지감과 조식과 금촉은 불교에서 말하는 선(禪)의 공부를 말한 것이며, 일의화행(一意化行)은 공자가 말한 종심소욕불유구(從心所欲不踰矩)의 경지를 말하는 것입니다. 그것은 곧 성통공완(性通功完)과 같은 말로 부처와 성인의 경지에 이른 것이 됩니다.

도교니 선교니 하는 계통에서는 무엇보다 조식(調息)이란 것에 중점을 두고 있습니다. 숨을 고르게 가늘고 길게 한결같이 하는 것이 조식입니다. 그렇게 하려면 자연 지감과 금촉이 따르게 됩니다.

외부와의 접촉을 끊는 것이 금촉입니다. 그래야만 조식을 할 수 있습니다. 이때 생각을 단전(丹田)에 두는 것을 원칙으로 합니다. 요즘 흔히 말하는 단공부(丹功夫)라는 거지요.

참선도 그 방법은 역시 같습니다. 신선이나 부처는 지감 조식 금촉을 통해서만 참을 깨달아 성불도 하고 도인도 되고 하는 겁니다.

가장 어려운 것이 지감입니다. 감정이 완전히 멈추게 되면 곧 신(神)과 같아지게 됩니다. 무아(無我)의 경지가 곧 지감(止感)의 경지입니다.

〈논어〉에서 제자들이 공자를 평하여,

'선생님은 넷을 끊으셨다. 생각도 없고(無意), 꼭 하겠다는 것도 없고(無必), 이래야만 된다는 것도 없고(無固), 나라는 것도 없다(無我).'

무아나 지감이나가 같은 것임에 틀림없습니다. 성인이나 석가나
신선이나 도를 깨달아 참의 단계에 이르면 다 똑같은 것입니다.
걸어서 가든, 기차로 가든, 배로 가든, 비행기로 가든, 또 동쪽이
됐든 서쪽이 됐든, 목적지에 이르면 그것으로 끝나는 겁니다.

이 정도로 〈삼일신고〉의 설명을 끝낼까 합니다."

"3을 셋이라고 보았을 경우, 하늘과 땅과 사람을 뜻한다고 하지
않았습니까?"

"보통 그렇게들 말하지요."

"땅을 빼고 하늘과 사람과 만물여 셋으로 보는 것이 옳을 것 같은
생각이 듭니다."

"그래도 상관은 없겠지요."

"삼위일체와 삼신이란 말을 앞에서 하셨는데, 그것이 삼일(三一)
의 뜻과 같다는 것을 말씀하신 건가요?"

"같다고 한 것이 아니라, 3이란 숫자를 쓰기 좋아하는 것이 동서
고금의 공통된 현상이란 것을 말한 것입니다. 같다고 해도 안 될
거야 없지요.

성부(聖父)는 곧 하느님을 뜻하고, 성자(聖子)는 곧 사람을 뜻
하고, 성령(聖靈)은 곧 영혼이니 이성이니 성품이니 하는 육신과
독립된 존재로, 그것이 결국 뿌리를 같이 한다고 보았을 때, 삼위
일체를 약한 삼일(三一)이란 말이 될 수도 있지요.

삼신(三神)은 하느님인 환인(桓因)과, 그 아들인 환웅(桓雄)과
환웅의 아들인 환검(桓儉)을 말하는 것으로 되어 있는데, 환웅은
사람과 신의 혼합체인 것처럼 전솔은 말하고 있습니다. 환웅을 곧
성령(聖靈)의 존재로 볼 수 있지 않겠어요?

그러나 숫자에 얽매일 필요는 없습니다. 앞에서도 말했듯이 신
과 사람과 만물은 물론이요, 우주를 형성하고 있는 일체가 영원불
변의 한 원리에서 이루어져 있음을 말한 것이라고 보면 되겠지요.

리(理)니 도(道)니, 또는 원자(原子)니 하는 것들이 다 같은 것의
다른 이름이라 보아 크게 틀리지는 않을 것입니다."

소설 예 기(중)
첫 닭 울면 세수하고

*

초판 인쇄일 • 2006년 10월 4일
초판 발행일 • 2006년 10월 9일

*

지은이 • 김영수
펴낸이 • 김동구
펴낸곳 • 명문당 (1926. 10. 1 창립)
서울특별시 종로두 안국동 17~8
대체:010041-31-001194
전화: (영)733-3039, 734-4798
(편) 733-4748 FAX: 734-9209

*

Homepage: www.myungmundang.net
E-mail: mmdbook1@kornet.net
등록 1977. 11. 19. 제1~148호

*

ISBN 89-7270-826-7 04820
ISBN 89-7270-062-2(전3권)
낙장이나 파본은 교환해 드립니다.

*

값 9,500원